浅斟低唱且去

芸社词课

深圳学人·南书房夜话 第七季

吴定海 ◎ 主编

中国社会科学出版社

图书在版编目（CIP）数据

且去浅斟低唱：芸社词课：深圳学人·南书房夜话第七季/吴定海主编.
—北京：中国社会科学出版社，2022.7
ISBN 978 - 7 - 5227 - 0260 - 5

Ⅰ.①且… Ⅱ.①吴… Ⅲ.①古典诗歌—诗歌研究—中国　Ⅳ.①I207.22

中国版本图书馆 CIP 数据核字（2022）第 097187 号

出 版 人	赵剑英
责任编辑	李凯凯
责任校对	胡新芳
责任印制	王　超
出　　版	中国社会科学出版社
社　　址	北京鼓楼西大街甲 158 号
邮　　编	100720
网　　址	http://www.csspw.cn
发 行 部	010 - 84083685
门 市 部	010 - 84029450
经　　销	新华书店及其他书店
印　　刷	北京君升印刷有限公司
装　　订	廊坊市广阳区广增装订厂
版　　次	2022 年 7 月第 1 版
印　　次	2022 年 7 月第 1 次印刷
开　　本	710×1000　1/16
印　　张	18
字　　数	268 千字
定　　价	98.00 元

凡购买中国社会科学出版社图书，如有质量问题请与本社营销中心联系调换
电话：010 - 84083683
版权所有　侵权必究

本书编委会

总 顾 问：王京生
学术指导：沈金浩

主　　编：吴定海
副 主 编：张　岩　徐晋如
编　　委：王　冰　刘婉华　何文琦　张　森
　　　　　魏沛娜
编　　务：肖更浩　彭　丹　方　佳　黄文霞
　　　　　刘玉洁　韩莉莉　章　良

深圳学人"南书房夜话"五周年特别策划

——以对话促进城市学术文化繁荣

主讲嘉宾：王京生　吴定海　王为理　张　岩

时间：2019 年 11 月 2 日 19：00—21：00

王京生　联合国教科文组织"孔子奖章"获得者，国务院特聘专家、国家文化艺术智库特聘专家、国务院参事室社会调查中心副理事长。曾任深圳市委常委、宣传部部长。出版《文化主权论》《文化是流动的》《我们需要什么样的文化繁荣》等著作40余部；发表论文百余篇。

吴定海　深圳市社会科学院（社会科学联合会）党组书记、院长（主席）。主要研究方向为现代城市文明建设、大众传播理论与实践、经济特区发展等。主编《深圳经济发展报告》《中国道路的深圳样本》等系列丛书及《新时代深圳精神》等专著。在《学习时报》等报刊发表多篇理论文章。

王为理　深圳市龙岗区政协副主席，深圳市社会科学院原副院长、研究员。美国哥伦比亚大学东亚研究所访问学者。主要研究领域为现代化、全球城市与文化创意产业。出版《多元现代性的反思：欧洲、中国及其他的阐释》《深圳文化发展报告》（主编）等。主持多项重大课题及调研项目。

> **张岩** 深圳图书馆党委书记、馆长，历史学博士，研究馆员。中国图书馆学会常务理事、阅读推广委员会副主任，广东省第十三届人大代表，深圳市第六届政协委员。国务院政府特殊津贴专家。主持文化部、广东省古籍保护中心等多个课题研究，出版《包世臣经世思想研究》等著作多部，发表历史学、图书馆学学术论文30余篇。

张岩（主持人）：各位读者晚上好！正像刚才专题片所介绍的，"南书房夜话"从2014年11月启动到现在，已经举行了105期。228人次的专家学者在这里跟大家见面，超过9000人次的读者参与了现场活动，它已经成为一个别具特色的文化平台。今天，在"南书房夜话"5周年的时候，我们专门策划了这场特别的对话。今天来到现场的嘉宾既是专家，又是领导，正是长期支持"南书房夜话"的幕后高人，下面我来向大家介绍一下：国务院参事、深圳读书月总顾问王京生先生！深圳社科院党组书记、院长吴定海先生！深圳社科院党组成员、副院长王为理先生！我是深圳图书馆馆长张岩。非常欢迎各位嘉宾和读者的到来。今天我们请几位高人到这里与大家见面，一起聊聊"南书房夜话"的前世今生和大家关心的一些话题，等下有时间还可以跟现场读者进行互动交流。我们现在开始。

南书房这个空间是2013年改造的，可能有的读者知道原来这里是个餐厅。我们把它改造成经典阅览空间后，经过多年深耕，现在它已经成为深圳文化的一片绿洲。首场"南书房夜话"的时候，京生国参（当时是市领导）就以个人身份非常低调地来到了活动现场，并且在首场对话中，他就提出来希望"南书房夜话"成为与"市民文化大讲堂""深圳晚8点"并驾齐驱的三驾马车，希望南书房成为本土学人交流学术、砥砺思想的文化圣地。给了夜话很高的定位和期望，也给予这个活动和工作人员极大的鼓励。现在5年过去了，经过了100多个周末的夜晚和我们的辛勤耕耘，我想首先请问京生国参，您现在的心情跟5年前坐在这里的心情有什么相同和不同？

谢谢您。

王京生： 南书房夜话活动开展5周年了，最初开办这个夜话活动的时候，张岩馆长可能才刚到图书馆工作不久，她当时就提出了这样一个大胆的设想，5年以后，真的是实现了无数心声。在座的听众、观众，才是真正的评价者，大家每个人脸上都洋溢着高兴的笑容，我觉得这就是对张岩馆长和南书房夜话最大的肯定。确实，南书房夜话还得感谢我们深圳市社科院今天来的吴定海和王为理两位院长，他们是南书房夜话的真正支持者。南书房夜话的经费是深圳市社科院提供的，场地是图书馆的，这种合作的目的就是把学术这种高雅的殿堂的东西，普及给所有热爱它的读者。深圳市社科院参与主办的市民文化大讲堂，大家在座的可能都参加过。它是深圳为全国乃至国内外的学者搭建的大桥，这样深圳人就不会因为我们缺乏"大家"而遗憾。事实证明，大讲堂里面可能中国一流的学者都来了很多，不能说全来，但是著名的基本都来了，这也极大地促进了深圳学术的发展。南书房夜话的目的是什么？主要是为深圳的学者搭建一个平台。我相信总有那么一天，我们深圳的学人，我们深圳的学术成果，也能扬名立万。南书房夜话、深圳晚8点，当时我的设计是什么呢？我一直很欣赏古希腊文化，古希腊人在那个时候就经常在一些公开场合进行辩论，古希腊的很多思想家都是在辩论中慢慢脱颖而出的，我说我们深圳市民如果有那种辩论的氛围该多好，大家对一些问题经常地讨论和切磋，最初就是本着这样的初衷。当然这个目的已经部分地实现了。后来因为有很多的作者要介绍自己的新书，深圳晚8点就成了作者介绍自己的新书和文学讨论的场合。所以说，南书房夜话、市民文化大讲堂、深圳晚8点这三个作为学术支撑的、普及的平台，图书馆一下就占了两个，应该说图书馆对深圳学术文化的贡献是很大的，在这儿，我代表我们的听众感谢社科院，感谢图书馆所做出的巨大贡献！

从形式上讲，市民文化大讲堂和南书房夜话不同。古代的讲座基本上分两种，一种叫讲会，讲是讲话的讲，会是会议的会，讲会主要是通过授课的形式进行，是一个人的讲座；还有一种形式叫会讲，就是几个学者在这儿进行讨论，比如像我们今天这样，每个人各抒己见，有一个主持的，这样的一种方式。市民文化大讲堂基本是讲会，南书房夜话就叫会讲，所以我觉得从会讲这个角度来说，南书房夜话开创了深圳文化一个丰富多彩的新局面，这就是我的评价。谢谢。

张岩：谢谢国参对我们工作的长期支持与鼓励！说到学术文化建设，大家一般想到的是什么？立课题、写论文、写专著等。但是我们现在是通过对话这种形式来进行城市学术文化的建设，进行了100多期以后，还陆续结集出版了5本书，第6本正在编辑，明年初推出。请问两位院长，对于对话这种形式的学术文化建设有什么看法？接下来有什么支持的打算？

吴定海：非常感谢张馆长。我先说说自己的理解。南书房夜话开展5年了，虽然我还是第一次作为对话者来参与，但其实一直都在做一些幕后工作。首先，作为一个深圳市民和一个读书人，我想我还是要代表读书人感谢京生国参，不仅中心书城，还有音乐厅，京生国参亲自谋划、亲自部署、亲自推动，楼上报告厅的深圳市民文化大讲堂、楼下南书房的深圳学人·南书房夜话和对面中心书城的深圳晚8点，这三个品牌都是国参亲自谋划、推动，而且亲自参与，身体力行，引领我们一起朝着学术殿堂之路前进。所以我在这里向京生国参表示由衷的感谢，他既是我们的领导，也是我们的导师。

其次，馆长刚才谈到学术文化，其实学术文化建设，也是国参倡导推动的，他提出要构建深圳学派，现在深圳学派建设已经走过好多年了，都是靠实实在在的构建和各个方面的不懈努力，其中深圳图书馆在这中间做出了很大贡献。我们深圳社科院和图书馆的合作，持续了十几年，市民文化大讲堂举办十几年了，我们要感谢图书馆，把这最珍贵的宝地拿来做学术教育，奉献给市民享受文化生活，楼上的市民文化大讲堂、楼下的南书房夜话都是社科院和图书馆合作举办的学术活动，我们联系邀请一些专家学者来参与活动，参与交流。社科院作为一个学术研究机构，为什么要做这些事情？我想也是为了使学术文化接地气，走出高高在上的殿堂跟我们的市民生活密切联系。构建深圳学派，我想它的目的无非就是构建一个城市特有的精神特质，营造一个求学问道的良好氛围，最终是为市民打造一个精神家园。深圳是一个忙碌的城市，大家为了生活，为了物质财富在忙忙碌碌，但是我们的日常生活既要脚踏实地，也要仰望星空，既要做物质的富裕者，也要做精神的富裕者，我们觉得这是一个健全的市民、一个有内涵的市民应该有的精神状态。这样也能给自己的内心提供一个自由的、健全的心态。活在现代社会，活在当下，著书、立说是学术文化的两种方式，其中立说，就是说学问不一定是要以著作的方式写出来，就像国参刚才讲的，像古希腊哲学家的对话，像孔子和弟子们的语录，就是立说而不著书，我的理解就是这样。孔子自己没有写书，孔子的学说都是他弟子整理出来的，他所有的学问都是在他跟弟子日常的沟通交流过程中形成的、保留传承下来的，所以著书和立说都是学术。我们深圳图书馆的"南书房夜话"就是立说，讲会也好，会讲也好，都是立说的一种形式，我希望这也是我们社科院的职责和担当，既要著书又要立说，为广大市民提供好的精神食粮。我个人的意见就说到这里。谢谢。

王为理：刚才国参提到南书房夜话的时候，两次提到深圳市社科院，其实深圳市社科院背后还是因为有一个人，这个人就是京生国参，京生国参在倡导深圳学派建设的时候，为深圳学派建设留下了很多的平台，特别是留下了丰厚的资金支持，包括深圳学派建设丛书、深圳学派基金等都是京生国参亲自谋划留下来的，京生国参才是南书房夜话背后的支持者。5年前我作为深圳市社科院的代表陪京生国参来到了南书房夜话的开幕现场，此情此景感到非常亲切，5年下来，感觉到在深圳这个地方学术氛围正在慢慢地形成，刚才我们张岩馆长特别问到，对话这种形式和学术到底有什么关系？其实人类的智慧和知识的发生就是在对话中产生的。比如最早的，都是跟自然、跟人的对话、跟学生的对话过程中形成了人类最初的人文精神、社科体系，包括东方一些思想也是这样，尽管现在学术的形式发生了比较大的变化，比如有非常专业的学术研讨会、讲座、沙龙等这样一些现代的形式，但是对话这种形式始终存在，人类很多思想的光辉、光芒往往都是通过对话、通过倾听、通过交流，在这种互动和融合过程中所催生的，所以我觉得南书房夜话它的生命力会是非常强的。谢谢。

张岩：谢谢两位院长。我做过 8 年大学老师，从我个人的体会来说，著书立说是相对比较安静的，自己思考、学习、研究，做学问就得坐得住。但是我们现在做的"南书房夜话"这个工作，我感觉是个系统工程，应该说是很不容易的，从空间平台的搭建、政府社会的支持、专家学者的合作，到我们整个团队的付出……5 年下来，图书馆的相关工作人员在 100 多个周末都在这里为大家默默服务、义务工作，所以刚才说到对话的价值，我就想到需要这么多人的支持和付出。借这个机会也向所有参与夜话的专家学者、幕后工作人员表示衷心的感谢。

刚才两位院长都说到京生国参对于深圳城市文化建设的贡献。京生国参是深圳文化的参与者，更是一个领导者。早年他任《深圳青年》的社长主编时，《深圳青年》最大发行量达 50 多万份，叱咤风云；后来成为政府领导，当年推动建立创办的深圳读书月，今年刚好是 20 岁了；2003 年他主政文化局的时候提出打造的"图书馆之城"，今年 16 岁了；市民文化大讲堂、鹏城金秋艺术节，包括国参提出的文化流动理论、对文化权利学说的率先研究等都对我们城市文化产生了很深的影响。我们市民既见证了这个历程，也受益于这个历程。

今天现场比较温馨，我们坐在红地毯上。我们经常有这样的红地毯，以往都是给专家学者准备的。记得京生国参在有关打造"深圳学派"的文章里曾有句话：学者的荣耀，就是城市的荣耀。请问国参，怎么理解荣耀的意思？一般说学者要淡泊名利，要板凳一坐十年冷，怎么理解学者的荣耀就是城市的荣耀？20 世纪 80 年代，徐迟先生的报告文学《哥德巴赫猜想》等一大批作品让我们这代人对知识分子、对专家学者满怀崇敬，现在还能不能让年轻人对学者产生很高的崇敬之情？

王京生： 荣耀，是对一个人的肯定，是他的社会知名度和社会赞誉度，荣耀不一定是你个人追求的那个。作为一个真正的学者，他可能一开始研究学问也好，研究技术也好，都是专心致志的，比如说屠呦呦，她研究的时候肯定没有想过是为了获奖，大学者也都是这样。刚才吴院长说的，孔子是述而不作，也没有想到后世会把他奉为万世师表，但是由于周边的那些普通人最后看到了他的伟大，就给了他荣誉，所以这个荣誉不是他自己想的，是社会给他的。而社会给他这个荣誉，为什么？因为人们看到了他的贡献，所以给了他荣誉。一个对学者真正尊崇的城市，一个对学者真正尊崇的国家，其市民、其国民是到了一定文明等级的市民、国民，而且是有追求的。因为曾经那时候都说我们深圳是"文化沙漠"，这个地方浮躁，我们就提出来办读书月，要让我们这个城市因为读书而受人尊重，我们的市民做到了，我们的市民到现在7点多钟，座无虚席，从开馆开始，每天都排着长龙，大家默默地等着进门。这一现象在深圳出现，这就是我们的荣耀，这就是我们应该为之自豪的东西。荣耀的东西给了学者，就说明我们对他们的尊重，说明我们这个城市尊重知识、尊重学者。大家经常到各地旅游，一说这是孔子故里，这边是老子的故里，这边是苏东坡的老家，当地人很骄傲，来的人也很敬仰，为什么？这就是荣耀！更重要的是，它能够在这块土地上产生，说明这块土地上的文化造就了他，而这种文化是通过每个人所形成的一种连接和共同的气氛所烘托出来的，这就是我们深圳最终要追求努力的目标。作为一个城市，作为国际上一流的大都市，必须把我们的学术搞出来，深圳才能够成就真正的"大师"，那时候我们才能够感受到真正的荣耀。

张岩： 现在人们比较浮躁，信息又十分多元，学者怎么能够引起年轻人的关注？这中间有没有必要性或者可能性？

王京生：学者能不能引起年轻人的关注，对于年轻人来讲是有不同的追求的，无论是歌星、明星，在任何歌星、明星的背后，我们也能看出他那些不为常人所知的辛苦，他们也应该受到尊重。我觉得不能把对学者的尊重和对明星的尊重看成两极，都应该有，但是对学者的尊重，确实应该成为我们这个城市的一种风气。我们希望很多年轻人应该发自内心地尊重学者，但如果年轻人不尊重学者，坦率地说，不是年轻人的问题，是我们的教育，是我们的社会风气，是我们所创造出的环境没有让年轻人尊重，我们应该深刻地反省。

张岩：很同意国参的看法，现在搭建这样一个思想平台就是让学者走出象牙塔，经常来到大众中间和市民读者、年轻人多交流。

王京生：就像这样的文化大讲堂，包括你们的夜话，就是我们为学者和我们的市民之间搭建的平台，这样的东西多了，人们自然就了解学者，进而知道尊重了。

张岩：学术文化的繁荣是社科院的重要职责，社科院也是一个城市的综合性研究机构。我上网查了一下，深圳市社科院的宗旨是"探求真理、发展学术、服务社会"，可以说这与图书馆的宗旨是异曲同工。图书馆的使命是"传承文明、服务社会"，所以我们有一个共同的任务，就是"服务社会"。我想请教两位院长，学术文化繁荣的标志，你们觉得是什么？现在深圳高校也慢慢地多起来了，学者也多起来了，民间藏龙卧虎，高人也很多，最终一个城市学术文化繁荣的标志是什么？深圳现在处在什么阶段？还有多少差距？

吴定海：馆长提出了一个很重要的问题，好像我们平时很少去探讨学术文化繁荣的标志到底是什么。但是我想，我身边就坐有一个学术文化的标志，最典型的就是我们的国参，他创立了很多理论。刚才馆长讲到的市民的文化权利，国家的文化主权，等等，这就是学术文化的标志，是要有一批大家，要有学术"大家"。就我们深圳来讲，要说我们有什么不足的话，就是"大家"还不够，与深圳的城市地位，与深圳城市应该有的影响，还不匹配。但是我们看到深圳的进步是很快的。我们站在此时此刻这个时间节点来看，感觉到深圳还有很多不足，那是因为深圳的发展太快了。再回过头看一下，当初深圳特区成立的时候就是一个出口加工区的地位，还不是一个完整的城市，规划的城市规模当时是按照100万人口来设计的。深圳就是在那么一个起点上，经过40年发展起来的。在这一路快跑的过程中，很多配套基础都是这样被快速地带过来的，学术文化的发展过程也是这样。当然我们看到近十几年来，特别是21世纪以来，深圳学术文化方面发展非常快，特别是近些年因为市委市政府高度重视，高校的数量和质量在迅速地提升。深圳过去没有高校，或者高校很少的现象慢慢在转变。我们的目标是到2025年能够成立20所大学，现在我们已经有十几所大学，当然形态有各种不同。深圳大学现在的发展也是突飞猛进，各个学科发展得很全面，很多学科带头人都相当优秀。例如南方科技大学，虽然建校时间不长，但是在创新方面很有优势，南科大在全球引进人才，拥有一大批各个学科的带头人。我相信，有这样一个氛围，再加上从城市管理者到我们每个普通市民的共同努力，深圳的学术文化一定会有一个崭新的局面。我现在已经能够感受到蓬勃的发展态势。我希望深圳的学术文化发展能够迅速赶上中央给深圳的先行示范区的目标定位，深圳将来要成为国际一流城市，它要获得它应有的学术地位。

王为理：我补充几点，所谓繁荣的学术文化，起码有这么几点：第一，应该有一流的学术队伍、学术人才、学术组织，首先必须有这种平台和机构，跟我们的学术相关的这样一些科研单位、高校，包括图书馆都应该是一流的；第二，应该有一批在学术上有重大贡献的专家和学者，其中要有非常多的在专业领域有一流影响力的人物；第三，要有一流的学术活动，所举办的学术活动是站在学术前沿的，在学科建设和学术发展的方面有前瞻性；第四，它的影响力应该是公认的，而且如果是从中央对深圳提出的全球标杆城市的期许来说，这种影响不应该仅仅是城市的，还应该是区域性的，甚至是国际性的。如果按照这个标准来衡量，我们觉得深圳还是在一个起步的阶段，我想这也是我们京生国参一直致力于倡导"深圳学派"的原因，他也是希望通过"深圳学派"的建设能够促进和带动深圳学术文化的建设和繁荣发展。刚才我们院长说得很好，从我们接触的一些信息来看，深圳在这方面正处于一个爆发期。举一个例子，最近我们院长带着我们去南方科技大学调研，南科大人文学院正在建设新文科，随便数了10个排名前十位的教师，基本都是最牛的人物，它的方式比较新，能够从全国吸引人才，首先不像以前的柔性引进，24小时都是在南科大上班的，而且是要一流影响的。这个人文社会科学院的模式和效应，正是创导深圳学派的初衷。我想，经过这些创新性的举措，有这么好的理念和目标，深圳在学术上一定会获得一个跨越式的发展。

张岩：谢谢院长的分享。听到您说的引进人才，我有一点感想，在深圳学术文化的建设上，一方面要引进人才，另一方面也要大力培养人才，拿一些现成成果是可以弯道超车，但是图谋长远的发展还是要建立良好的机制，搭建优秀的平台，让我们自己的人才脱颖而出。比方现在深圳中小学生就有100多万，大专院校如雨后春笋般地扩张，这都是我们的人才"蓄水池"。如果能够加大平台的搭建，国参有一个说法叫"人才的庇护所"，构建更多的人才庇护所，给予良好的机制，让人才得到快速成长，就像科技行业的美国"硅谷"，我想深圳的发展后劲可能更足。不一定对，我就补充这么一点。

由于时间关系，接下来把交流机会给我们的现场听众。你们有什么需要跟几位高参提问的？

听众甲：请问，这次中央提出来深圳要先行先试，建一个海洋大学，成立世界先进的海洋科学研究院。对海洋的研究，我们国家现在是比较落后的，只是在深海深度上达到了7000米。请王京生先生讲一讲，对深圳建立海洋学院和海洋科学研究院有什么设想？

王京生：发展海洋经济，是全世界都关注的话题，现在中国据我所知，除了大连以外，还有一个船舶学院，真正的海洋大学是在青岛，做了好多年了，但是从研究的领域和研究的深度方面，我相信我们深圳能够把它追上。但是青岛的海洋大学也不是吃素的，前两年它就把得了很多勋章的大学者王能聘请到海洋大学文科学院当院长，而王能先生今年86岁高龄，他居然也接受了这个聘请，一方面说明了青岛的眼光，另一方面也说明王能先生对海洋大学真是切身地支持。我希望我们深圳海洋大学如果建起来的话，也应该像刚才为理、吴院长讲的，第一，从全世界搜集一流的人才，这方面的人才不仅有海洋方面的专家，还应该有一流的人文学者；第二，科学研究领域的一些更深入的问题，这个我没有更多要说的，但是我相信深圳处在大湾区的环境中，我们一旦建立起来，我们是有自己的优势的，我只能说到这里。

吴定海：国参讲得很好。我补充一下这位先生的提议。很巧的是，前一段时间我们深圳市社科院正好就海洋大学的课题去舟山的海洋大学做了调研，舟山那个地方有两所海洋大学，浙江大学的海洋学院也在那里。全国有6所海洋大学，其中青岛的是中国海洋大学，其他的海洋大学都是地方的，深圳要建的是第7所海洋大学。据我了解，大概也是要建一所综合性的海洋大学。前面讲到的几所各地的海洋大学，包括上海、大连、青岛、湛江、宁波、三亚这些都有，但是它们很多都是从过去的传统的海洋专业比如捕鱼这一类的专业转型过来的，而深圳的海洋大学，据我了解是要跟欧洲的顶尖的海洋大学合作来办，是借鉴世界最先进的资源来共同办大学。当然还有我们深圳自身的特色，像深海科研、海洋研究中心，等等这些。关于深圳海洋大学，我们提出的建议中有一条，这个大学不仅要研究海洋，还要有文化，要有综合的学科，例如海洋权益、海洋法律、海洋文化等。其中还有一条建议，就是需要提高深圳市民的海洋意识。我们还有很多市民不知道深圳是一个海洋城市。当年英国人为了形成国民的海洋意识，设立了一个吃鱼日，全民吃鱼，规定要每天吃多少鱼，这样一来，经过若干年之后，全民都知道英国是一个海洋国家了。所以，我们深圳普及市民的海洋意识是很重要的，虽然现在深圳市民周末也会到海边去泡泡海水，但是海洋经济主要就是码头、港口，但是这些码头和港口跟市民的日常生活联系得不是很紧密。而像日本的神户，如果大家去过的话，就会发现它的港口就是市民日常生活的中心，这样的话，就能体现海洋城市的特征。这个话题很多，我就补充这么一个信息。

张岩：大家关心深圳的大事情。再请下一位。

听众乙：各位嘉宾好，首先我对"深圳学人·南书房夜话"的话题，包括学者、栏目，由于在座各位的支持，给了我们很多享受，非常感谢，给大家鞠个躬。我是两度来深圳，第一次来是1992年的时候，这次是三四个月前来到深圳，我每个周末有很多活动，但是一直都是以这个为中心，尤其感受深的就是早期1992年来，那时候时间是金钱，那是一个赚钱的高地，这次来了三四个月我很感动也很幸福，比如说今天讲到人的成长，这都是大师的教化。我感觉到了深圳的巨大变化，从赚钱的高地，变成了文化科技高地。我也相信深圳在诸位这么有智慧的人的推动下，一定会成为领先城市，尤其是在科学、教育、学术方面，最后祝各位事业蓬勃发展，我们的国参再更多地为我们祖国的文化事业做贡献。三位领导为我们的平台做了很多艰巨的工作，再次谢谢你们。

张岩：谢谢这位听众，其实他不是提问，他是发表感言。感谢。

听众丙：国参说的这几个活动，我基本上都有参与，所以我挺有感受的，现在国家提倡夜生活，但是"深圳晚8点"几年前就开始了，包括"南书房夜话"也是晚上七点开始的，夜生活已经很丰富了，所以深圳走在了国家的前面，这是我们要感谢的。一直在享受你们提供的服务，但是没有见过幕后的这些高参，今天也是开了眼界。我不仅在深图，我在南山、福田、罗湖各个图书馆都有参加活动，但是好像感觉没有一个大手笔，我们除了把11月定为读书月，这是深圳的一张名片，但是如果跟深圳经济发展的名片、旅游名片比起来，我们的文化还是稍微有点弱，所以今天各位高参来了，我就想问深圳未来五年有没有什么大手笔？还有什么新的福利给我们南书房？

张岩：这个问题很犀利。

王为理：这位朋友问题问得很好，也非常尖锐。相对于经济社会发展来说，文化建设在某些方面还是有一点点的距离，特别是先行示范区，作为世界标杆城市还是有距离的。据我所知，现在我们市委市政府在文化上还是有很多新的举措的，比如深圳正在建设新的十大文化设施，当年，叫八大文化设施，我们的老图书馆、新图书馆，现在从概念到规划，要建新的十大文化设施。第二，我作为专家，参与策划的，比如我们的前海有一个湾区，前面的高架桥要下沉。我们初步规划，那里会成为深圳重要的文化据点，比如国家博物馆的分馆就设在那个地方，将来可能还有很多的文化艺术设施，都是按照国际一流标准打造的，都会集中在那个地方，我们作为研究者，也非常期待这一点。另外，在文化活动方面，按照中央的要求，我们的目标分三个阶段，2020年一个阶段，2025年一个阶段，2050年一个阶段，这三个阶段是要达到全球标杆城市的目标。而作为全球标杆城市，它在文化设施、文化活动水平这两大方面一定会有非常多的手笔，比如说鼓励国家级博物馆在深圳市设立分馆。国家级博物馆的馆藏是非常丰富的，如果有几个国家级博物馆在深圳设立分馆，有可能会创造奇迹。如果大家去一些比较发达的城市，会发现它大多会有非常集中的博物馆区、文化艺术区，这些深圳人都在策划过程中。我相信，这个是有规律的，根据文化流动理论，在当代的技术条件下，文化的发展未必要一天一天慢慢累计起来，它有可能在很短暂的时间内实现跨越式的发展。比如我们的大学，以前深圳有一个观念就是全国都在为深圳培养人才，但是一旦深圳反应过来，20多所大学很快就要上来。我相信我们的文化，只要我们的城市反应过来，它会转变得非常快。

张岩：市委市政府现在有100多个文体设施正在酝酿，首批推出的是十大文化设施，其中3个博物馆，1个科技馆，还有美术馆等。我们的第二图书馆没有进"十大"，但实际上将来那个馆面积比现在这个还要大，与美术馆在同一个地块是个一体化建筑，这是市委市政府在新一时期的大手笔。对于市民读者来讲，身边的活动也很重要。明天，就在我们的水幕广场，会有一个"阅在深秋"的公共读书活动，那是全市图书馆的嘉年华，今年的主题是"在图书馆发现世界"，到时候全市各区、高校图书馆会把自己精心准备的服务和活动呈现给市民，欢迎大家参加。对于文化机构来讲，我们就是一直努力把所有的工作做到日常，做到专业化、精细化，给读者提供更加丰富、更有品质的文化活动与服务。所以深圳市民是幸福的，既有大手笔，也有小确幸。由于时间关系，我们再提最后一个问题。

听众丁：活动是好，地方有点小。南书房的活动好像没有对面书城的丰富，像阿来他们白天在那边签名售书之后，晚上在这边来办个讲座什么的，大家可以交流一下。

王京生：因为今年是第20届读书月，这个事情从市里面一直到中央都很重视，大家都知道全民阅读是从深圳开始的，当时第1届大概是2000年，那时我们就开始了，那个时候全国还没有什么读书活动我们就开始了，发展到第10届的时候，中宣部第一次在全国推动全民阅读，并在深圳发表了《深圳宣言》，对中国的读书活动都产生了很大的影响，今年是第20届。你刚才提到的梁晓声、余秋雨等都会来的，这是一个长期的谋划，但是你放心，肯定会越来越交融的，刚才说了"三驾马车"，也都会有沟通，既有差异，也会有共通的。你提的建议非常好。谢谢。

张岩：美好的时光总是过得很快。我们的平台是开放的，大家还有什么问题可随时与工作人员交流。南书房夜话聚焦思想文化的交流与传播，这个活动品牌本身是不喧哗的，也不是那么耀眼，它主张静水流深、润物无声。当学术走向社会，假以时日，一定会对这座城市的精神文化建设和市民的文化需求做出很好的回应。希望夜话的声音温润流芳，希望几位高参和广大读者一如既往地给这个活动更多的关怀和支持。让我们继续一路同行，谢谢大家！

目　　录

第一讲
　　读词与学词——金针度人的分春馆词学
　　　　主讲嘉宾：陈永正　徐晋如
　　　　时间：2019 年 3 月 23 日 19：00—21：00 ……………（1）

第二讲
　　分春馆吟诵（上）
　　　　主讲嘉宾：吕君忾
　　　　时间：2019 年 4 月 13 日 19：00—21：00 ……………（18）

第三讲
　　分春馆吟诵（下）
　　　　主讲嘉宾：吕君忾
　　　　时间：2019 年 4 月 27 日 19：00—21：00 ……………（35）

第四讲
　　词学八美——以南朱北寇为例
　　　　主讲嘉宾：魏新河
　　　　时间：2019 年 5 月 11 日 19：00—21：00 ……………（50）

第五讲
　　说好心灵的故事——词的叙事性
　　　　主讲嘉宾：张海鸥
　　　　时间：2019 年 5 月 25 日 19：00—21：00 ……………（69）

第六讲
长调当如何寄托
　　主讲嘉宾：陈　慧

　　时间：2019 年 6 月 15 日 19：00—21：00 ································ （90）

第七讲
从长调开始学词
　　主讲嘉宾：徐晋如

　　时间：2019 年 6 月 29 日 19：00—21：00 ································ （111）

第八讲
由近代词入手
　　主讲嘉宾：徐晋如

　　时间：2019 年 7 月 27 日 19：00—21：00 ································ （132）

第九讲
长调中的赋笔
　　主讲嘉宾：徐晋如

　　时间：2019 年 8 月 31 日 19：00—21：00 ································ （164）

第十讲
潜气内转的长调作法
　　主讲嘉宾：徐晋如

　　时间：2019 年 9 月 21 日 19：00—21：00 ································ （182）

第十一讲
词的古乐演唱（上）
　　主讲嘉宾：刘志宏

　　时间：2019 年 10 月 12 日 19：00—21：00 ······························ （197）

第十二讲
词的古乐演唱（下）
　　主讲嘉宾：程　乾

　　时间：2019 年 10 月 26 日 19：00—21：00 ······························ （215）

第十三讲
　　小令的转笔
　　　　主讲嘉宾：徐晋如
　　　　时间：2019 年 12 月 28 日 19：00—21：00 …………………（233）

第十四讲
　　当代词坛佳作欣赏
　　　　主讲嘉宾：周燕婷　徐晋如
　　　　时间：2020 年 1 月 11 日 19：00—21：00 …………………（246）

第一讲
读词与学词

——金针度人的分春馆词学

主讲嘉宾：陈永正　徐晋如
时间：2019年3月23日 19:00—21:00

> **陈永正**　字止水，号沚斋。著名诗人、学者、书法家。中山大学古文献研究所研究员，博士生导师。原中国书法家协会副主席、广东书法家协会主席。第二届广东文艺终身成就奖得主。著有《王国维诗词全编校注》《诗注要义》《沚斋丛稿》等。
>
> **徐晋如**　诗人、词人、古文家，深圳市儒家文化研究会会长，深圳大学人文学院副教授。2016《南方人物周刊》青年领袖得主。著有《国文课：中国文脉十五讲》《海枯石烂古今情：唐宋词人十五讲》《诗词入门》《大学诗词写作教程》等。

主持人：各位读者，大家晚上好！今天是"南书房夜话"第七季"诗词鉴赏与写作研修班"第二期开班的日子，本期以学词、填词为主题，由陈永正、张海鸥、徐晋如等诗词名家学者领衔授课，全年共20期，将免费开放给广大市民。学员将在老师的带领下系统学习鉴赏，探析填词写作技巧，并传授词的吟诵、古乐演唱等，相信通过一年的学习、社课的练习和老师的悉心指导，大家在词的创作水平上一定会有很大的进步和提高。

本期研修班招生信息发布后，近200名诗词爱好者踊跃报名，其中还有广东省外的诗词爱好者。经作品初选、面试考核，本期正式学员由两部分组成，一是上一期课程出勤率和社课完成情况良好的正式学员和旁听学员共26名，二是通过本次初试、面试筛选和补招的新学员24名，一共50名正式学员。在此恭喜各位，同时，研修班将继续延续公开课的教学形式，也欢迎各位读者前来旁听。

下面有请深圳图书馆王冰副馆长为大家做开班典礼的致辞，大家掌声欢迎。

王冰：谢谢各位。首先欢迎陈永正老师从广州赶过来。刚刚过完春分，虽然下着小雨，但是南书房又洋溢着温润的声音。南书房是深圳图书馆的一个阅读经典、品味经典的品牌阅读空间，深圳图书馆在2014年年底开启了"南书房夜话"这个品牌，到现在已经是第6个年头了，今天是91期，这要感谢各界厚爱支持和深圳图书馆的团队一直以来的不懈努力，非常不容易。"夜话"每个月有2期，周六的晚上7—9点，在这个小小的南书房，发出深圳学术文化和大众交流的声音，同时也通过深圳图书馆的多媒体平台和《深圳商报》等媒介，把南书房的声音向外传播。围绕传统文化的话题，"南书房夜话"第一至第五季分别以"儒学的返本开新""儒家经典与现代阅读""国学与诸子百家""中国古典小说的世界""中国古代文学的魅力"为主题，开展了一系列高端对话沙龙，通过中国社会科学出版社已经结集出版5本南书房夜话的专著。至第六季，呼应广大读者要求，尝试创新形式，"南书房夜话"全新改版，以"诗词鉴赏与写作研修班"的课堂形式开展活动，聚焦古典诗词赏析与创作，收获了大批读者的好评与喜爱。我们只有一个想法，利用深圳图书馆的空间和资源，与大家一起把中国的经典传统文化，与这座城市做一个美好的交融。去年很荣幸请到沈金浩、徐晋如老师开启了诗词的鉴赏和写作，今年是第七季"词的写作"，我想在座的各位学员同样要感谢陈老师和徐老师。同时，我们也要感谢在座的每一位学员，我们为自己也鼓一下掌，大家加油！今年，我们将一起把南书房夜话"词的写作"研修班继续完成下去,预祝研修班成功,谢谢大家!

主持人: 下面有请徐老师为深圳图书馆捐书并发言。

徐晋如: 非常感恩深圳图书馆能提供这么好的一个平台。一般大家都觉得高雅文化要普及,我们就要更加通俗地去讲,但实际上,这是热闹和浮华,热闹和浮华退去以后,剩下的只是泡沫。一切学问,只有进入实践、体悟的层面,才能真正领会到它的精髓所在。所以我想在座的所有能成为正式学员的,和决心作为旁听学员一路听下去的,你们都是有福的,因为你们真正是在通向传统文化的殿堂的道路之上。我们今年讲的内容主要是以朱庸斋先生的《分春馆词话》为骨干,朱庸斋先生当年怎么样教陈老师、教我的大师伯吕君忾先生,教他们怎么样去学词,我们今天就把这些行之有效的方法再来传授给大家。所以我今天特别准备了两本书捐赠给深圳图书馆,以表示对深圳图书馆的感谢。一部是朱庸斋先生的《分春馆词话·分春馆词》,这是宣纸线装,印刷得非常精美的可供收藏的一部书;另一部是 2015 年由陈老师和我主编的《百年文言》。下面请陈老师把这两本书赠送给深圳图书馆。

陈永正: 非常感谢各位,下雨天,大家都来到了这里,听一个老人家在这里啰唆。前两个星期,晋如博士打电话给我,说要请我讲个课,我一口就推掉了,我说年纪大了,不讲了。他说是讲分春馆的传承问题,我就不好推了。"分春馆"是我的老师朱庸斋先生的室名。我这一辈子,对我影响大的人好多,其中最重要的几位,有我的父亲,我的启蒙老师、私塾老师,还有研究生导师容庚先生。但是在诗词方面对我影响最大的有两位,一位是诗人佟绍弼先生,一位是词人朱庸斋先生。这两位先生我感激一辈子。正是由于有了他们,我的诗词创作才真正踏上了正确的道路。跟朱先生学词之前,我写了好多诗词,当时最为得意的一两百首,都是念中学、大学时,跟朋友、同学的唱和之作。我第一次到分春馆的时候,拿着 20 首我最得意的词给他老人家看。他看完以后,说:"从头学起!"从那天开始,我就从头学起。所以今天的讲座我就没办法推。

关于朱先生的词学传承,先讲一些题外话。这150年,在中国是不平常的时代。150年来,仁人志士看到了:"老大帝国"在列强面前不堪一击,于是救亡图存,出了洋务派、维新派、立宪派,最后革命了。很多人把中国的问题都归咎于我们中国的文化,所以新文化运动发生了。新文化运动是一个革命运动,从那时开始,白话文正式地掌握了话语权。在小学、中学里面使用白话交流,作文也大多用白话。新文化运动也培养了一大批新文学家,他们把白话文推向了高峰,形成了我们现在的文体,这是他们的功劳。很多人认为,最近一百年来是白话文的世界,传统文化、文言文化已经萎缩了,其实这是误会。这一百年来,尽管文言文、诗词似乎退出了历史舞台,文学史不再记载它们了,但它们这一百年来形成了一股潜流,两千年来的文脉是没有断的。好几年前,我跟晋如博士一起编了《百年文言》,收集了好多资料。我们很惊讶地发现,这一百年来文言文的水平绝不低于唐代、宋代、清代,很多文言文是写得非常好的。另外,这一百年的诗词,无论在思想水平方面,还是艺术水平方面,也绝不低于唐代、宋代、清代。这一百年来,传统文化、文言文化尽管表面上是退出了历史舞台,但还是没有灭绝。

在20世纪40年代,广州有一份报纸《广东日报》,里面有一个副刊《岭雅》,《岭雅》总共出了70多期。我在六十年代得到《岭雅》的剪报,里面的古文、诗词都非常令我震惊。这些诗人是从清末到民初出生的诗人,那时候才三四十岁,诗写得非常好。其中有一位词人就是朱庸斋先生。十年前在晋如的帮助下,我们把它整理出书了,在广东人民出版社出版。这是本非常好的书,是民国文言诗文的一个大结穴。到1949年前,《岭雅》这本书可以做文言诗词、文言文章的总结。你们如果能看看这本书,也可以知道从清末到民国这五十年间文言文、文言诗词是怎样发展的。

朱先生没有念过一天大学,没有念过一天中学,也没有念过一天小学,甚至连私塾也没有念过。他完全没有学历,是由他父亲指导读书。他天赋很高,过目不忘,从小就在父亲的指导下熟读了

《十三经》，而且到十来岁的时候，已经能把《宋六十名家词》背诵过半。这种天赋是我们没法企及的。我父亲跟朱先生是好朋友，我第一次见他前，我父亲说，你跟朱先生学，他天赋你是不能学的，但其他东西可以学。这句话我印象很深刻。所以我现在经常跟学生说，天赋是没法学的，但是我们一般人都能学得比较好，那是通过另一个途径。这途径在中山大学每一个我上课的班级都说过。我说，有两篇文章影响我一辈子，第一篇就是王国维先生的《古雅之在美术上之位置》。这篇文章主要是讲一切的文学都是天才之作，先点出"天才"，但我们普通人怎么办？那就是要通过古雅的道路，学古——模仿、练习，不断地学古，这样我们创作出来的作品，尽管不能跟天才之作相比，但还是可以达到一流。这是第一篇。

第二篇文章就是朱东润先生的《述方回诗评》，这篇文章介绍了宋末元初的方回编的《瀛奎律髓》这本书。方回是一个诗人，有人批评得很厉害，说他很差劲，但这本书还是很了不起。尤其是朱东润先生说里面有一编很重要，是"变体类"。我一看"变体"就马上被吸引住了。第一，有了正路之后，就要学变体，要学拗体，这样诗才有新意；第二，知道要新变，有新变，诗和文章才更有生命力。因为受这两篇文章影响，像我这样天赋不算很高的人，在这古雅的道路也可以写出比较好的古文、比较好的诗词。

在朱先生那里，我就完全体会到这两篇文章的精义。"分春馆"是朱先生的书斋名。1949年后，这帮清末出生的老文人、民国初年出生的老文人，基本上就被边缘化了。很多以前在大学工作的，后来也失去了位置，就在家里待着。在五十年代、六十年代的时候，除了正式的学校之外，还有一些补习学校，还允许一些私塾存在。1957年之前补习学校、私塾还是占了很大的比重。像我念的私塾是在江边，很多水上人家就把家里的小孩送来，念三年、五年书，能认得字，写简单的文章，有一点点文化就够了，不念了。那时私塾非常流行，还有就是补习学校，有时候挂个牌出来教学生，还有的在家里开班教学生。这些补习学校包括了一些诗词、书法、绘画的学习班。那时候你交几块钱，就可以听一个月的课，去参加补习学校的学员，都非常自觉地交了钱听课。朱先生1961年在分春馆就开了一个班，叫一些学生来听课，这些学生基本上都是亲友介绍过来的，真的对诗词、书法、绘画感兴趣。一个星期开两三节课，可以念两年、三年。我念两年，有的同学念了两届，这两年是我一辈子都忘不了的。

　　进了分春馆，朱先生首先就问："你们来学诗词，是对诗词感兴趣吗？"我们都说"是"。朱先生第一课就教我们要从诗外求诗，词外求词，不要光为写诗词而写诗词，要懂得从诗词外去求诗词。就是说，还要注意很多诗外功、词外功。我在大学多年，有很多学生，但我们跟朱先生的关系不是师生，而是门人，门人在我们心中跟学生是不完全相同的概念。所谓"门人"是在家里面，一个老师，三五个学生，讲课、聊天。比如今天上午上课，先到朱先生家里，老师整个上午在家里，有的同学八点钟到，有的九点钟到，有的十点钟到，都无所谓，老师就先泡茶、喝茶，聊天，东拉西扯，讲故事。讲到朋友，讲到历史，讲到中国的传统文化，我们就问东问西，问历史、问故事。我故意每一次都最早去，老师讲课一个多钟头，我在那里待了三个钟头，其中有一个半钟头老师是对我们一两个人说的，我就赚到了。这就是诗外功。老师会说绘画、插花、摄影、书法。他的桌子上有个小小的花瓶，他每天都换花，有时候插一枝花，有时候插两枝花，有时候插三枝花，有时候又在花瓶旁边摆个石头，有时候在花瓶后面的墙壁上挂一幅画、挂一幅书法，是经常在变的。这些当时我们没有感觉到有什么特别的地方，现在才发现这就是诗外功、词外功、书外功。老师还经常跟我们说，你们写词，光是学词、读词是不够的，要学古文，要学诗，诗人一定要精通古文，古文不好，你的诗绝对写不好；要写词的人一定要学诗，如果你没有诗的功底，你的词也往往不很好。

　　他说学诗，唐人学汉魏，宋人学唐，清人则是学唐、学宋、学汉魏，都要学。唐诗可以学高古一点点，学汉魏；词可以学诗，曲可以学词，但千万不能调过头学。这是什么意思？写词有曲的意，用曲来写词，这是不行的。曾经有一次我拿一首长篇的七古给老师看，那时候我很喜欢李白的七古，老师看了就说："你这是《长恨歌》体，风格不高，不要学了，七言不是这样写的。"所以好多年之后我都不敢写七言。我第一次拿着诗词给老师看的时候，还有两句词我记得很清楚，我最为得意，这两句是《虞美人》："雨儿洒过两三声，只剩海棠开着太凄零。"老师说，这是最低等的词，为什么呢？有曲的意，风格不高。从那个时候我就知道，什么叫作格高——格调高。

朱先生教我们是这样的：他上课一首首词、一个个词人逐次讲，每一首词都讲它的作法，讲完一课之后，他就布置作业。每讲一首词，就让我们按照这首词的词牌重新填一首。可以和它，也可以不和，初学时最好是和古人。那时候朱先生就对我们批判，常有人说写诗词和韵不好，这是错误的。朱先生说，和韵是最好的学习方法，你是去模仿名篇。任何的艺术，没有通过模仿的道路，那你永远是门外汉！写诗是这样，写书法是这样，绘画也是这样，不临帖、不临古画、不模仿古人，你一辈子都不能真正进门。

五四运动以来，尤其是新文学家，他们是从什么"破天荒"、从"我"开始。这谈何容易？从"我"开始有人可以做到，那是天才，我们一般人都在模仿。古雅最重要的一个途径就是模仿。朱先生的门人大约有四十位，都是六十年代、七十年代跟他学诗词的。这些人有些天赋比较高，有些天赋不大高，但每个人经过一两年的学习，都能写出像样的及格的或者比较好的诗词。20年前，我编了一本薄薄的小册子《分春馆门人集》，收了二十多位门人的作品，其他的门人找不到了。这二十多位门人都能写诗，拿出来每一首都像样。我经常跟我的学生开玩笑：我的好朋友华南师范学院的张桂光教授，广东省书法家协会主席，也是我的同学，他13岁时拿着他自己的一本诗词集拜见老师。那时候他能写诗了，但都是老干体，其中一首这样写："群众无穷力量，汇成一股洪流。"这是13岁小孩写出来的！老师就跟他说，这些不是诗词，你白写了。张桂光先生非常聪明，天赋很高，但他完全不是诗人，他是古文字学家，头脑里面一点诗意都没有。不喜欢花，不喜欢月光，不喜欢游山玩水。我跟他说，你这人是机器人、机器头脑。但是他经过朱先生两年的训导，他出了一本诗集，大家可以拿来看看，线装本，每一首都像样，只是找不出很好的。我说每一首都给他70分，70分在我心目中不简单了！

我在这里跟大家说，在分春馆我学到了：我们每个人，只要你方法对、途径对，就可以写出好的或者比较好的诗词。其实，中国千年来的实践也说明了这个道理。无论唐代还是宋代，尤其是明清，每个考科举的人，每个读书人，都写古文，都写诗，他们中很多不是诗人，一点诗意、一点激情都没有，但都能写出标准的诗。所以我建议大家按照古雅的道路认认真真地学古、模古，像朱先生教育我们的那样，学一首，模一首，经过一两百首的训练。

当时老师对我们的诗词习作，写得好的会加上长长的批语，写得不好的，就跟你说说这句不行，或整首不行，然后回去再写。老师这样的指导是非常重要的。现在很遗憾，很多同学很愿意学，但要找好的老师指导非常困难。能批改、指正学生哪句有问题、哪个字有问题的，不多了。那时我们广州有一大批老者，我认识的有十来位，都能做这工作，你拿诗词给他看，都能指出你的毛病，告诉你要怎么改。这是第一点，关于怎么模仿的问题。

朱先生在《分春馆词话》里还说了很多，我建议大家要认认真真读这部词话。我记得在念高中的时候，我最入迷的词话就是王国维的《人间词话》，我把它当作一部经典来读，觉得很好。后来朱先生跟我说，王国维的《人间词话》作为理论看看可以，千万不能用来指导实践，但朱先生的《分春馆词话》是真正可以指导我们实践的。词话的内容很丰富，这里简单谈几点我觉得是最重要的。

第一点，体格。一首词首先最基本的要求是浑成、完整。老师给我们改词，写得好不好无所谓，但无论好跟不好，一首词要完整，要浑成。"浑成"这两个字非常重要，写书法、画画也是这要求。比如评价一张书法，要看整张书法的一个整体，如果其中有一个字、两个字写得不好，那整张书法就完了。诗词就是这样，中等的诗词整篇都要中等，可以有两句特别好，但绝对不能有两句特别差，否则就不够浑成了。好的诗词是基本上要整个结构完整，没有大毛病，这是基本的要求。"浑成"里面的很多含义在《分春馆词话》里面有论述。

第二，除了模仿之外，风格也很重要。模仿是拿什么作为标准？

像我学词，最早的模仿对象是纳兰，到现在还是非常喜欢纳兰。我每念到纳兰词，我的心就颤动："一生一代一双人……天为谁春。"这是天然的好句。朱先生说，纳兰是天才，绝对不能模仿！李后主也是天才，绝对不能模仿！指导你什么路？学宋。但是从宋人入手，往往不得要领，所以朱先生说学诗词要从近代的名家学起。这句话对我也产生了一辈子的影响。不光是朱先生，佟绍弼先生也是这样说。我向佟绍弼学诗，那时候我学杜甫、李商隐。佟先生说，你退而求其次，杜甫太高了，李商隐太高了，你学那些学杜、李成功的人，看看他们是怎样成功的。他说，清代就有很多诗人学杜、学李成功的，他举了几个例子，比如学李商隐的，有陈曾寿、梁鼎芬、曾习经；学杜甫的，有陈散原、郑海藏。清末民初有一大批诗人、词人，他们学古有得，时代跟我们相近，因为他们写的民国的事情、清代的事情离我们近，诗的感情容易感受到，我们对"安史之乱"可能感受不太深刻，但对抗日战争我们就深刻了。所以你学他，你感觉到不一样。朱先生他也是这样，他提出，学"清四家"，后又增加了两家。"清四家"大家也熟了：朱祖谋、王鹏运、郑文焯、况周颐，还加上两家，文廷式、陈述叔，他说你都可以学。我看了这六家，六家的词我从头到尾看了一遍，我挑了一家，看了不止一遍，学他，模仿他，这一家就是况周颐（蕙风），我觉得况蕙风性情跟我近。学词，他是学北宋，尽管朱先生老是强调学南宋，学梦窗，但很难。我看了郑文焯、朱彊村他们学梦窗都很好，我能学到他们这样都不容易，我也学梦窗，但没有他的天赋。学梦窗不是不能学，但要天赋很高的人，我缺乏这样的天赋，所以我学况周颐。学况周颐之后，再学北宋。我的路子是这样。有些人看我的诗词，以为我的词里面很多是纳兰的句子，格调相近，因为我学过他的。这是学古，学近代人。

朱先生经常说，我们学近代人，尤其是在词法方面要专力学。因为古人、宋人写词的时候往往纯粹是凭着天赋，尤其是北宋，它不很讲究所谓法度。但是后来，尤其是到了清末，词人越来越意识到写词还是有方法的，每一首词有独特的方法。老师在《分春馆词话》里举出好多例子。比如他举几个例，要转折，上篇跟下篇是怎么安排,在北宋人往往不很讲究,好的结构往往是碰出来的,在清代,很多词人不是这样来的,他们不光是天赋,还懂得怎么样古雅,怎么样学古,他们掌握到一套很完整的作法。

所以在分春馆里面,我们学的就是词的作法,怎么作,每一首词有什么特色。《虞美人》有《虞美人》的作法,老师就会跟你分析《虞美人》应该怎么写。《临江仙》就有《临江仙》的作法,比如朱先生说,《临江仙》的上阕跟下阕,最后两句有些是两句对偶;有的诗人、有些词人上边不对,下边是对的;有些上边对,下边不对,还有一种两边都不对的,三种写法。老师给我们分析其中的好处和弊病。比如《临江仙》换头第一句应该怎么写?换头第一句很难写,但有窍门,要抛空来写。一抛空,下面就有很多内容可以写了。如果你换头时写得很实在,后面就很难写下去。我用这个方法写过一首《临江仙》,有两句"任是无情应解意,年年伴我消沉",老师说"你这个换头虚,把它抛开来,你下面就好了"。这就是作法。

谈作法的内容在《分春馆词话》里还有不少。最可惜的是,由于《分春馆词话》是由我们师兄弟几个共同整理的,我负责整理清代部分,而负责整理宋代部分的是我一个师兄,而关于这些作法方面的,朱先生往往是举宋代的部分为主,所以很多作法在书里没有涉及。朱先生还谈到一些比较重要的作法,比如吃紧处。词有吃紧处,就如诗有"诗眼"。我说过对我影响最大的两篇文章,一篇《述方回诗评》,讲《瀛奎律髓》的,里面最好的地方,是讲诗的作法。今天人写诗,不能光凭天赋,一定要有方法,有了方法,才能让像我这样天赋不是十分高的人写出比较好的诗词。《瀛奎律髓》里面最常用的作法就是"诗眼",每一首诗里面哪个是"诗眼",是关键的地方——两句里面有两个眼,那两句就活了;一句里面有一个眼,那一句就活了,所以"诗眼"很重要。我建议大家也把这本书认真看看,认识"诗眼"。

光凭天赋流出来的诗很少,而作出来的诗很多。我写的一千多首诗词中,只有很少一部分是真的从心里面流出来的,大多数是有点作意。有一点欣赏,有一点感情,就抓住来扩展成一篇完整的诗。

往往是先有两句或一句，然后整理成篇。其实，我估计能在两分钟内把一首诗完整写出来的诗人也是不多的，大多数还是要通过反复锤炼。我在中大讲课，举过几个诗流出来的例子：到罗浮山，早上一推开窗，"罗山青一窗"，流出来了。罗浮山由两个山组成，一个罗山，一个浮山。"罗"字还有一个含义，包罗的"罗"。流出以后怎么对它呢？那就作出来。上句"石气白千壑"，从石头上面冒出来云气，令千山万壑都白了。这两句放在一起你看不出来，"石气白千壑，罗山青一窗"似乎很工，却不知道下句是真的流出来，上一句是作出来的，是靠方法写出来的。

又比如，我在日本，晚上看富士山，云从山脚上去，然后再下来，（比手势）上面白茫茫、灰茫茫的一片。我得到两句，"浓云流上山，复向山下泻"，下面写不来了，坐在那里看了很久，差不多半个钟头，后面两句才出来，"须臾满平川，便是茫茫夜"。这两句我没有马上想出来，这就说明流出来的记得住，想出来的很容易忘记。

又比如在万绿湖，真的是两秒钟流出来："万山成一绿，万绿成一湖。"下面两句是作出来的（尽管是马上作出来）："一湖静万籁，天地闻噏呼。"天地听见我的呼吸声了。表面上看后两句也不错，但它不是流出来的。所以我建议大家，不要听太多当代的文艺理论家说什么"写诗纯粹写感情""写诗不能被韵脚、被格律束缚住了"之类的话。

我记得有一次活动跟一位写新诗的诗人一起参加，他是比我低几届的中大的同学，很有名的批评家。他跟我说，韵脚没意义，格律完全没意义。我就说，我也写了好多年新诗，也花了很多的心思，我都不能摆脱格律。没有格律，没有韵脚，那就不是叫诗了，就是散文了。

朱先生在写作技巧方面写得很多，有时讲词的领头，怎样一领四，怎样三领四，等等。还有对偶句是怎么对的，很琐细的细节。比如说他讲平仄，1962年我们到罗岗探梅，先生让每人写一首词。我的词前两句是回来的路上写的，很快写完拿给老师看："碧漾江波，寒香时向斜桥动。"老师说："看起来符合格律，但第二句第一个字最好是用仄声，你回去看看《历代诗余》。"我回家马上找出

《历代诗余》一看，果然是这样，这些很微小的地方老师注意到了。

顺便也说说《历代诗余》。这本书非常好，尽管是皇帝命令编的，但很多学者花了很多很多心思，做了很多的工作，把同一个调子的词编在了一起。那本《历代诗余》被我翻烂了，因为我自己觉得自己写诗词的天赋不算是绝高，尤其是在长调方面。我往往是这样：比如写一首《满江红》，我先看看几十首《满江红》，古人是怎么写的，看完了，写起来就有底气了。我说了这话可能很多人对我也看不起了：原来老师也是要借助工具的。其实很多写诗人都有秘诀，比如吴三立先生他的秘诀是用一个本子抄，看到好句子就抄下来，抄了满满一本子。所以你们写词也要这样，写一首词之前先把同一词牌的看几十首，把喜欢的择出来十首八首，认真去看、去模仿。我建议所有的年轻人都这样做。因为只有这样做，基础才打得稳，才能使每一首诗词都写得像样。

我记得十多年前有个出版社出了一套书，就是这样编的，《临江仙》一本，《蝶恋花》一本……我还买了两三本送给学生。我觉得这是很好的，你把书里所有的《临江仙》都看熟了，你就会写《临江仙》。这也是老师教我们的方法，学会模仿。

朱先生谈到风格，多次强调"重、拙、大、深"，这四个字了不起。当然这四个字不是朱先生发明的，早就有人说了。但是朱先生在学生面前经常提这四个字，也用这四个字要求学生。我对这句话印象非常深。二十岁以前，我也写书法，我二十一二岁时写的书法很秀丽，娟娟如好女。朱先生说词也是这样，二十岁之前的词都是这样的。所以后来，这类书法能烧的都被我烧了，二十岁以前作的词也都烧了。

"重、拙、大、深"，希望大家看看《分春馆词话》，详细地去了解。

这十多年来，很多学生到我家里跟我谈两样东西：书法和诗词。写书法的青年不看古书，也不看诗词，他们的书法是抄古文诗词。写诗的人，又不学书法。而朱先生分春馆教我们掌握的是全方位的整个文化系统。他说你要掌握好，否则有时候会闹笑话。很多唯物主义者觉得佛经是迷信，朱先生也不信佛，但他读佛经。他说读古书，不懂佛经是读不下去的，因为唐人、宋人的古文、诗词里有大量的佛教典故。朱先生经常说，《维摩诘经》读不读？《金刚经》读不读？古人都读，看看苏东坡、黄庭坚就知道了。我注黄庭坚诗的时候就翻了好多佛经。所以尽管我们不是佛教徒也不信佛，但佛经也不能不读。

历史也要读。那时我念两本书，一本《纲鉴易知录》，除了前四史之外，这本书是我二十岁之前认真读过的。后来这本书我送给我的老朋友刘斯奋带去海南岛，他看了十年，后来还写了《白门柳》，据说也得益于《纲鉴易知录》。另一本是《资治通鉴》。我从二十岁开始看《资治通鉴》，看到1966年7月，《资治通鉴》没了，只看到唐德宗时候。尽管我记忆力不太好，但唐德宗时的相关历史，我心中仍有印象，所以我读起唐诗来知道"永贞革新""甘露之变"是怎么回事，我注李商隐的诗就有底气。这也是朱先生教我们的。还有目录学，是另外一个中学老师叫我看的。《四库全书总目》这本书很重要，我们一辈子不能看这么多书，可以看这本书的提要。提要我也没有全部看，但"集部提要"我看得差不多了。《四库全书总目》是一帮大学者毕生心血所在，虽然里面的评论只有简简单单三五十个字。我在跟朱先生学习之前已经看了提要了，朱先生也看这本书。他给我们的评语，很多也是这本提要里的成语。我的新作《诗注要义》有一段也谈到这个问题。我们看目录学也有一些好处。

写诗的人不懂书法，写书法的人不会写诗，这是不行的。所以我要表扬一下我的学生晋如博士，他年轻的时候不写书法，后来我说写诗词不写书法不行，他才开始临帖。临了几个月，拿给我看，字就完全变样了，"非复吴下之阿蒙"。书法是每个读书人都应该学的必修课，不要把书法视为书法工作者的专利。画画，尽管我们不是画家，如果能像朱庸斋先生那样，学着画也很好。朱先生说："我不是画家，我的画只是文人画。只学一家为主，李流芳。李流芳的山水淡著、清雅，我没有野心当画家，我是用李流芳这种山水的形式，来表现出自己的心胸、雅致。"

我年轻时也喜欢画画，后来放弃了。我绝对没有学画的天赋。但是要懂得欣赏画，画真的很迷人。诗书画三者之间，诗是最高的，一定要学，且一定要学得好；书法是骨干，如果一个诗人不懂得用书法、用毛笔来写出自己的诗，一定是遗憾的。我开玩笑说，我在中大时总夸耀自己是最早用电脑的人，1990年就用电脑了，很得意。但用了两三年我放弃了，我说我不能跟打字小妹抢饭碗。况且我用两个手指按很慢，而且丧失了一种手写的乐趣，于是不用电脑打字了，恢复手写。我的《诗注要义》，40万字，稿子很厚，有人开玩笑说，"你这手稿比你的稿费要贵得多"。所以我希望你们写诗的时候不要用手机来写诗，要用笔，用毛笔。

朱先生每一首词都用毛笔在毛边纸上或者在宣纸上面写，也在上面修改，感情是不一样的。读书也是这样。我第一年带研究生就硬性规定，不准学生念简体字的横排本，要念没有标点的竖排线装书。比如讲《诗经》，我这里有好几种版本的《诗经》，三个学生一人一本，可以在上面加标点。最初他们咬牙切齿地说老师不近人情，但现在他们当了教授、副教授都来感谢我了，"这两年训练不得了"。后来因为太复古了就不这样做了。

你们学写诗词很好，但像朱先生对文人的要求，不光要学诗词，也要学书法。他介绍张桂光先生去跟李曲斋先生，也介绍我去跟李天马先生学习。书法不好诗词写出来是不好的。所以今天晚上以后，你们明天到书店里挑一本自己最喜欢的字帖，临摹一年、两年，一定有效果。千万不要学习那些所谓书法家，不用临摹的！我一个朋友的学生，也收了一个学生，这学生是个二十来岁青年，学两个月书法就投稿参加全国的展览，入选并获奖了。这学生的老师和师公都很奇怪：我们的书法都没能入选国展，你怎么做到的？他说我的经验有三个，第一不临帖，第二用左手写，第三写的时候闭着眼睛。这就是现代书法，获奖了。现代学人的很多现代诗也差不多是这样，我们不要自欺，也不要欺人，踏踏实实地学，这也是朱先生对我们的启发。

讲了差不多一个半钟头，听说还要有一些时间要让大家提问，我最后还讲两三句话。我当容希白先生研究生时，老是问他这怎么样，那怎么样。容老说，我老了，我要说的话都在我写的书上了，你不要再问我了，看我的书去吧！现在，你们可以发发问，但主要还是看看朱先生的《分春馆词》和《分春馆词话》。《分春馆词》是一个天赋很高、学养很深的,没有念过一天学校的词人写出来的,他的词每一首都是从心里流出来,但也有作法在里面,所以学习《分春馆词》就可以学到很多词法、作法。我年轻时也学过《分春馆词》,但后来我把学《分春馆词》的全部删掉,因为再写也好不过老师,等于没写。但作为练习来说,这个阶段不可或缺。

相比于《分春馆词话》最早的版本,线装《分春馆词话》新的版本还增加了一部分,是晋如博士建议我去做的。我同以前的老同学,看看手边有什么手稿、老师的批语,拿出来;有人有记忆的,把它记下来,就编成了《分春馆词话》的最后一卷:《分春馆词话补遗》。这卷补遗很重要,里面有批改吕无斋先生的两首词,还批改一位姓冯的同学的词,非常详细。通过这些批改,就知道词人的匠心、老师的匠心所在。

大概是这样,有一些什么问题,大家可以提问。

听众 A:请老师帮我这本书签名。

陈永正:这本《朱庸斋集》是文史馆编的,它有它的好处,但有一个问题,就是属于我所批评的,不让读的书。它是横排简化字。这本书你们如果有的话也可以读,但建议还是念竖排线装书更好。我现在还每天晚上看两个钟头书。我看诗词,要看清代的线装刻本,拿这个版本来看,感情就不一样了。你们看手机,尽管内容是一样的,但你们体会不到晚上灯光不太明亮时拿线装书看的感情。尤其我们年轻时一星期有三个晚上停电,在烛光下看线装书,那种感情跟古人更加贴近了。

听众 B:老师好,很高兴又见到陈老师,我书法是学苏东坡的书法,很喜欢他的《寒食帖》。在诗的方面,我想也像学书法那样学苏东坡的诗,但是很多人说苏东坡天才很高,不适合入门,请老师指正。

陈永正：你这个问题我回答是最好的。我念中学就是苏东坡迷。我跟李天马先生学书法之前，我是学苏体，苏东坡体，学了好多年，结果李天马先生说了一句话，也跟朱庸斋先生一模一样："从头学起！"苏东坡是天赋极高的人，他的书法是创新，很有个性，很有特点。顺便说一句，无论是苏东坡也好，其他人也好，凡是特点越明显的，就越不要学他。入门的时候一定要学一些特点不大明显的东西。包括写诗词也是这样。如果你学诗的时候，比如写李贺体，特点很明显，写苏东坡也是这样，写黄庭坚也是这样，写张瑞图也是这样，很快就像，一像就死。苏东坡诗也是这样，我早年也是学东坡诗，而且研究苏东坡是改变我命运的第一步。我念大学时，我的论文就论东坡的诗集，给老师看，老师觉得好，就把我送到华南师范大学去培训，让我留下来当助教。但后来我知道苏东坡的诗词也绝不能学，一学就坏了。你要是学书法，我建议楷书规规矩矩学唐人，唐代欧阳询、褚遂良、颜真卿，这些大家都可以学，最好是特点不太强烈的。苏东坡这些的还是不学为好。行书王羲之最好，因为王羲之的书法特点不是很明显，入了门以后可以学好多。

听众 C：老师好，我一直有一个比较幼稚一点的问题，从不同的时代到不同的地域，我觉得每个地方都有它比较特色的语言，每个人可能在读书或者是读诗的时候，也会在他自己心里用自己的方言去默念一下这些语句。比如我自己，会在心里面用我自己家乡的语言念这首诗。我想问一下，您用自己的家乡语言，或是不同的语言读诗的时候是什么感觉呢？

陈永正：这个问题非常好，本来今天我是准备讲一讲这个问题的，后来知道我的师兄吕君忾先生准备在这里也开一个讲座，那么这个问题让吕先生来回答会更加好。但简单说，写诗词，长江以南的先生，你们学诗词最好是用母语，用你的家乡话，因为长江以南，湖南、江西、浙江、福建、广东、海南，这些地方的语言声调丰富，尤其是广州话有九个声（有的人说是十个声），特别是有入声，广州话入声就有三种。所以我们广州人，特别是广州女孩子讲话，就像唱歌一样，声调是很丰富的。普通话呢，就是四个声，没有入声了。在北方——听说山西，由于它比较边远、比较保守，还保留着一些入声，其他北方地区基本上没有入声了。所以北方的同学们要学诗词，就要克服困难，学习入声。朱先生教我们学诗词，其中很重要的一个部分就是吟诵。分春馆的吟诵是当代诗词界的一大亮点，我们的吟诵流传有序。朱先生的父亲是康门弟子，朱先生的祖父是康有为的同学，所以朱先生的吟诵腔调，我们的吟诵腔调，就是当年康有为、梁启超吟诵的腔调。你们下个星期来这里听讲座，可以听听吕君忾先生是怎么用真正的分春馆的腔调来吟诵，康有为康门的腔调来吟诵。

听众 D：老师，您刚才提到格调，说要从近代学，提到学杜、学李的时候，又说应该跟明清学那些学成功的人去学，我想问一个很具体的问题：我们看明清这些学杜、学李的人，是看他们的学习思路，还是也可以模仿他们？如果模仿他们，会不会格调就没有那么高？

陈永正：这个问题是要用两个钟头来讲的。其实，词有很多内容，老师讲的只是一个简单的概括的方面。我做研究生时，容老总告诉我说，大家只能教人以规矩，基本的规矩，但不能教人以巧。学古人的时候，尽管每个人都学唐人、学民国、学当代，都是这样学的，但每个个体，每个人的天赋，每个人的素质，每个人平常修养都不一样，不能一概而论。只是按照自己能够接受的多少，能够做到多少，就够了。因为读诗、写诗是一辈子的事。我也说了，我35岁诗就写完了、词就写完了，35岁之后改革开放，来到大学，那时候没有那么多的痛苦、那么多的不满、那么多彷徨，生活平顺了，诗就没有了。但到现在我还可以写，偶尔还会写两三首好的诗，说明学习是一辈子的，写诗也是一辈子的。写一首好诗不是通过几堂课就学会的。

第二讲
分春馆吟诵（上）

主讲嘉宾：吕君忾
时间：2019年4月13日 19:00—21:00

> **吕君忾**（1939—2020） 著名诗人、学者、书法家。中山大学古文献研究所特聘研究员，广州书画专修学院教授，中华吟诵学会副理事长，教育部部聘吟诵专家（九位）成员之一，粤语吟诵的承传人和拓展者。

主持人：各位学员，欢迎大家今晚来到我们南书房夜话，我们今晚邀请到的是中山大学中国古文献研究所特聘研究员，广州书画专修学院教授，中华吟诵学院副理事长吕君忾教授，大家掌声有请。下面的时间交给吕教授，开启我们今晚的讲课。

吕君忾：今天很匆忙，不好意思！耽误了大家一点时间。从广州赶过来两个多钟头，让大家久等了，不好意思。

图书馆邀请我来给大家介绍一下吟诵的问题，我可能分今天和27号两次来讲，把我们广东特有的读书方法来跟大家做个探讨。可能在座的在这十多年来都听过，吟诵在我们中国很早就有了，但是因为历史原因，曾经沉寂了一段时间。这十来年我们又把它重新发掘出来，把它推广开来，所以现在来讲这个问题，说早不早，说迟也不算迟，因为才开头不久。我今天把吟诵给大家做一个简单的介绍，把我们广东的特有的吟诵的办法也给大家介绍一下，希望大家喜欢。

第一个问题，什么叫吟诵？吟诵是我们语文学习里面一个非常重要的方法。从古代到现在，延续了一两千年。这是过去的读书人必须掌握的一个读书的方法，以前叫诵读。读什么？读经典、读古文，而不是读我们现在的物理、数学、化学，它们不是吟诵的范围。吟诵是读经典、读古典诗词的一种古典的方法。我是专门研究粤语吟诵的，这两节课我把广东的粤语吟诵向你们和盘托出，让你们感受一下古代人在各个地方，特别是在广东这个地方究竟是怎样把吟诵读书法传承下去的，要达到这个目的。这里有很多我熟悉的朋友，可以说是推广吟诵非常有力的力量。我先把古代的吟诵介绍一下，其实吟诵只有一条规则，唯一一条规则，符合它才是真正的原汁原味的吟诵；违反了这条规则的任何一点，都不是正宗的吟诵。孔子说"必也正名乎"，"正名"，就是要把名称先正下来。

吟诵的一条最基本的规则：用母语带着感情来吟读古代的诗词，把文字固有的声音吟诵出来。用母语带着感情吟读文字固有的声音，这里面有三个关键词，一个是母语，我们在广东，本地母语就是粤语；如果你生在东北地方，那东北话就是你的母语；如果小孩子出生以后读托儿所、幼儿园，学的是普通话，那普通话就是他的母语。吟诵是全国一样的，只是各地发音不一样。吟诵的方法也基本差不多，但是风格有变化。必须坚持母语，因为母语是最有感情的。用英文来吟诵可不可以？肯定不行，因为英文不是你的母语。所以吟诵第一条，最重要的，就是用母语。第二个，吟诵过程中一定要带着感情。我稍后还要为大家展示一下，什么叫"带着感情"。第三个，最重要的，读出文字固有的声音。我们现在南腔北调、五湖四海搞出很多很多吟诵的派别，在我看来，不纯粹是吟诵。因为它在吟读的过程中声音变了。这个问题稍后还要另作解释。先把吟诵的唯一的规则记住：用母语带着感情读出文字固有的声音。

什么叫固有的声音？什么叫带着感情？从中国特殊的民族的优势考虑，我们民族的灵魂何在？就在中国特有的文字，我们的文字是方块字，一个字有三个含义，一个是象形的，我们看它的字样认识它；第二个是读音的，我们把音读正确；第三个，是有感情的，每一个字都有一个意义在里面。我们说汉语比世界上其他国家的语言要丰富多彩，正因为它一个字带有形、音、意三位一体，其他文字没有的，唯有中国有。所以学吟诵，要感受吟诵最重要的内涵，它的灵魂在什么地方，吟诵是几千年来保持我们中华国粹最重要的一个方法！在吟诵的过程中我们首先要懂得怎么调音，普通话调音方法有四种"yōng、yóng、yǒng、yòng"，"yōng、yóng、yǒng、yòng"丢掉了入声。600多年来入声基本上在中国的官方语言里取消了，但还保存在民间很多地方。"yōng、yóng、yǒng、yòng"，这样四调四声只能表示声音的高低，它造成什么问题？入声没有了，就把中国文字声音的长短断掉了。中原古音的入声，在中国各省份中有70%都保留着，唯有普通话把它消灭掉了。普通话消灭它的时间在元代，距今600多年。没有入声，我们的语言除了声音的高低之外，就没有长短了。这一点在吟诵里是不符合的，我们要把声音的高低、长短都通过读文字的过程展示出来，这样才有感情。

另外一个，固有的声音，因为我们"yōng、yóng、yǒng、yòng"这一调的过程中，我们可以通过22个声母拼上30个韵母，再拼上4音，应该有2000多个读音。中原古音不止，我们一般说中原古音有9个音，阴平、阴上、阴去、阳平、阳上、阳去，还有阴入、中入、阳入，9个声。所以中原古音怎么调？我现在不讲，后面还有一节课要讲到这个问题。反正大家知道，原来我们发声，是根据调音系统调出来的，如果你声音一变，就可能发生一字多音的问题，而在中国文字里，一字多音是表示多义的。如果你念错了这个字的读音，意义就改变了。这就是吟诵非常强调读出文字固有的声音的原因。我们的粤语吟诵，湖南的、福建的，东南省份的吟诵，因为入声大都保存完好，因此都非常好听。"用母语带着感情吟读出文字固有的声音"，符合这条规则才是正宗的吟诵，不符合这条规则就不是正宗的吟诵。这是第一点要跟大家讲的。

第二点，我曾经读过几年过去的私塾，在全中国能够读过几年私塾，并且在文化单位或文化领域工作的，我们2009年统计过，全中国不到100人。14亿人口的大国，读过私塾干文化工作的不到100人，为什么？因为符合条件的人起码76岁了。在座的我看都不到76岁，说明你们都没有接触过吟诵。这是一个很遗憾的事情。所以，今天我也感到非常荣幸，能把我们学的一些东西与大家交流。过去蒙学上课，第一天是开笔，教你写文字，老师把着你的手写一首诗交上："天子重贤豪，文章教尔曹。万般皆下品，唯有读书高。"接着老师就吟诵，我们一进学堂就听着这吟诵，很悦耳的歌声，觉得很好听。

学了这首诗，我才明白，原来我那么小，要进社会还得读书。最开始读《声律启蒙》。这本书很厉害，把中国文字的声韵一句一句，一个字一个字打到小朋友的头脑中去。不出三个月，我们对平仄、声韵、词汇等基本上就掌握了。三个月掌握一两千字，然后可以吟诗作对了。《声律启蒙》是最重要的蒙童训练文，把中国文字最重要的部分揭露了出来。那时我们读书是非常高兴的，每天自觉去上学，不用长辈管的，因为喜欢学校，既可以玩又可以读书，又能听到很多故事。一本《声律启蒙》有一千多个典故，几个月以后读完，脑子里充满了古代的历史、地理、天文、植物、动物、人事知识，非常丰富多彩。根本不像有些人说的需要读那么厚一大摞书。在这个情况下，《声律启蒙》就能把中国语言文字的声音正确地灌输到小孩子的头脑中去。

现在讲到我们用声音来表达文字的方法有很多种，有话剧，有戏剧，还有广播。这一百年来，我们能用声音表达文字的，能在课堂上、教育上使用的是朗诵。在座的都受过教育，都学过朗诵，我待会儿分别朗诵和吟诵同一首诗，对这首诗的解释完全不同。那就说明吟诵其实对理解课文、理解诗词非常有用处，而朗诵做不到这一点。我不反对用朗诵教学，但你可以慢慢把它转变过来。中国现在慢慢认识到这一点，这一两年我们提出"吟诵进学校"

的口号，原因就在于此。朗诵都进了学校了，为什么现在还要吟诵进学校？就是我们准备以后不用朗诵来教学了，大家感受到这个信号了吗？

朗诵这一个办法用了几十年，而吟诵是近十年才重新引起我们的注意的，原因在于2009年在北京举办了首届全国吟诵周活动，才把"吟诵"这个名堂确确实实地定下来，就是用吟诵的办法来读书。它对读书的效果那么好，文化部、中宣部都认识到这一点，因此把它大力推广，现在所有中学、小学、大学都把古典文学放在比较重要的地位，这就需要吟诵去教学了。

在进校园的过程中，我们有三步要走。第一步，我们在2009年就有这个疑问，吟诵能不能进校园？因为朗诵在校园里根深蒂固了，所有老师都是用朗诵教学，所有学生都是用朗诵读书。这就要看中央的意见，而现在我们遇到一个东风，中央说"行，从今天开始吟诵进校园"。前期，整个中国有一些对吟诵比较有理解的人，每个省选一个人去徐州，为小学、中学、大学分别编了一本吟诵教材，把教学的方法、教材放到大中小学去。工作做了，吟诵能进校园了，第一步已经做到这一点。

第二步，怎么进？最重要的手段就是让一线教师转换思维，认识到吟诵教学比朗诵教学效果好。在座有很多老师，你们有没有认识到这一点：为什么吟诵比朗诵好？你们要搞清楚这个问题，如果你们还是用朗诵来教学，就会被历史淘汰，将来都是吟诵的话，你可能饭碗都保不住了，这是很重要的事情。所以我们第二步是要培养师资，现在缺乏大量的国学师资，非常需要。

第三步，进去了怎么办？我们现在还在慢慢摸索，我的意见是要培养师资，引导学生慢慢地认识清楚什么是伪国学，什么是伪吟诵，哪些是正规的吟诵，哪些是不太正规的。还有一个重要的任务，去掉我们头脑中"去朗诵化做不到"的固有思维。我现在还没有办法看到前途怎样，去朗诵化很难。

朗诵和吟诵有什么不同？朗诵只是输出声调。老师在讲台上讲，"朝辞白帝彩云间，千里江陵一日还。两岸猿声啼不住，轻舟已过万重山"，李白多么高兴，他心情愉快，一千多里的路途他一天就走完了，他游山玩水多么愉快，他以为李白去旅游去了。"朝辞白帝彩云间，千里江陵一日还"，早上那么漂亮，还有彩云，千里江陵一下就过去了，我们现在坐轮船都没有那么快，"轻舟已过万重山"，轻舟还过了万重山。这诗有什么被忽略了？"两岸猿声啼不住"，为什么李白那么高兴的情况下说到猿声，这里一定要用吟诵才能解开。猿声是非常悲哀的，这个不用我解释，你们现在都明白。十年前我就跟他们讲过了，不能这么理解，李白是非常无可奈何的，他受了罪，要被贬到夜郎，中途遇赦了才把他放回来，他满肚子委屈。还那么高兴地旅游？不是这样理解的。所以吟诵和朗诵绝对是两回事，朗诵没法破解文字密码，一定要搞清楚这一点。

朗诵既然是输出性的，那么它多少都带有一点夸张的成分，它一定要大声。所以朗诵充其量只有两个作用：一个是同学们眼睛看着老师在那里表演，一个是眼睛看、耳朵听老师怎么读的。我们吟诵跟它有一点区别，它连着四个字来读，我们是两个两个，叫作诗步，一步一步走，两个字两个字来读，声音还有长短、高低，变化不同。吟诵和朗诵的第二个区别是，朗诵只有目学、耳学，用眼睛看、耳朵听；而吟诵不止于此，吟诵是心学，用心来学。如果用吟诵读书的话，除了眼睛要看，耳朵要看，还要用心学。朗诵形成的记忆是不牢固的，像浮光掠影，轻风过耳，一下就过去了，留不下比较重要的印象，与吟诵是不同的。

吟诵是内敛的，是个人的修为，不是输出的，所以叫作"心学"。它是自我感受，跟外界一点关系也没有，老师不需要那么大声，学生也不需要那么大声，是慢声吟哦，用很小的声音来读的。我们一个私塾，坐了三批人，低年级的、中年级的、高年级的，都在一个教室，没现在这么好的环境，大家读书互相不干扰的，轻轻地读。如果是朗诵，一读起来整个教室不用学习了。三批人，高、中、低不同年级的，都在一个教室里面，如果都朗诵，就变成菜市场了。我们中国文字非常丰富多彩，非常有内涵，每一个文字都带着一种属性。这种内涵的感情随着人们的文化水平的提高、年龄的增大、阅历的增加，文化内涵就越来越丰富、深刻了。小朋友对文字理解可能不那么深，慢慢到他长大了，认识多了，对文字的理解又不同了。到他成年工作了，有阅历了，对文字的感受又会不同。

我举一个例子，文字有颜色的，用眼睛看得出什么东西？红、黄、蓝、白、黑，你们马上头脑中会有一个反映，红的怎样，黄的怎样，白的怎样，黑的怎样，会有一个感受。从眼睛刺激你的头脑开始，告诉大脑，"我看到红，看到黄，看到蓝，看到白"，有一些感觉。这是眼睛看的。还有声音，叽叽喳喳、滴滴答答、乒乒乓乓，声音听得出来。那么叽叽喳喳、滴滴答答、乒乒乓乓就代表各种不同的声音在我们头脑中的反映了。你读书读出声音的，耳朵听得见了。

第三个，还有味道，甘辛酸苦咸，我一说"甘"，你嘴里面就好像甜甜的、甘甘的，我说"辛"，你觉得辣辣的，"酸"，你口水都出来了。曹操的"望梅止渴"，就是在调动"酸"，曹操领兵的时候，说"前面有梅林、有梅子"，兵士们口水都出来了，这个故事大家明白了，叫作"望梅止渴"。所以甘辛酸苦咸，你马上嘴里面就觉得。一说到苦，你眉头就皱起来了，有反应了，所以它是有味道的。还有气味的，什么气味？香、臭、腐、霉、馊，香的，臭的，腐烂了，霉了，馊了，味道出来，一闻起来，眉头要皱起来了。

还有一个最大、最重要的感受器官——皮肤，它可以感受到温度。我又举五个字，凉、寒、冷、冻、冰，它从温度高的，慢慢地降下来了。今天天气很凉快，今天比较寒，昨天冷，明天可能更冻，后天不得了了，结冰了。凉、寒、冷、冻、冰，它把温度逐渐递减的过程也使我们感受得到。所以吟诵的过程是"动员"了身体的五官，同时感受文字所包含的密码，这比所有的朗诵都要高级。你一读起来五光十色，什么感情、味道、温度都出来了，我们就把所有的五官感受收集起来送到中央神经里面去，由神经做出决定，做出处理。所以吟诵的好处是它能"动员"身体的五个器官同时对文字进行理解，朗诵做不到这一点。

又说到今天的题目《分春馆吟诵》。分春馆是我老师朱庸斋先生的馆名。他把春色分给学生，很大度，所以我们学他一点东西，我们都拿了一点点春色。我们大概是20世纪60年代跟他学，也没有事情干，在他那里学学诗、学学词。在这个过程中，粤语吟诵其实是有承传的。有承传的吟诵的方法在全国不是各个省份都有，就浙江、江苏（常州）、山西、广东有。粤语的传承分两条路径，一条路径是从朱九江（朱次琦）传到康有为，再传给朱庸斋老师的父亲。这条路径，最明显的承传就是"书院派"，遍布广州好多间书院。书院就是为朝廷科举考试培养人才的，基本上每一星期都写诗，写词，读古文，用吟诵来读作品，老师也读，学生自己也读。有一些学子中进士了，就做官，做官到哪个地方，就把吟诵推广到那个地方去。所以这条线很不得了，"书院派"，正正规规的。第二个派别，我叫它"江湖派"，传承人是经学大师陈澧。他通过对粤语音乐的研究，把古代的吟诵加了一点"乐"的元素在里面，结果吟诵就更加好听了，在吟诵的过程中带有音乐感。后来推广时，他就传给了江西瑞昌知县黄元直，推广到瑞昌去。黄元直又传给陈洵，就是我的祖师爷。他带了朱庸斋，然后庸斋带我们，现在弟子再带学生，还有社会上的，还有他们的孩子。这条"江湖线"就厉害了，从陈澧到黄元直，到陈洵，到庸斋，一代、两代、三代、四代，我们是第五代，我的学生是第六代。在座的都有一些学生、孩子，有的4岁都会吟诵了，所以我的学生从80多岁到4岁都有，都会吟诵。还有社会上的很多人。现在吟诵在广东遍地开花了，大家赶紧学。"江湖派"就是一条线这样传承下来的，这是分春馆的吟诵传承之路。

这两条路径就使广州话的吟诵基本上形成了规模，形成了一套完整的办法，那是200年来的事情，我们一直没变过，等下我放下录音给你们听就知道。后面的先不说了，前面的也不说，我就把陈洵说一说。陈洵师爷，1929年中山大学请他去讲词。陈洵是我们广东很有名的词人，受到朱彊村的推举的，非常有名。讲词讲了五六年，每次讲词都是先把一首词吟诵一遍，内容讲清楚了，流派，怎么写作、创作，结束以后，再吟一遍。就是一首诗开头、结束都吟诵一遍。这样很受学生欢迎，课室坐满100多个人，好多人进不来站门外，窗口还趴了一半人进不来的，都听吟诵。但是很遗憾的，尽管陈洵在中山大学讲了六七年的词，有意栽花花不发，到现在算来算去，一个懂吟诵的学生也没有。因为铁打的营盘流水的兵，中山大学一营不倒，兵像流水一样走。吟诵一点用处都没有，又不能涨工资，对事业也没有帮助，就业也没有帮助，那学来干什么？听过了、知道这回事就完了，所以陈洵尽管有意栽花，最后一朵花都没有栽出来，这一百多年来，没有一个吟诵学生是陈洵教出来的。

  吟诵，其实你说有用也行，没用也行。如果你不是读古典文学，不读诗词，你学吟诵没有用的。你读物理、数学、化学等都是不能吟诵的，唯有古代的经典，古代人留下来的诗词、经典才能用吟诵来读它。所以如果你对古典诗词一点兴趣都没有，你真的不要学了；如果有兴趣的话，你赶紧学，因为你学了以后，事半功倍。这是我要讲的这个问题。既然陈洵有意栽花花不发，那么庸斋呢？我再用一句诗来形容他，"无心插柳柳成荫"。在庸斋的培养下，我们几十个人基本上都掌握了吟诵的技巧。广东的吟诵这十年来就靠我们这帮人把它重新推出来了，所以是"无心插柳柳成荫"。要说"分春馆"功劳大是在什么地方？老师完全没有这个心的，老师从没有说"你们听着，我现在吟诵给你们听，你们学好它"。我再暴露老师的一个秘密，他连一句音符都不懂的，你拿一首简谱让他读，他不会读。所以吟诵其实跟音乐一点关系都没有，不需要配乐来唱，吟诵就是读出固有的声音，不需要音乐，我们的老师都不懂音乐。大家要明白，吟诵跟音乐没有一点关系。现在我放一段录音给你们听。这段录音非常珍贵，当时大概是1961年、1962年吟诵的，距离现在快60年了。大家听听这个。（播放录音……）在图书馆这个环境没有学校那么好，学校可以把文字打出来，在这效果可能差一些。这首是宋代张先的《一丛花令》，如果读过词的，大家就会明白。现在大概听了一半都不到，吟诵的腔调就是这样子的，就是把诗词有味道地、有乐感地读出来。如果你读过，你也是广州人，甚至可以把它马上记录下来的，没读过的就没有办法。庸斋就是这样读诗词，我们在他那里学了五六年，离开以后断断续续地还跟他有来往。但是很不幸，他命短，去世的时间大概是1983年，才63岁。那真的是很不幸，如果他能够再活十年，整个形势又不一样了。所以我们感到不幸，有点悲哀。我们跟他学习时，政治环境比较恶劣，我们还是跟着他不离不弃，后来整个社会开始容纳我们了，他又走了，我们没法跟他再学了。这其实是浪费了一代才人。他在广东是有名的词学理论家、词人，很有名的，有很深造诣的老先生，还能保持末代文人的格调，现在全国都承认这一点。

2009年中国开始推广吟诵，举办了北京吟诵周活动，成立了中华吟诵学会，我们开始着手把吟诵向全国推广，也派了好多同志在全国各地收集老先生们的吟诵调，把留在民间的东西发掘出来。所以在我们看来，吟诵其实没有消失，它正如孔老夫子所说的，"礼失，求诸野"，礼看似失掉了，其实在民间还保留着。孔子早就说过这个问题，别以为吟诵就此灭亡了，它变成了潜流在地下流动，一有机会就会重新发扬光大。中华民族能屹立于世界民族之林，正因为我们有一个非常重要的武器：中国文字。只要还有中国人存在，还懂中国文字，讲中国话，吟诵就永远不会被消灭。不管一千年也好，两千年也好，需要的时候可以把它拿出来，不需要的时候暂时藏起来，孔老夫子说的"用之则行，舍之则藏"就是这个意思。明白这点就会知道吟诵是不会消灭的。今天主要是讲一些理论上的关于吟诵的一些问题，具体的吟诵的办法我留在27号再跟大家讲，一步一步来，太急的话不好处理。先要跟在座的大家讲一讲，我们现在来学吟诵干什么？可不可以不学？学一半行不行？还是深入一点去学？那就看你自己，你在什么地方生活，什么地方工作，你有什么孩子，有什么书要读。要考虑一下，现在你们学会了，可以教自己的子女、教自己的孙子，或者是朋友之间交流；如果是教师，你可以用这个办法把它推广到小学生去、中学生去。

那它有什么好处？其实在我们读书的过程中，我感到有几个东西对我们影响非常深刻。第一，我们在几年的私塾学习过程中，通过吟诵，通过读古书，通过写诗、写对联、创作古文，培养起我们对传统文化很浓厚的兴趣。正因为这样子，所以在我们长大的过程中，除了自己正常的工作之外，所有的国学东西我们都喜欢。第二，文人有九雅，起码是八雅，我说多了一个说了九雅。那么这九雅中，如果你在私塾中有所学习，肯定在里面讲过四雅到五雅。琴、棋、书、画、诗、酒、茶、花，即八雅，是非常重要的。我再说一个"烟"，九雅里面最雅的是它，它是古代的香料燃烧产生的"烟"。但是为什么不推广、不提倡呢？太贵了，现在你买一套沉香，那么一点点就十多块钱了，5分钟就烧完了。琴、棋、书、画都有，诗、酒、茶、花都有，你可以起码掌握四雅到五雅。所以我们这帮学生各有所长，喜欢画画的、写字的、读书的、写诗词的、写古文的、弹琴的，都有，都是在十多年时间里熏陶下来的。我们喜欢中国的古典文化、古典文学是通过参加文学的学习，用吟诵作为一个纽带把它串联起来，所以对认识古典文化非常有兴趣。

在私塾读书的过程中，最重要的是感受了中国文化的音韵的美感，调音的办法我都跟大家说过了，广东话的调音有9个，dung1（东）、dung2（董）、dung3（冻）、dung4（动）、duk1（督）、duk6（独），①这样听起来有没有音乐感？我们的文字本身就带有音乐感，这个音乐感跟西方的do re mi fa sol 不完全相合，但它本身读起来有一种音乐的旋律在里面，平平仄仄，就好像水波浪在那里浮荡，忽然高起来，又忽然低下去。随便讲一句，"相见时难别亦难"，这对恋人多么无奈，见的时候很难见，分别的时候又舍不得，用吟诵这个味道就出来了。如果朗诵起来，一点"难"的味道都没有，完全是不同的感情和味道。吟诵和朗诵绝对是完全不同的味道。

我在吟诵出来的时候，有同学说："吕老师，你在这里唱粤曲。"我说粤曲哪有那么高雅，粤曲是俗文化，适应普罗大众的要求。它有很多倚音，有很多复音，有很多过序，还有很多花腔在里面，是跟吟诵完全不同的。那为什么吟诵像粤曲呢？因为我们的祖师爷陈洵有兴趣。其实是粤曲学吟诵，吟诵的历史有一千多年，粤曲才两百多年，怎么会是吟诵学粤曲呢？先有吟诵，然后根据吟诵这个调子，粤曲把它变成普罗大众能接受的曲调，俗化了。我们吟诵是雅化的，它只吟诵非常文雅的诗文、古文，如果用粤曲的腔调来唱诗

---

① 吕君忾先生用粤语演示了"东""董""冻""动"四个字在粤语中不同的声调，其中"冻"与"动"在普通话中声调无区别。这里我们用粤语拼音方案来注音。"督"和"独"都是古入声。

文，讲诗、讲词，那就走味了，完全不是那么回事了。这个要分清。粤曲是俗文化，从招子庸《粤讴》开始，一直在变，大家都能接受，就没有那么高雅。吟诵不能演出，它只是个人自娱自乐、自我修养的一种读书方法而已。这个要分清楚，别把吟诵看得很高，也不要把它看得很低，它是一个非常重要的读书方法，理解这点就可以了。

第三个，我觉得很重要的地方，从我学习《声律启蒙》《幼学琼林》开始，把文学的内容变成了永久的、立体的印象。吟诵的过程中，我们动用了五官，眼、耳、口、鼻、舌，同时调动五官的能力，文字具体的、立体的形象就出来了，所以它容易记忆。我十二三岁时读的书，很多现在还可以把它背出来。年轻的时候读的诗，五六十年一样可以倒背如流，靠的就是吟诵。因为在吟诵的过程中，牢牢地把声音、把文字的立体的感受记下来了，背书、背诗词时就很容易串起来。

还有一点很重要，我们专注用吟诵来读书，就能读出文章的内容和感情。我不会批评朗诵，毕竟它在教学中应用了几十年，甚至一百多年。从新文化运动引进西方朗诵的办法至今，一百多年来它也起过一定的作用，效果是有的。但它没有吟诵效果那么好，如果不用吟诵，就只能用朗诵教学生，使得现在很多学生只能死读书、死背书、死记。吟诵是生动的，用心来读的，朗诵是用眼睛来读的，相比起来差远了，文章内容怎么记得住？

我再给大家介绍一下朗诵读诗和吟诵读诗的不同之处。王之涣的《登鹳雀楼》，我讲完你们马上会吃一惊，你们绝大部分人搞错了！王之涣，唐代伟大的诗人，"白日依山尽，黄河入海流，欲穷千里目，更上一层楼"，20个字。我把它翻译成现代文：太阳下山了，河水往东流去，你要看得远，再上去一层楼看看。王之涣这么一个大诗人，写这么四句诗，太阳下山了，河水流走了，你要看远一些，你再登高一层楼，是不是这样解释的？老师们、学生们，他们说王之涣厉害，把登高望远写到诗里面，写得那么入木三分，多么精彩！是不是登高望远？他们完全搞错了。什么叫"尽"？"尽"是什么意思？"尽"是完蛋的意思，没有了；什么叫"流"，去了，没有了，又完蛋了，又没有了。还高高兴兴地登山往上去望？这个诗不是这样理解的，他说你真以为登上去就可以望得远吗？你错了！一层楼几米？3米。鹳雀楼是三层，在黄河边。大家注意西边是陕西，北边是山西，后边是安徽，左边是河南，黄河就在四省之间流动。不通过吟诵是完全不知道的，吟诵要找很多东西，首先要明白地理环境。鹳雀楼在什么地方？前面王屋山2000米，后面华山2000多米，这边五老峰差不多3000米，这边的嵩山也差不多2500多米，原来这个鹳雀楼是在几千米的山包围中的，黄河刚好在山谷里流淌。鹳雀楼多高？8米到12米，登上3米高就可以看到2000多米的山顶，我才不相信。所以他这首诗充满了一种失落感，充满了悲哀。他48岁写这首诗，54岁死了，他做的最大的官是文安县尉，就是相当于文安县的公安局局长，"白日依山尽"的"尽"字，写出了他心中的不甘心。这首诗最重要的字是"欲"字，"欲"是想要如何却没有做到，他是说，要升官也来不及了，因为50多岁在古代来说已经很老了，也没有办法再晋升了。在座的老师们，这首诗不要理解错了，回去马上为它"翻案"，王之涣在诗里非常悲哀。

  这首诗重要的是三个字："尽""流""欲"，意思是时光过去了，我的寿命也快完结了，还能在仕途上有发展吗？不可能了。我登到二楼了，最多登三楼去，也看不到千里之外。它不是登得高望得远的问题，而是我登再高都没有用，四面挡住了。政治的、社会的、人事的障碍环绕着你，再也不能发达了。下面听我的吟诵。这样吟诵的话，跟朗诵是不是差很远？所以我说吟诵能破解文字的密码，颠覆这首诗在课堂上的传统解释。有很多诗，我的解释都与一般的理解不同，就是吟诵带给我的启发。吟诵是用心去感受文字的情感内容。这就是我今天第一节课要讲的内容。

  下一节课讲分春馆吟诵调子的学习，我保证你们一学就会，比学一首歌还快。

  还有半个小时，大家可以提问。

  听众甲：吕老，非常高兴能听到您讲吟诵。我是一名小学语文老师，硕士学的是国学方向，但是我的学习重点是古籍整理，所以在吟诵这方面基本上是零基础。现在我想好好学，但是您从广州过来，可能也就这么一两次，不知以后有什么机会跟您学。我想我的学生也需要学。最近我上了一节公开课，让学生去读春天的古诗，但因为是普通的朗诵，读的时候其实他们的感情也出不来。我想以后我带的学生也学吟诵，那首先肯定是我自己去学，然后才可以让我的学生也能体会到吟诵的魅力。所以我特别想请教您，有什么好的吟诵教材适合我们学校，尤其是小学阶段去用？谢谢！

吕君忾：我在2015年编过一本教材《粤语吟诵》，是香港出版的，如果买不到可以复印。编这本书当时花了一年的时间，把历代广东吟诵，把祖师爷和前面的第一代、第二代有关吟诵的东西整理结合起来，教你用广州话的读音吟诵。作为一本完整的教材，全国只此一本。这本书可以参考，但是要用粤语。如果讲普通话怎么办？讲潮州话的怎么办？讲东莞话的怎么办？大家母语不同，但母语和粤语吟诵有相通的地方。

如果你们真有心的话，可以叫你们当地的文化单位、文联组织训练班推广，我有学生也可以给你们辅导，这是不难的。但是问题在——能不能进，怎么进，进去了怎么办？你把这三个问题搞清楚，不要急，历史的长河永远往前走，我们才过了五千年。不要紧，慢慢来。

如果你有心，可以将这本书复印下来，这没有问题。

另外，还有一本书，我也带过来了，书名是《格律诗词常识、欣赏和吟诵》。这本书的内容是教诗词的写作和欣赏，但也涉及吟诵。

听众乙：吕老师好，非常感谢您，解决了我的很多困惑！但我不会说粤语，目前正在学，讲得也不好。

吕君忾：不要学白话，我告诉你用母语。你的母语是什么？

听众乙：我们是属于西南官话。

吕君忾：那西南官话有西南官话的吟诵，你不需要学白话的。

听众乙：承您的话说，我们西南官话和普通话是有点相似的。

吕君忾：没有关系，母语就行了，你喜欢什么语言，用什么语言最流利，就用那种语言。我下节课要给你们讲这个问题，很容易把它转过去，不难的。我只是介绍一个粤语吟诵的方法，用这个方法，所有母语都可以吟诵。我这个方法总结了前人很多经验，浓缩为五个方法，一学就会，这样就利于推广了。如果要学三年，肯定不会有很多人学。

听众乙：您刚才说了其实吟诵不一定要和乐谱有很大的联系，那么，现在有很多吟唱古诗词的，您觉得这个可取吗？

吕君忾：这个是歧路，南腔北调就不是正宗的吟诵。吟诵不需要夸张，也不需要音乐。现在很多东西，我不好点名批评，其实我们现在搞吟诵的都有些走偏的。当然，把吟诵推出去有好处，但是要把它收回正轨上来。现在我们这十年就做好一个工作，让全国人民都知道"吟诵"这两个字，那我们就成功了。怎么吟诵？还得跟着以前的老先生，沿着正道，遵守最重要的一条规则——"文字固有的声音"，就把吟诵搞清楚了。所有音乐、所有歌曲百分之百走音，它的关键是音乐感，好不好听。所以唯有保持文字固有的声音才是吟诵，这个固有的正确声音，唯有中国文字存在，它本身就带有音乐感，不需要用音乐来配它。一配反而不美，就读出原有的声音，它本身就有音乐感，再加上有长有短、有高有低，它就是一首乐曲。古代宋词、唐诗那么好听，就是因为吟诵对了，每一首唐诗吟诵出来都那么美，每一首宋词吟诵出来都那么漂亮、都那么好听。我们现在网上的诗都不好听了，都乱套了。下次课你来学，用母语学，很快可以学会的。

听众丙：吕老师辛苦了！我有一个小疑惑，您是强调用母语来吟诵，但是诗词是比较书面化的语言，而母语很多是口语，它没有对应的字音。比如我现在正在看的一首诗，这首诗有"未许"这两个字，像我的母语就没有这种词的，那么用母语吟诵怎么解决这种问题呢？

吕君忾：母语不是指土话、方言。方言它有一套方言的发音方法，粤语也有粤语的方言发音方法。我说的母语是方言的文读法，就是文字该用母语读什么声音就读什么声音，所以不能用方言来读，一定要读出文字固有的声。每一个方言都有文字的文读音，把这个搞清楚，文读音，这个文字该用方言读什么声音是有规定的，不可能用土话读的，不能用俗语，不能用方言话来翻译它，那是不对的。文字怎么发音就怎么发音，不要把方言搞进去。

听众丁：吕老，您好！我有一个问题，您刚才强调吟诵是要用文字固有的声音，讲了一些基本的原则，让每个人用自己的五官去感受。我想每个人对文字的感受是不一样的，但吟诵的基本原则是一样的，所以我想知道每个人吟诵出来的是千人千面、不一样的，还是说打一个不恰当的比方，像我们学唱歌一样，录一个曲子，然后我们照着这个调子去模仿？这是我的问题。

吕君忾：唱歌永远配不上文字的感情，你是否同意这一点？（听众丁：理解。）哪首歌能把文字的感情配出来的？真能配的话，4万首唐诗是不是该配4万首歌？如果4万首歌你来学，你学不学？学一首歌才一首唐诗，学第二首歌又学第二首唐诗，4万首唐诗是不是要学4万首歌？那就完了！我们文字是以一应万，我懂一首诗，4万首都懂了，就是这么厉害。不能用4万首歌曲来配4万首唐诗，还有几万首词你配不配，还有几十万篇文章你配不配？有哪位音乐家把文章配出来的？所以读文学、读经典，孔子《论语》怎么读？怎么配？读文字就好了。

吟诵要把感情放进去，随着你年岁、阅历增加，慢慢感受。小孩子感受不了，大孩子感受到了，再高一点感受更多，成人以后走入社会又不一样。所以一个人在每一个时间段、年龄段，经过历史熏陶、社会锻炼，对同一首诗的理解是完全不同的。比如《登鹳雀楼》，如果我不是看了那么多书，知道地理、知道历史，知道作者的身份，我解不出这首诗来。诗有诗的意思，不是那么简单的，要把感情加进去，最难的是这一点。所以我说吟诵学着很容易，要把它吟得好不容易，因为文字是有感情的，高兴和悲哀两个读法就不一样。比如我今天没有饭吃，觉得很凄凉；我看了一场电影，很高兴。如果你朗诵，那就是高兴、凄凉。但吟诵不一样，要明白感情怎么投进去，文字本身是带有感情的，你可以通过声音的大小、环境、快慢……把感情展示出来。年纪越大，看的东西越多，感情就越丰富。千万人吟诵就有千万种风格，不是一样的。男孩子、女孩子、大人、小孩吟诵都是不一样的，这是风格问题，但是方法掌握了，风格随意。

听众戊：谢谢吕老师！今天您讲《登鹳雀楼》，吟诵最后那一遍，我都有想哭的感觉。按您的方法吟诵出来的，真的能打动人心！所以您说您讲的《登鹳雀楼》和我们多少代人在学校学的、老师讲的都是不一样的，您对这首诗的颠覆性解释，别的诗友我不知道，但我个人是接受了。谢谢您，也谢谢深圳图书馆！

主持人：各位学员，今天的活动到此结束，感谢大家参与！

第三讲
分春馆吟诵（下）

主讲嘉宾：吕君忾
时间：2019年4月27日 19：00—21：00

朋友们，咱们又再见面了，再跟大家继续研究《分春馆吟诵》。今天的主题，一个是把我们广东口语变成文字的音频材料跟大家交流一下，另一个是说一说《分春馆吟诵》的方法。这是两个最重要的问题，也是大家很需要知道的事情。

我个人是比较主张用本土语音来吟诵的，因为只有用原生态的本土语音来吟诵，才能把我们的感情表现出来，也才能把古代作者的诗词、文章的感情表现出来。这个我上一次已经跟大家分析过了，所以今天重在介绍一些吟诵的方法。

现在我放两首词来给你们，听听我的老师朱庸斋是怎么吟诵的。第一首，《一丛花令·伤高怀远几时穷》（宋·张先）。（播放录音：伤高怀远几时穷。无物似情浓。离愁正引千丝乱，更东陌、飞絮濛濛。嘶骑渐遥，征尘不断，何处认郎踪。　双鸳池沼水溶溶。南北小桡通。梯横画阁黄昏后，又还是、斜月帘栊。沉恨细思，不如桃杏，犹解嫁东风。）

第二首，还是刚才那一首，这个是配音乐的。本来是不需要配音乐的，但是没有办法，百度把它搞坏了，我只能找到这个。再听一次，很快，一分多钟。（播放录音：梦后楼台高锁，酒醒帘幕低垂。去年春恨却来时，落花人独立，微雨燕双飞。记得小蘋初见，两重心字罗衣。琵琶弦上说相思。当时明月在，曾照彩云归。）这就是我们广东仅存的两首朱庸斋吟诵全词。20世纪60年代，我们尽管在老师家里听了好多年，也没有条件把它记录下来。后来有一个香港中文大学的同学来听，才把这两首词录了音，我们不知道的。50年后我们从香港把录音找回来了，多么珍贵。吟诵这首词，初听有点怪怪的，但是久了你就觉得它好听。觉得一言一句都沁入你的心中。并且因为吟诵是慢的，没有我们讲话那么快，也没有朗诵那么快，我们一面吟诵一面与作品产生交流，这个过程中，我们吟诵的人与作者就有心灵的沟通。吟诵的好处就在此，你慢慢品味，慢慢感受，就觉得原来作者好像我自己一样，我全身心也投入作者所营造的氛围里，心里就有不同的感受。也就是说，吟诵的好处就是能跟作品充分交流。

现在吟诵重新"解冻"了，承接我们的传统文化，"吟诵"是唯一的办法。这样我们这一代人就不能不做一些工作，所以就编了一本吟诵教材。

如果我们现在来吟诵，和刚才老师吟诵就会稍有不同。因为他的吟诵乐感不是那么强，听得多了可能会觉得有点闷。如果稍微改变一下，增加一点音乐元素，可能它就动听得多，就应该会比较有音乐感。接下来，我就用现代的、我的办法给你们吟诵两首诗。（掌声）

先讲李商隐写的《无题》。稍微接触过古典文学的人应该都知道这是一首非常伟大的爱情诗，诗中写一个女孩子认识一个男孩子，女孩子生于富贵人家，可能是官宦人家，男孩子是还没有功名的读书人。他们相恋相爱，门不当户不对的，爱情就受到挫折了。诗中有两个"难"字。因为他们门不当户不对，就不能像现代人一样经常见面。诗的第一句说，他们约出来散散步，找个草地坐一坐很困难，他们要相见、要约会不容易；当真有那么一次约到了，要分别的时候，彼此又觉得非常难受，很舍不得。所以第一个"难"是"很困难"，第二个"难"是"很舍不得"，两个"难"在含义上就有变化了。两人的情况，男孩子像"东风"，女孩子像柔弱的花朵，花朵本应受到"东风"呵护，但是你这位仁兄不争气，没有能力保护我，所以是"东风无力"，我这朵"花"就要残了。怎么才算

"有力"呢？中进士。不然你还是个白衣秀士，那咱们这门亲事就可能要吹了。所以这句"东风无力百花残"就有点埋怨的味道。但是我对你的爱情是痴心不变的。她打了两个比喻，一个是"春蚕到死丝方尽"。这一句有两个意思，一个是爱上这么一个不争气的男孩子——作茧自缚，把自己捆起来；另一个就是我对他的爱情至死不渝，在我死前，吐完最后一口丝之前，我对你还是思念的。你看这个"丝"和那个"思"又谐音双关，既说"蚕丝"又说"思念"。所以女孩的意思，我好像蚕一样，只有当我吐了最后一口丝我才死得安心，丝没有吐完，我对你的思念就没有完。这个誓言多么让人感动。

另外一个比喻，我每天想着我们的爱情还没有完整的结局，我就像一根蜡烛一样在燃烧，蜡烛燃烧就有"烛泪"。只有蜡烛真的烧得干干净净时，我的泪才能停下来。这几句诗感动了多少后来的年轻人，真是千古名句。我期待有一天真的能和你约会，所以我要保持我的仪态，每天早晨起来我就要把自己打扮得干干净净。所以早晨对着镜子看，我很怕自己瘦了，起皱纹了，头发乱了。"晓镜"的"镜"是动词，不是名词。然后，这一句也是令人感动的——换位思考，小伙子你注意，你每天晚上吟咏寄托思念的爱情诗，月光下你会觉得冷冷的，你要多穿点衣服，别着凉了。多么温馨的语言！其实"月光寒"也强调了孤独。最后她又说，其实我跟你的距离，说远就好像神仙海上有三山那么缥缈，要说近也很近。怎么近呢？就好像西王母的信使是大青鸟，我们的信使是白鸽，你可以写多封信给我。多用信使多来往，写个字条，那就近了。女主人嘱咐男主人公要多通音信，努力考取功名。我们在吟诵的过程中，要把感情放进去。

我尝试吟诵一下，你们看看能不能感受到吟诵的味道。（广东话吟诵：相见时难别亦难，东风无力百花残。春蚕到死丝方尽，蜡炬成灰泪始干。晓镜但愁云鬓改，夜吟应觉月光寒。蓬山此去无多路，青鸟殷勤为探看。）是不是音乐感受丰富一些？还清晰清楚一些？我待会儿要教你们吟几首诗，通过这样曼声吟哦，跟我刚才跟你们简单介绍的诗的内容，你仿佛感受到，原来吟诵真的有点魅力在里面，你不知不觉地再多吟诵两次，这首诗就给记下来了。它有些有故事情节在里面，你多吟诵几次，慢慢再读这一段，很容易就把它记下来了。所以吟诵有一个好处就是增强记忆力，你背几次，明天就可以把它吟诵出来了。

我们再来吟诵一首苏东坡的词，是押入声韵的。这首词对苏东坡来说，是透露了些许难言之隐。他本身是非常有才的人物，本来他们兄弟俩中进士以后，皇帝回到后宫跟皇后说："今天我为国家储备了两个宰相！"就是说，认为苏轼、苏辙兄弟两人，将来要提拔起来当宰相。但后来因为"乌台诗案"，苏东坡让人排挤出京了，后来的二三十年，他都没能回到朝廷中枢去。因此，他被贬到黄州后，在黄州这一段的长江边上就写出了这首词。这首词其实是表达他怀才不遇、有苦难言的心情，另外也是感叹英雄不可能造时势，只有时势才可能造英雄。作为一个宰相之才，却沦为罪犯被贬，连普通公务员都做不了，所以他并不很豪放，他是充满着无可奈何的心情的。

大家听听我怎样吟诵的［吟诵：《念奴娇·赤壁怀古》（宋·苏轼）大江东去，浪淘尽、千古风流人物。故垒西边，人道是、三国周郎赤壁。乱石穿空，惊涛拍岸，卷起千堆雪。江山如画，一时多少豪杰。 遥想公瑾当年，小乔初嫁了，雄姿英发。羽扇纶巾，谈笑间、樯橹灰飞烟灭。故国神游，多情应笑我，早生华发。人生如梦，一尊还酹江月。］大家可以把刚才我简单介绍苏东坡这首词的感情融入进去，味道是完全不同的。其实吟诗就这么几个方法，待会儿下半段还要给你们讲。

有些朋友听了我的吟诵就跟我说：你受粤曲影响太深了。他们以为我在唱粤曲。其实不是的，是吟诵影响粤曲才对。吟诵一千多年前的隋唐就有了，粤曲是近两百年的产物，吟诵怎么会学粤曲呢？只是毕竟我们是在粤语地区，所以两者无形之间也有影响。借此机会我带了一个音频过来，让大家听听粤曲究竟是怎样的。先听一听。［播放粤曲：《蕉石鸣琴·沙面风情》（吕君忾）天街夜凉玉桂香飘坠，散步最好西关沙面去。鬓影衣香浅笑，手挽手一对，满意步徐徐。夜灯摇梦碎。那边艇仔有粥买啰，食客多风趣。再睇这边柳底

月笼花雾垂垂，不禁羡煞并蒂芙蕖。闲雅心情，欢娱少年，相订长相聚。］

这首词是我在1963年、1964年的时候写的，当时写这首粤曲，是因为我相信吟诵跟粤曲有一点关系。什么关系？它从音韵上、平仄上、九声上说都非常有关系，那我们当时刚刚开始学习诗词，我就想究竟粤语的九声放在粤曲里面会怎么样？放在诗词里会怎么样？就专门去搞这个问题，所以一共写了十多首这个粤语的小曲，由于时间关系，就不放给大家听了，有空你到我家去听去。就是说，把这个东西搞出来，发觉如果你用粤曲的音乐配得这么一个词上去，大家听到了，应该说没有一个字是倒音的，它跟音乐配得天衣无缝，当然不是百分之百，但是起码来说它跟音乐是非常默契的。而这个是宋代以来词能唱的原因，我们把宋代能唱的词，变成了我们现在的粤曲，所以我们的词看起来跟曲是不是有点关系？它也是比较文雅的，没有那么俗，也是写起来还耐看一点的，是不会那么粗俗的。所以从这个事上，我就知道，原来音乐跟我们的文字是有贴切的关系的，你只要找得好，发得好，其实跟音乐也可以匹配得非常合适的，这是要跟大家讲的一个。

第二个，听完粤曲，跟我刚才的吟诵是不是完全不同？是完全不同的。它（粤曲）里面有什么东西？一个是它用音乐绑架住它了，你不能把九声稍微变一下，一变就会导致走音，所以当时没走音的，都非常准确；而诗词只讲究什么？诗词只讲究平仄，它不讲九声，所以诗词比较广一些，你搞平仄的时候，不需要把九声弄上去，因此诗用吟诵，粤曲就运用配乐，两个是不同的门类。另外，诗词是文雅的，它的文字非常合乎文字的要求，曲不是。如果用吟诵来吟，是吟不出来的，因为它很多本地的方言，很多俗语。为什么我选这一首来跟大家讲呢？因为它里面用了很多广州的土话，"那边艇仔有粥买嘞，食客多风趣。"这是广州话，你写成诗词就不对了，它不能这样写。而这首曲的文字就跟曲调配得非常好，所以曲是俗的，诗词是雅的，所以吟诵是雅的，曲是俗的，这个分别很重要。它多了什么？多了很多花腔，多了很多过门的渲染，让音乐先过一段它再放进去，"吟诵"不能这样做的，不是有板有眼，它有拍，无节，拍是有的，没有节，就是说，我吟诵"两拍"也行，"三拍"也行，没有规定，但是拍一定有，节的长短就没有了。而曲不行，曲的音乐不管你的，你一定要跟着音乐来唱，一快一慢，我们叫"撞板"。所以这两个是非常不同的地方。比如要吟诵出来这个文字是不行的，因为什么？它没有很规律的平仄的协调，它只是管着九声跟音乐的协调，它的平仄没协调。而诗词不是，诗词一定要非常有序地把平仄安排在一个非常恰当的位置，所以吟诵其实比唱曲还要容易，不懂音乐你唱不来曲，而诗词不是这样，你只管平仄就行了。所以诗词和曲差很远呢。

正因为这样子，"曲"它毕竟要走向没落。吟诵不会，因为吟诵简单，另外，它传承的是诗词非常严谨的格律。我们就说一句话，只要有中国人，只要有中国文字，只要还有中国的书可以读，吟诵就不会灭亡，为什么？它不是技术，不是艺术，它是方法。刚才的曲是艺术，你不懂音乐，就配不成，唱不出来。吟诵不一样，吟诵是一个读书的方法，所以我现在搞那么多，要给你们展示出来，就一个目的——展示出一种方法。我就放几段录音，其他东西以后再讲，我们的揭晓也就告一段落了。

现在吟诵推广为什么那么困难？在这几十年来，我们的传统文化、古典文学、经典不在教材里面，既然不在教材里面，学生也没得学，而我们的吟诵是读古典诗词的，你没这个对象我们怎么吟诵呢？吟诵鲁迅？吟诵谁？没有办法的，白话文不在吟诵的范围。所以，这一百多年来我们推广不起来，没书可读，就没有办法读了。那今天我们为什么要把它从"冷库"拿出来，重新"温一温"呢？因为这几年大量古典的作品放到中小学去了，你怎么承接这个传统？用朗诵行吗？我上次不是举了一个例子吗？朗诵和吟诵绝对把文章内容都解错了！所以用朗诵来解古典诗词它有缺点的，往往找不到作者的原意，太快了，一下子过去了，它没有跟作者互动，没办法用朗诵来读古典诗文。我就读一小段《论语》第一章《学而》。朗诵是这样的（广东话朗诵："学而时习之，不亦说乎？有朋自远方来，不亦乐乎？人不知而不愠，不亦君子乎？"）；吟诵就不是这样的，吟诵是有变化的（广东话吟诵："学而时习之，不亦说乎？有朋自远方来，不亦乐乎？人不知而不愠，不亦君子乎？"）。

同不同？私塾老师是这样教的，他跟刚才朗诵是不一样的。吟诵读文章，读什么？读它的文气，而不是读它的断句，你一读断句，文章的味道就变了。我再读一段《弟子规》给你听（朗诵："弟子规，圣人训，首孝弟，次谨信，泛爱众，而亲仁，有余力，则学文"）。这是老师教的，老师是不是这样教的？也差不离儿吧？念得就好像打快板一样。吟诵不是这样的（吟诵："弟子规，圣人训，首孝弟，次谨信"）。听得出分别没有？它强调，首先你要"孝弟"，要孝顺父母。"首孝弟，次谨信"就把这个文字读出来了，是不是？还有后面的（吟诵："泛爱众，而亲仁"），把"亲仁"拉到这么长，就是要告诉你，全世界的生物、动物都是有生命的、有感情的，你要爱他们，变成有仁义的一个人），最后一个"有余力"，读断它，（吟诵："有余力，则学文"），孔子说得很清楚的，我们是一读书就教他学文，错了，有余力才学文，没有余力学什么东西？学上面两个"首孝弟，次谨信"，还有学"仁义道德"，把"修身""立品"干好了，你才去读书。现在我们刚好相反，先读书，没有人管你的品德教育。所以读书怎么办？吟诵和朗诵就是那么南辕北辙，两者是有很重要的分别的。现在大量的古典文学进入中小学，问题是差什么？差师资。在座的有些做教师的，可能吟诵是什么东西都没听过。教师没学过吟诵，然后就很难把古诗文教好，所以培养师资是我们的当务之急。怎么把师资培养起来？我培养的学员，是培养中小学教师，让他们在第一线去培养他们的小孩去。

好，明白了吟诵的对比，我们不能跟着唱粤曲，也不能跟着唱京剧，也不能唱歌，歌曲里的那些字是不准确的，你不信就回去慢慢找一首歌曲出来，一唱就知道它完全不是这个字本来的发音。所以我建议，读古典文学、读诗词用吟诵；读现代文、白话文用朗诵。吟诵的时候要去朗诵化，朗诵的时候，你不妨带一点吟诵的味道在里面，我们就是要这样理解它。这是重点，该学什么就用什么去教他们，你不能教数学用唱歌去教吧？（唱）1＋1＝2，用唱的那就完蛋了！没有这样教的是吧？所以，不同的教材、不同的课本用不同的方法去教他们是对的。

那么我们推广吟诵为什么那么困难？这几年我也反省了一下，为什么那么容易学的吟诵，在我们读私塾的几天就学会了，为什么今天社会上的人我教了半年他们都不懂？后来发觉一个非常大的"拦路虎"在那里。什么拦路虎？平仄。大家一讲平仄都不懂的，我说朋友们，你们能把报纸的标题哪一个字属于平声、仄声、入声分得出来吗？他们说分不出。如果一个标题的文字，哪个属于平声、属于仄声、属于入声都分不出来，那么在吟诵中是没有办法教的，因为我们吟诵非常重视平仄的关系，等一下你就知道了，很简单，你懂得平仄，吟诵就迎刃而解。你不懂平仄，那还得学，学多长时间？那看你自己，李曲斋先生说过，聪明的三分钟就会了，不聪明的三年都不行，都是那么简单一句话，为什么有那么大的分别？一个是悟性，一个是你要不要学。如果是真正的广东人，三分钟也太快了一点，我看大概半个钟头可以了。在座的是不是有很多广东人？起码有一半吧？半个钟头学会平仄，敢不敢？普通话更简单，一分钟学会了。但是普通话有一个栽跟头的地方，你还要补两个钟头。

我现在开始教方法了。分春馆吟诵究竟怎么教我们？宋庸斋老师没有一句一句教，他每堂课吟诵两次，开头一次，结束一次，我们听了就完了，也没有学习，听着听着，听了几年就很熟了。他从来没有讲过吟诵，因为他知道跟他学的人，平仄是完全不在话下的，都懂。在座的，我不敢看小大家，我估计这里一半懂，一半不懂。不过在我的理解上，中国大陆三十一个省、直辖市、自治区，每一个省、直辖市、自治区都有一个办法把平仄教给他们的弟子，每个省都有。

我拿两个方法出来。一个是大家经常说的普通话调音的办法，一个是粤语调音的办法，普通话一条音轨，粤语有两条音轨，普通话一条音轨是三调四声，哪三个调？平声、上声、去声。你们都学过了，二年级、三年级的时候就学过了，一分钟搞清楚了。"yōng、yóng、yǒng、yòng"你把它读起来，"yōng、yóng、yǒng、yòng""wāng、wáng、wǎng、wàng" "wū、wú、wǔ、wù" "yī、yí、yǐ、yì"是不是一分钟搞清楚了？很简单的了，四个字"yōng、yóng、yǒng、yòng"，"yōng、yóng"是阴平、阳平，"yǒng、 yòng"是上声、去声。所以一分钟你就把平仄搞清楚了，学会了一半了吧？"yōng、yóng、yǒng、yòng""wāng、wáng、wǎng、wàng""wū、wú、wǔ、wù""yī、yí、yǐ、yì""wā、wá、wǎ、wà"就那么四个调，很简单，你们都学过了。

那为什么还要补两个钟头？因为要补入声。普通话没有入声，在六百多年前的元代就消灭了，所以我们现在没有传承下来，没有入声的话变成什么情况？一千七百八十多个常用入声就派到"yōng、yóng、yǒng、yòng"去了，所以这种入派四声，派到"yōng、yóng、yǒng、yòng"上去，一千七百八十多个！那第一个问题来了，一千多个入声，两个派平声，两个派上声、去声，平声叫作"平"，上声、去声叫作"仄"，很简单吧？入声一派进去，那么入声就变成不是入声了，有四百个阴平，有四百个阳平，有四百个上声，有四百个去声。换句话说，入声变成什么都不是，它也可能平，也可能仄。

那我怎么写诗词？怎么创作格律诗？你放入声进去，你说这个是平声，我说你不是；你说你这个是上声，我说你不是；那吵架吵了多少年？吵了30多年！1980年开始吵架吵到现在，现在很多同志才说，哎哟，真的有入声的哦，30年啊同志！所以说我两个钟头来让你们补课，已经进好大一步了，人家都搞了30多年了才搞清楚。平声、上声、去声表示声音的高低："yōng、yóng、yǒng、yòng"，入声表示这个文字的长短，广东话"国"就断了、"玉"就断了、"角"就断了，普通话没有，但是中原古音上的"国""玉""角""出""即""极"都是断的。没有文字的长短之分，文化断了一大截。我们的中国文字高低长短，做成一句话，它是波浪形的，在这里动荡，这个字就有旋律感，好像音乐一样，有旋律感，它到了一半，上去了，下来，又断了，又上去，又断了，这段时间里乐感就很强烈了。就好像我们拉琴的时候，到了那里就"嘣"打一下鼓，味道就不同了，所以没有长短的语音，它就显不出它的魅力出来。因此你一分钟学会了"dōng、dóng、dǒng、dòng""yōng、yóng、yǒng、yòng"，还要两个钟头搞清楚什么叫入声，别搞三十年，搞三十年你这辈子都完了。搞三十年你不能写诗词的。所以入声变得不伦不类，有人把它作为平声用的时候，那就出问题了，该用平声的地方，放了一个入声进去，他说它是平声，那格律诗、古典文学全乱了！他们就会说杜甫的诗是错的，李商隐的格律诗是错的，白居易的格律诗是错的，所有古人的格律诗都是错的，因为他们把入声变成平声了，能这样说吗？

所以，在我们用普通话来调音的过程中，因为它（普通话）只有三个调，四个声，没有入声，这是一个问题。古音有四个调，五个声，阴平、阳平、上声、去声、入声。中原古音比其他古音还要丰富多彩，九个声音。"两个阴平、两个阳平、两个上声、两个去声、三个入声"，总共九个声音。所以广州语言和中原古音的语言调音，它的音轨，阴平声最高，阳平声最低，入声字最短促，又分三个声音，中入声比阴入声要低一点，比阳入声要高一点。那么我们要怎么学这些东西？这个学习都大概要两天了。你记住这九个音，不管它什么文字，（用广东话演示音节）就九个音，它有什么好处？它把所有中国文字的声音都包括在里面了，就这么九个位置。上面是高铁，底下是地铁，中间是铁路转运站。所有文字你只要把这个文字读出声音，它一定在这个九个音里面其中一个，这是不是很容易学？

在这个过程里面，大家不妨多练习一下，那这样一搞，广州话是17个声母，配53个韵母，配起来一万多个音；中原古音九千多、一万多个配出来的；而普通话配出来两千多个，所以普通话同音字太多了，粤语同音字不多的。这个调音是很重要的，大家首先过第一关，其实这一关很容易的，你只要开声把它读出来，就可以很快掌握了，就那么九个声音，把它练好，就这么九个声音，涵盖了所有的中国文字。那怎么分辨啊？比如"中国"是平入二声，读出来就是"中国"（gwok3），"中国"（guó）就不对了。这个时候我们要分清楚，先把这个理念在脑里面想一想，尽管你不熟，把它记住了，两个调音方法，你要调普通话的，你就把入声找出来。入声找多少？因为它有一半去到上声、去声里，你不要管它，因为已经是仄声了，那些去到阴平、阳平中的入声字要找出来，一共有800多个，800多个尽管是常用的，在我们来说，最多认识一半，然后你找

400个出来，400个就容易记了。你记两三百个入声词，把它们死背死记。

遇到入声字用普通话读怎么办？读断它。"中国人民解放军""中华人民共和国"，遇到"国"字就把它读成"gwok3"，所以入声就把它读断，那就解决这个问题，毕竟是两三百个入声，一看到这个字就读断它，普通话就过关了，所以我说两三个钟头也差不多了，不要搞30年了，太长时间了，时间花不起啊！你过了平仄关，吟诵就迎刃而解了，什么问题都没有了，你马上看到这个字属于平声，属于仄声，属于入声那就过关了。

所以调音就是为了要你辨明中国文字，这个字属于平声，还是属于仄声，还是属于入声。平上去入组成一段文字的话，它就有旋律，有音乐感。因此你只要把平声、仄声、入声找出来，吟诵就很快可以学会了。这是我要说明的问题，它不难，难在要学音律是得花点工夫。大家有兴趣的话，就把这个搞一搞。很简单的事情，在我们私塾里面两天搞完了。为什么？有《声律启蒙》在那里，我们一学《声律启蒙》，两天就把格律搞清楚了。所以你们现在没有《声律启蒙》没有办法，去买一本回来看看，《声律启蒙》很重要的，它非常准确地把平声、仄声分成一对一对地对起来，很工整，很容易学会的。所以我们以前的教育方法，一进去就是《声律启蒙》，对于音律的理解就容易很多了。

下面要说到吟诵的办法了。广东话吟诵里面，只有阴平、阳平能跟简谱sol re匹配。"阳阴""sol re""长江"，那就可以。所以凡是能匹配sol、re的就是平声，不能匹配的就是仄声。这个是最快的速度，不说那么多了，慢慢再来学。

现在我们讲一下分春馆吟诵最基本的办法，我不是说要叫你们学会一句诗的吗？学会了一句诗，那么吟诵你就懂了。就那么快哦！学什么诗？学刚才的"相见时难别亦难"，你把一首七言的里面有入声的叶韵的句子拿出来，叶韵就是第七个字是平声的，你贯彻我的粤语吟诵的办法，那方法有五个，在这七个字里面都包含这五个方法了。所以学一句诗，你就学会吟诵了，是不是好快？那我就把"相见时难别亦难"跟你们讲一讲。

好，我们要这句诗用来展示粤语吟诵的五个方法。第一个方法是你平时怎么讲话你就发那么高的声音，你是曾志伟就发嘎嘎嘎嘎，你是徐小凤就发呱呱呱呱，这样子的，明白了吗？声调里面有把它发成"sol re""长江"，用你本身的调子，你是高音，低音都行，只要把 sol re 定下来，我们叫作"以声定调"，以两个平声来定调，一个音为阴平 re，一个阳平 sol，就是"阳阴"，把它调清楚了。定调定下之后，所有的文字是阳平的你就放到 sol，是阴平的就放到 re，以后那个字就不会错了。就这么简单，以平声来定出 sol re 的调出来，搞清楚了吗？

第二个，仄声的，我们打个符号上去，比方这个是"一拍"，那么"相见"半拍，"相见/时难//别亦/难///"我们叫它诗步，诗步就是两个字一步，两个字一步，是我们传统格律诗特有的。现在我们这个诗步跟朗诵有不同的地方，朗诵是四个字一步，我们是两个字一步，所以朗诵的时候是"黄河远上/白云间"，是"黄河远上"四个字，不是"黄河/远上"。我们诗步是"黄河/远上"，朗诵是"黄河远上"，所以大家记住了，我们用诗步是"黄河"这两个字一拍，"相见"一拍。这个"难"字，是我们的诗中很奇怪的一个结构。我们看诗的第二个字（河）和第四个字（上）、第六个字（云），是平声、仄声、平声，"相见时难别亦难"，"二四六"是见、难、亦，是仄平仄，所以"二四六"一定是"仄平仄"或者是"平仄平"，一定是"仄平仄，平仄平""平仄平，仄平仄"这样打节拍的，很有规律的。但是注意仄声的话是一拍，平声的话是两拍，我们在"相见时难别亦难"上面加，就是"相见/时难//"。第二个方法叫"平长仄短"，这下明白了吧？

第三个方法："难"这个字是韵，读韵的时候再拖长一拍，"难"多一拍，再多一拍，那么这个句话就是"相见/时难//别亦/难///"，学会了？我告诉你这样学会了不好听的，我忽悠你们的，下面还有两个方法要学。

第四个方法，这个方法很难理解。"相见（一拍）时难（一拍，拉长一拍）别亦（一拍）难（一拍，拉长两拍）"很简单是吧？看清楚了，来到这里有一个词——"倚音"，"倚音"是粤语吟诵的灵魂，没有"倚音"的话吟诵不好听。什么叫"倚音"？大家学英语学过的，原来我们中国文字是由声母和韵母拼起来的，大家说"dōng"，声母"d"加上韵母"ōng"，拼起来叫"dōng"，现在你就不是这样拼了，因为你读的我们叫作"合成音"。现在我们讲话发言完全是合成音，"东方红""太阳升"，是不是这样读？原来吟诵不是这样读的，原来"东方红"每个字都是由声母韵母、声母韵母、声母韵母拼读起来的，所以倚音又最后把声母、韵母拆开，倚音的意思就是把这个字拆开来，声母、韵母同时发两个音，这也很容易理解吧？就是把这个音变两个。这是第四个方法。

第五个方法，也是一样的，就是韵字的处理。我们说为什么韵多了一个音节？往往说这个是拖腔。拖腔是我们学粤曲的术语，吟诵就是学粤曲的拖腔。"天街夜凉玉桂香飘坠，散步最好习惯沙面去"这个是有拖腔的，我们吟诵就把粤曲的拖腔拿过来。"难"字我们怎么做到拖腔呢？要特别强调这个语音，把它再拉长，比方这个语音，我们是一个"难"，你这个地方更加加强了"难"。那就成了。

总结一下：第一个我怎么说话吟诵就怎么发音，就用 sol re 来定平声；第二个，仄声一拍，两个字一拍，短的，平声加多一拍，这个叫"平长仄短"；第三个，有倚音，把一个字变成两个字来读，也很容易学吧？第四个，韵字拖腔。现在讲了四个，那还有一个呢？入声，我们在这个地方有特别的要求。"相见时难别亦难"，两个入声"别""亦"，遇到两个入声，我们各自休止四分之一拍，在写的过程里面，它是这样读的，遇到入声的话，在它需要的时间里面休止四分之一拍，或者休止二分之一拍。好，一二三四五，完了，毕业了！

中国的诗两句，其实是一句，相信不相信，你把一句学好了，十万首唐诗就会吟诵了，所以我们粤语吟诵就够胆向全国说"我学一句，读四万首"！所以我们叫作"以一应万"，不是要每一首诗都配曲，每一首都是配一个曲上去那就完了，我们拿起来就吟诵。我在北京为这个吃了两顿饭。他说："吕老师你这么厉害？我不相信！"我说你把唐宋诗词一写我就吟，写哪一首我就吟哪一首。他不相信，说，"我们每一首诗都配音乐的，还要背啊"。我都不需要，我就这样的，你写出来一首，一写我就吟一首，就是这个办法，所以"以一应万"是我们粤语最重要、最能够推广的地方。跟学生们讲，跟你们的学生讲也那么简单，你再来一遍（吟诵："相见时难别亦难"）。是不是很简单？把它套到诗词里面去，用这个办法打上叉叉，打上符号，你自己也可以吟诵出来，是吧？那底下的也一样的，我不写了，"东风（多一拍）无力百花（多一拍）残（拖两拍）"够了，你打着拍子，那就变研究生毕业了。你看多快！第一句就是本科毕业，第二句就是研究生毕业了，所以我这个学校可以很快毕业的。这两句，所有诗都这么吟诵，它来来往往就是这么几句，你就掌握它"二四六"位置的平仄，"仄声一拍，平声拉两拍，韵尾三拍"，完了。是不是很简单？所以我刚才吟诵都是这样的情况，你听着拍子很准确，它的节奏没有乱的，都是这个方法，你按照这个方法来就行了，用这种方法很简单也能把文章读出来了。（吟诵：夫天地者，万物之逆旅也；光阴者，百代之过客也。而浮生若梦，为欢几何？古人秉烛夜游，良有以也。）这样就是读文章了，是不是一样啊？诗词有规律，文章是没有规律的，但都是平长仄短，都是有一个倚音在里面，套上去，你练熟以后，那就什么文章、什么诗词、什么经典都可以读了，是不是很快？所以这套方法，为什么我的老师不需要专门教我们？他只要身体力行，他每次课吟诵两次，听得多了你就明白了。其实总结起来也就那么五个方法。用你的腔调来吟诵 sol re，把它定下调来，sol re 就是阳阴，"re sol"就是"阴阳"。但是你的声音高就高，低就低，不要变调。诗它有奇怪的地方，叶韵不是阳平就是阴平对不对？很少有仄声韵。

那这个地方，我们拖腔怎么拖？凡是阳平的"la sol"，凡是阴平的"fa re"，"相见时难别亦难""la sol"对不对？"东风无力百花残。春蚕到死丝方尽，蜡炬成灰泪始干（fa re）。"

刚才有位图书馆的主管说都没有人讲方言啊，怎么进行母语吟诵？我说母语吟诵指的是你从小说什么话，那就是母语，你说普通话，那普通话也行。（普通话吟诵：相见时难别亦难。东风无力百花残。春蚕到死丝方尽，蜡炬成灰泪始干。）对不对？是不是用普通话也可以用我们粤语吟诵的方法吟诵出来？不要担心，以为一定要学广州话，一定要学杭州话，一定要学安徽话，不需要，你就用你的土话来吟诵，但是一定要遵循这个方法。我就讲到这里了，那至于能不能毕业，我是已经写好了毕业证书了，你拿不拿随你便，好吧？

第四讲
词学八美

——以南朱北寇为例

主讲嘉宾：魏新河

时间：2019年5月11日 19:00—21:00

> **魏新河** 号秋扇，斋号孤飞云馆、小梦庐。空军飞行大校。自幼研习诗词书画，尤致力于词学，旁及小学经籍。著有《孤飞云馆诗词集》《秋扇词》《秋扇词话》《论词八要》《词学图录》《词林趣话》等。

很高兴在周末的晚上和大家一起交流、探讨有关词学方面的特质美的问题。看到我的很多朋友，以前在不同的媒体上听过我的课，在一起交流过，今天在这里重新把词学的美的主要方面和大家交流一下。因为我们这个班是鉴赏和创作班，所以我们侧重在创作上。

今天的课我会以朱庸斋先生、寇梦碧先生创作的词为案例，来阐释词学八美。词学的八个最核心、最重要的美的方面。如果我们在鉴赏和创作过程中找到了这八个方面的美，写作过程中达到了这八个方面的美，那么我们一定是成功的。

我为什么这么说呢？不是说我总结的这八个方面的美就是很重要的，我整理、归纳的是所有的在前人历代词话、词学著作中的重要的八个方面。清代有一个词学家叫孙麟趾，他有一部词学著作叫作《词径》，学词的门径。他在书中概括了十六个方面。20世纪90年代去世的一位著名的词学专家叫缪钺先生，和叶嘉莹先生一起合著过一本词学著作，叫作《灵谿词说》；可能在座有人看过。他总结词的四个方面，那就更精练了。所以我综合了历代词学的理论方面的著作，归纳了八个方面，当然也注入了我个人的一些理解。我们今天就来探讨这八个方面的问题。如果大家有什么不同的意见，我们课后会留出交流的时间，我们再一起来互动探讨。

朱庸斋先生是我们广东著名的词学家，前段时间陈沚斋在这里讲了朱庸斋《分春馆词话》，我就不详细讲了。朱庸斋先生比寇梦碧先生小3岁，朱先生是1920年出生，寇先生是1917年出生。这两位先生在20世纪的词学界有"南朱北寇"之称。他们一生致力于词的创作和研究，以创作为主，受到这个世纪词学界的公认，所以当时称"南朱北寇"。寇梦碧先生是天津人，他早在20世纪40年代就创办过"梦碧"词社。在中国的诗词组织的活动史上，"梦碧"词社活动了大半个世纪之久。一个词社活动这么久，不说绝无仅有，也是很少见的。这位先生一生致力于词的创作，直到1990年去世，词写得非常好。他的名字"梦碧"就体现了他的崇尚，"梦"就是吴文英，号梦窗，"碧"就是王沂孙，号碧山，这是南宋两大家。他们两位主要是崇尚南宋，兼取北宋，两宋精华融于一体，写的作品很好。我们稍后在每一个要点里都会引用到他们精彩的词句。

前几天我做了一个课件，如果大家听着觉得很枯燥的话，可以看看背景图。这些背景图都是我的画，大家可以看看。

词这种形式，前面有很多重要的内容，大家谈到过。陈寅恪先生在给邓广铭作序时有这样几句话："华夏民族之文化，历数千年之演进，造极于天水一朝。后渐衰微，终必复振。"他说我们华夏民族的文化，经过数千年的演进，在赵宋这一朝，达到了极致。两宋最典型的文学体裁是什么？是词。我刚才谈到缪钺先生，缪钺先生的书写得特别好。他在40多岁时出了一本书《诗词散论》，内容好得我都舍不得读。后来我和别人交流，人家也都说缪先生的文笔太好了。建议大家可以去看看这本书。他说，词为中国文体中之最精美者，最精美的体裁就是词。著名学者饶宗颐也说，"文体之演进，至此而臻极致焉"，文体的演进到了词，就到了极致了。所以词之后，再没有什么更好的文学体裁出现了，也就是陈寅恪先生说的，"造极于赵宋之世"，到顶点了。它这种美宏观上我们不讲了，我们今天就讲具体的八个方面。

第一个方面，"清"。"清"的本义从文字学上来讲，就是水很澄明，没有渣滓。像南北朝时期，说魏晋名士是清流，不是清流的，就是浊流。这个"清"说明词应该是很纯粹、很干净、很高雅的。"清"本来有好几层意思，讲两个主要的，第一个讲"雅正"。"雅"的原始意思就是"正"，雅正就是我们要走正路。

历代论词都把"雅"作为第一目标，如果不雅，怎么写也好不了。什么叫"雅"？我们刚才说的"雅"是"正"，那"雅"的对立面就是俗。"俗"就是大众化。大众共同拥有的一种风气叫"风俗"，所以大众化的东西就是"俗"的；我们要想不俗，就得从"俗"中拔出来，脱出来，超凡脱俗，超出平凡，脱离平庸就是超凡脱俗。词也是一样，它就是从大众中来，但是一定要高于大众，要是不高于大众，那就是"俗"的。准确地讲，"俗"就是大众化，我们要追求高雅、追求雅正，就要高于大众，那就是"高雅"。所以词论开宗明义，第一前提就是追求"雅"。清代有一个大词人厉鹗，那词好得不得了，他是姜夔、张炎这一派——浙西词派的一位集大成者。清代大词人朱彝尊说"家白石而户玉田"，家家户户学姜夔、学张炎。白石就是姜夔，张炎号玉田，"家白石而户玉田"，影响就有这么大。因为他们的东西政治性不强，所以在以前主流的宣传上，他们并不著名。但是他们的艺术性非常强，因此一直从南宋影响到清代、民国乃至当代，我就是学姜夔出身的。厉鹗是他们这派的集大成者，他说"由诗而乐府而词，必企夫雅之一言"，"一言"就是一个字。说我们无论是作诗乐府诗还是词，要追求的就是"雅"这么一个字，而且必须追求。"企"就是踮起脚跟，指追求、向往，我们必须追求、向往并努力达到"雅"。清末民初有四大词家：王朱郑况——王鹏运、朱孝臧、郑文焯、况周颐。况周颐的词也非常好，而且他有一部词话写得很好，叫作《蕙风词话》，在这部书里面他有这样一句话，叫"俗者，词之贼也"。一俗，词就没有办法好起来了，所以一定要超凡，超过平凡，脱俗，从俗中脱离出来。我们在写的时候，大众化的意思不要用，大众化的词汇不要选取，大众化的造句的形式不要取，这样才能"雅"。

现在说文艺、文化是为工农兵服务的，没错。是要给大家看，带来美感，可要写得大众化了，大众也不爱看。你跟我一样，那我看什么？你的词汇、句子、思想、情感跟我一样，我也能这样，我看你干什么？你一定要比我高我才想看，对吧？哪一天我们全中国人民都坐到音乐厅里听交响乐去了，交响乐就俗了，一定会有新的、更高雅的音乐形式诞生，可能是古筝、古琴或者什么新乐器。所以我们填词的第一点就是不能大众化，内容要是从大众中提炼出来的、从日常生活中提炼出来的，走到大街上不要光看高楼大厦、汽车、空调、尾气，你看到的是杨柳依依、一弯新月，这就是大众平时不注意的。大众看是看哪条街霓虹灯漂亮，哪个商店人多，哪个馆子人们都在排队，但我们注意的恰恰是这之外的，比大众要高一点的美的东西，这就"雅"了。

朱庸斋先生有一年跟陈永正先生划着小船到广州城南边的村子里去游玩，写了一首词叫《探春慢》。他这里面有这样几句，写他们划着小船在春天野外的广州城南村子里来回穿行。这是其中的三句，"迓客凫亲"，"凫"就是野鸭子，野鸭子还有一个名叫"鹜"。它们在水里见到鱼，"忽"一下子就追上那个鱼去了，这个动作就叫作"趋之若鹜"。野鸭子能在水上游，所以我们现在游泳就叫"凫水"，就是这个"凫"，它其实是一种动物类了。"迓"是迎接的意思，走过去迎接，叫"迓"。迎接我们这些远客的野鸭子跟人很亲，大众看到了，但是大众没说出来，那这就比大众高。"援波橹瘦"，"援"是牵引的意思，拉着、引着，"波"就是水波，引着水波纹的橹。那个船桨很瘦，这个"瘦"就可以有两个解释，一个是"很瘦小"。如果讲瘦小的意思，说明这个船就很小，两个人在一个小船上，用着很短的、很小的桨在水面上划。这个"援"字朱先生用得多好！小船，两条桨，拉出两条长长的波纹，这就是"援"，牵引着你，拉你一把。所以我们还有"支援""援助"等词。牵着、拉着，就是这个形象——一个小船，两条小小的桨，很瘦小的桨，或者说很精干的两条小船桨,牵引着波纹在水中走,这就叫"援波橹瘦"。一讲大家都明白,可是这些字,多美,都不是常人经常用的,这种现象也不是经常被人说起的。可是一说起,就有同感,这就是从大众当中提炼出来的。"暂绾东风吟艇","绾"是绾结,把头发绾起来。艇是小船,大家别一见到"艇",就想到很大的一个大艇,有大艇,有小艇。在东风中行进的,我们坐在上面吟诗的这条小船暂时就被这周围的东西挡住了,绾结住了。这些成群的野鸭、这水中波纹,就把我们挡住了。这个"绾"字用得多好!每个字都那么新颖而典雅,不是大众化的。我经常说,写诗用一个词,"祖国",这诗就完了!因为大众化了。本来"祖国"这两个字是很典雅、很有感情色彩的两个字,我们世世代代、祖祖辈辈生活的这片土地,这叫"祖国",我们的祖宗都在这个国度生活着。这个"国"字里面是一个"或","或"就是地域的"域",这一片热土是我们列祖列宗生活的,是祖国。可是用的人多了就俗了,走的人多了,这地就硬了,就成了路了,就失去了原野的芬芳。

朱先生还有一首《琐窗寒》,里面有这么三句:"密柳藏灯",我想大家都有过这个经验,特别是下夜班回家时,茂密的柳树里藏着灯。"柔波款月",看到波纹很柔和。"款"是什么意思?"款"在文字学上最原始的意思是"诚意、心诚、诚实",叫"款",后来形容对待一个人很真诚。这儿柔柔的水波就在"款"月亮,对月亮心很诚,因为水波容纳了月亮,月亮映在柔波的怀抱里,这就叫"款月"。柔柔的水波对月亮那么真诚,这多好!这一切景色在哪儿呢?在那晚风吹拂的一个池塘边的馆舍边上,"晚风池馆"。多美!我们经常去逛公园,经常去一些园林,经常见到这些,但是你有没有把它写下来呢?写的人少,你写到笔下了,你就是雅的;等着所有的人都"柔波款月"的时候,你就别写了,不然就俗了。这是"清"的第一层意思"雅正"。我们也经常说"清雅、醇雅"等,都是从这个"清"字里面引来的。

第二就是"清空"。这两个字大家可能很熟悉,这是我们词学中特别特别重要的一个学术概念,词要是"清空"两个字达不到,绝对好不了。"清空"是大词人张炎评价前人的词时发明的两个词汇,一个是"清空",另一个是"质实"。他说姜夔的词清空,吴文英的词"质实","质实"是贬义的,"清空"是褒义的。沈雄在《古今词话》里对"清空"给予如此高的评价:"玉田清空二字,词家三昧尽矣。"把词家最要害的诀窍说尽了。词和诗不一样的地方,也就在我要讲的这八个方面,词有独特美的地方也在这八个方面,而其中"清空"是非常重要的。什么叫"清空"?我们刚才把"清"讲了,"清"就是纯洁,不染尘俗,里面没有油盐酱醋,没有烟火气,那么干净,那么纯粹,那么洁净,那么高雅,这就是"清"。"空"就是别写得太实了,我们不能太现实化了、太生活化了,要把那些"实"的东西给弄空了,写它的精气神。比如我们写梅花,要是写梅花五个瓣,瓣中间有花蕊,每一根蕊须上顶着一个蕊头,下边是花萼、花蒂,花蒂有红色的,有绿色的,这就叫"质实"。你从它实际的质地去写,这就是"质实"。"清空"是我不描写这些质实的东西,我写"只留清气满乾坤",这就叫"清空"。不盯着它具体的形象去写,而是写它虚的部分、空灵的部分。《道德经》讲,只有空才能容物,你把词写得实了,里面就什么都塞不进去了。只有"空"里面才有气息流动,才能灵动,所以一定要写得空。像元代大画家王冕,写墨梅画,"不要人夸颜色好,只留清气满乾坤"。这就是写梅花的精气神,这就叫"清空",很干净,很空灵,没有盯着写梅花有白色的,有红色的,有粉红色的,有酱红色的,等等。没有这么去写,没有盯着它的颜色、形象去写。说白了,我们不能做"照相机",更不能去写高清大图,就要事物的精气神,形象以外的那些东西,这才叫"清空"。

　　姜夔有两首词写梅花,《暗香》和《疏影》。王国维在《人间词话》说姜夔不懂写词,没有一个地方写着梅花,可是专家评价姜夔这两首词好得不得了,前无古人,后无来者。就是因为他没有盯着梅花的具体形象去写,没去做一台"照相机",没去做一个写生素描的人,他写的都是它的精神。王国维先生这个人很聪明,但是他一生中对词只研究了一年左右,就写了一部影响力很大的《人间词话》,当然争议也很大。他反对"清空",少数的反对清空的人中,王国维算一个。他说姜夔写得"隔",总隔着一层,看不清、看不到梅花长什么样，也看不到它的颜色，他不要求传神。这是不对的，诗词特别是词恰恰要写形象以外的东西，要追求精神，追求气息，追求灵气，不要形象。当然形象也不是说不能写，但是不能用主要的精力来写。我们要求的是追求它的精神情感、思想，我们不是在画画，也不是在做素描，更不是照相。

夏承焘先生是20世纪三大词学理论家之一。我们刚才讲"南朱北寇"是以创作为主的，他们写得好。三个词学理论家，夏承焘、唐圭璋、龙榆生，三位先生各差一岁，夏先生出生在1900年，这一年就是庚子年，八国联军侵略北京的一年；1901年唐圭璋出生，他整理《全宋词》；1902年龙榆生出生，龙榆生给我们词学当代的理论奠定了一个大框架。张炎有一部著名的词学理论叫《词源》，夏先生在给张炎的《词源》作注时这样概括，张炎所谓"清空"的词，是要能摄取其神理而遗其外貌。写梅花不要五个瓣，不要红颜色的、不要白颜色的，要那种"只留清气满乾坤"的"清气"；质实的词是写得典雅奥博，但过于胶着所写的对象，显得板滞。这一点和大家共勉，一定要牢记这是一个纲领性的东西，千万别写得实了，一定要从虚的那一部分、空的那一部分入笔。写它的清气，别写它的五个瓣。

我们看朱先生，他有一首词叫《山姝媚·过绿海楼》，这个地方可能是跟他感情生活相关的一个地方。他偶尔有一次又路过绿海楼，那心里一定是有波澜的，但他没有盯着楼写。我们看看他是如何写得清空的。"渐绿汀洲"，水边上的汀洲已经绿了，那就到了春季中间，或者暮春时节了，草都长高了。早春的时候是浅绿色的，再早一点远看才有绿色，"草色遥看近却无"，那是早春。再后来就是"鸭绿鹅黄"，这柳条刚长出来，它是金色的、浅黄色的，一绿了，那就到暮春了。这个季节我路过了，让我迷惘的绿海楼，我路过这树，"唤旧情都是，数声啼鸟"。几声啼鸟，召唤起我以前的情怀来了。颜色、声音全是虚的，没有盯着物象去具体写。几声鸟啼把我的旧情给唤回来了，说明以前我们俩经常到这儿来听鸟鸣声的。现在"单舸来时"，现在我一个人划着一条小船重新来这里的时候。"单舸来时"是个精细的对照，他没有直接说"我的那个人不在了，离我而去，我们分别了"，没有她的音信，没有这样直接说。他全是旁敲侧击来写，从虚的、空的部分写。"问载得落红多少"，我一个人划一条小船来，我这条小船能够载得起多少落红？大家注意这个"落红"，多么轻盈的东西，可是"落红"意味着什么呢？第一，落红意味着失去了春天，春暮花落；第二，落红失去了自己所依赖的枝头；第三，落红从枝头上飘下来的那种飘零的迹象，他的一切的情怀就在这"落红"两个字上。我这条小船能装多少落红，我现在一个人又能承受多少失落？就这个意思。当然你还可以想很多，这就是"清空"，没有盯着那个具体事儿去写，全是从旁边入笔。

我们看下一段，秦少游从绍兴进汴梁去见苏东坡，苏东坡问："你最近作什么词了？"少游说写了一首《水龙吟》，有两句："小楼连苑横空，下窥绣毂雕鞍骤。"说我在一个小楼庭院连着，一直横空不断的地方，往下一看，看到"绣毂雕鞍"，"毂"是车轮，"鞍"是马鞍，就是非常漂亮的车子和马、马车。女孩子的马车就是"绣毂雕鞍"，"骤"，很快。这就是盯着事物写，这就叫"质实"。所以苏东坡嘲笑他，十三个字只说得一个人车骑楼前过。东坡说"你看我写的"，徐州有个燕子楼，是关盼盼曾住过的，关盼盼这段事情可能大家都很清楚，他说"燕子楼空，佳人何在？空锁楼中燕"。这个楼里白白地锁着燕子，人已经不在了，今昔之感都在笔下，这叫"清空"。所以我们总结写"清空"三个方法，第一个写它虚的那一部分，第二个写它动态的那一部分，"虚动"，别写它实的那一部分，要写它空的那一部分。再一个"衬托"，就是要写和它相关的。朱先生到了绿海楼前，他想念起昔日的恋人来了，但是他没有写她，他写的是鸟把旧情唤起来了，写的是我这条船能载得住多少的失落，能载得起多少的落红。这是衬托，拿周边的、侧面的入笔。第三个就是联想，写你见到这个东西引起的联想，这就能避免质实。

第二美，"轻"。"轻"很简单，就是写轻盈，我们别挑那些很重的、很实的，很没有诗意的东西去写，挑选那些空灵的、轻盈的东西来写。词之所以精美，就在于它精细、精致，不用那些特别大的、拙重的意象，选轻的东西。寇梦碧先生有一首《清平乐》，最后有这样两句，他说"满地碧云如水"，天上的绿色的云，被太阳一照投映在地上的影子，像水一样。大家记得苏东坡有一个月夜和张怀民漫步，忽然发现庭下地上如积水空明，就像水一样。仔细一看，是竹子和柏树的影子。这儿也有那个意境，天上碧云的影子投在地面上像水一样，满地碧云如水。"梦痕绿上桐阴"，我的梦的一丝痕迹就被碧云的绿色照映着飞上了梧桐的树阴。这都是很轻盈的东西，他不写那些很拙重的。我们看朱庸斋先生他们是怎么来回避那些特别拙重的、沉重的、不轻盈的意象的。"照坐颓蟾"，照着独坐的我的月亮都已经累了，很颓废了，"颓蟾"就是后半夜了，月亮都已经开始很颓废、有气无力的，开始往下落了。他一个人在那儿坐着，一定是有心事的，否则一个人为什么坐到后半夜呢？而且是在外面坐着，月亮都已经下坠了，他还在那儿坐着，为什么呢？"又孤影、偷分兰炧"。他的影子很孤独，这影子哪里来的呢？是被那月亮和灯火照着产生的。"偷分兰炧"，"炧"是什么？蜡烛快烧完了、快着完了，最后那一段残蜡，那叫"炧"。这个孤影是偷偷地，是从残蜡那儿分来的。大家想想，没有光源哪来的影子呢？"颓蟾"和"残蜡"就照着我的孤影，全是这种虚的东西，不是实的，所以它就轻盈。

  第三美是"静"。"静"是沉静，就是我们写诗、填词的人要有这样一种心性，任何时候都是很沉静的、不浮躁、不焦躁。即使我们心有所感，或者我们情绪在波动，但是表现出来的仍然是波澜不惊这样一种沉静。可是在当代很浮躁的社会风气下，整个社会都缺乏这样一种静，特别是那种"神骨俱静"，骨子里面、精神上的那种"静"，更缺乏。词就很讲究这一点，前辈、前贤们多次论到这个"静"字。寇梦碧先生有一首词《阮郎归·海河逭暑》，"逭"是逃避的意思，《说文解字》说是"行而避"，跑着去回避一个东西，叫"逭"。逭暑，就是到海河边上去避暑，逃避暑疾。以前没有空调，人们顶多拿把扇子扇一扇，就很凉快了，到水边去感受一下水面来的那一丝凉意，就觉得很享受了。现在我们空调这么吹着，反而已经不知道水边上那种美好的感觉了。他写"七分水色二分灯，一分微月明"，你要是没有一种很沉静的心性，心浮气躁是观察不出来的：他一看这一片颜色，如果是十分的话，可以这么给它分，水色占了七分,灯色占了二分,还有那黯淡的月光占了一分。接下来写"淡云来往月无声",淡淡的云在夜空中这么飘来飘去,月亮都没有声音。月亮本来就没有声音,盯得久了,越盯越静,越看越静,觉得这个月亮是怎么没有声音呢?其实是人很静了,所以结句写"心平潮也平"。这就叫"神骨俱静",我们写词要有这样的境界。

他还有一首《踏莎行》。"起来闲绕曲阑行",半夜睡不着就起来了,很悠闲地绕着弯弯曲曲的栏杆散步。看到什么?"万花悄悄和烟睡",所有的花都在那儿静悄悄的,和笼罩着的一层烟雾一起都睡着了。心不静的话是观察不到这个的。岳飞有一首《小重山》,其中有一句"起来独自绕阶行,人悄悄,帘外月胧明"。寇先生这词可能是从岳飞词脱胎来的,他起来也遇到这种境界,产生这种心境,于是就想起来了。但是他比岳飞更细致一点,看到所有的花都悄悄地在一片烟雾迷蒙之中睡去了,于是马上就想到苏东坡看海棠。东坡到了半夜,害怕那花睡着,"只恐夜深花睡去,故烧高烛照红妆",故意地烧着高高的大蜡烛照着花,不准睡。这太无情了,不像况周颐写《望江南》:"怜花瘦",我可怜的花都已经瘦了。"花瘦"就是落瓣了,原来这么大一朵花,落了一半,花瘦了。"移入绣帏中",我就把它移到珠帘绣帏中,害怕风吹着,害怕冷空气冷着它。"掩却碧纱屏十二",落下十二道帘幕护着它,防止冷空气进来,防止风吹着。"晓来依样有残红",最后一句还说"不敢怨东风",如此厚道,温柔,跟东坡正有一比。东坡是不让人家睡觉,这儿是护着它,它还在落,我也不敢怨东风,还是我没有照顾好,还是我没有呵护到?还要自己找原因。这就是"静"。

朱先生《曲玉管》说"待卸银钩",以前的帘子都有钩子钩着,有的是金的,有的是玉的,有的是银的,我等待着卸下那银钩,帘子就垂下来了。"隔去帘外芳尘",把帘子外面那些芬芳的尘色就隔断了。"过黄昏",我要这样度过这一个黄昏。我们不管他是什么心情、背景,总之很静。即使他在怀念或者是深深地怀念,或者有一丝怅惘,但他表现出来的是很静的。

第四美是"小",在历代先贤的论词著作中都选用了这个字。因为词很精细,精美纤细,所以词人选取的这些景物都应该是精细的、小的，不是那种大的东西。因为婉约派始终是主流——"婉约"不是软弱的意思，"婉约"是含蓄的、内敛的、柔韧的力量，柔韧的力量比刚强的力量还要来得深沉而持久，所以词里面选取的意象都是比较小的，以小见大，小中见大。我在读两位老先生的词集时，突然发现他们有两句非常像。据我所知，两位老先生生前没有交往过，可是他们有两首词的前面八个字特别像。1987年我去天津拜访寇梦碧先生，走的时候，他们在半梦庐为我饯行，寇先生写的赠别词有这么几句，"饯梦杯深"，我们共同拥有一个梦。那个年代诗词就是不合时宜的东西。我那时十来岁，老先生见到我，觉得是看到了一个承继这个梦的年轻人。现在我要走了，他要为我饯行，就觉得这个梦被饯别了。饯别这个梦想的酒杯很深很深，永远有喝不完的饯行酒，说不完的话。"题香烛短"，题写芬芳诗句的蜡烛很短。古人在蜡烛上刻上刻度，比如从这个刻度燃烧到下一个刻度，你还没有想起诗来，要罚酒。蜡烛是和诗词密切相关的。"题香烛短"，蜡烛很短了，就是在一起待得很久了，所以才说"白头惜别情无限"。朱先生也有一首《高阳台》，是他在湖南年三十晚上守岁写的，也有这两句"饯梦杯宽，偎人烛短"。所以他们在表达自己情感时都选这些很精美的小意象，酒杯、蜡烛等，都是这些东西，很少写高山、大川，而且善于从细节上以小见大。

  朱先生写《过城南故园》，路过城南他家的老宅，说"画槛依然"，雕梁画栋的那些栏槛还依然如故。"低护旧芳丛"，还在低低地护着那些芬芳的花丛，景色还是这样子。"凄迷碎雨"，雨下得很琐碎、很凄迷，这就有意思了。"乍掩却、苔径鸳踪"，一下雨——"乍"是刚开始——就掩盖了长满了青苔的路径上的鸳踪。雨很碎，噼里啪啦地把我们当年的脚印，当年一起走过的踪迹掩盖了，都是从这些细节上、很精细的地方着眼，小中见大。

  第五美是"远"。你写景也好，写情也好，词的抒情性更强。诗是言志的，抒写志向、志愿更多一些，当然诗也言情，但相对而言词的抒情性更强。我们知道中国第一部词集叫《花间集》，里面是18个人500首作品，这500首作品统统只有两个题材——爱情和美女。所以词最初为什么被人们喜欢，就是因为它的抒情性好。那些当官的士大夫们都要写那些道貌岸然，庄重、典雅、高古的道德文章，可他们也是人，他们也有七情六欲。但是他的私人化的情感不能写在庙堂文章上，突然发现词这个形式，太好了，终于我这一份旖旎的情怀找到一种寄托的体裁。所以词最开始全是抒情的，而且只抒恋情，"词属艳科"就是这么来的，男女两性感情方面的东西都可以叫"艳"。

《花间集》一开始就是写美女与爱情的。著名的李后主和他的小姨子小周后两个人幽会，留下了一首著名的词《菩萨蛮》："花明月暗笼轻雾。今宵好向郎边去。刬袜步香阶。手提金缕鞋。"他们是幽会，皇帝和小姨子关系不正常，所以小周后怕别人听到，她就把鞋子脱了，手提金缕鞋，光着脚丫，她怕出声音，"刬袜步香阶"。见到李后主之后，"画堂南畔见。一向偎人颤"，依偎在他身上直颤。很多人不知道"颤"是什么意思，她紧张，突然见到他了，"终于见到他了，没被人发现"。"奴为出来难，教君恣意怜"，我要出来很难，今天晚上你想怎么喜欢我就放开来喜欢我。"教君恣意怜"，"怜"就是爱怜的"怜"，今天晚上让你爱个够。这是李后主，一个皇帝写的。

词的抒情性更强，这个情不能说完了就完了，要言有尽而意犹未尽，写景要写得很悠远，抒情也要抒得很悠远。言有尽，意无穷，声韵很悠远，情韵也很悠远。况周颐就说，"词有淡远取神，只描取景物，而神致自在言外，此为高手"。光写景物，我这船能载得起多少落花，这就是高手。说我的船载得起多少忧愁，这就是第二高手。李清照就写"只恐双溪舴艋舟，载不动许多愁"。要是写载落花呢，落花的意象多丰富——失去了自己依赖的枝头，失去了自己美好的青春时期，失去了很多很多很多。

再举两个别的写景的例子，刚才况周颐说的高手欧阳公写的。这首写春草的，"平芜尽处是春山"，这一片荒草地以外是春山。"行人更在春山外"，我爱的人走得那么远了，我顺着这一片芳草地望到尽头，只望到了山，我又望那人还在山外面。这是情境俱远，让你想象不到头。而姜夔的"渚寒烟淡，棹移人远，漂渺行舟如叶"，这一片小树叶一样的小船载着我的人越来越远，越来越远，

"孤帆远影碧空尽",看到天尽头,看不到了船。词要有意境就要写这种远。很严肃地说,词就是宋朝的流行歌曲,这绝不是开玩笑的。当时说柳永的词,"有井水处即能歌柳词",没水的地方人活不下去,必须得有水人才能活下去,也就是说,有人的地方就有人唱柳永的词。所以词在音阶上要很悠远。现在我们听不到宋代的音乐了,失传了,宋代的音乐不知道有多么美。

我们讲第六美"宛",这个"宛"是继清空那个"清"字之后的又一个极其重要的灵魂性的东西。"清空"是笔法方面的、手法方面的,按照这个方法去写就能写好,而"宛"是灵魂性质的,我们写词要抒情,要抒怎样的情,就从这个字来解。第一个是宛曲,就是写东西不要一下把它写尽了,要多拐几个弯,"文似看山不喜平"。像看山,若山是一个平面,你就不想看了,一定要回环曲折。举一个例子,寇梦碧先生有一首《琐窗寒·冰花》。现在我们见不到这种景色了,以前没暖气,到冬天人们在屋里睡一夜,早上起来,呼出来的湿空气,在玻璃上遇到窗户外的冷空气会结成冰花,晶莹剔透,水晶的一样,那些图美得不得了。我小时候特别痴迷那个东西,现在有暖气,不结那个东西了,现在年轻孩子们肯定是见不到了。说这个冰花美到什么程度呢?看看他是怎么曲的,怎么不是一直写下来的。一根线不是直的,是打弯儿的,婉约的"婉"就有这个意思。要回环曲折地写,不要平实浅直,没有姿态,没有波折摇曳,笔路子太直。人家是这么写的:"误归来",说归来,那就一定先出去才能归来,他没写出去,只写归来,这就是拐了一个弯;他说"误归来",错误地归来,这又有一个弯。谁归来呢?"窃香蝶魂",偷窃花香的蝴蝶的魂。大冬天没有蝴蝶,有也冻死了,所以只能说蝴蝶的魂来了。为什么说蝴蝶的魂来了?因为窗户上的冰花太美了,蝴蝶来不了,怕被冻死了,只能它的魂来了。"窃香",来偷香了。窗户上是冰花,但不是花,实际是冰;像花,比花还美,晶莹剔透,像水晶一样,蝴蝶就怀疑它有香,那它的魂就偷来了。这是人家窗户上的花,不是野外的花可以随便采,所以它来"窃香"。当然"窃香"是一个典故,大家回去可以查。"几番错认梨花影",梨花是白色的,冬天不可能有梨花,那就是梨花的影子吧,而且还"几番",好几次,无数次,还"错认",错误地认作了梨花的影子。这里面拐了十来个弯,这样写就耐琢磨,像我们吃东西一样,嚼半天了就有回味,不像白开水喝下去没味了,想回味什么味都没有了。所以词就是要这么"宛",情怀要宛转,感情要宛转,笔路子要宛转。宛约的"约"是收束、约束的意思,别让那感情爆炸了,收着点,含蓄着点,这样的东西是最感人的。你哇哇大哭不感人,含着眼泪、憋着眼泪不流泪,那才感人呢。

第二个就是含蓄,我刚才讲了"宛"里面还有一层意思就是含蓄。"含蓄"是我们东方人的一个特性,我们不像西方人那样那么直,有话就一下说出来。我们的文学作品、文艺作品同样也是含蓄的。"含"是含在里面,积蓄在里面,不把它全放出来,说白了就是说三层话,不把它一下子全部都吐出来,不是一泄无余的。我只给你看冰山一角,但是你想象着冰山下面还有十分之九呢,就给你这一角就够了。在"宛"里面"含蓄"就是这样子的。

寇先生年轻的时候写女朋友,"想今宵、明月高楼,知与谁同",我想今天晚上这么一个美好的晚上,一轮明月在高楼之上,她和谁在一起?这字里行间的背面有千言万语,我说这种句子就是拿血写出来的,字字血,声声泪。你想,心爱的那个人在这么美好的晚上,在华楼之上,她不是跟我在一起,"知与谁同",我不知道她跟谁在一起呢。这叫"含蓄",千言万语无数的怅惘、痛苦都没说,一个字都没说。唐代有一部理论著作《二十四诗品》,其中有一品叫"含蓄",其中有这么八个字:"不着一字,尽得风流。"他没说一个字的痛苦、一个字的伤心,但是这所有的风流都占尽了。这叫"含蓄"。

"宛"的第三层意思是寄托,这也是一个很重要的词学概念。把自己的情感、要说的话寄寓在一个东西上,托付在一个东西上,这叫"寄托"。这一点非常重要,不要直接去说,要找代言人,这个代言人可以是自然界里面的各种形象,花、鸟、鱼、虫、山、川、树、木、星辰都可以,让它们替自己说话。比如说杜牧,他和女朋友两个人要分别了,两人一晚上没睡,他没有说他惋惜分别,他借蜡烛来说,"蜡烛有心还惜别",蜡烛好像它是有心的,它都为我们惋惜离别。"替人流泪到天明",蜡烛流泪大家都看过,流得满身都是。他不说我惋惜分别,而说蜡烛都惋惜我们的分别,哗哗地流泪流了一夜,这就叫"寄托"。把我的情怀寄托在物件上,让它替我说话,一定要学会这个笔法。说白了,一定要学会写景,用景物说话,这是我们中国文学的一大法宝。也可以说是比兴,也可以叫写景,情景交融,一定要善于用景来传情,这就叫"寄托"。

朱庸斋写过一首落叶词,他说"恨满扶桑弱水"。落叶都已经落下去了,都已经落了。它有恨,什么恨不知道,反正已经飘零了。"扶桑"是太阳升起的地方,在很远的东方,有个地方叫"旸谷",传说太阳是从那里升起来的,旸谷里面长满了扶桑树,太阳就是从那里升起来的。所以后来也把日本叫"扶桑",就是指很东边、很远的地方。仿佛有很多的恨,充满于扶桑弱水中,"弱水"是佛教经典里面说的一条河,水里面一根鸡毛都能沉下去。"怪冤禽、惊寒不起",很冤枉的一只鸟,被寒冷惊起来了,还飞不起来,有气无力。这里的"冤禽"大家知道就是精卫。这里面有很多的寄托,我就不细说了。朱先生做过汪精卫的私人秘书,这里面寄托了很多的东西,就是让人想得很多。这就是"寄托"。

第四层意思是"沉郁"。我说"宛"字是灵魂,这也是"沉郁"。"沉郁"也是一个经常用到的词。今天我们提到的这些都是词学乃至诗学常用到的一些非常重要的概念,都是纲领性、原则性的东西。写情要写沉郁的情,就是深沉而浓郁的。写得不痛不痒的打动不了人,一定是深沉而浓郁的情感才能动人。我们看寇梦碧的《浣溪沙》怎么沉郁,不是有过阵痛、剧痛的人写不出这种句子。他说"相思无分况相怜",我连思念你的这种缘分都没有,更何况我们能在一起互相怜爱呢?我们只能深入浅出,只有这样才能把这句子说明白。不是有过剧痛的人、痛定思痛的人写不出这种文字,深沉而浓郁、饱满。

朱先生的《金缕曲》说"红烛纵余当年泪,料多情不向人间滴。消瘦影,倩谁忆",这其中真有沉郁之情。蜡泪早就流尽了,纵使它还残余着,流着当年的泪,见过我们分别那时的泪,现在也不肯向人间滴了。这是说认清一切太无情了,不值得滴泪了。

第七美是"曼","曼"是柔美、悠长的意思。我们中国主流词派是婉约派,东坡、稼轩在当年就被称为变体,不是正宗的。我们东方人、东方美、东方文化都是含蓄的、内敛的,不是爆发的、外向的、张扬的。这个"曼"字就是柔美的。这种"柔"不是柔弱,而是柔韧,柔韧是最有力量的。含泪讲话和号啕大哭的效果是不一样的,母爱和父爱哪个爱更深沉、更持久呢?肯定是母爱。父亲踹你两脚可能你也很难忘,但是母爱那种点点滴滴、润物细无声的爱,滋润你每个细胞。婉约成为主流,就因为它是柔美的。朱先生这首词,他说"如今更办相思泪"。这个"办"字的繁体字是两个辛苦的"辛",夹着一个力量的"力",就是用力做一件事情叫"办"。现在已经是做什么都叫"办"了,但是原始意思是用力气——我如今用力气准备好了相思泪,干什么呢?要为他"洒遍帘栊"。洒遍所有的门帘,让她出来、进去的都能触摸到我的眼泪,柔美吗?你觉得一个大男人怎么老是洒泪、相思泪的,男人有眼泪怎么了?男人就不能有眼泪了吗?男人是有眼泪的,只不过你看不到,我都把它写在纸上了。男人有眼泪才好,一个没有眼泪的男人值得爱吗?现在很多人说宋代的大词人"娘娘腔",有一个很著名的教授在《百家讲坛》就这么讲。可是有一次吃饭的时候我问,你喜欢没有眼泪的男人吗?她说"不喜欢"。

　　第二个就是悠长,"远"和"长"不太一样。寇先生说"蕙炉香袅断肠纹",兰花香的香炉里面香烟袅袅上升。"断肠纹",在上面就开始断断续续的了,它不成线了,就断了,那断肠的纹理正像我的心情一样。"倩魂摇曳风灯里",非常悠长。我们今天因为时间关系,没办法在这里展开地去详细品读它、品味它。

　　最后一美,"渺",历代的词学理论著作都谈到过这个"渺"字。古人在写情、写景时要制造一种凄迷的、迷惘的境界。比如《诗经》里著名的例子,说我追一个人追不上,她在水边,我这么走也追不上她,她老是离我很远。"蒹葭苍苍,白露为霜",在这样一种很凄迷、很惆怅、很清寒的氛围中我追不上她。"溯洄从之,道阻且长。溯游从之,宛在水中央",她老是跟我绕圈子、捉迷藏一样。光说后一句不感人,一定要有"渺"的境界才感人,就像李商隐说的"只是当时已惘然"那种迷惘。纳兰有这么几句话归纳得很好，他说"花间之词，如古玉器，贵重而不适用，宋词适用而少质量"。这个"质量"不是我们现在的意思。后面还说"李后主兼有其美，更饶烟水迷离之致"。这是词里面一种很美好的情韵，就是这种烟水迷离的感觉，而历代人把它整理、提炼成一个字，就是"渺"。

寇梦碧这首《菩萨蛮》，"樱桃落尽春无迹"，樱桃都落了，春天没有踪迹了。"望中天水依然碧"，远远一看只有一片绿色，是天，是水不知道，烟水迷离之致。"小篆吐秋心"，篆香吐烟，就像人们秋天时所带着凄凉的心绪一样。"隔纱烟语深"，这句非常耐人寻味，隔着纱有声音，带着烟的语言，还很深。这种妙处是说不出来的，张孝祥说"悠然心会，妙处难与君说"。这种地方只能去体会，谁的语言带着烟呢？谁的语言看着很深呢？说不清，但就是好。李白有两句诗"碧纱如烟隔窗语"，就是这样；杜甫也说"野人寻烟语，行子傍水餐"，谁见过语言带着烟雾？总之它就很美，就是那种迷蒙的、看不清的，带着一缕惆怅，带着一缕惘然的情怀。这是词很擅长的，只有这样才能让人有更多的想象空间。

我们这八个要点就简单讲完了，最后讲讲寇先生提出来填词八字标准，这在词学界是公认的。"情真"，一定要写真情，唯有真情才能打动人，你说假话连自己都打动不了，还费劲编半天，一定要"情真"；这种真情还得是沉郁的、深沉而饱满的。再一个"意新"，要写新鲜的，如果一点新鲜意思都没有，那没人喜欢。比如写赤壁大战，你还是说"浪淘尽、千古风流人物"，就没人欣赏了。杜牧写赤壁就有新鲜的意思，这个意思一新，马上就有味道了。他说"东风不与周郎便，铜雀春深锁二乔"。"词美"，要讲究词材，用最美好的、华美的词汇去写最美好的情怀。词藻之美现在被人们说成反面了，"卖弄词藻"。其实不是的，盖房子用的材料好，这有什么不好的？用砖盖起来的，和拿水泥盖起来的、玉石盖起来的。能一样吗？更奢华的人，盖个金屋子。能一样吗？不一样的。再一个"律严"，因为宋词是唱的，所以对音律要求特别严。我们现在已经不能唱了，但是有很多地方给我们规定着。比如仄仄相连，最佳的第一方案就是"去上"，比如"尚能饭否"就好听。一顿一悠扬最好听，这就是第一选择。"律严",这种地方很多,《词律》里面都能指出来。

我们这一期主要是讲词。词是柔美的,讲究柔韧的力量,不讲究刚强,词没有写高山大川、怪兽出没这种的。除了苏、辛那一体之外,它是以柔美为体质的。所以古人有个名词术语叫"体气",体裁的气息。它比诗的音韵、情韵都要丰富得多。我举个例子,比如张翥有一首《绮罗香》,有这么几句,听字里行间,先别管它是什么意思,听音韵就好得很:"曾信有、客里关河,又怎禁、夜深风雨。一声声、打在疏篷,做成情味苦。"这样长长短短的,伸缩开合、摇曳起伏、一波三折,这在诗里是绝对没有的。诗它五个字就五个字,四个字就四个字,七个字就七个字,它的音阶几乎就是固定的;可是词就不一样。当然这也给我们写词增加了相对大一点的难度,就是要把气息调整好。像姜夔的词"莫似春风,不管盈盈,早与安排金屋。还教一片随波去,又却怨、玉龙哀曲。等恁时,重觅幽香,已入小窗横幅",这种句子长长短短。词有音律美,读起来口感好,像吃菜一样,而且词抒情性很强,尤其是可以抒恋情。我们看周邦彦、姜夔、秦少游这些大家,他们到死都在写恋情词,可能他们也真的恋爱到生命最后,但也可能是回忆当年的。最近为了找这些例句,我翻了寇先生和朱先生的集子,他们也是生命不息感情不止,也都是回忆以前的。我刚才讲的"想今宵、明月高楼,知与谁同",这句子就是很伤心的。唐末五代有一个词人叫冯延巳,"风乍起,吹皱一池春水",就是他写的。他和南唐中主李璟两个人对话,开玩笑,李璟就说:"'风乍起,吹皱一池春水',干卿底事?"干你什么事呢?吹皱了就吹皱了,分明是你心底有波澜,你才跟那个水波产生了共鸣,你说你有什么事?最近有什么欲望?然后冯延巳没正面回答,只说"未若陛下'小楼吹彻玉笙寒'也"。你"小楼吹彻玉笙寒",比我强,那意思你那方面比我还胜呢!"细雨梦回鸡塞远",一个美女梦到鸡塞,很远的地方,她在想念自己的心上人。"小楼吹彻玉笙寒",把玉笙都吹到了天亮,而且吹出的声音都有一种寒冷的气氛,分明是她的心在寒。见不到自己的心上人,他是不是另寻新欢了?还是出去不回来了?"荡子行不归,空床难独守"。所以词特别适合上至帝王将相，下至黎民百姓抒情。

为什么王国维在《人间词话》里说，"词至后主而眼界始大"，到了李后主这个境界才开始大了？李后主前期也都是写"奴为出来难，教郎恣意怜"，后期就开始写家国情怀了，从九五之尊一下子成阶下囚了，被赵匡胤抓到开封去关在一个小院子里。这个小院子里种满了梧桐，他在里面很寂寞地被关着。他生于七月七，也死于七月七，写了那首很抒情的《虞美人》，是他最后的绝笔。"春花秋月何时了"，春天的花，秋天的月亮，你们还有没有个终了？我以前看你们都那么美好，现在我看着你们太伤感了，因为我现在沦为阶下囚了，以前是万人之上的。所以这种句子含情量是很高的，我们是背熟了，就容易一扫而过，把那种深沉、浓郁的感情都给破坏了。要沉下心来，静下心来，你看他多伤心，在那小院子里被软禁着。而且大家可能不知道，宋太宗赵光义每个月要召集一、二品大员以上的夫人进宫慰劳一次，感谢她们对丈夫工作的支持，吃顿饭。吃完饭以后，他就把小周后留下，留一个礼拜再放回去。你们想想李煜是什么心情？这个前人在笔记里有记载的，小周后回去大骂李煜，那肯定就骂"你这个无能的东西，让我这么受侮辱"之类的。然后李煜就说，"小声点，小声点！"他受的那种侮辱、罪过不是常人所能受的，咱们要被关在一个院子里关上几个月，可能还受得了，他受不了，他是天子，后来被封了个侮辱性的爵位叫"违命侯"，在这种情况下写出来的东西真的是有家国情怀。所以大家在写的时候，没有恋情可写，就不能写了吗？可以写家国情怀，写日常生活中凡是能让你动情的事情。人类情怀的种类很多，当然有恋情也可以写，写了不敢给人看，自己藏着也可以。

今天我要讲的内容就这么多，因为讲得很匆忙，我们就只能蜻蜓点水，没办法深入。以后有机会我们再详细、深入地探讨，那样我们才能从中学到更多，谢谢大家！

第五讲
说好心灵的故事

——词的叙事性

主讲嘉宾：张海鸥

时间：2019年5月25日 19:00—21:00

> **张海鸥** 中山大学中文系荣休教授。兼任中华诗教学会会长、中国苏轼研究会副会长等。研究中国古代文学，诗词学，写作各体诗歌。在权威学术刊物发表论文百余篇，出版《北宋诗学》《水云轩诗词》等著作十余种。2016年被"诗词中国"活动评选为"最具影响力诗人"。

各位朋友，原来我以为这是一个公益性的图书馆讲座。因为我以前在很多图书馆做过公益性诗词讲座，听众比较复杂，水平也不一致，内容就要适合他们那些人。像你们这么整整齐齐的，我听说还是经过徐晋如老师录取的，还有江门诗社的专门从江门赶过来，那也是江门诗社的骨干成员、负责人之一，这些个高手都来听课，我要重新考虑我这两个小时和你们如何交流。

我想起晋如跟我说的，2004年我发表在《中国社会科学》上的《论词的叙事性》那篇论文，他说"老师，您以那篇论文为主"。这个他倒是交代过，但是我今天恰恰没带那份文件，我这里就简单地说说它的理念。

　　叙事学，在全世界、在各种研究方法中，属于一个方法论，它对各个学科的影响，在这40多年来是最大的。它影响了人类学研究、社会学研究、历史学研究、文学研究等，影响的范围是全世界的。我们中国这40多年来，我从读书到现在都快退休了，接触过各种各样的新的研究方法，我觉得叙事学的理论，对中国的文学研究、史学研究是影响最大的。我的论文基本的理念是这样的：传统认为，词是篇幅比较短小的、抒情性的文体，所以没有人从叙事的角度去研究它。诗倒有，比如中国古代有叙事的长诗，包括屈原的《离骚》，汉代的《孔雀东南飞》，还有《木兰辞》什么的，还有各民族的史诗。所以诗学研究中借鉴叙事学倒是比较早了，可是词学研究没有人借鉴叙事学的理论，我是第一个尝试。尝试的结果是自从2004年我发表那篇论文以来到现在十五年了，不但是中青年学者，受到启发从叙事学的角度思考问题；有的比我老的学者，像著名的学者董乃斌先生，比我大十几岁，他的国家重大课题——"中国古代的诗歌中的叙事学"，现在还没有结项，也是受了我的影响。我的基本理念是词这种被认为是以抒情为主的文体，无论长短都有叙事的因素。首先从词牌来看，词牌，现在我们用起来简直只是一个格式了，可是大部分词牌在命名时是有叙事性的。比如说白居易的《忆江南》，那就是回忆他在江南那些美好的往事，当然他写得很短，就是江南的美丽，"日出江花红胜火，春来江水绿如蓝。能不忆江南？"但是这个词牌就有叙事的因素。

　　后来到了北宋时期，著名的词人张先最先觉得光有词牌不够了，又在词牌下面写几个字或几句话作为序。序就是叙事，一篇文章的序言和叙事学的"叙"两个字是通假的，"序者，叙也"。大家可以去查一查《说文解字》。为书作序的"序"，序言的"序"，就是叙说、叙述一下这本书的情况，一首词的序就是叙述一下写这首词的原因、目的，当然叙说的角度每个人都不一样。张先首先为词增加了小序，接着向张先学词的，比张先小40多岁的天才文人苏东坡，就开始在词里大量地采用序了，而且有的写得像一篇美丽的小散文。苏轼的学生黄庭坚的词中也有很多序。我的总结是，词用序，在词牌和正文之间加一个序来叙说事由，这种方式始于张先，兴于苏黄。

到了南宋，数姜夔序写得最漂亮，辛弃疾的词有时也写序。这时写序的人就更多了。词的序当然是有叙事性的，我在论文中一一做了分析，这里就不多说了，只说一个梗概。

再顺着这个思路往下讲，很多词的结构是有词牌、有题目的。比如《贺新郎》，词牌后再加一个小标题，就是标明一下我这篇作品要写什么东西。是叙事的，抒情的还是言志的？还是赠友人、送别、悼亡的？或是写爱情。这就是标题叙事。标题不够达意，就再加一个序。所以有时古人的词，题目和序有一点难以分辨。有的词是用二十几个字作题目，而有的用三四个字做题目，接着又写十几个字的小序，这就令人分不太清楚。题目和序的关系就是如此密切。现在有人写词，仿佛不用序就不行。澳门大学的施议对先生比我大十几岁，学术界每有一位词学大师去世了、学术界的朋友离开了，他就写一首《贺新郎》，也叫作《金缕曲》。他使用的题目都是《金缕曲》，题目"悼谁"。比如悼念夏承焘先生，悼念唐圭璋先生等，他都一一地写，下面他再写几十个字的序。这简直成为他写词的特点了。但是也有人写词根本既不用题目也不用序言，直接就写内容，写词的正文，现代人跟古人学习也还是这个样子。

还有一位朋友，他写一首绝句或一首词，正文没几个字，但序却絮絮叨叨地写了很多，比如我到哪儿去开学术会议了，正犯了烟瘾，忽然从西北来了一个人，跟我搭讪，我们两个互相介绍了，然后互相递了烟，然后就聊了半天。他把这个过程全都写在序中。后来我发现他的诗和词有一个特点就是要用序，大量地用序记事。这是个人的习惯问题，我不太喜欢用序。这是从叙事的角度来说词牌、题目和序。

下面就是正文了。正文都是有叙事背景的，哪怕一首大概看起来全都是抒情的词，像李后主的"帘外雨潺潺"等，都有他作为一个亡国之君的大的历史故事为背景。所以每一首作品都有一个故事在后面。现代人写的也是，什么人在写什么这就是事，所以毋庸赘言词的正文是叙事的。需要说明的是，词的叙事方式，这才是我那篇论文核心的、最有价值的部分。词的叙事是片段的，不是一个完整的故事；跳跃的，因为篇幅太短了；然后是隐喻的，象征性的、比喻性的隐喻叙事；等等。这是论文的一些概念。

还有一个概念，就是一个重要的问题——几首词叙一件事，叫联章体。《蝶恋花》有一些这样的，比如写了八首或十二首。被称为"20世纪最优秀的女词人"的沈祖棻教授，就是南京大学程千帆先生的夫人，"文革"以后就去世了。我前不久要写她的论文，发现她的联章词《浣溪沙》，八首或十几首，每首词都是独立的，但是连接起来却是在叙说和同一个人的故事。我那篇论文没有发表，就是因为我还没有考证出来那个人是谁。我根据各方面的史料，断定跟她在公园里散步的那个人是男士，而且不是程千帆先生，而是她年轻时候的一个同龄人、好朋友，甚至可能是她的初恋。总之他们一次次到那个公园去约会。每次约会回来沈祖棻就用同样一个词牌，既写约会的美好、心动，又写一种道德上的自责，那种灵魂的痛苦——喜欢但不敢越雷池一步的心境。

总之，联章体往往写一个大故事，一首词写不完，于是它连着写下去。唐代甚至用"望江南"这个词牌写军事理论，包含了战略、战术、武器等整整一个系列。到了宋代，有一个叫赵令畤的词人写了《商调蝶恋花》12首叙述《西厢记》的故事，也是联章体。《西厢记》最初是元稹根据自己年轻时读书和表妹恋爱的故事为蓝本写成的小说，后来宋人才把它改编成《西厢记》诸宫调，后来元代王实甫又把它改成元杂剧《西厢记》。在王实甫、董解元之前，赵令畤根据元稹的小说写了"商调蝶恋花"一个系列。这样的联章叙事是故事性很集中的，同样的一个故事，叙事方式却跟小说很不一样了。

宋代还有一个人也写了联章词，但他是写中国几大美人，为每一个人写了一首词。这样一个人是一首词一个故事，串联起来都是美人的故事，这也叫联章叙事。用叙事学的理论来研究词的材料很丰富，我那篇2004年写的文章只是叙事学的一个提纲而已。所以我这些年就有一个愿望，我已经写了一系列叙事学的文章了，等我今年退休以后，我再写一系列，把它合起来之后，变成一本《中国诗词叙事学研究》的书。这是我现在的一个学术计划。

前年暑假，我把自己关在一个秘密的地方，40多天就写了一篇论文，还是叙事学的主题。我想用叙事学的理论再研究一下——不仅仅是词，还有诗，我想用叙事学的理论再审视一下旧体诗词。我本来在2003年就认认真真地阅读了几十本西方的叙事学和中国学者写的叙事学的书，当然阅读了30多种以后会发现经典的、可以仔细读的也不过就四五种，在我文章的第一个注释中就注出来了。我认为最有价值的几本，大家只要研究叙事学，都应该读一读的。我很负责任地在第一个注释里面注出来了，如果你们现在手机里能查到这篇文章，一看第一个注释下面那些个经典的叙事学的理论著作，那就是你要学习叙事学理论必须读的几本书。其他的很多书，我认为可以不读，或者说相对次要，翻翻就可以了。

前年夏天我开始重新阅读叙事学时大吃一惊，发现十多年前的叙事学已经被称为经典叙事学了，那么，叙事学这个学科的最前沿的叫什么呢？他们西方人自己叫作认知叙事学，它借鉴的是心理学和认知科学的最新的理论还有阐释学的理论和叙事学结合。他们认为这使叙事学的理论又向前迈进了一大步，所以把以前那个叫作经典叙事学，现在这个比较前沿的，叫认知叙事学。我又认真地阅读了现在最前沿的认知叙事学的理论，我感觉我研究诗词学的脑洞忽然大开。怎么大开呢？就是有一个重要理念启发了我对中国的几千年的诗词之学的重新的思考：认知叙事学比传统的叙事学更加重视作者写了这首诗以后，他要给读者带来什么，要怎样影响读者。这个问题，是对此有兴趣的人最应该思考的。学写诗词当然要把诗词学好，但是时时刻刻都不能忘记思考的一个问题，是它总是要写给一个人或某些人看的，你要在这样一个关系中思考诗词学的问题。认知叙事学就给了我这方面的一些启发，那篇文章也发表了，我大致给大家介绍一下它的理论。

一个作者在写一首作品——无论是诗还是词的时候，他事前要选择一个叙事的视角。比如白居易写《长恨歌》时，他选择的第一句虽然是"汉皇重色思倾国"，但"重色"这两个字，学者们历来就认为不一定是一个道德谴责，《长恨歌》整个主题就是歌颂李杨的爱情，他选择了歌颂的视角，而不是批判的。当然白居易选择了这个视角，现代有一个学者——那个学者也不是一个太优秀的学者，也不是一个太优秀的诗人——他非常严厉地批评了白居易，他说白居易歌颂李杨爱情就是纯粹的歌颂，一点批判精神都没有。那个学者现在已经去世了。其实白居易他是有意选择了歌颂爱情的视角。

再举一个例子，柳宗元写"千山鸟飞绝，万径人踪灭。孤舟蓑笠翁，独钓寒江雪"，柳宗元那是在写贬谪的生活。他不是长期在谪居的岁月中调整自己的心灵吗？于是这四句诗20个字写的是什么呢？哲学。那个老头儿绝对不是在钓鱼，诗里面他好像在"独钓寒江雪"，谁相信他是在钓鱼呢？稍微有一点常识的人都知道，他钓的是哲学，根本就不是在钓鱼。他是在思考隐逸哲学，当你不能"达则兼济天下"时，你只好"穷则独善其身"了。儒家的"穷则独善其身"，道家的人与自然的独立、自在和自由，甚至于释家的哲学，都在柳宗元的思考中。那个在冰天雪地里穿着蓑衣的老头儿，那就是柳宗元自己的化身。柳宗元想写这种心情时，背后的叙事背景什么？就是柳宗元政治上的失败和长期的贬谪，具体故事就不用说了。那他选择的是什么视角呢？四个字，"孤独灭绝"。孤，那种高贵的孤独。"独钓寒江雪"，"独"是遗世独立的"独"。"孤"是类似于屈原的"举世皆浊我独清"的那种清高的、伟大的孤独，是我的思想在这个社会上无人理解的那种孤独。"遗世独立"，无论我的命运如何折磨我，我的理想和人格操守是不能放弃的，那种遗世独立的"独"。"灭"和"绝"这两个字也是他选择的一个对隐逸生活的理解。"灭"就是要把许多的欲望排除，"遗世而独立"，于是他写出来这样的诗，小孩子都会背，我们写诗的人也都会背。但是如果不认真探讨，我们能理解到他这样一个叙事的视角吗？

下一步，认知叙事学告诉我们什么呢？下面就是要准备写了。题目，写词要选择词牌，诗要选择题目。题目，序言，正文，怎么写呢？这个时候，我自己作为一个创作者，我发现了叙事的预设阶段，这个叙事的预设，是我提出来的一个理论，很遗憾，现在还没有影响。不知道以后我的学术地位还能不能再进一步提高，这个也是有可能的，像荷尔德林他不是死了50多年后，海德格尔才研究他的诗，才把他的《人，诗意地栖居》的理论在大学里讲出来吗？所以我这个人在未来的岁月中，包括我死后的岁月中，有什么人研究我的诗，有什么人研究我的学问，有什么人研究我的思想，要万一有一个天才大学者研究了我，把我推上去，那好了，我的叙事预设的理论就得到后人重视了。叙事预设的意思，就是作者在创作时思前想后，也许是自己亲身经历，也许是自己没有经历过，是人类的一种可能性的经历，然后，他就写成这样一首诗。假设是一首失恋的诗，他就要预设一个失恋的故事，或者是一个悼亡的故事，然后把它用四句诗写出来。现在我们读元稹的"曾经沧海难为水，除却巫山不是云，取次花丛懒回顾，半缘修道半缘君"，大家都以为他是在悼亡。但是陈寅恪先生，我们中山大学20世纪最优秀的历史学家，在他的《元白诗笺证稿》这本书中认为，这四句诗不是悼念他的亡妻韦丛，而是对他的初恋——就是《西厢记》里的崔莺莺，生活中的表妹崔双文，那种"曾经沧海难为水"的纪念。虽然他是抛弃了崔双文，娶了一个官员的女儿韦丛，但那段恋情是真的。陈寅恪先生认为，元稹在这里写的是对自己初恋的回忆，他要把初恋深深地埋在自己的内心深处，而且他说，没有谁比这个初恋更让我动心的了。自从有了那段经历，"曾经沧海难为水"。首先从元稹创作来说，他是预设了这样一个人类的故事，就是以一次经历给一个人的心灵种下了一个不可磨灭、难以取代、无法复制的这么一个故事，元稹要写的就是这样，所以他把它写得那么感人。但是生活中的元稹并不是这样的，陈寅恪先生说他马上就续弦了，而且扶正了。在生活中的元稹并没有心如死灰，也没有不想再娶了，生活中他完全不是这样子，他该有女人还有女人，该结婚还结婚。但陈先生说不能因此而批评他"曾经沧海"那首诗是虚伪的，他既写了自己的真实的心情，又写了人类的真实的心情，那是一种真实的美好的感觉。这就启发我的思考了，写爱情，写离别，写友情，写战争，原来不一定是自己的亲身经历，或者不一定是自己完全百分之百的真实的经历。这时我有一种忽然醒悟的感觉，我教学生写诗词多年来有一个困惑，学生说老师我们的经历太简单了，都没有牵过女孩子的手，怎么能写爱情呢？后来我们老师没有办法，说那就谈恋爱，要是再写不出来，就失恋，要再写不出来，那就再谈、再失恋，去体会。现在我发现这样教学生还是不行，我读了认知叙事学的理论后，我发现叙事预设太重要了，预设时可以预设的是自己的经历，也可以预设人类的真实。俗话说"没吃过猪肉还没见过猪跑"，就算没有经历过爱情，金庸的小说总读过吧，模拟着把它写出来不就是了。这样写诗词的人就被解放了，你没经历过离别、失恋，没有关系，你写的不是你自己的真实，是人类的真实。

叙事预设就可以预设一种人类的真实。其实回过头来想李后主写"问君能有几多愁，恰似一江春水向东流"，他当然是亡国之君的悲哀，是真实的、个人的体会，可是当全人类读这两句诗都被感动时，都是自己感动自己。就像一个女人遇人不淑，被抛弃了，离婚了，她有无限的忧愁，所以看到同样故事的电影就哭了。"问君能有几多愁，恰似一江春水向东流"，这时读者想的是李后主的故事吗？不是，原来是李后主那首词的句子勾起了她自己的悲惨回忆，引起了共鸣。写的人、读的人原来都可以预设一个人类的故事的可能性。因此，我的研究又进入了下一个层次，就是对可能性问题与诗词的关系的理解。这时我忽然又发现了一个重要的理论，理论界现在还没有注意到。因为我那篇论文本来想发表在一个重要刊物上，结果被一个会议的论文集给收进去了，出版以后，那本论文集没有任何的影响，可是把我这篇论文也瞎了。要是发表在一本重要的刊物上，影响就会大一些。我预感到，这才是我这篇论文最重要的理论，就是可能性问题。

可能性这个理论如何成立？我正在思考这个问题时，我太太在听北京大学经济学的薛兆丰教授在得道 App 上的课。早晨起来我正写到那里卡住了，薛兆丰先生的课给了我一个重要的启发。他讲的是 60 年前，美国一个 30 多岁的年轻学者写了一篇重要的论文，叫《经济学的不确定性》，不确定性就是可能性。他说这是 60 多年来经济学学界引用率最高的一篇论文之一，然后他就把"经济学的不确定性和可能性"讲了讲，当时对我的启发太大了，我豁然开朗。原来我们诗词学无论是作者写作，还是读者阅读，这个可能性的问题太重要了。于是我又联想起一个历史哲学的原理，也是讲可能性的。我跟我们中山大学优秀的历史学家，现在的党委书记陈春生，20 年前探讨过一个问题，我认为历史学家追求的是历史的真相，这有错吗？陈先生说海鸥先生，历史哲学有一个著名的原理，就是我们历史学家是想追求真实性的，但是我们能够发现完全真实吗？不能的。他说任何真实的发生，当它变成口述时已经和真实有了距离，当口述变为文献时，又和真实有了更大的距离。而我们历史学研究，尤其是研究古代史的，包括研究现代史，研究毛泽东的都一样，主要是根据文献，而文献和真实的历史有多少距离呢？所以我们的历史学研究，我们只能说我们要最大限度地接近历史的真实性，其实我们往往都是在研究可能性。

历史学术研究是这样，我们写诗词也是这样。我们写诗词的时候，有真实的背景，当然也好，但有的时候写的就是一种可能性。不过当写可能性时，那一定要是人类的真实的可能性。所以我们每次诗词大赛评选会说，这句不行，因为这句不行，所以这个作品不能得奖，因为它写的是不可能的。比如说，一个学生他心情不好了，他就写仗剑登楼。仗剑就是带着宝剑，有一个川大的评委就说，现在出门你能随便带刀或者剑吗，地铁、飞机早就给你扣下来了，你还仗什么剑、登什么楼？当然我们有的评委也辩解，说他就借用了一个古代的意象。评委们就想，我们给不给他评奖呢？要给他评，就是鼓励他写诗词拟古，没有界限地拟古。后来我们想了想，不鼓励，那就不给他评。在广州的闹市里、深圳的大街上，你非要骑着马，要仗剑登楼？古人是可以的，现在不可能了。可能和不可能，要这样去忖度它。我们要写很多的可能性，比如一个女孩子，现代的女孩子，你非得写成古代那种早晨起来"当窗理云鬓，对镜贴花黄"，"当窗理云鬓"可以理解，现在的女性也是要梳头的，但是还"对镜贴花黄"吗？所以诗要是完全拟古，它就不像你的真实生活了。要是生活的话，还得让别人看了以后，觉得你这一代人写的是自己的生活，而不是古人的生活，是中国人的生活，而不是美国人的生活。我们的可能性要有一个这样的原则。

既然可能性成立，我的学生就可以写他们没经历的事。大一的女孩子把恋爱写得回肠荡气，题目是《送友人出国》：假设一个高中的闺密，我考上中山大学，她考上美国的斯坦福大学了，临别之前给她饯行。她写的也许是她的真实经历，也许是人类的可能，不管怎样，评委们都觉得这首七律太好了，给她第一名。它符合真实的可能性，符合逻辑性，经得住推敲，不虚假，不做作。

叙事学特别是认知叙事学的理论告诉我们，作者和读者是如何对话。古人说"作者未必然，读者未必不然"，读者读一首作品时可以在作者的文本的启发下联想很多，比如这首诗是写爱情，还是有政治寓意呢？后人就要想怎么解释得通。这时一首作品就有了很多的可解释空间。我又发现了一个与可能性相关的诗词学的重要原理，就是当作者在可能性的原则下写出了一首作品时，他给读者提供的，最好是一件充满了可能性空间的作品。我想起来我的学生有时写的诗结尾怎么那么不好，唐人的诗结尾怎么就那么高妙、飘逸、悠远？后来我想了想，与可能性有关系，作者给读者提供了多少可能性呢？作者把目光一转，读者随着他把目光转向同一个方向时，鲁迅那句话就成立了："不同的人看见了不同的东西。"诗词学的一个原理就是我的一首小小的作品，能在可能性、合理性的基础上启发读者去进行多种可能性的联想，那么可能性越丰富越好。

我想起来电视剧《笑傲江湖》里有一个镜头，剧里华山派的掌门岳不群，那个演员演别的觉得挺讨厌的，但他演岳不群演得真是传神。每当他很尴尬，觉得什么事情无法解释的时候，他就慢悠悠地把脸转向了斜上方，往远处看去了。这个目光一转，太引人遐想了，所以我觉得美国前总统奥巴马当年竞选之所以成功，和他的眼神就有关系。他演讲时总是往这边看看，往那边看看，就是不看正面，很显风度的，配合他演讲的内容，就很能吸引观众随着他的眼神去想象。我们写诗词的人，一定要把自己诗词料理得能让读者随着语言符号去展开想象。

那么怎样才能做到这一点呢？诗词学在作者和读者之间就出现了这么多的表现方法。比如古代人说的"赋比兴"的"赋"，"赋"就是"赋者，敷陈其事而直言之者"，就把一个故事讲一讲。最典型的例子是"比兴"。在20世纪初期，中国的学者把西方的文艺学的概念从欧美和日本引进来的时候，叫"象征"，就是"以象征意"。"象征"两个字拆开来讲就是以象征意，用一个物象来表现某种意义。后来我发现，"象征"这个词固然也不错，"比兴"也不错，还有一个词跟它们是同样一个道理，叫"隐喻"。20年前我读过一本翻译过来的著作，是一个西方的学者写的，他把西方一千多年的文学、诗学中关于类似于比兴、象征的理论都收集起来进行系统化的、概括的陈述，书名就叫作《论隐喻》。那个词也不是我们汉字的"隐喻"，是英文，翻译过来中国的学者比较了几个词后，觉得"隐喻"二字最好。那本书不止一个翻译的作者，有两个，书是两家出版社出的，后面那本出版的相比前面那本要好。在图书馆检索一下"论隐喻"这三个字就能找到那本书，全书才五六万字，读来很有启发。"隐喻"就是诗歌区别于散文、小说的最重要的表现的特征。我们写诗歌要用隐喻的方式，一会儿我举几个例子。

除了直接的叙述、隐喻的叙事，还有排比。"排比的叙事"是我给它取的名字。排比的特点就是像《春江花月夜》的结构，它的很多句子的前后次序是可以颠倒的。举个例子，像李商隐的"锦瑟无端五十年，一弦一柱思华年"，他不是要思华年吗，怎么思的华年？是"庄生晓梦迷蝴蝶，望帝春心托杜鹃。沧海月明珠有泪，蓝田日暖玉生烟"。活了四十八九岁的李商隐，回忆自己的华年，他就这样回忆。这真是诗，要是个人的自传、回忆录，他怎么能这么几句就完了呢？诗就只能这样，这四句次序是没有次第的前后区别的，要说有区别，就是一个平仄粘对的区别而已。这就是我说的排比的方式。

杜甫的《饮中八仙歌》那八个人也是并列的关系，不是先后次序的问题，这也是一种排比叙事的方式。

还有一种叙事方式也很重要，是反讽。反讽的"讽"比"讽刺"的意思要丰富得多，反讽也是叙事学一个重要的原理，就是用文字表面上的结构方式来把读者的注意力引向文字相反的方向。比如孟浩然的诗，他写"江清月近人"，意思是说月亮和人挺亲近。但是他这里是在用亲近写孤独，他是写自己在天地间太孤独、太冷清了，没有朋友，只有月亮，还勉强相亲，如果说我还有一个朋友，那也只有月亮了。同样的笔法李白也写过，"相看两不厌，只有敬亭山"，你说这人都哪儿去了呢？这世界上没有一个人和我好吗？只有一座敬亭山。他这是反讽的笔法，他是在用亲切写孤独，表面上人和敬亭山很亲切，但读的人要能随着他诗的结构去想相反的问题，那才算是读懂了。这是反讽的笔法。

我这篇关于对认知叙事学与诗词学的理解的论文启发了我思考诗词叙事的预设问题、可能性的问题和叙事的具体方式问题。现在还有点时间，接下来我们再来看看我写的一首词。

前两天我妹妹忽然在家庭的群里发了一段文字，内容是怀念母亲的几句话。因为我母亲最后几年是她照顾的，我母亲去世十年了，她作为女儿仍然很动感情。每年这个时候她都会说几句怀念母亲的话，今年这一说又感动了我。虽然母亲走了多年，但是人们怀念母亲的时间并不会随着时间的延长而淡漠，所以我就写了这首词。我选的词牌叫《意难忘》，你们回想一下我讲的理论，词牌是有叙事性的，至少在我是有的。《意难忘》本来是一个固定的词牌，但我选择写《意难忘》不是第一次了，我以前还写过几首《意难忘》，内容都是与我难忘的经历相关。这是词牌的选择。然后词的题目是"我的母亲去世十年"，这当然也是叙事，不过我没有用序。这首词我先读一遍："长忆容，最是春归后，此夜难眠。叮咛犹在耳，往事岂如烟。游子意，顾无言，向月下灯前。总记得、儿时家计，维俭维艰。

含辛茹苦谁怜。幸书香作育，仁义相传。慈恩深似水，家教郁如兰。今古愿，几千般。何梦最难圆？子欲养，天年未许，怅触徒然。"我这么一读大家都知道，这是我自己的真情实感，也是人类共有的，这可以印证我前面说的理论问题。另外，我给学生讲课，还有跟我师友交流时我常常强调，我觉得很多人写的诗就是在玩文字游戏。有些人拿自己写的诗词找我指点，当我表扬他好时他说"谢谢"，当我给他挑毛病，说他哪里写得不太好时，他说"写着玩玩，不要那么认真"，原来他不是虚心向我请教。像这种态度，就不是一个对诗词很敬畏的态度。

那怎么才算心存敬畏呢？第一，不论你写得好赖，都要写真情实感，要写自己的真实和人类的真实；第二，说真话，把话说通了，不要以为写诗词是玩文字游戏，于是就堆砌很多典故，故意用很多别人不认识的字眼，别人越是读不懂心里越开心，用文字上的艰深来掩饰自己情感的空虚和水平的低下。我们要向李杜学习，每一句都是说真心话，而且说得很流畅、很通顺。"床前明月光，疑似地上霜。举头望明月，低头思故乡"，通篇人话，写诗就是要说人话，说很通顺的话，说得越让人明白越好。我们大家喜欢读唐诗，就是因为唐诗雅俗共赏，因为唐代的诗人觉得自己写的诗要让不论有文化的、没文化的人都读得懂。而宋代的人不一样，宋代的诗人觉得自己写的诗是给有文化而且文化水平、身世经历差不多的朋友看的，或者说首先是给自己看的，别人能否读得懂没有关系。

中国的诗歌之所以唐诗那么好，成为我国诗歌历史上的一座高峰，就是它把话说得又优美、又明白，雅俗共赏。说真诚的、符合人类实际的话，表达得通顺晓畅，这么朴素的两句话是诗词学最重要的价值所在。按照这样的意思，我写这首词的时候，当然是写真情实感，最后还是流着眼泪写完的。我就想到"子欲养而亲不待"这句老话，这是我们这个年龄的人体会尤其深的。你们年轻人还体会不到，你们还动不动就气你们的爸爸妈妈，不知道我们这个年龄的人，爸爸妈妈走了以后，我们越想越觉得"子欲养而亲不待"，这真是人类无法解决的问题。人类美好善良的心愿有很多很多种，其中最难实现的就是对某个人有所缺憾，当你想尽心弥补时他却走了，不给你机会了。"今古愿，几千般"，最难圆的梦原来是"子欲养而亲不待"。写成"天年未许"，是因为要照顾格律要求的平平仄仄，还有长短句这个地方不是三个字，而是四个字。再说如果直接把"子欲养而亲不待"给抄过来，那也是写诗词的大忌。不能原封不动地抄人家的东西，但可以用典故，所以这里我用的是典故。我和我太太俩，家里四个老人都走了，哪个老人我们是尽心尽得比较充分的，哪个又是我们自己心里觉得亏欠多一些的，我们每年经常会想这些问题。写真实的个人情感、真实的人类情怀，我想想有正常人性的人读这样的句子一定都会引起自己内心的感动。

下面说说词的写作过程。把《词谱》翻开，看一看各个词牌，然后觉得要写一首《莺啼序》也太长了吧，但要写一首《十六字令》也太短了吧，于是想了想，这92个字的还可以。表达对母亲的怀念，我的直觉告诉我，92个字比较合适，《意难忘》这个词牌也比较有叙事性，就决定用这个。于是就看它的平仄谱，连带作为范例的苏轼词。要熟读苏轼的词，是因为词的写作不光要考虑平仄问题，还要注意节奏句式，是一字领起，还是二二句式。像"花拥鸳房"，这是个二二节奏，"记挥肩髻小，约鬓眉长"，"记"句就是一字领起，填词的人必须得注意，一字领起的地方都应该遵守。比如《八声甘州》"对潇潇暮雨洒江天"，那个"对"字是领起全篇的，当然也是领起那一句的。《八声甘州》里有很多一字领起的地方，对照原词方便了解、体会。除了这些方面以外，还要注意句子的对仗。像"轻身翻燕舞，低语转莺簧"，"轻身"对"低语"，"翻"对"转"，"燕舞"对"莺簧"，都是对仗的。词的对仗最复杂，像《钦定词谱》，那些个编写的大学者们愿意谈平仄、谈韵，就是不谈对仗，因为词的对仗只能体会，不好说严格的规律。比如《鹧鸪天》这个词牌，这是最整齐的词牌之一了，它的第三、四句，因为和七言律诗太接近了，很多时候是对仗的。七言律诗的中间两联是要对仗的，就是三、四句是一联，五六句是一联，但是变成鹧鸪天以后，第五句断开了，结构就不对仗了，所以第、五六句是不对仗的，但是三、四句对仗。像"彩袖殷勤捧玉钟。当年拚却醉颜红。舞低杨柳楼心月，歌尽桃花扇底风"，三、四句就是对仗的。晏几道是写了很多首《鹧鸪天》的大词人，他最喜欢用这个词牌，可当我把他全集几十首《鹧鸪天》都读了一遍后，发现其中三、四句有60%是对仗的，有40%是不对仗的。这就难怪清朝作词谱的那帮学者不肯说"例须对仗"这四个字。他们不说，就留给后人诗会雅聚时说，那个地方好像通常是对仗的吧？大家讨论说是的，那么就写成对仗。我们给学生出比赛的题目时也讨论了一下要不要谈对仗，前年我觉得这方面要提一下，于是就在大赛的公告里说了。我说词谱请留意某处的对仗问题，提醒所有的参赛者，你若不对仗，可能就得不了奖，但是我们也没敢说那个地方就必须对仗。当然学生那么聪明，参赛都想得奖，交上来的作品就都写成对仗了。词的对仗，这是很值得注意的一个问题。

另外，要注意韵的问题，注意节奏的问题，再注意整首词的结构如何起承转合。如何起承转合？现在写出来了你看着好像很容易，"长忆容颜"，怀念妈妈，那不就是经常想念您的样子吗？但是一首作品，如何一开头就是这样自然而然呢？我现在给学生讲课，我常常说李白，他往往是后面的精彩，前面的如话家常，比如"故人西辞黄鹤楼""李白乘舟将欲行"。后来我发现越是优秀的诗人，开头越是如此，眼前是什么时间，什么地点，什么人，什么事，他直接说，不绕弯子，然后精彩的在后面，慢慢来。我想起小时候写作文，小学和初中那会儿我觉得开头太难写了，往往为了一个开头想一节课都没有想出一个字。但是等到高中和大学以后，直到现在我写东西，不论我写诗，写论文还是写散文，第一句话都是不怎么为难的，心里想什么就从什么说起。写词也是这样的，"长忆容颜"，然后还有要一个次第，还要有一个转折，或者有一个进一层的意思。下面我就用了进一层的意思，没有用对比和转折。对比和转折也是写诗、写词的重要技法，但是什么时候用要根据情况来定。这里是用进一层的方式，"总是常常想念妈妈"，那什么时候最想呢？当然是她去世的忌日，10周年了，所以"最是春归后，此夜难眠"。写的时候要注意，"中"就是可平可仄，仄和平是必须如此的，就没有自由度的，到这里要押韵了，第一句就领韵，四个字就领韵，《词谱》里标了红色的是韵，注意这个问题。

"难眠"，就想妈妈小时候教导我们的话，包括骂人的话。我不听话时我妈妈经常骂我"逆子"，我到现在对她印象最深的一句话就是骂我"逆子"。最疼谁，谁最是冤家，这个不用解释了，你们肯定有类似的经历。所以我这儿说"叮咛犹在耳，往事岂如烟"，怀念妈妈、怀念爸爸的这种感情是不会随着岁月的推移而淡忘的。下面接着写，现在我在广州漂泊也30多年了，"游子意，顾无言。向月下灯前，总记得、儿时家计，维俭维艰"，我们这个年龄的人，想想童年时代，就全都是艰苦，可不像现在的年轻人，老师请客还很难请动的。我们请学生吃饭，学生动不动就说"老师，我有事"。我们小时候很艰难，所以怀念妈妈当然会想起"儿时家计，维俭维艰"。既然是如此艰难的生活，妈妈一定是最辛苦的那个人了，她"含辛茹苦谁怜"？下面要转折一下，不能像祥林嫂一样总说不幸，还得稍微把情绪转好一点，所以写妈妈从小教育我们读书，她自己也有一点文化，"幸书香作育，仁义相传，慈恩深似水，家教郁如兰"，用了对仗。最后"今古愿，几千般"，这么短的一首作品，无论是诗还是词，总是有一个起承转合的，总是要结尾的，不能说到半道就没有了，所以结尾用这种方式来结，还是比较完整的。你们既然是研修班的，写完后要有一个好习惯，每一个字都要核对一下平仄，要核对韵脚，看有没有出韵。我都写得这么熟练了，也还得一个字一个字地去核对，看有没有出韵，写词用《词林正韵》，写诗用平水韵去核对。核对后还要核对节奏，有没有人家引用一字领你没有用的，有没有用苏轼讲的"移根换叶"这样一个平衡的结构，把节奏这些都核对一下。这都是核对的功夫。还有一个是修改的功夫，要养成一个修改的习惯。

我有好多朋友酒喝着喝着就说，"我口占了一首绝句，献丑了"，于是端着酒杯就给大家念一念，念出来全是顺口溜，简直太寒碜了！起码得有一点精益求精的态度，比如说"这个月一共就写了十首作品，我忖度了三个月，把一首作品修改了多次，才敢把它拿给朋友看"，这才是一种追求艺术的精神。要舍得扔掉自己写得不好的东西，把电脑里的删掉，让自己永远都找不到。诗写完了之后一看，绞尽脑汁怎么写成这样？这种事情我经历过。有一个同事是校友会的书法家，他儿子结婚，找到我说张老师能不能给我们写一首诗？我心想我连你的儿子和媳妇都不认识，我就不吭声。"张老师，求求您了！您给我写一首，我去求陈永正老师写成一幅书法。"这个母亲这么说，搞得我很不好意思推辞，于是我就用了一个晚上的时间，就选了一个四五十字的词牌就写。写完之后不满意，我想干脆不要了，我就一点痕迹都没有留下，把它删掉了。幸好第二天早上起来后就有了一个新的灵感，又花十分钟就写完了。不好的作品一点也不要觉得可惜，要有一种艺术的精益求精的精神，修改自己的东西。

我再给你们举个例子，2018年11月山西举办王维诗歌节，还搞了一个诗歌的评奖活动，请了我们一些人担任终审评委。诗词界的所谓的名流都去了，建了一个群。我就发现群里有一个人写东西特别快，他的名字到现在我还能想起来。他在群里，今天发一首七律，明天又发一首七律，一开始我想这个家伙写得真快，写的东西粗一看还行，格律是没问题的，对旧韵熟练，写诗的基本素养也成熟，还会用很多的典故和词汇。我琢磨半天他写的内容，越琢磨越觉得他什么都没有写，看着高深莫测，其实就是堆砌辞藻，还把人搞得晕头转向。晋祠距今两千多年了，确实是一个很有历史的地方，他到晋祠转悠了半天，在那么一个很有文化和历史的地方，什么都没写出来，无非是表达个"我到此一游"。我连着三天读了他的作品，我们很多优秀的词人一首都不敢发，他一天发一首，我觉得这是对我们视觉的污染，是对我们阅读时间的浪费，是对读者的不尊重。

认知叙事学太强调作为创作者给读者的阅读感受了，我无论从理论上还是从实践上，都特别不认可他的这种方式。后面大会安排给我们几个坐在主席台上的人每个人半个小时的时间发言，我就想以批判他的诗作为演讲主题。本来都想好了怎么批判他，指出他的诗哪里写得不好，应该怎么改才好，而且我还帮他改了两首。我觉得诗人要是能这样交流，那是何等的真诗人、真交流！但是我很犹豫，因为我和那个人太不熟了，他是江西人，退休后随子女移民澳大利亚了，是澳大利亚的中华诗词学会的负责人之一，年龄跟我差不多。我就问钟振振老师，后来钟老师说你可千万别干这事。后来我想了想也是，朋友之间还得注意人家的体面。我要是帮人家修改了，然后私下里到他的房间里说，可能他就会心存感激，但如果是当众拿人家作为例子来做解剖，那就不见得了。所以大会上的发言，后来我又重新想了一个别的话题。这件事我后来想，钟老师制止得太对了，我太不对了，但是从是非上来说，他那样写诗词就是我坚决反对的。写诗词不应该是那样的，若只要符合平平仄仄的规则，句子都可以拼凑出来，那还怎么能提高呢？当然，我亲口听他说了，他是"退休了没什么事干，写着东西玩玩"。陈永正老师有一句非常经典的话，诗词确实是一个挺高雅的"玩玩"，总比他们坐在一起打麻将要高雅得多了。但是我们写诗词的人谁不想把诗词写得好一点呢，把故事叙说得精彩一点呢？生活中的事本来没有那么精彩，但写成诗了，就要把它写得精彩一点，把诗的文字润色得精彩一点，结构要有对比、有转折、有进层。像李清照的《声声慢》，"这次第，怎一个愁字了得"，几个次第呢？七个次第，寻、觅、冷、清、凄、惨、切，一层一层地铺叙她自己的愁。

我们要学习这些优秀的艺术家，所以写诗的人要把诗写好，第一，多读经典作家的经典作品，不仅读，还要背下来。没有一个优秀的诗人是肚子里没存下很多经典名句的，那些才华横溢的年轻人，之所以一出手就不凡，就在于他从小就背诵了一大堆经典，而且都变成了他的文化血液了，用起来得心应手。第二，他背得多了，他自然有那种起承转合的感觉，行云流水的感觉，平平仄仄的感觉。第三，他背得多了，他就会把自己的作品和优秀的作品自己进行对比，一遍遍地修改，养成一个不断修改不断进步的好习惯。

再举一个例子。前年我们去贵阳开诗教研讨会，在路上我想了想我是中国诗教学会的会长，大家又都知道我喜欢写诗词，肯定要让我写诗。这一路上听说那里的樱花开了，注意，是"听说"——李白写《蜀道难》，现在的学者一般都认为他没有走过蜀道，写的《梦游天姥吟留别》时也还没有去天目山，没有见过，他却写得像真的一样。从认知叙事学的角度来思考他写作的过程，就能理解这是一个可能性的问题，是一个经验式的书写问题。樱花我也见过，在日本待了一年，中间写了不少关于樱花的诗，所以这次写樱花当然也不费劲。我写的是贵阳的樱花，虽然我还在高铁上，还没有到那儿，但凭着记忆中的印象我就把词写出来了，用了《一剪梅》这个词牌。《一剪梅》这个词牌大家都熟悉，李清照有一首《一剪梅》："红藕香残玉簟秋。轻解罗裳，独上兰舟。云中谁寄锦书来，雁字回时，月满西楼。　花自飘零水自流，一种相思，两处闲愁。此情无计可消除，才下眉头，却上心头。"写樱花为什么要用《一剪梅》这个词牌呢？因为都是花，也沾点边。写樱花，《一剪梅》这个词牌一下子就给了我一个写词的开头，就是把樱花和梅花相比，这样第一句就出来了，"不羡梅花不慕桃。非冰非雪，别样妖娆"。它开放的时候铺天盖地的，所以我写"弥天略地自年年"，每年都这样，"自年年"这三个字是从"年年岁岁花相似，岁岁年年人不同"化来的。春天樱花开了，"伴得春来，送得春遥"。写咏物之作下面要写人情，但表面上还得是写樱花，"顾影无言自在高。树树芳华，玉立层霄"。写到这里我忽然想出来一个漂亮的句子，"诗魂总为此魂销。开也滔滔，落也滔滔"。写咏物之作我们一定要把所咏的对象和人的心情、意趣联系起来，要把物的生命和人的生命打通了，这样才能写出好的作品来。这就好像我们写山水景观诗，有的人之所以写不好，就是因为他总是客观冷静地形容海是多么辽阔，山是多么高，石头是多么坚硬，只是客观地说这个，毫无意义。太多人把游山玩水的诗写成押韵的旅游说明书，就是因为没有把物的生命和人的生命打通。只有把物的生命和人的生命打通，才能写出好的诗句，像苏轼写的《水龙吟·次韵章质夫杨花》，每一句都像是在写杨花，但每一句又都像是在写离别的人。还有他写的《贺新郎·夏景》，每一句都让人觉得是在写石榴花，但是每一句又都是在写一个忧伤的美人。最后他说，"共粉泪，两簌簌"，原来苏轼这个人写的咏物之作，是那么善于把物和人的生命打通。他写之前就找好了物与人的相似点，也可以说是他写作的视角，然后他再去咏这个物和人的一种特质，或是清高，或是孤独，有一个选择的倾向性。这都是叙事的预设的过程、预设的思维，都想好了之后他再写。我们写的时候应该注意，当要写忧伤时，一个欢快的词都不能用，当要写欢乐时，又不能写"凄风苦雨"这样的哀词，这都是创作经验的问题。同样是写樱花，写词我已经说过，假如写诗又该怎么写呢？2016年的樱花季节，我一个学数学哲学的朋友，原来在一所大学当宣传部部长，后来当了图书馆馆长，有一天忽然在朋友圈里发了几句很"文青"的话。他说樱花讲述的其实是冬天的故事，刹那芳华后迟暮的不仅是美人，还有那独自凭栏的心。这个已经五十多岁了并且学数学、搞行政的人，看到樱花开放到底在感慨什么我不太清楚，可是他引起了我对樱花的生命和人类的生命的又一次反思。

　　我在日本时写过一首《樱花行》，那首七言歌行写得比《长恨歌》《琵琶行》都长，把樱花和人的生命联系起来，自己感觉写得回肠荡气的。我写了好长时间，但是写完后我拿给日本的教授看，日本的教授笑了，他们看不太懂，说"张先生，樱花还没有开"。后来我没敢问，心想我住所旁边一大片开得那么璀璨的不是樱花吗？后来过了半个月，另一个教授又告诉我说樱花还没有开，这时我就回去问宾馆的老头儿，宾馆的老头儿告诉我说那是一片梅园。"勿把梅花视作樱"，但是这不影响我对樱花的理解。我写的时候，另外一个老师告诉我,他说张老师,好像你这两句写得不对,日本人赏樱花是全家人买一块大塑料布,从早晨就占据了上野公园下面的梅花树、樱花树,一棵树下有四五家人,每个人铺一块大塑料布,在那儿一坐就是一天,老老少少全家人都不说话的。我问他为什么不说话,他说他也不知道。后来我就在樱花季节亲自去观察,真的是如他所说的那样,所以后来我就改了那几句,改成了"上野园中人掬玉"。这时我明白了日本人在樱花季节是在体会樱花开的时候那种生命的美丽和灿烂的冲击力,然后他们同时想的是就这么几天,当一夜风雨过后,满地的樱花零落了,美丽的生命就结束了。他们是在忖度美丽生命的灿烂和短暂,它的失落和人类的无可奈何,这时候赏樱花的心情才对了。所以我就按照这样的意思来写樱花。

这么一说,我预设的是一个什么视角呢?我又在讲樱花和人类的什么故事呢?第一,"年年岁岁花相似,岁岁年年人不同"。第二,美丽、璀璨夺目,但是几天之后就凋零了,白居易的诗道"彩云易散琉璃脆,最是好物不坚牢",意思就是美丽的东西往往生命短暂。还有第三个意思,是与大自然的一年一年可以重复相比,人类的生命是不可以重复的,这叫人生短暂,与自然永恒形成对比,这又是一层意思。此外,还可以想到人类的无奈、生命的漂泊等。按照这样的意思,我们再读这首诗,就知道这首诗是怎么写出来的了。"入眼繁华又一春",每次想到对待自然界的时候诗人们总是在想"年年岁岁花相似,岁岁年年人不同",生命是如此短暂无常,自然是有常态的,人生、人世是无常态的,所以"入眼繁华又一春,缤纷未改旧风尘",樱花还是那个樱花。"风前故事依稀老",一代人有一代人的故事,樱花树下有多少代人的故事呢?"雨后荣枯次第新。深会一枝冰雪意,遥怜万里瑾瑜人",我想折一束梅花送给远方的知己,但是汉乐府写"馨香盈怀袖,路远莫致之",人类的许多美丽的愿望是不太容易实现的。我思念我远方的朋友,那我远方的朋友也会思念我吗?我是不是自作多情呢,是不是过于自恋呢?要思考这些个问题。最后结尾了,"青衿但解伤迟暮","青衿"是读书人的衣服,读书人的衣服才可以称为"青衿",它的原意思是学生的衣服。汉代学生的衣服的布是浅色的，衣服的领子的边用的是深色的布，就是"青衿"。所以《诗经》里说"青青的是你的衣领，悠悠的是我思念你的心"，"青青子衿，悠悠我心"。我虽然老了，但也还算是一个读书人，所以我用"青衿"来指代自己。"青衿但解伤迟暮，无奈凭栏寂寞身"，留不住青春，留不住岁月，大概面对着花，也就是这些个想法，不然还想什么呢？我写不出那样的诗来：自己虽然很老很老了，但是心还不老，还在忖度年轻的少女你是在做什么梦呢，你的梦里梦的是谁呢？当然那也是一个视角。每个人的想法是不同的，这大概就是一个写诗的过程。

我今天可以确认这也许是我讲诗词最知己的一场了，因为你们每个人桌子上都贴着标签、写着名字的，你们是徐老师一个一个按照水平录取的，所以我对你们充满了敬畏之心。谢谢！

第六讲
长调当如何寄托

主讲嘉宾：陈　慧
时间：2019年6月15日 19：00—21：00

> **陈慧**　文学博士，中山大学博雅学院副教授，中华诗教学会理事。岭南诗词研习社主要创办人，《粤雅》创刊号主编。主持多项国家、省级课题项目，参与编辑《全粤诗》，独立校订钱基博《韩愈志》。

大家晚上好！我今天主要是与大家分享长调要如何寄托。

长调是词的一体，当我们要讲长调词该如何寄托时，首先要理解什么是寄托。

后世韵文有代表性的两大类是诗、词，它们主要是渊源于两个传统，一个是《诗经》的传统，而另一个就是《楚辞》的传统。《楚辞》我们经常用"骚"去涵盖它。诗的传统是风、雅、颂，尤其是风、雅，"骚"实际上是变风变雅发展到了极致，所以从根本上说，它们还是属于《诗经》的传统。后世不管是创作还是评论，都深深地受到诗、诗经学，尤其是两汉的经学家对于诗的阐释的传统的影响。所以我们今天在讲"寄托"这个概念时，实际上跟经学传统是有关的。为什么我不列举《诗经》和《离骚》来讲寄托的传统呢？因为在诗、骚的时代，作者本人是没有提倡过寄托的，寄托是后人对它的概括。他们在概括的时候当然会举一些例子。

我们比较熟悉的初唐时期的陈子昂，他大力地提倡兴寄之说，如果我们要追溯兴寄的传统，陈子昂是一座高峰。我今天本来是想从陈子昂谈起，但因为时间关系，还是决定选择讲一个大家更为熟悉的诗人——李白。

李白的古风，在我看来是奠定他诗坛地位的最重要的一个诗类，除此之外，是他的歌行。他的古风第一首，开篇大家很熟悉，"大雅久不作，吾衰竟谁陈"。他的古风是组诗，组诗的结构是很讲究的。他的第一首可以看成是他古风组诗的序言，在序言里要言志，开篇"大雅久不作"，其实要表达的意思是：我就是要来继承"大雅"，于是作这样一组古风。紧接着第二篇就是下面这一首。如果我们把他第一首当作序言，那么他的第二首才是组诗的第一章。他的这一首诗非常有趣，他全首都是用比兴的写法，我们先来读一遍：

> 蟾蜍薄太清，蚀此瑶台月。圆光亏中天，金魄遂沦没。蝃蝀入紫微，大明夷朝晖。浮云隔两曜，万象昏阴霏。萧萧长门宫，昔是今已非。桂蠹花不实，天霜下严威。沉叹终永夕，感我涕沾衣。

像这样一首诗，怎么去解读它？我们先从字词意义上去看。什么叫"蝃蝀"？蝃蝀其实就是彩虹，但是诗里要表达的意思跟今天我们看到彩虹非常兴奋是不一样的。《晋书》记载："昔淫乱之俗兴，卫文公为之悲惋，蝃蝀之气见，君子尚不敢指。""蝃蝀"其实指向的是一个不那么好的政治隐喻，所以君子看到之后不敢指，这是感伤国事。这个典故是理解这一首诗的关键点，它是与宫闱之事有关。

再来看"蟾蜍"。当我们说"蟾蜍"时，想到的不是蟾蜍本身，而是它的喻指月亮。月亮往往又会喻指什么？女子。我们刚才也说了宫闱之事，女子"薄太清"，她不是一个普通的女子，她是在天上的女子。但诗中说"天"的时候，往往会喻指天庭、朝廷，所以他把"蟾蜍"不是作为月亮本体，而是视为月亮当中侵蚀月亮的一个极阴之物，非常阴毒的。因为蟾蜍也给人一种阴毒的感觉。原本瑶台之月是非常完满的，但是蟾蜍跃上太空以后，去腐蚀、侵蚀了瑶台之月。这就有瑶台月是正位，而蟾蜍是后来上位的这样一个象征。原来是一轮圆满的月亮，因为它的光彩被蚀了，所以就"亏于中天"了，"金魄遂沦没"。这个蟾蜍蚀月，构成了前半部分的主题。到了后来就是"蟏蛸"——其实这个"蟾蜍"也就是蟏蛸了——"蟏蛸入于紫微"，紫微是皇帝之所在。如果瑶台之月是代表天庭、正宫，那应该是皇后，而"紫微"是皇帝。"大明夷朝晖"，不仅是月光失色，连带着太阳的光辉也夷沦了。"浮云隔两曜"，"浮云"我们应该非常熟悉，李白有两句诗"总为浮云能蔽日，长安不见使人愁"，"浮云"代表在皇帝身边的那些小人，也代表乱政。"两曜"就是日月，太阳和月亮本来是与万物同辉的，结果由于这些浮云、蟏蛸的出现，天气一般不是很晴朗的，日月为浮云所隔，它们就不再是一种和合的关系。也就是说，帝和后之间并不是和谐的关系，而且这种不和谐的关系是被外力的因素破坏的。日月不能和合的话，就会导致"万象昏阴霏"，我们非常熟悉的《岳阳楼记》说，"若夫霪雨霏霏，连月不开"，那么它其实也是一种兴寄之比，"霪雨霏霏"就是群小当政，也是写日月看不到，被遮蔽了，整一个都是被阻隔的、看不见万象光彩的世界，这造成了乱政、昏政。"萧萧长门宫，昔是今已非"，这里就讲到一个我们很熟悉的典故，就是"金屋藏娇"。但是这儿的"昔是今已非"是什么意思？因为阿娇是被认为她自己作妖，所以被打入了冷宫，而今天不是这个样子的，瑶台之月为什么会失去它的光辉呢？当然我们知道，即便是她遭受了迫害，真正要贬谪她的也还是皇帝，后来皇帝贬谪她的一个理由，是她被虫子蠹食了，导致她华而不实，就是她不结果，无子。"天霜下严威"，表面上写的是桂花被虫蠹了以后，一阵霜过来就都落地了，但实际上是圣旨下来把皇后废了。"沉叹终永夕，感我涕沾衣"，诗人对这样一个事情非常感慨。对这首诗一个比较常见的解释，是说他是刺武惠妃事。武惠妃是在杨贵妃之前玄宗特别宠爱的一个妃子，而且为了她把王皇后给废了。废后的诏书是我们非常熟悉的张九龄写的，当时张九龄当然非常无奈，因为那个皇后实际上曾经是跟玄宗共过患难的。怎么看待这样的解释？胡震亨就说，旧注一般都是这么认为的:"桂蠹"一联其实就是对应了废后的诏书里面皇后"华而不实,不可承宗庙",就是以这个理由来废后的。所以这种解释不是平白无故的,虽然这样的意象通常会被认为这好像非常经验之谈,好像没有历史依据,但是在解释时考据家还是会去找一些蛛丝马迹,找一些依据。这是他们找到的一个比较直接的依据。

唐汝询的《唐诗解》里面就李白是怎么样喻指这个事情做了一个分析,"蟾蜍蚀月"就好比武妃逼后,"月光亏而魄没"就是讲皇后被废以后忧伤而死。蝃蝀借日之光而成型,也就是说,彩虹的出现,比如晚上我们是看不到彩虹的,彩虹一定要借西边的太阳投射在它那里,它是借这样的光辉,也就是说,武惠妃之所以有这样一个力量去逼后,她的权威从哪里来?她的勇气从哪里来?当然是借势,所以后世可能都是把批评的矛头指向了武惠妃,但是李白却指出武惠妃背后的人才是我们要去指责的对象,这个人就是皇帝。蝃蝀本来是借了日光成型的,但是"入紫微"之后就反而导致了皇帝做错事,大失威仪。当玄宗做了这个事情之后,在朝堂中是一件非常丢失威仪的事情,对于朝政也非常不好。"桂蠹不能成实",表面上看是王皇后无子,好像是王皇后的过错,但是如果皇帝常年都不去宠幸皇后,她又怎么可能会有孩子呢?所以不光蝃蝀借光去侵蚀瑶台月是皇帝的问题,包括王皇后所谓的过错仍然还是皇帝的问题。他整首诗讽刺的意味是非常重的。

在这里我们就要跟他的第一首"大雅久不作"联系起来读了,因为他在"大雅久不作"里表达了自己要效仿此前的那些伟大的诗人,其中就提到了司马相如,列举的历史事例又是一个长门宫的例子。我们知道阿娇后来用千金买相如赋,就是请司马相如为她作赋,希望司马相如呈赋给了皇帝,使阿娇得到出冷宫的机会。李白写这样一首诗,在结尾时他实际上也是以司马相如自居,说我希望能在帝后失和、万象昏霾之时,继承司马相如的传统,以长门赋去寤主,希望君主有所醒悟。这也是这首诗的主旨,一方面是刺事,另一方面是咏志,就是我个人的心志是什么。当然还有另外一种解释是认为,这个也许讲的不是皇帝与皇后之间的事情,不是宫闱中的事情,也许讲的是君臣关系,因为我们过去也会把君臣关系比作男女关系。

也就是说，他咏的不仅仅是一个具体的事情，不仅仅是一个外在于诗人的事情，他最终还是归到了诗人自身，也是有自己贤人失志，以及希望有所担当的这种志向。所以我们说一首好的诗，它一定不是离开自我的胸襟去写的，它一定是有关联的，由此我们可以体会到这一首诗的高妙之处。

因为这首诗，我们也许对寄托会有所了解了。一方面，寄托经常会与比兴连在一起，称为"兴寄"。所谓的寄托，就是不能要别人轻易地看出来，它需要有所掩饰，是通过比兴的手法去掩饰的。由于它的讽喻非常质切，如果写得太显白，对于诗人来说是很危险的；而从艺术的感觉来说，太直白、太直露了，也是不美的，所以它要把二者结合起来，"兴和寄"往往要有一个结合。另一方面，所寄之事往往是跟政治是有关的。我们刚刚说到他的这一首诗是开篇，而作为开篇，我比较倾向于他的立足点还是讲宫闱之事，因为《诗经》的开篇在解释传统上就认为讲的是夫妇之伦。从儒家的教化观念来说，夫妇之伦为王化之基，也就是说，王要推行教化首先就是要正夫妇，要正夫妇之伦首先自己要身正，帝和后要以身作则。所以正夫妇之伦为王化的开篇、基础，这是他要把这首诗放在开篇的原因。

我们再来看温庭筠的《菩萨蛮》，当然这不是一首长调，但它经常被拿来当例子来讲寄托。我们知道清代有两大词派，一个是浙西词派，一个是常州词派。常州词派觉得浙西词派的流弊——我们说"流弊"并不是说浙西词派的宗师本身有那样的问题，而是他们的后学或者是他们的观念到后来发展出了一些比较要害的一些问题——就在于一味地蹈空，就是书写心灵或者追求音乐性、艺术性，内容上不是很实在。所以以张惠言为代表的常州词派就主张寄托，而且要把词抬高到跟诗相当的地位。这又叫"尊体"。因为词在以前的地位并不是很高，那当它抬高到跟诗一样的地位时，就意味着它必须有与诗一样的传统，就是来自"诗"和"骚"的传统。原先我们认为词可能只不过是起源于勾栏瓦舍之间，并不认为它会有一个高尚的传统。但是，在尊体的过程中，它在源头上、在传统上就被赋予了一个与诗同等的地位。这一首词，我们也是非常熟悉，因为它在电视剧《甄嬛传》中是主题曲。我觉得其实它作为该电视剧的结尾曲还蛮贴切的，但是也仍然还是把它看成一个宫闱之中或者是闺闱之间的一种幽怨之情。张惠言是怎么去解释的呢？张惠言的《词选》序文里就说，"唐之词人，温庭筠最高，其言深美闳约"。我们知道词和诗毕竟还是两种文体，"深美闳约"就被认为是区别于诗的一个重要特点，要写得很深，但同时要注意到它的美。我们看陈子昂的诗，他的《感遇》，实际上很少人在读《感遇》时会有一种美感，你被他打动的不是他的美，被他打动的是他的抱负，还有他对政治现实的关切，还有他的波澜壮阔。但词不一样，它仍然还是很美的，因为它虽然要宏阔，但是它仍然是要婉约的，这是它的一个特点。这一首词的确是既美，又非常婉约，但是张惠言认为它的主旨是非常深闳的，是感事不遇，说他的篇法是模仿了《长门赋》，就像我们刚刚提到司马相如在献上《长门赋》时，他仍然在借着感叹阿娇的事情来感慨自己之前不得志。这也是为什么刚刚我们说李白效仿司马相如时，他仍然也有这样一个意思。

  关于这首词的理解，从前面来看，"小山重叠金明灭。鬓云欲度香腮雪"，可以知道这个女子的质地是非常美好的。这就非常类似于李商隐写过的一首《无题》诗，他讲一个女子非常美好，长得很漂亮，非常小就会画眉，也就是她有爱美之心。而且她弹筝时非常地勤勉，也就是说，她不仅美，而且她还有后天的努力。当外人来时，她非常害羞，也就是作为一个女子来说，她是有德的。她有这种天生的丽质及后天的才学，还有内在的美德，但这样的一个人到了谈婚论嫁的年龄，却没有人来娶她。他的那首诗跟这个主旨非常像，这样一个美好的女子却"懒起画蛾眉"，为什么懒得画？女为悦己者容，没有人欣赏我。所以如果是有人欣赏我，我可能早早地就起来画眉、梳洗了，这个"晚"恰恰说明她是无人欣赏的。但她并不是不画，她只是迟了，也就是说，虽然现在是很懒的，但她仍然抱着希望。所以她还是起来"照花前后镜，花面交相映"，再次点出她的美好，而且是已经做好了准备，因为她穿着什么衣服呢？"新贴绣罗襦，双双金鹧鸪"。如果从男女之情的角度来说，她是一个孤独的人，但是偏偏身上的图案却是成双成对的，这恰恰也是说出了她的这种无知己欣赏的落寞和孤单。但张惠言说这首词是写"感士不遇",而且他把这种穿着比作屈原的"初服之意"。屈原虽然不为国君所知,不为他所欣赏,不为他所接受,但屈原在离开时仍然是衣裳整齐。所谓的"初服"与朝服相对,就是我没有登上朝堂,但是穿着初服,仍然是一个非常美好的,很注重修仪容的一个人。"修初服",就是虽然现在我没有被宣入朝堂,我不用穿朝服,但是我日常在家时,仍然是非常注重我的衣着还有坐姿等,随时做好了上朝堂的准备。这是《离骚》的所谓"初服"之意,他时时刻刻都准备着,而且从来没有松懈过对自我的内在之德的修行。所以他并不是简单地描述一个女子的美好。周济也是说他"神理超超,不复可以迹象求",也就是说,我们是要在他的迹象之外去求他的神理。这是一个很难的事情,后边也有很多的词学家看到了他是"祖离骚之意""全祖离骚",或者说他"前身合是楚灵均"。但是詹安泰先生,也是我们中大的一位老词人、词学家,他在《宋词散论》中认为,常州词派好像把温庭筠的词的地位抬得太高了。他认为,在当时抬高地位是有历史价值的,因为当时浙西词派的蹈空实在是太厉害了,通过重新阐释这样一首词,赋予它非常高远而且很实在的内涵以后,也许是可以救那样的弊病。他说那时是很有它的价值的,但如果到了后期仍然还这样去解读它,看起来是高论,实际上是很虚无缥缈的事情,意思就是有点牵强附会,未必符合实际。他实际是对这种阐释的模式提出了他的怀疑。当然这样的怀疑,可以代表着一种古今之变,因为在一个经学传统已经被质疑的情况下,深受经学传统影响的那种阐释方式自然也会受到怀疑。我们知道后来考据派所遵从的传统是非常注重"实"的,就是要言必有据,所以他认为这种是凿空之言,不是很实在。

我们怎么去理解这种传统呢?我不是一个非常主张完全复古的人,但我认为是有必要去理解这种传统的。与此同时,我们的确是可以是在现代的传统之上,去为它寻找一些依据,看看有没有道理,但如果我们真的是找不到依据,那么也可以聊备一说。因为这样的一个说法,的确是让我们读到了词更宏阔的那一个维度,我们不可以认为这个维度不真实就把它去掉了。因为这就等于去掉了一种可能性,一种宏阔的可能性。

温庭筠的其他词,比如像这一首词,跟刚刚那一首是非常像的。但是如果你理解了温庭筠,你会认为常州词派对温庭筠的解释也并不是没有道理的,因为他并不是所有的作品都写成上面那样。下面两首是他的诗,我们讲过诗词有别,在诗里它可以说得更直白一些。我们不是说诗要写得非常直白,只是说相对于词来说,它可以写得直白一点。在这两首诗里,我们可以看到,他过陈琳墓时的情形。陈琳实际上一开始是跟了何进,后来是跟了袁绍,再后来为曹操所赏识。曹操对于他的文采非常欣赏,认为陈琳写的东西自己可以一字不更改。所以他经过陈琳墓时说"词客有灵应识我","应识我"就是你应该会与我惺惺相惜,因为我和你一样都很有才华。但"霸才无主独怜君",我跟你不一样的地方在于,我们虽然都是霸才,但你有仁主欣赏,而我没有。第二首也是,"志气已曾明汉节,功名犹自滞吴钩。今日逢君倍惆怅,灌婴韩信尽封侯",历史上这些和我一样有才学的人都已经封侯,但是我却只能够过着非常普通的德位不能相称的生活。如果我们从知人论事的角度来说,虽然找不到真实的依据,因为温庭筠自己可能也并没有跟别人讲过这首词的意思,所以我们没有办法给他去落实,但从知人论事来说,我们会认为这种解释是有它的合理性的。

再来看韦庄,我们知道《花间集》里温、韦占的比例都是非常高。而花间之词为词之"鼻祖",所以我们会举一些花间词,虽然不是长调,但我们有必要也分析一下。像《菩萨蛮》五首,可能我们比较熟悉的是它的前两首,但同样我们讲过,组诗的结构性是很强的,词如果它是一组的话,那么我们也应该把它看成一个整体,才能够体会到它的层次感。从这一篇到下一篇有一个怎样的情感递进,它有怎样的落脚点的转换,这些都是我们读时要注意的问题。像萧继宗分析了前面的三首的后节,他说是有层次的,年纪越老,语气越坚决。前面的"劝我早还家,绿窗人似花",但他并没有说我一定要回家,我是被劝的,这些恰是因为我还不懂得珍惜家人。当然,这一首词是作于怎样的背景是存在争议的,有的认为是晚年之作,也就是入蜀以后作的,有的认为是他还在洛阳登举之后所作。如果很难确指,那么我们先从字面上来看,他说我离别之前有一个美好的女子——也许是他的妻子——向他辞别,但是那时还不懂得应该是要陪伴在妻子身边的,没有对家的眷恋,还是长期流荡在外。所以黄莺就跟他说,你是时候回去了,因为美人就跟窗外的花一样,她的美好是很短暂的,你要珍惜这样一个美好的、短暂的时光,要回去跟她早日重聚。到后面,又说"未老莫还乡,还乡须断肠",这时实际上对于家乡已经是非常思念了。但他说,我好像还没做出一点什么成绩来让我可以回家。实际上说不敢回家,恰恰是因为非常想回家,但是非常希望自己是以成功的姿态回到家乡的。这样的语气已经有所提升了。到最后,"此度见花枝,白头誓不归",他就说,我绝对不能回去,这是一种反着写,前面也是反着写的,"未老莫还乡",不要还乡,"还乡须断肠"。但实际上是更加坚决地表现出他要回去,只不过他是要以一种建功立业以后衣锦还乡的方式回去。到"此度见花枝,白头誓不归",其实这种感觉就非常像在唐诗里有很多讲到"安史之乱"以后,诗人不敢回家,因为回到家以后,他的家已经被毁掉了,他回到家看到的都是青草长满了墙垣。所以看到这个绝对不回家了,因为回家一定会伤心死,家里的人一个也见不到了。以一种痛誓之语去写,但实际上对家的思念是达到了极致。这是一种反着写,但归乡之情却越显坚定的写法。

　　再看后面的,"遇酒且呵呵,人生能几何"。这看似一个非常旷达的表现,所以韦庄的词又被称为"似达而迂",就是看起来很旷达,但实际上他内在的情感是非常迂回的,包括前面的写法也是很迂回的一种写法。看起来很旷达,"呵呵",反正什么事都可以一笑而过,"人生能几何",那我们及时行乐吧。这首诗就跟《诗经》有关了,在后世的解释里认为他是继承了《国风·唐风·蟋蟀》篇,因为在《蟋蟀》里就讲了"及时行乐"。实际上"及时行乐"在魏晋时是出现非常多的词,"人生如朝露",既然人生如朝露,那当然是要珍惜短暂的时光去及时行乐。但是这种旷达,非常像辛弃疾的一首词,"拍手笑沙鸥,一身都是愁",我觉得我自己长了很多白发,但是我一看到沙鸥,你满头的白发,你比我还多,我就拍着手对你笑。可是你会感觉到这笑的背后,实际上是充满了无奈和忧伤的,我居然要和一只沙鸥来比谁的白发更多!那么,在这种旷达,这种呵呵笑的背后，实际上是一种郁结之情。但我们看这首词，不管是张惠言也好，还是王国维也好，对它都非常欣赏，可是他们的角度是完全不同的。张惠言认为，他这首诗是入蜀怀唐寄意钟爱之作。唐王朝已经灭亡了，他是韦待价的七世孙，韦应物的四世孙，但他入蜀以后，当时的蜀国君主又非常欣赏他，实际上到最后已经得到了拜相的尊荣。但他祖上都是一些什么人物？韦待价是武后时期的文昌右相，韦应物曾是玄宗的近侍，德宗时任苏州刺史。像这样的一个身份，以及他在入蜀以后做的是什么呢？"凡开国制度号令，刑政礼乐，皆由庄所定"，后来谥号是"文靖"。他在"黄巢之乱"以后作过《秦妇吟》，后来在敦煌的藏经洞里才被发现，实际上当时他作了之后也不示人，因为入蜀后他已经成了一朝之臣了，而不是唐臣了。所以他这种不能回家，跟我们这种普通的不能回家是不一样的。我们在外漂泊不能回家，但我们的家还在，或者说最多老家没人了，但是家还是在的。但是对于韦庄来说，他的家已经没有了，对他来说更高层面的那个家就是王朝，唐王朝已经灭亡了。这种不能回去的感觉要比一般人深切得多，所以他越是旷达，这种不能回去的痛切就越深沉。用张惠言的话说，因为越痛切，他的钟爱之情就越深。但王国维对它的欣赏，是说如果他真的是有寄托的话，他的表达是让你看不出来的。他用了一种非常质朴的方式去表达，所以后来有这么一句话，"温飞卿之词，句秀也"，说温庭筠的词写得非常秀美。"韦端己之词，骨秀也"，温飞卿的漂亮是漂亮在句子上，所以他的"鬓云欲度香腮雪"，都是非常美好的词汇，但是韦端己的秀丽是秀在骨头里的，在面上是不太看得出来的。当然他更加欣赏的是李重光（李煜），说李煜是"神秀"，就是他的神理秀致。周济是在张惠言之后的另一个常州词派的代表人物，而且是推进了张惠言的整套说法，为后来的常州词派奠定了门径的这么一个人物。他说"飞卿浓妆，端己淡妆，后主则乱头粗服"，也就是说，从温庭筠到韦庄到李煜，他们都代表了词的一个写作高峰，但是他们的呈现方式是不太一样的，有一种从外在之美到骨美再到神美的层次区别，但是呈现在外的却恰恰是从一个浓妆到淡妆到非常朴素的一种表达。我们知道王国维实际对常州词派是有所反思的，因为常州词派发展到后来，越解释越曲折，"附会"的问题越来越严重，而且为了刻意求寄托而寄托，看他们的词几乎是看不懂了。你说这么去解释，他说不对，这是有寄托的，这个解错了。就是这种专为寄托而寄托的风气出现以后，就使得词非常"隔"。所以到这个时候，王国维就推崇一种不那么"隔"的表达方式。他未必是反对寄托本身，他认为可以寄托，只是有个出于怎样的表达方式的问题。

如果考虑到韦庄的身世，在《唐才子传》里也说他"早尝寇乱"，就是曾经历"黄巢之乱"，后来"携家来越中"，游于西江、湖南之间，"举目有山河之异"，就是山河已经易主了。"故于流离漂泛，寓目缘情，于是有子期怀旧之辞，王粲伤时之制"，所以他的确对于山河变色有着很深的情怀，对于他的词的解释，也仍然还是可以从情理上讲得通。所以即便他的这五首词不是在他经历寇乱以后写的，因为我们刚刚讲过，有一种观点认为他其实是在洛阳中举以后就写了，即便他并不是在"黄巢之乱"之后写的，而是在他早年中举时写的，这样一套解释仍然是有它的合理性的，原因就在于此。结合他的身世、背景，如果我们这样去解释它的话，我们可以获得更大的意义空间，这是一种解释方式的问题。

再来看晏殊，我举的这些人其实都不是常州词派最常举的人，因为常州词派其实是非常推崇南宋，但是我恰恰举了一些北宋或者更早的五代的词人。是因为他的这套解释模式，也被推广适用于这些人。而且恰恰是这些人，会被我们忽略。因为大部分人学寄托的话会去学南宋的长调，而忽略了这一些北宋甚至五代的词人，然而他们的词非常有特点。因为它看不出来是寄托，好像非要去阐释它才能够知道它是有寄托的。

我们来看晏殊。晏殊是富贵宰相，要说他有什么寄托，《踏莎行》被解释为是有寄托的。"细草愁烟，幽花怯露。凭栏总是销魂处。日高深院静无人，时时海燕双飞去。　带缓罗衣，香残蕙炷。天长不禁迢迢路。垂杨只解惹春风，何曾系得行人住。"这里的"垂杨"非常重要，后面我们会做一个解释。再看另一首"前调"，和《踏莎行》是同一个词牌。"小径红稀，芳郊绿遍。高台树色阴阴见。春风不解禁杨花，濛濛乱扑行人面。　翠叶藏莺，朱帘隔燕。"

"藏""隔"，他们都是非常注重炼字的，都是有用意的。"炉香静逐游丝转。一场愁梦酒醒时，斜阳却照深深院。"刘永济先生是况周颐的学生，他是继承常州词派的解释传统的，所以他的《唐五代两宋词简析》中用常州词派的解释占到了很大的篇幅。他说在仁宗朝，朋党之争已经兴起了，比如范仲淹，就是在仁宗朝的朋党之乱中被贬谪了。随之一起遭贬的，为他说话的还有几个人，所以后来有人作了一首《四贤诗》，把他们称为贤人，而把吕夷简称为恶人，因为当时吕夷简为相，贬谪了这几个人。在刘永济先生的解释里，"垂杨"是讲同党的谏官。他说谏官虽然犯言谏上，"上"就是"春风"，但是却没有留住被逐之人。因为杨柳它有一个用意，以前我记得我们高考还出过一个题目，为什么临别时要吹《折杨柳》这个曲子？就是因为"柳"和"留"是同音，吹这个曲子有挽留之意。也就是说，当时的垂杨想要去挽留，所以在此他有借垂杨留人的用意。他去劝解春风留住行人，"行人"就是即将要被贬的人，结果却"何曾系得"。他们的力量太微薄了，目的没有办法实现。

  对于第二首词，俞陛云先生的《唐五代两宋词选释》中也大量运用了常州词派的观点，而且解释了他们提出的好多概念。"此词或有白氏讽谏之意，杨花乱扑，喻谗人之高张。"在这里"杨花"不一样了，刚才在上面说"垂杨"是留人的意思，是和范仲淹、欧阳修他们同党的谏官，但是在这儿，因为杨花有另外一个特点是很轻浮。杜甫有一首诗写杨花，说它非常轻浮，以此借指杨贵妃的姐妹和兄弟，像杨花一样轻薄、轻浮。也就是说，同一个意象，它有两重内涵时，诗人、词人往往会借助它去阐释它不同的面。在这里"春风不解禁杨花"，就是倒过来讲，皇帝不懂得去禁止这些非常轻薄的小人，以致他们"濛濛乱扑行人面"，也就是他们作威作福，没有禁止他们，于是他们伤害了这些人，导致了君主跟贤臣之间被阻隔了。所以这里说"翠叶藏莺"，"莺"没有露出来，只能听到莺啼，因为它被层层的叶子给阻隔了。换句话说，皇帝想要去找贤臣找不到，光闻其声，但是被翠叶阻隔了，因为它被杨花扑面。"朱帘隔燕"也是，一般我们看到燕子都筑巢在帘门上的，但现在燕子也没有办法穿帘了。张九龄的《咏燕》，燕子都是穿帘过的，而他这儿说被朱帘阻隔了，其实也是隐喻君主与贤臣之间的远隔。尤其是行人离开以后，阻隔更在千山万水之间，于是才有范仲淹的《岳阳楼记》"处江湖之远，则忧其君"这样一个说法。最后，"斜阳却照深深院"，"斜阳"的出现一般都不太好，是写出一种对国势衰微的担忧。这个意象在辛弃疾词里是非常常见的，在这里也依然是这个意思。因为君子都已经被赶出朝堂了，当然看到的就是一个太阳往下走的趋势了。

再看这一首欧阳修的《蝶恋花》，也是大家非常熟悉的。"庭院深深深几许"，开头就讲庭院是一层又一层，一层又一层，隔得非常深。"楼高不见章台路"，张惠言说这首词表面是讲女子的丈夫游荡在外，她想要登上高楼，但是却望不见丈夫游冶在哪个地方。实际上就好像刚才说的，李白想用《长门赋》寤主，但他见不到皇帝，怎么把《长门赋》献上去？这里同样也是，我登高都看不到君主，我怎么让他醒悟呢？怎么让他把被放逐的贤人重新召回来呢？同样也有这个意思。"章台游冶之地"就是歌伎所在的地方，所以他认为这是"小人之径"，"路"就是"径"。"雨横风狂"，也就是说，在君子远离之后小人当道。一般我们说良政都不是疾风暴雨这样的，疾风暴雨是指当时的政令暴急，政令暴急就是小人当道造成的。因为他写的已经是三月末了，本来三月末时花就不多，春风就已经不是很盛了，疾风骤雨还不停息，这样一来，当然是江河日下。也就是说，在国势基础本来就不是很稳固的情况下，再加上小人当政、贤臣去位，而且是大片去位，由不得词人产生"门掩黄昏"之感。"泪眼问花花不语"，因为这不是贤臣所能左右的，它仍然还是"乱红飞过秋千去"。"乱红飞过"，是说斥逐者非一人而已，也就是说，暴政导致了君子不是一个一个地离开，而是大片大片地离开朝堂。如此一来，他的担忧就更深了。而"秋千"的摇荡就好像当时国势的不稳定一样，是从这样一个角度去理解的。这么一首非常漂亮的词，可以给它这样一个政治上的解释，也可以给它一些不一样的解释。比如"无计留春"，这也不一定是跟国势有关，因为人的青春就是非常有限的，你想要挽留青春，但实际上是无能为力的。人最不可逆转的就是时光，也可以从这个角度去解释。一首好的作品就是可以有很多的解释空间，而且它所呈现出来的内容是可以超脱于一时一事的。也就是说，它所表达的道理，它想传递的情感，并不是局限于某一个时代，或者某一个具体的政治事件。它可以指向这些事件，但是它也可以超脱这些事件，然后我们在作品中可以达到一种共情。这样的作品才是高妙的作品。

我今天讲寄托也是想突出一点，就是在创作时，我们要不仅仅把一时一事的寄托写出来，还要有对当下这个时代、对个人、对俗世的超脱，甚至于对时间、空间的超脱，去书写更为不朽的、更为永恒的一些道理或者是人类普遍的情感。

再来看一些别的例子，像辛弃疾是被举得非常多的。因为周济在他所指出的常州词派入学的门径里，讲到"问途碧山"，就是我要先学王沂孙。因为王沂孙的词有非常多的比兴，要先学他的咏物，咏物是最能够锻炼寄托的。所以各位如果要学寄托的方法，首先要学咏物词。"历梦窗、稼轩"，梦窗词的特点就是美，词光有寄托不行，还得写得美，"深美闳约"，要跟着梦窗去学他的遣词造句，怎么把词写得非常漂亮。还有稼轩，稼轩是深沉的，而且他既能豪又能婉，他能"敛雄心，抗高调，变温婉，成悲凉"，这是他一个非常重要的特点。很多人学辛稼轩可能一味学他的豪放，但没有学他的收束，没有学他的深沉。不过深沉这个方面本来也不是学得来的，诗人的哀乐本来就要求过于常人，你要有一种对时事的非常深沉的爱，而且你对世人的爱是要超过了一般人的。可能一般人爱的能力是有限的，他只能爱自身、爱自己的家庭，但是像辛弃疾这样的人，他是可以爱百姓、爱天下、爱江山、爱天地之间的万物的，就是能民胞物与的。也就是说，你要学他的这种情怀，以及你要把他这样的情怀收束到词里去表达出来。到最后是"以达清真之浑化"，《清真词》里有很多化用的句子，从古人的诗句、词句里化用而来，但是都变成了自己的面貌。也就是说，学词到最后还是要成自己的面貌，要达到一个浑然的状态。这是周济所提出来的门径。

这一首词，辛弃疾的《祝英台近·晚春》，我们怎么解读呢？我们看张端义《贵耳集》，里面说"吕正己为京畿漕，有女事辛幼安"。他的女儿服侍辛幼安，但是因为一个非常小的事情，"触其怒，竟逐之",讲的是这样一个事情。但是这样一个事情,在张惠言看来这个事太小了,在他的解释里,这首词不应该关联于一般的俗事。像王国维自沉,一个解释是说他因为私人恩怨与罗振玉不和。这样的一种解释就把王国维自沉的意义给狭小化了,因为他的死也许原因真的就是一时想不开,但他作为一个文化事件,带给人的不应该只是这样一种私人恩怨的八卦,而应该有一定的文化内涵。于是我们会看到他有"殉亲说"或者"殉文化说",或者是"殉自由说",也就把这个意义提升起来了,使我们后人能够在他的这个事件中获得某种力量,然后去趋于他所殉的那个东西。比如,他如果殉的是文化,那么我们愿意再通过他这样一个事件,在感同于他的悲壮的同时,我们也愿意去为这个文化而付出,或者说愿意为自由而付出。这是他们解释的目的,他并不是要告诉你这个作品写了什么,美在哪里,好在哪里,这不是他最终的目的。他是说我不是这样解词的,因为我发现他这首词与另一首词非常像,就是当时南宋恭帝德祐年间的一个太学生,不知道叫什么名字,姓楚,叫楚生写的《祝英台近》。怎么个像法?我们来看一下。"倚危栏,斜日暮",我们刚才讲到"斜阳"的意象,他这儿一上来就是一个斜阳的意象。"蓦蓦甚情绪?稚柳娇黄,全未禁风雨",这个"禁"就是禁不住风雨的意思。"春江万里云涛,扁舟飞渡。那更听、塞鸿无数",这个其实跟刚才我们看到的欧阳修那首词有一点很像,就是本来是暮春时节,春色不多了,更何况还是"雨横风急"。这个也是,本来就是稚柳娇黄的很柔弱的东西,再加上又来一场风雨,再加上好像是在春江上涌起了万里云涛一样,这样的一个场景。"叹离阻。有恨流落天涯,谁念泣孤旅?满目风尘,冉冉如飞雾。是何人惹愁来?那人问处?怎知道,愁来不去",在张惠言的解释里,"稚柳"是代表当时的恭帝,恭帝年纪非常小,还是一个幼君。幼君就要仰仗于太后,太后又是一介女流,当时太后是谢道清。"扁舟飞渡",指的是当时元军踏入中原,导致当时"塞鸿"——就是流民一满地。踏破中原以后,产生了大量的流民,就好像塞雁一样飘零到各个地方。这是一个非常惨的场景,山河破碎,父亲、兄弟在战争之后可能就永远地阴阳相隔了,或者是流落天涯了,再也见不到了。这样的惨痛是谁带来的?"何人惹愁来"?是贾似道,他说贾似道把愁带来了,但是他带不走。也就是说,他惹来这个祸,但是他完全没有办法收拾这个祸,而且已经一发不可收拾了。如果再说回辛弃疾的词,通过这一首词再去理解辛弃疾,就大概可以知道"是他春带愁来,春归何处,却不解、带将愁去"的含义。像这样一个给国家带来祸害的人,却不知道怎么免祸,这根本就不是一个应该再处在这个位置上的人。难怪他会祸国殃民,这是这种解读。

我们再来看一下姜夔的《暗香》和《疏影》,也都写了当时徽宗、钦宗被掳走以后的情形,写词当然也是有这种哀痛在。比如说,这首可能相对于下一首没有那么明显,但是我们也可以看一下。"石湖"是指范成大,范成大当时有隐遁之志,但是姜夔就写了这首词来激发他:现在国家多难,你就想去隐遁吗?我们来看一下刘永济关于这首词的解释。"江国,正寂寂",就是所谓的"万象昏阴霏"的体现,整个国政是不清明的,所以用"寂寂"形容它。"寄与路遥",我想要把梅花寄给被掳走的两位皇帝,但是隔得太远了,寄不到。他其实是反用了诗句"江南无所有,聊赠一枝春",我在江南没什么可以赠给你的,就摘一朵梅花寄给你。到最后说,你还记不记得当年"千树压、西湖寒碧",当年的国势多好,就好像梅花,千朵万朵压枝低。然而现在,片片吹尽,之前的花有多繁盛,现在就有多寥落、多寂寂,国势由盛而衰的意味就越发地浓郁了。

再看《疏影》,《疏影》就更明显了,因为徽宗被掳后他也写了一首跟梅花落相关的词,叫作《眼儿媚》,"花城人去今萧索,春梦绕胡沙。家山何处,忍听羌笛,吹彻梅花",这个"梅花"就是《梅花落》。刘永济说这个更加是专门为徽、钦二帝作的,前面是用了"赵师雄梦见花神事"来写梅花是多么的清丽。"昭君"二句指徽宗,因为昭君离开了故土,他就比作皇帝离开故土以后思念南国,所以他这里说"暗忆江南江北"。前面却说"犹记深宫旧事,那人正睡里",他表面上写的是寿阳公主在睡觉时,突然间梅花飘落下来,在额头上留下了痕迹,于是后来就成了很时新的梅花妆。本来是用这样的一个故事,但是他却用这样的事情来说,这样的皇帝被掳的悲剧是怎么造成的?恰恰就是因为他们之前在宫里的时候醉生梦死，不知梅花飘落，你正睡时梅花已经飘落了，因为梅花代表了国势，皇帝是要一叶知秋的，皇帝应该从这么一朵落花知道整个国势的走向，从而要有所作为去挽住这样的国势，应该要挽住梅花不许谢，但是他没有做到。而且你是何等无情，就"不管盈盈"，不管那些花，任它们飘零而去，这其实也是对皇帝的谴责。到词的最后，什么时候我才可以再重见梅花呢？但梅花到最后却只剩下"小窗横幅"，就这么一片想象的空间了。这是姜夔的《暗香》《疏影》。

  再来看张炎，张炎是在南宋覆灭以后写的词。他本人原本是在杭州占据了大片的田地，是非常有钱的，所以他逛西湖的感觉跟我们是不一样的。他那时逛西湖，走过的地方就是他曾经的家，就是他的土地，而我们现在去，看到西湖的一切，统统与我无关，我就是去玩的。但是在异族入侵以后，西湖跟张炎就没有关系了。宋亡了以后，他来到西湖边，西湖不仅仅是他之前的那个家，而且还象征着故国了。这个情况其实跟韦庄的情况是非常像的，他既是家，又是国，所以有这样的一种凄凉、怨慕之情。同样，我们刚刚讲到"东风且伴蔷薇住，到蔷薇，春已堪怜"，因为蔷薇是在东风最后开，在初夏的时候谢，是可以开到很晚的。他非常希望可以挽住东风，但是到蔷薇开时，春已堪怜，已经是春去也，无可奈何。但是他说当时西湖的美好，那时候的美好其实也不是与民共享的，而是贾似道占据了大片大片的大好河山，从他侵占良田、侵占山湖、歌舞为乐，已经可以看到整个国势将会怎么走。凭吊西湖当日所谓的盛况时，已经可以预见到如今的惨败，所以他说"见说新愁，如今也到鸥边"。辛弃疾写"拍手笑沙鸥，一身都是愁"，就是用"鸥"的白来写愁，这里也是。新愁如今也到了鸥边，就是说忘机的鸥也感到了愁。"莫开帘。怕见飞花，怕听啼鹃"，不要去打开帘，因为我不忍见到飞花，不忍听到杜鹃啼叫，"飞花"就更增飘零之势，"啼鹃"也是更增春去之无奈，没有办法去挽回，所以他怕听、怕见。

  最后讲一下，长调跟小令不太一样，小令是比较好写兴寄的，因为它可以通篇就是一个比兴。就像温庭筠的那一首《菩萨蛮》，就这么一个梳妆打扮的场景就写完了。但是长调不一样，长调要铺陈，不可能一个场景从头写到尾，所以要把它写好，用常州词派的说法就是要"空际转身",就是处处要写实,但又处处要留空,要把空和实结合起来。朱庸斋先生的词话里提到,要先求空,求性灵,另一方面,成格调以后要求实,要有寄托。这是他的一个写作方法。我今天特意举的大部分例子都是有一种空的性灵之美的,像晏殊的、像欧阳修的那几首,包括韦庄的那几首,其实都有空的性灵在。然后你再去求其实,就又叫"以有寄托入,以无寄托出"。像前面所举的《疏影》,周济就说这首词是"非寄托不入,专寄托不出"。像这首词里的"客里相逢",还有"想佩环、月夜归来,化作此花幽独",写得多美!他写的是王昭君,但他不是用杜甫的那句诗"环佩空归夜月魂",说她晚上回来,而是把王昭君说成"化作此花幽独",写得多美。这是一种空,通过这种空,你在看到这个"化作此花幽独"的一瞬间,你首先感受到的是它的美。细细地咀嚼,才发现他是用昭君比喻钦、徽二帝思念家乡,他们也想魂魄归来,但是却身不能归。这就是一个空和实的结合。

再看两个例子,朱庸斋先生说张惠言的一些词写得不好,既无生气,又没性灵,一味讲寄托。他说张惠言虽然也有好的词,但有的地方一味讲寄托,反而就写得不好,所谓"强作类乎比兴之语",也就是说,为寄托而寄托,为比兴而比兴,他写出来的内容就不真诚,"无异于游词"。还有他举了常州词派的另一个后期人物,他说"语语着力,语语着实,无深婉不迫之意"。也就是说,你既要着力,但是你写出来的面貌又要好像没有用力一样,有一种沉稳、从容不迫的那种感觉,那才是一首好的兴寄之词,但是他做不到。我看到这句话就想起,比如和你非常亲近的人去世了,你不一定会每天哭他的。那些在灵堂上每天哭,哭得最着力的那些人,也许跟死者毫无关系,因为现在有一个专门哭灵的行当。也就是说,他的情其实是虚伪的。所以你如果是"句句着实",又刻意地求寄托,而把你的情感掩盖掉了,那么写出来的东西就会让人觉得很虚伪,没有办法从中得到一种共情。但我们刚刚举那些例子,我们如果抛开这些实在的东西和寄托来说,我们仍然可以感受到它包含的很真挚的一种情感。你不能为了寄托,而把词写成一个失去真性情的东西。

另外,他还举了清季四家的词,说王鹏运、朱孝臧专寄于一时一事，每一首词都可以追究它事情的本末。这是一种寄托的方式，比较质实，而郑文焯不专于一事，所以他的感慨更为深沉，带有更多的普遍性。这显然是比前一种要更好。这就是我们刚才说的，如果一首词，你只能是限于一时一事，限于个人的当下，这样的寄托还是一个格局比较小的寄托。就像我们讲到的李白那一首诗，虽然他寄托了当时刺武惠妃的事情，但是他又不仅仅是这么一件事。他实际又把他个人对于整个家国的命运、对于"大雅久不作"的文教衰微的隐忧寄托进去了。从王化不正的角度也可以看出他的抱负，他的抱负远远超出了这个事情本身，他从这个事情看到的是整个王化也就是人伦教化的问题，所以具有更普遍的意义。这是它那么经典的原因所在。在这里他举了两个例子，这两个我就没有打出来了，这也可以作为我们这一次课的作业，大家可以回去找一下这两首词。没有专指，但是感慨深沉，具有更多的普遍性，可以学习一下。

  当然他还举了张惠言的《相见欢》，说这首词也是"虽不明所指，而情味隽永，似寓无限感慨"。这才是我们要追求的最终的寄托的呈现。包括陈洵这首《玉楼春》，这个背景我把它隐藏了，如果大家不看这个背景，能不能理解他在写什么？"新愁又逐流年转。今岁愁深前岁浅。良辰乐事苦相寻，每到会时肠暗断。　山河雁去空怀远，花树莺飞仍念乱。黄昏晴雨总关人，恼恨东风无计遣。"年年都会有新愁，愁之不尽，愁之又来，而且今年的愁还胜过去年的愁。我总是在苦苦地追寻良辰乐事，可是当这些良辰乐事到来时，却是更加重了我的肠断。也就是人到愁时，如果一个极度哀愁的人，在喜事当中反而会更加增添他的悲怆。我们知道贾宝玉一向是最喜欢热闹的，可是最终他最热闹的那一天，在他而言好像是良辰，他自己却好像是失了魂魄一样，林妹妹又吐血而死，但实际上是"每到会时肠暗断"，那一天才是他真正肠断的一天。"山河雁去空怀远"，山河、大雁已经越走越远，我只能是空怀其远，一去不复返，日子一天一天地过去，增添了我的愁绪。"花树莺飞人念乱"，在这么一个黄昏晴雨的时候我却被关着，好像黄昏晴雨总是把人关在里面。大家想想那种局促感，为这种黄昏晴雨所关的孤独和束缚。"恼恨东风无计遣"，但是这种深深的局促的愁绪却没有可以排遣的地方。这一首词实际是在他的海绡楼被日寇焚烧以后写的，所以当他的愁和这个背景结合以后，我们就会发现他实际上是有所指的。当时国家饱受日寇侵略，而且一开始投降论甚嚣尘上，很多人是看不到希望的。在这个背景中，他的家又被烧掉了，也就是说，这时他个人的身世与整个国族命运是联系在一起的，个人命运与整个家国百姓的命运也是紧紧联系在一起的。这个时候他的愁就不仅仅是个人之愁，他的困顿就不是个人的困顿，而是一个国家在外敌包围之下的困顿。在这个困顿之下没有藏身之瓦，就好像遍野流民，也没有可以遮风挡雨的地方，整个国家都是非常破碎的。这样的愁何日才能得到排遣呢？他也在追问。

所以我们看到，好的寄托是当你把当时的背景，把这个人的身世掩藏之后，虽然你不一定能读出它的实质，但仍然可以读出它的好，读出它的情感之深。而当我们赋予它一个背景，以及理解了作者个人的身世还有他的情怀以后，再去理解它的寄托，我们可以在他的词的寄托里意识到这个寄托不仅非常精准，而且在增加了寄托之后，我们对他的感慨会有更深切的同情。

最后，看一下李白这一首《忆秦娥》，我非常喜欢周汝昌先生对它的评价。当然这首词是不是李白写的，没有人知道，但大家都愿意相信是李白写的，因为大家觉得好像除了李白，没有人能写出这样的气象。这首词也有人认为写的是玄宗幸蜀这样一个具体的事件，但周汝昌认为它写的不仅仅是这么一个简单的事实。而它体现的是一种怎样的气势呢？"立一向之西风，沐满川之落照，入我目者，独有汉家陵阙，苍苍莽莽，巍然而在。当此之际，乃觉凝时空于一点，混悲欢于百端。"也就是说，在这一点当中，"秦楼月"或者是"西风残照"或者是"汉家陵阙"，可能就在"陵阙"这么一点，在整个画面里可能只是这么一个点，但是他却把时空凝结在了这里。从汉到唐整个的时间和空间仿佛都在这个点上凝聚了，日照代表的也是一个时间。"陵阙"则是一个特殊的空间，它是死亡的空间跟生的空间的一个连接，因为我们所有的陵阙都是联系着生和死的，它是把生死、兴衰都凝聚在一起，它是"凝时空于一点，混悲欢于百端"。"由秦娥一人一时之情，骤然升华为吾国千秋万古之心，盖自秦汉以逮隋唐，山河缔造，此地之崇陵，已非复帝王个人之葬所"，这样一个"汉阙"已经不仅仅是皇帝的坟墓这么简单了，而是从秦汉到隋唐以来整个的山河缔造。这些王朝是怎么缔造起来的，这个民族是怎么凝聚起来的，文化是怎样生成的？实际在"汉家陵阙"里都可以读出答案，是那么深沉的味道。"乃民族全体之碑记也"，它已经不仅仅是一个帝王，还是一个王朝、一个民族的文化、精神的维系的丰碑之所在。"良人不归，汉陵常在"，在一次又一次的王朝更替当中，我们现在的汉族其实已不是一个血统意义上的汉族，也许一个所谓更纯粹的血统意义上的汉族早就已经不复存在了。我们现在都是各种血统混杂在一起的人，但凝聚我们的并不是血缘，而是文化的丰碑，这是他的这篇作品如此伟大之所在。我们今天讲寄托就讲到这里，谢谢大家。

第七讲
从长调开始学词

主讲嘉宾：徐晋如
时间：2019 年 6 月 29 日 19：00—21：00

今天的题目，前几天我们群里有社友发出质疑，他作为一个诗词小白，不能理解为什么我们学词要舍易取难，要从长调开始学起。当然我们也可以这样说，你跟着学就可以了，不要问为什么，但是这不是我们教学的风格。我们不但要讲要从长调开始学，而且要讲明白为什么我们要从长调开始学。

首先，这个是我个人的创作实践。我从高二开始学习填词，当时手头就一本我的诗词启蒙老师徐于斌女士送给我的《唐宋词格律》。这一本书当时实际上已经被她翻得快烂了，但她又把它装订得很好，所以我用她那本书用了很多年。很自然地，我开始填词时就是填长调，而不是小令，因为我发现，填写长调比填写小令要容易。后来，我接触了很多的前辈学者，特别是我在跟着我的导师陈泚斋先生学习时，接触到朱庸斋先生的《分春馆词话》——当然此前也读过，但是进了中山大学以后才开始真正地去研读它。然后我就发现朱庸斋先生在教词时也是从长调开始教起。朱庸斋先生教词有两大特点，一个是要从长调开始学起，一个是要从近代词开始学起。关于要从近代词开始学起的问题，他讲得非常清楚、明白。他说因为唐宋毕竟离我们的时代非常远了，青年在读唐宋词时，很难产生情感上的共鸣，但是由于近代离我们的时代是接近的，所以青年一读，就感觉很多当时的社会现实今天还都能引起强烈的共鸣，所以只要一学就能写得像样。这是朱庸斋先生的第一个观点。第二个他没有详细地讲，为什么要从长调开始入手，我作为他的再传弟子，就必须思考这个问题。也就在中山大学读书时，我看到有一位名教授提出了一个观点，他认为我们学诗要从绝句开始学，学词要从小令开始学，他认为这样容易。但在中国古代，我们都知道，学诗不是从绝句开始学的，都是要求从五言律诗开始学的，这个我们在上一季中已经再三地强调了。

  学词，这位学者说我们要从小令开始学起，这个观点也是不对的。为什么我们学词不能从小令开始，我们来看一看这个问题。首先我们要想一想为什么这位学者或者其他的跟他持有同样观点的学者，他们提倡从绝句和小令开始学？这个原因在于他们把所有的学习写诗词的人都假想为什么都不知道的人、零基础的人，他觉得字数少的肯定就好写了。我高中时填了第一首词，当时给我的语文老师看，我的语文老师是一位很好的女士，她说"我不懂"，然后她就去找了一位年纪比较大的老师，是别的班的语文老师。这位先生就给我的词逐字逐句地做了批改，告诉我哪个字平仄不对，哪个字用词不当，要怎样用一些典雅的字，并且还批了几句话。我写的是一首《念奴娇》，他当时批的几句话，大概意思是小令易学难精，长调难学易精。这个话对我影响很大，所以后来过了不久，我就去认识了我的启蒙老师徐于斌老师，她也是这样教我先写长调的。她看了我那个小本子上，我写的《水龙吟》《八声甘州》《金缕曲》等，全部是写长调的，她就说我的长调里有很多好的句子。她接着又说，小令是不太好写的。这些我当时都不理解，但是我都记住了。而且她还说了一句话，那时我已经到清华去读书了，我又写了很多的词，但诗写得很少，我回到老家盐城又拿给她看，徐老师就说，词写得比诗好，原因是诗比词更加需要一种成熟的思想。也就是说，如果你没有很深邃的思想，你不大可能写得出好的诗来，但即使你思想上相对比较浅，只要你肯花工夫，你的词是可以写好的。我很感谢这两位老师他们给我的点拨，因为他们我从一开始学诗词就没有走上一条错误的道路。

  等到我读中山大学后，我就开始思考，为什么长调比小令更加容易入门的问题。答案就是那些认为小令比长调更容易写的人，他们首先假定了所有学诗词的都是零基础、没有大量的背诵的人。但是我们要知道，如果一个人没有大量的诗词的背诵作为基础，不管是学长调，还是学小令，肯定都学不好。而对于已经有了比较好的记忆基础的学习者来说，学长调就要比学小令更好，或者至少两者的难易程度是一样的。

从小令开始学词，它有什么样的弊病呢？第一，对于几乎没有背诵之功的人来说，他觉得小令字数少，就很容易把它凑出来，但凑出来以后是没有办法处理好坏的，所以他会在这条错误的道路上越走越远。我经常做一个比喻，没有严格的训练，只是跳广播体操是练不出肌肉来的，要练出肌肉必须得负重。对于已经有一定诗学功底的人来说，先从小令入手，有什么弊端呢？比如魏新河先生他有一个同门的师兄，这位先生是国内非常有名的诗人，但他的词始终就写得没有词的味道，他的词写出来还是像诗。因为小令是非常接近于近体诗的，所以你在写小令时自然而然地就会用近体诗的写法去写小令，这样的结果，就是你写出来的还是诗的味道，不是词的味道。诗的味道跟词的味道有非常大的区别。王蛰堪先生是天津的一位老词人，是我非常尊重的一位前辈，他就说，诗就好像一位苍颜老者，端然独坐，而词仿佛簪花美人，它们的风格是完全不一样的。如果一开始就从小令开始，写出来还是诗的味道，不是词的味道。小令大多是从近体诗而来，而长调才是比较有参差的句法的长短句，你要能感受到长调的不一样的句法。怎样去训练呢？要多读影印本的词集，特别是读那些影印本的词集当中的长调，训练自己去给它做标点。我们的正式学员在入学时都记忆犹新，我给大家出的题目就是让大家去标点叶恭绰的长调。今天我带来了一本书，是我刚刚买的台湾出版的《纳兰词》和《水云楼词》的合集，因为有一个说法，清代的词家三足鼎立，一个是项鸿祚的《忆云词》，一个是纳兰性德的《饮水词》，一个是蒋春霖的《水云楼词》。台湾把《纳兰词》和《水云楼词》都影印了，书非常好，也很便宜，才八十多块钱，可以买来读。

我们来看刘辰翁的《宝鼎现》，哪位社员自告奋勇来念一下？我们感受一下长调独特的跌宕参差的语感。

红妆春骑踏月影竿旗穿市望不尽楼台歌舞习习香尘莲步底箫声断约彩鸾归去未怕金吾呵醉甚辇路喧阗且止听得念奴歌起父老犹记宣和事抱铜仙清泪如水还转盼沙河多丽滉漾明光连邸第帘影冻散红光成绮月浸葡萄十里看往来神仙才子肯把菱花扑碎 肠断竹马儿童空见说三千乐指等多时春不归来到春时欲睡又说向灯前拥髻暗滴鲛珠坠便当日亲见霓裳天上人间梦里

我们来看它的这种句法、这种结构，要能够做到什么程度呢？就是熟练到像我这种程度，那么你们的基本功就算过了，就可以开始填词了。

我们要注意长调中有一些跟小令很不一样的句法。小令的句法往往就是诗的句法，但是在长调里有很多在诗中是绝对不会出现的句法，而这些句法恰恰就是我们需要特别重视的地方。比如说"踏月影竿旗穿市"这是一个七言的句子，在近体诗中绝对不允许这么写，但在词里这样的句子很常见，叫"尖头句"。它的前面三个字、后面四个字形成一个节奏，叫作尖头句，它们中间在词谱中如果要标点的话，应该加一个顿号，"踏月影、竿旗穿市"。然后是"望不尽、楼台歌舞，习习香尘莲步底，箫声断，约彩鸾归去"，这是一个五言句子，"约彩鸾归去"，上面是一个字，后面是四个字，这在近体诗中也是绝对不允许出现的节奏，但在词里就很常见，很容易出现。为什么？我经常跟人讲怎么考好数学，因为我是由理科考进清华的，所以我还是有这个资格的。我说学代数怎样才能叫学得到位了？看到一个函数的时候，你要在脑海里想到函数所对应的抛物线、所对应的象限，你才是真正地学到位了。你不要觉得格律这个东西是一个死的规矩，它是吟诵的符号化表达，格律就是吟诵，吟诵就是格律，因为近体诗的吟诵是双平双仄为主调，所以它必然是平平平仄仄，仄仄仄平平这样的一种节奏，它就不可能出现这种上面一个字、下面四个字，上面三个字、下面四个字这种节奏。但是词不同，词不是吟诵的，词是要唱的，因为它唱时可能领的字、拉的音就比较长，所以它就形成了这样的一种节奏。最典型的就是《水龙吟》，《水龙吟》的最后几句，比如辛弃疾的"倩何人唤取，红巾翠袖，揾英雄泪"，苏轼的"细看来不是，杨花点点，是离人泪"。它的节奏之所以是这样的，是因为它的音乐的乐谱就这么规定好了的。我们很多的学者点校时把苏轼的词给点成"细看来，不是杨花，点点是离人泪"，你可以这样点，但你这样点的结果就是让人没法唱了，因为它跟谱子完全就不一样了。所以这首词里之所以有这样特殊的句法，是由词的音乐所决定的。

《宝鼎现》这首词有一个特点，它是分三段的。我们一般见到的词都是两叠的，就是上下、前后两段叫作双调，前面一段叫上片，下面一段叫下片。这是三叠的，三叠的词中，这首词这样的结构是比较常见的，三叠的词中还有一种特殊的结构，叫作双拽头。所谓双拽头，就是它的前面的第一段和第二段的结构、音乐是完全一样的，第三段的音乐才有不同，所以前两段的标点、节奏都应该完全一样，平仄都应该基本一样。

我们再来看周邦彦的《瑞龙吟》。我们再换一个同学念一下。

章台路还见褪粉梅梢试花桃树愔愔坊陌人家定巢燕子归来旧处黯凝伫因念个人痴小乍窥门户侵晨浅约宫黄障风映袖盈盈笑语 前度刘郎重到访邻寻里同时歌舞唯有旧家秋娘声价如故吟笺赋笔犹记燕台句知谁伴名园露饮东城闲步事与孤鸿去探春尽是伤离意绪官柳低金缕归骑晚纤纤池塘飞雨断肠院落一帘风絮

非常好，整个节奏把握得非常好。我们来看它的第一段。

"章台路"，这个地方就要加句号了，凡是押韵的地方要加句号，这就是一个完整的句子。"还见褪粉梅梢，试花桃树"，这是第二个韵，"愔愔坊陌人家，定巢燕子，归来旧处"，这是第三个韵。

再来看第二段，"黯凝伫"，和"章台路"是同样的句式。"因念个人痴小"，和"还见褪粉梅梢"又是同样的句子。"乍窥门户"，又是一个句子，"侵晨浅约宫黄"，这个地方逗号，"障风映袖"，逗号，"盈盈笑语"，句号。所以它的节奏是完全一样的，这里我们来看看有哪些是尖头的句法呢？"知谁伴、名园露饮，东城闲步"，这个是尖头句法。"归骑晚、纤纤池塘"，这又是一个尖头句法。

有两首都是双拽头的三叠词，但是在《唐宋词格律》中，——尽管我们推荐大家把《唐宋词格律》作为我们最主要的工具书，但是这最主要的工具书也不是一点错都没有。我跟中华书局上海编辑部的人说了，我说下次你们再出时让我先给你们把错误的给改过来。——这两首词都把它给标成了双调的词，就是前后各有一片的词，但实际上，这两首词都是三叠词，不单是三叠词，而且都是双拽头。我们再换一个同学念一下第一首《曲玉管》。

陇首云飞江边日晚烟波满目凭阑久立望关河萧索千里清秋忍凝眸杳杳神京盈盈仙子别来锦字终难偶断雁无凭冉冉飞下汀洲思悠悠

暗想当初有多少幽欢佳会岂知聚散难期翻成雨恨云愁阻追游每登山临水惹起平生心事一场消黯永日无言却下层楼

"立望关河萧索千里清秋忍凝眸"，龙榆生先生把它标点成"立望关河萧索，千里清秋，忍凝眸？"是不对的，应该是"立望关河，萧索千里清秋，忍凝眸"，下片的结构是一样的。"断雁无凭，冉冉飞下汀洲，思悠悠"，这里的"思"不能念一声，表示悲伤的意思、表示一种思绪，一定只能是念四声。

"暗想当初，有多少、幽欢佳会"，"有多少、幽欢佳会"是一个尖头句。"岂知聚散难期，翻成雨恨云愁？阻追游"，这里的"阻追游"三个字就是一个句子。"每登山临水"，上一下四，又是一个尖头句。"惹起平生心事，一场消黯"，"消黯"是销魂黯然的意思，宋词当中有两个词都是宋朝人自己造的，一个叫"消黯"，一个叫"消凝"，"消凝"是销魂凝望的意思。"永日无言，却下层楼。"它是这样的一个句法。

龙榆生先生以为前面两段是一段，就把它标成了一个双调词，大家如果将来要填《曲玉管》，要按照我们教的来，不要按照龙榆生先生在书上标注的来。

下一首《秋宵吟》，同样一首双拽头的三叠词，但是被龙榆生先生也标成了双调词，有没有同学愿意来念一下？

古帘空坠月皎坐久西窗人悄蛩吟苦渐漏水丁丁箭壶催晓引凉飔动翠葆露脚斜飞云表因嗟念似去国情怀暮帆烟草带眼销磨为近日愁多顿老卫娘何在宋玉归来两地暗萦绕摇落江枫早嫩约无凭幽梦又杳但盈盈泪洒单衣今夕何恨未了

这个基本上节奏是没有问题的，有几个字念得不对，一个是"漏水丁丁（zhēng zhēng）"，不念 dīng dīng，它出自《诗经》"伐木丁丁（zhēng zhēng）"，这个就不能念 dīng dīng。另一个是"引凉飔（sī）、动翠葆"，因为它和"古帘空"的平仄是一样的，在三言的句子中它的节奏的点是落在第三个字的，因此它的第三个字的平仄一定是一样的，所以"引凉飔、动翠葆"的"飔"应该是念一声（sī），而不应该念四声（sì）。

上个月我们在北大的访问学者搞了一个学术论坛，有一位老师是天津工业大学的，她是学音乐的，学音乐又教昆曲，但觉得自己在文学上比较欠缺，所以到北大中文系来做访问学者。她的论文是请我做的评议，在里面她就要解决一个问题，她说在昆曲中，同样的曲牌，有时平仄就不对，比如她说"人悄悄"是平平平。我就告诉她，你的结论是错的，结论错的原因是你的字平仄没有念对，她把"人悄悄"的"悄悄"念成了一声，实际上它应该是念三声。所以她说平仄不对，但是它的曲调是一样的，我说它的平仄本身就是一样的，所以曲调一样也很正常。

所有的词牌中字数最多的《莺啼序》，我们再来看一看哪位同学来挑战一下？雨竹你来念一下。

残寒正欺病酒掩沉香绣户燕来晚飞入西城似说春事迟暮画船载清明过却晴烟冉冉吴宫树念羁情游荡随风化为轻絮
十载西湖傍柳系马趁娇尘软雾溯……

刚才她念得比较吃力，为什么比较吃力呢？一个原因是对于词的句法不熟悉，还有一个很重要的原因，就是在思维方式上还是没能挣脱白话文的思维。比如她念到"青楼仿佛"时，她大概想白话文"仿佛"后面肯定要接一个宾语，所以她这个地方就念"青楼仿佛临分败壁"，这就不对了。我先念一遍，再来讲一讲大家需要注意的地方。实际上不要看《莺啼序》在所有的词中长度是最长的，240个字，它其实是非常好点的，因为它里面对仗的句子非常多。《莺啼序》基本上就相当于一篇小的赋，而且是骈赋，骈赋的特点就是比较多对仗。

"残寒正欺病酒，掩沉香绣户。燕来晚、飞入西城"，尖头句。"似说春事迟暮。画船载、清明过却，晴烟冉冉吴宫树。念羁情、游荡随风，化为轻絮。"

"十载西湖，傍柳系马，趁娇尘软雾。"这里她把它念成"趁娇尘软雾溯"，这个问题在于她对入声字不太了解，"溯"是一个入声字，它不可能押韵的，所以这个地方应该是"趁娇尘软雾。溯红渐、招入仙溪，锦儿偷寄幽素。倚银屏、春宽梦窄，断红湿、歌纨金缕"。这两句是词当中独特的一种对仗法，叫"尖头对"，两个尖头的句子形成的对仗。但词的对仗和诗的对仗是不太一样的，诗的对仗一定是要求平对仄，仄对平的，但词的对仗有时是可以只是意思上对，只要它们在声律上按照词谱的规定就行了。"暝堤空，轻把斜阳，总还鸥鹭。"

"幽兰旋老，杜若还生"，这是对仗的。"水乡尚寄旅。别后访、六桥无信，事往花委，瘗玉埋香，几番风雨。长波妒盼，遥山羞黛"，又是对仗的。"渔灯分影春江宿"，这个"宿"实际上是用了当时的口语，就念宿（xǔ）了，因为"宿（sù）"实际是一个入声字，但是在宋代的时候有一些字就已经受北方话的影响了，特别是南宋，所以这儿应该是念"渔灯分影春江宿（xǔ）"。"记当时、短楫桃根渡。青楼仿佛，临分败壁题诗，泪墨惨淡尘土。危亭望极，草色天涯，叹鬓侵半苎"，上一下四的尖头句法。"暗点检、离痕欢唾，尚染鲛绡，鸳凤迷归，破鸾慵舞。殷勤待写，书中长恨，蓝霞辽海沉过雁"，这个"雁"我认为在这里实际上是古人就开始写错了，应该是"沉过鹜"，"落霞与孤鹜齐飞，秋水共长天一色"的"鹜"，这个地方才押韵。我认为在最早的时候，刻吴文英的词集的人可能就已经刻错了。"漫相思、弹入哀筝柱。伤心千里江南，怨曲重招，断魂在否？"我们注意，表示是否的"否"有两个写法，一个写法是写成这种"否"，它是一个上声字；还有一个写法是写成"不"，但是它不能念成"bù"，要念 fóu，那是一个平声字。"黄鹤断矶头，古人今在不"，要记住，它是一个平声字。

下面这首相对简单了，同样是《莺啼序》，但这首是一个变格，少了4个字，236个字。因为我们刚才把另一首给念了一遍，所以这首应该也不是那么难，哪位能自告奋勇地再来念一下？

（社员朗读）

他这个问题是我们初学诗词的人所共同面对的一个问题，就是觉得标点不太好标点，为什么？一个原因我们刚才讲了，是因为我们对词的句法不太熟悉。还有一个原因，就是词汇量掌握得不够多，如果你词汇量掌握得够多，你会发现有些它自然而然就能成为一个句子，它只能成为一个句子，这个句子哪怕你不了解它的节奏，你自然而然一读这个句子就断开了。我来念一遍。

如果你的词汇量掌握得够多，你就知道自然而然地，这个词和下个词间只能组成同一个句子，而某些地方就是不能够断开的。我们最大的笑话来自华东师范大学，华东师范大学有一个博士生导师，杨扬，他标点吴梅先生的《词学概论》，里面有这么一句，"陈思王植"，陈思王曹植，他给标点成"陈思、王植"，所以我们幽默的王翼奇先生写过一首《西江月》来讽刺这一类人。他首先说出版社印《三国演义》"青春作赋，白首穷经"，给打成了"青春作贼，皓首穷经"，然后有一个越剧名演员，大家都很熟悉的王文娟女士，他给错成了"王文娟"，有一个女画家叫佘妙枝，五笔打错成了"佘妙妓"，我们北京大学老校长蔡元培，字子民，错成了蔡刁民，张大千本名张爰，我们有一个上海电视台的女主持人念"张爱"，还有"一枝红杏出墙来"，我们这位女主持人念"一枚红杏出墙来"。所以王翼奇先生作了一首《西江月》："才子青春作贼，佳人妙妓文娟。刁民二字太荒唐，竟是巍巍校长。　张叟易名为爱，陈思改姓成王。一枝红杏出高墙，何等春光骀荡。"

刚才我讲了还是我们学词之前的准备工作，你以前背了很多，这些要把它用起来，怎么用起来？就要去看那些影印本的词集，去自己给它做标点，形成语感。下一步怎么办呢？我们从去年开始就一直强调，学诗是这样教，学词也是这样教，学书法其实也一样，要临帖，你应该去挑选前人的词作，像小学生习字描红一样地去临摹它的章法、句法，而且应该先临摹长调，再去临摹小令。

我们来看一看，我们深大的同学如何对柳永的词《乐章集》里的第一首《雪梅香》进行模仿。我们首先看柳永的原作。

    景萧索，危楼独立面晴空。动悲秋情绪，当时宋玉应同。渔市孤烟袅寒碧，水村残叶舞愁红。楚天阔，浪浸斜阳，千里溶溶。
    临风。想佳丽，别后愁颜，镇敛眉峰。可惜当年，顿乖雨迹云踪。雅态妍姿正欢洽，落花流水忽西东。无憀恨、相思意，尽分付征鸿。

这首词里面有哪些特殊的句法或结构呢？首先，"动悲秋情绪"是一个尖头句。"渔市孤烟袅寒碧，水村残叶舞愁红"是对仗的句子。"雅态妍姿正欢洽，落花流水忽西东"，对仗。"尽分付征鸿"，尖头句。所以一开始读词的时候，我们要专业地去读它，不要非专业地去读它，专业地去读它，我们就可以注意这些句法的问题。

我们看这位同学的《雪梅香》。

"晚风慢，斜阳冉冉落长空"，他这个格律是不对的，但是句法没有问题。"渐芳华归老，红尘万象都同。青草一庭绿幽水，翠园十里葬飞红"，这个对仗他也注意到了，但是很可惜有一个缺点，"青草""翠园"是合掌的，就是上、下两联意思一样，这个是不行的。"浮云渺，皓月将升，暮景溶溶。随风。想千古，几度风流，依旧青峰"，这实际上就是化用了"青山依旧在，几度夕阳红"。"五柳田园，个中鹤影仙踪"，"个中"就是"这里面"。"道是随缘说来易，可堪流水自长东"，这两句就不对仗了。"葱茏处，锦字传情，寄予征鸿",最后这句法就不对了。他差了一句。

这一首,马可同学的《雪梅香》。

"夜残破,孤云飞倦卧长空。念兰亭修禊,羲之感痛当同",大家读过《兰亭序》应该知道他感慨的是人生的修短。"枯岭清流浸寒碧,老松只能唤余红",这儿的缺点是什么呢?它是硬凑出来的对仗,但是他注意到对仗了。我们每一句都要浑成,每一首都是要由浑成的句子把它组织在一起,我们经常讲这得是一棵菜,像一棵白菜一样。"海波乱,桂记鸥盟,垂露瀛溶",这个是完全的凑韵,"垂露""瀛溶"根本是不通的。"乘风。举轻翼,骨气犹遒,历了千峰。可笑蜩鸠,怎知远客萍踪",这两句的句法也错了。"芷目鸾音独惆怅",所谓的"芷目鸾音"也是生凑出来的。"玉箫瑶佩各西东",这句还是比较浑成的。"凭栏处,误几秋期,三送归鸿",这个句法也是不对的,应该是三三,然后是五,五还是一个上一下四的尖头句。

下一首,"夜如旧,十方星冷缀辽空。百般秋萧瑟",这个句法就不对,是有问题的,它应该是上一下四的句法。"倾心只恨难同",他这儿的意思是说我对你倾心,但是你未必对我倾心。"银月青灯浸衫紫,碧波黄酒醉颜红",这儿色彩的运用太繁复了,其实古人往往在诗句中用色彩不会超过两种色彩,一种色彩作为主色,另一种色彩作为衬托,所谓"五色令人目盲",多了反而不好。"梦千里,万缕相思,水月溶溶",这几句比较浑成。"随风。踏幽径,荔影重重,月冷孤峰",因为我们深大号称"荔园"。"四海漂泊,谁知已现秋踪。只愿三生两相悦,一如流水永朝东",这两句,他的对是比较宽的对法,但他还是流水对,应该说还是不错的。"烛明暗,半倚云阑,心寄飞鸿",这儿也是,最后的句法都不太对。

时间关系,就不详细说这些了。总体而言,以上的拟作的同学,他们是平生第一次写词,都是初次执笔,但是写出来的至少不会让人很厌恶,还是可读之作,为什么呢?就是因为他们是从摹拟入手的,是很容易写得像点样子的。当然仔细推敲,你也会发现他们在尖头句、对仗这些问题上都有各种各样的小毛病,所以才需要老师来给他们讲,他们才有进步。这里面我们看曾经拿过香港的全港诗词大赛一等奖的何凤琴女士,她当时是香港中文大学的本科生,这位小姑娘她拟作的就完全不一样,我们来看看她怎么拟作的。

"锁香雨,胭脂吐尽总成空。恨轻寒春晚,芳心抱怨应同。绕岸垂杨惹烟絮,隔帘疏影落斜红。泮塘夜,失月楼台",化用的是秦观的"雾失楼台,月迷津渡","灯影溶溶。临风。叹欢洽,事去情留","事去情留"实际是柳永的另外的词里面的,被她用过来了。"写入眉峰"这里的"写"用得非常巧妙、到位。"重幕生尘,碧云掩断前踪",化用的是南北朝诗人江淹的句子"日暮碧云合,佳人殊未来"。"更漏催声渐迢递,远山无语各西东。柔肠结,云底沤,尽点点苍鸿。"你会发现她有几个特点,首先,所有该注意到的句式,尖头句、对仗句,她全部注意到了;其次,她懂得了去把握这首词的主题。柳永的《雪梅香》是一首悲秋之作,她觉得我在模仿你,但是我也有我自己的特色,你悲秋,那我就伤春,所以就写得完全不一样。柳永的婉约当中其实是带有一点刚健的力量的,她这个就纯粹女性的词,感觉是完全不同的。这就是一种非常到位的模仿,所以大家要去模仿时,也要注意这些,既要学它的结构,也要学它的句式,但又要避免学它的主题,避免被它牵着鼻子走。

我们再来看对史达祖的《三姝媚》的模作,也是我们深大的同学。

史达祖的原词,"烟光摇缥瓦,望晴檐多风,柳花如洒。锦瑟横床","锦瑟"实际就是用的李商隐的语典,但是他这里面就是指那种很漂亮的"瑟"。"想泪痕尘影",上一下四的尖头句。"凤弦常下。倦出犀帷,频梦见、王孙骄马。讳道相思,偷理绡裙,自惊腰衩",这句是什么意思呢?不好意思说相思,不能说相思,但是发现裙子宽了,自己怎么会变得这么瘦?不像我们现在女孩子,已经瘦得跟个相片似的了,还要减肥还要节食,这种时尚其实是非常可耻的,这种时尚是非常病态的。唐宋时都是以丰腴为美,所以一看觉得自己瘦了都觉得不好意思。

"惆怅南楼遥夜,记翠箔张灯,枕肩歌罢。又入铜驼,遍旧家门巷,首询声价","铜驼"本来是指洛阳的一个巷子叫"铜驼巷",这里指的是京城的巷子。"可惜东风,将恨与、闲花俱谢。记取崔徽模样,归来暗写。"

我们来看看吴林城同学的。我要求他们是咏自己最喜欢的一种花,他是这么写的,基本用了原韵,但没有完全用原韵。

"寒辉流漂瓦。依朱阑清风,淡香如洒。沐浴瑶池,掩轻纱玉体,曼声而下。舒展含羞,朦胧见、雪衣娇马。娥女西藏,偷抹浓妆,欲争姹姹。惆怅花开冷夜。恨玉露三催,谢了香罢","谢了香罢"就是凑韵。"累看不足,叹孤芳一瞬,世间无价",这两句实际上是写昙花写得很到位的。昙花开的时间非常短,夜间开放,但是你一看起来就舍不得不看它,然后不停地看它。"弹指欢怀,芳永在、何畏残谢",从词里面来说这种句法就太硬了,没有词的味道了。"记取冰肌模样,天明叙写",天明时把它给画出来。

我们这位同学他就是没有按照原韵,这个是不对的,其实我都是要求他们用原韵的。

徐雪逸同学的《咏玉兰花》,"清芬生玉树。正三月芳菲,翠拥霜素","翠拥霜素"这个实际上她是精心经营过的,在绿叶的衬托之下看出来特别白的玉兰花了。"黯立黄昏",她这儿对它一个拟人化的写法了。"问馥香流散,欲归何处",你的香飘到哪里去了?"不语婷婷,怕窥见,旧时愁绪",她这种想象力还是很好的,她在那里不说话,亭亭玉立的,她仿佛一个姑娘,不愿意让自己的心思被人知道。"渐透冰肌,风露中宵,向何人诉",这个就不对,四言的句子很少有这样的句法,就除了像《水龙吟》这样的,所以这个地方她的句法是不对的。"怎耐阑珊春暮?纵素洁无双,韶光难恕",这个"恕"字用得非常不好,显得非常尖新,一个词新得让人觉得没有浑成感,让人觉得怪,就不好。当年我学昆曲时,张卫东老师教了一句话,说昆曲里面唱入声字,入声字要唱得帅,不能唱得怪,帅就是要自然,怪就是刻意。比如《长生殿·弹词》的第一段【一枝花】,正常的唱法是"不提防余年值乱离"。张伯驹先生怎么唱的?张伯驹用京剧的唱法去唱,他就是这么唱的,"不呃提防余呃年值乱呃离",这就很怪了。他也是一种风格,但这种风格我们不提倡。"玉容仙姿,更冰心清魄,不堪归去",这里的问题在哪里?在于她写来写去写的是同一个内容,一句就最好写一个意思,然后下一句再换一个意思。"泪尽芳销，从此后、再无人顾"，这个就是大白话，不应该用到诗词当中去的。"梦回当年庭院，纷纷无数"，虽然这个有很多的问题，但是我们面对"老干体"，拿出去也是可以碾压他们了。

这是我们文学院的一个同学写的《百合》。

"明明如皎月，胜三分清华，光辉宫阙"，她讲百合，说像月亮一样皎洁，但是跟月亮相比，还多了三分清华，有光辉宫阙之感。"润玉为肌，碾坚冰为蕊，愧羞霜雪"，她的想象力很好，她说她的肌肤仿佛是特别温润的玉，仿佛是把坚冰给碾碎了，做成了花蕊，使得霜雪都感到羞涩，没有它那么白，没有它们的晶莹皎洁。但是这几句写得就像文，太理性化了，有点像文章，不像诗，更不像词。"骨架玻璃，心晶莹、太真惊厥"，这里的"太真惊厥"写得很怪，"太真"就是指杨贵妃，一见到，吓得跌倒了。"袅袅一枝，脱世离尘，此姝仙杰"，这个写得还是不错的，讲出了她的一种美丽当中又有一种刚强的力量。"人世应嫌太洁，哂蠢蠢无缘，世俗何阅"，这里语言上不太通，而且在思想上她是纯粹的理性的思维。我们在诗当中要尽量地避免理性的思维，要用感性思维，要用诗性化的思维。诗性思维跟理性思维最根本的区别在于什么？在于三个字，"赋、比、兴"。描述型的，叫"赋"；类比型的，叫"比"；想象型、联想型的，叫"兴"。而理性的思维不是这样的，理性的思维是逻辑的，是归纳的，是分析的，这种东西一定要注意在诗词当中尽量地避免。"对供瓶簪，奋余情开绽，盼凝眸悦"，"盼凝眸悦"又是一个一二一的句法，这个句法我们说了，只有在《水龙吟》的末句是这样用的，正常情况下，四字句是不能这样用的。"默默亭亭，将怨恨、强说呜咽。错罢王孙嗟叹，留香挥别"，最后她的意思就已经乱了，我们讲，要尽量地让这种理性思维远离我们的诗词创作。这是指句子的营造，但是我们整个还是要讲叙事的逻辑的，到最后这儿已经不知所云了，这样是不行的。

刘亦高同学，我不记得她是哪个系的了，很多年前的学生了。但是我对这位同学印象很深，她是班上当时写得最好的一个女孩子，后来去加拿大留学了。喜欢京剧，她的文学基础实际是京剧给她打下的。我们看她的作品,《咏荷》。

"嘉荷生阆苑。恰水殿娟娥,靓妆初现",这里的"靓"是念jìng,不念liàng,liàng这个实际是现代的读法,在古代这个字是念jìng。"曼立波心,更碧罗轻敛,影妍姿倩。""簪露脂霞",意思是说拿露水作为我的发簪,拿霞作为我的胭脂。"又何须、钏钗镶钿",这句就不太好,连用了四个意思差不多的首饰。"妒煞夭桃,一点娇红,醉盈琼面",她说荷花在未开放时,它的花骨朵跟桃子的形象有点像,但它比桃子更美,有一点娇红。"不意南园风晚。渐兔走蟾宫,幽萍如霰",月亮也落下去了,风吹过来时,仿佛散落的那种细碎的小冰珠。"玉井深寒,纵孤清仙质,怎堪春远",到了秋天了,哪怕它有这种孤清的仙质,但是春天一去不回了。"艳褪香残,寂寞苦、芳心谁见",这个是把荷花的一种内在的神理给写出来了。"无奈霜凝鲛袖",它不是普通的袖子,是由海中的鲛人织成的袖子。传说海中有鲛人,她流下来的眼泪就是珍珠,她织出来的纱特别轻薄,"绯丝长绻","绯"是一种粉红色。"绻",缱绻的"绻",是一个连绵字,连绵字是不能单独用的。但是整体来说,作为一个第二次写词的人,写得还是可以的。

初学填词,从长调入手去摹拟名作,看上去束缚很多,但长调其实相对小令要好写的,只要注意上、下片的意思的转折,是很容易写得顺手的。我们再回到前面,前面我们说从长调入手学词,有什么好处呢?刚才我们举了这些例子,大家应该能发现,长调是容易铺陈的,所以写出来就比较像样,就能增加初学者的成就感。第一,学任何东西都要有兴趣,若是一开始就受到打击了,那就学不下去了。第二,要朝着抵抗力最强的方向去学习,学任何东西都是这样的。人天生是有惰性的,往往容易朝着抵抗力最小的方面去走,但人要有进步,就要勉励自己朝着抵抗力强的方向走。长调的语言是需要堆砌的,所以你需要掌握的词汇量是更多的,因此,更加有利于训练你写出来的词是词家之语,而不是诗家之语。第三,长调是可以有完善的叙事的,从而可以掩饰情感上的、才华上的不足。我们绝大多数人都不是天才,当然我们芸社也有天才,像我们的萧白同学,就是一个天才。但是绝大多数人不是天才,不是天才,要掩饰自己才华上的不足、情感上的不够，就需要通过叙事。在小令里叙事是非常难的，它是跳跃性的、片断性的，而长调的叙事就从容得多了。

我们再来看看有一位同学，饶一凡同学，他对吴文英的《宴清都·连理海棠》的摹写。以前也跟大家讲过，他是我们深圳大学的学生，现在已经是非常优秀的一位青年诗词家了。

我们来看吴文英这首词，"绣幄鸳鸯柱。红情密、腻云低护秦树。芳根兼倚，花梢钿合"，这是两句对仗的句子，所以"花梢钿合"的"合"字是一个动词，它和"兼倚"的"倚"是对仗的，钿不是名词，而是"像镶嵌一样"。我以前所有的学者都没有发现这个问题，都把这个"钿合"理解为是盒子的"盒"。"锦屏人妒。东风睡足交枝，正梦枕瑶钗燕股。障滟蜡、满照欢丛，嫠蟾冷落羞度。"

"人间万感幽单，华清惯浴，春盎风露。连鬟并暖，同心共结，向承恩处"，"向承恩处"，这是一二一的句法。"凭谁为歌长恨？暗殿锁、秋灯夜语。叙旧期、不负春盟，红朝翠暮"，这首词，他咏的是连理海棠，但是连理海棠本身是没有太多的典故的。我们咏物词、咏物诗都有一个写作套路，第一步是查找资料，用我们今天的话来说，叫作文献收集，写论文先要收集文献。查找什么资料，哪位社员能回答我？类书。《瀛奎律髓》？《瀛奎律髓》是诗集。要查找《骈字类编》《艺文类聚》，查找这一类的类书。这是第一步，一定要记住，我们做作业也是第一步要查找类书。但是，连理海棠这是一个新生事物，它没有什么典故。于是他想到了杨玉环酒醉未醒时，唐玄宗说，这哪里是妃子醉，"乃海棠睡尔"。所以他就化用了李隆基和杨贵妃的爱情故事，最后，两个人没有得到善终。他最后说，"叙旧期、不负春盟，红朝翠暮"，说连理海棠始终在那里，枝干交并，它们相爱，比人间的负心的男子强太多了。所以朱祖谋朱彊村评这首词加了几句话，"濡染大笔何淋漓"，仿佛是用那种特别大的笔写出来的字，特别酣畅淋漓，批判性很强。

我们来看看饶一凡同学的摹作，是他正在深圳大学读书时写的《宴清都·荷花》，还参加了全球大学生咏花诗词大赛，还拿了奖。

"露洗熏风面"，一般我们说"春风面"，"画图省识春风面，环佩空归夜月魂",杜甫写王昭君的。他这儿说"熏风面","熏风"就是夏天的风。"红妆薄、玉盘罗带清浅",他把荷叶比作玉盘,仿佛一个玉罗带子。"华清池主,吴宫浣女,恐应羞见",华清池的主人是杨贵妃,吴宫浣女是西施。"怜他款款蜻蜓,更不道、愁长恨短。怅绝世、那复馨香,飞霜冷落芳苑",他写时一定不是静态的,他要想象它由繁盛到枯萎到摇落的过程。"亭亭净出新塘,凌波点水,縠皱声远","东城渐觉风光好,縠皱波纹迎客棹",这是化用宋祁的《玉楼春》。"霓裳舞破,烟销粉泪,倩何人叹",它也是一二一的句法,要非常注意。"凭将建安高赋","高赋"指的是《洛神赋》。最近,我在上海看到一幅画,本来还想买,但是再一看,一定是假的。画上署名是一个著名的画家、著名的文物收藏家,叫徐邦达,当然是假的。他画给京剧四大名旦之一的荀慧生,画的是洛神,说"慧生友要回燕京去了,我画此送别",接着还有他的师母,就是吴昌硕的夫人写的《洛神赋》。我一看不对啊,"余"字写成了食字旁的馀,只有今人才犯这种错,前人绝对不会犯这种繁简体混写的错的,所以这肯定是假的。再一想,荀慧生没有演过洛神,洛神是梅兰芳的戏,所以你找荀慧生,给荀慧生画一幅洛神,就仿佛今天我们对着范冰冰说"范老师,我太喜欢您演的小燕子了"。"凭将建安高赋",指的是《洛神赋》。"易换得、瑶池梦断",这里他又用了一个典故,《洛神赋》又名《感甄赋》,是因为他得到了一个甄妃以前用过的枕头,然后夜里就梦见了甄妃,后来就写了《洛神赋》,但是最终的结果是"瑶池梦断"了。"惯倚风、浅笑低言,彤云晼晚",这里最后给它一个特写镜头。

我们再来看看深圳大学的国学精英班的同学对清代第一大词人蒋春霖的《木兰花慢》的摹习,蒋春霖的《木兰花慢·江行晚过北固山》。

"泊秦淮雨霁",注意他的句法,"又灯火,送归船"。"正树拥云昏,星垂野阔,暝色浮天","正"字领了下面八个字的对仗,所以大家要注意他这种特殊的句法。"芦边夜潮骤起","芦边"用了一个暗韵,"芦边"的"边"照词谱是不需要押韵,但他也押韵了,是一个暗韵,暗自用韵。"芦边夜潮骤起,晕波心、月影荡江圆",

尖头句。"梦醒谁歌楚些",这里的"些"是去声字,念 suò,这是《楚辞·招魂》里的一个楚人的感叹词。"冷冷霜激哀弦。婵娟","婵娟"这是一个短韵。"不语对愁眠,往事恨难捐。看莽莽南徐","看"一个字领后面十二个字对仗的,"莽莽南徐",镇江曾经被称为南徐州,"苍苍北固,如此山川!""钩连更无铁锁","钩连"暗韵,又用一个暗韵,"任排空、檣橹自回旋",又是一个尖头句。"寂寞鱼龙睡稳,伤心付与秋烟",这首词写的是什么内容?鸦片战争以后,英国的军舰进入我们中国长江的内河中横冲直撞,所以他是有非常强烈的家国之情的,他说我们再也没有铁锁横江,以致敌人的军舰能够自来自去,没有任何的阻挡。

我们来看看几位同学的仿作。"过长亭岁晚",第一句的句法是对的。"又渡口,送行船,恰细雪低迷,离人别绪,折却佳天",这里的"折却佳天"不太通。"谁家笛声迢递,诉愁情","诉愁情"后应该是顿号,"月满讽团圆",这句也不太通。"长夜枯灯欹枕,凄凄挑弄琴弦",这两句就比较浑成了。

"关山",短韵。"披甲射苍狼,故地恨难捐",这个上下的意思、意境完全不一样,好比一个女孩子,上身穿了一个非常淑女的职业装,底下穿一个超短裙,还纹着张牙舞爪的龙,就是这种感觉。"饮猎猎西风,萧萧日暮,破浪平川",这就比较拼凑。"登楼",这个地方就不对,这儿应该是用一个暗韵。"瞑光影冷,任望穿孤雁未回旋",人家原作中本来是"任排空、檣橹自回旋",你用韵就好了,不要连人家前一个字也要用进去,这有点像抄袭了。"萧索旌旗独立,韶华空付狼烟",这个就显得太过于说大话、发空言了,你又不是一个百战归来的将士,你是一个大学生而已。

我们看看蒲琛苇同学的,写得还可以。

"记江南初见,微风送,半移船。正白露将晞","晞"就是干、晒干的意思。"流莺未醒",对仗,"残月留天",它的意境是很浑成的。"荷边",用了暗韵,"雾裁娇影,曳波心、敛袖采清圆","水面清圆,一一风荷举",化用的周邦彦的词,化用得非常好,这位同学就写得非常浑成了。"一阙菱歌玉碎,悠悠声动心弦。"

"婵娟。灯火对无眠","江枫渔火对愁眠","往事却难捐",这个虽然只改了一个字，但是改得就像她自己的了。"恨岭嶂重重，江河曲曲，无限山川"，非常浑成，用的句法也对。"牵连，本无凭语"，又用一个暗韵，"任凌空孤雁自盘旋。脉脉银河清浅，前缘寄与秋烟"，这首词整个读下来，会觉得整个气很顺，这就是比较好的模仿。

这位同学也不错，郑燕玲的《木兰花慢》，她有一个小序。我们很多同学在写词时不注重前面的小序，其实小序非常重要，它也是对你文言功底的一种训练，假如你有什么在词里表达不完的内容，可以在小序中把它写出来，而且用文言。我的好朋友，我认为是当代第一大词人的秦鸿先生，他教学生先不教你写诗词，先教你学小序，你把一篇文言文写得通顺了，再去学诗词。这也是一个很好的方法。

她的小序这么说，"冬至将至，思乡情涌，犹念栖云山。栖云山乃故乡第一名山，山中有漱玉名泉，母校二中亦位于栖云山麓。故作此篇，怀故人"。作为文言来说，这个是不合格的，因为她过分啰唆，但是她至少尝试着用文言去表达。

"啜栖云灏露，饮漱玉，戏渔船。待雨霁烟青，云深水远，便入鸿天"，就是大雁的天，就是秋天了。"桥边海棠如火"，"边"也是一个暗韵，"洒韶光、独落愿人圆。谁忆当年璧月？思君眸上初弦"，你的眼睛就像星月一样让我思念。

"幽娟。欢饮何须眠，往事怎难捐？傍涧水浅浅，萤光点点，醉卧平川。流连入良人梦"，这句句法就不对，"入良人梦"是一二一了，六言的句子通常不这么写。"却无情、弃我自徊旋。只恨相思万缕，明朝都作岚烟"，整个也是气息非常浑成的。因为国学班的同学他们要求阅读的古代典籍是比较多的，所以相对来说，他们学起来就要容易一些。

邱丽洁同学这首《木兰花慢》也写得不错。

"泛西湖十里，烂漫处，下轻船。醉柳媚波轻，影摇香度，花雨弥天"，这个气息非常好。"四边笙歌未起，锁春愁、好景不长圆。小立惠风仍喜，多情自戏空弦。"

"婵娟。深夜怎甘眠，琼佩不能捐"，"捐佩"实际是用了汉皋的典故，讲有一个叫郑交甫的人，他经过汉水的岸边，遇到了两个女子。这两个女子送了一块玉佩给他，他往前走了十几步，那两个女子也不在了。当然更早的是语典，这是事典，就语典来说是屈原的《楚辞》里的。"恐飞沙难定，铁衣渐冷，满目山川"，可能她的朋友是参军去了。"牵连君书何觅，任梦痕来去待归旋"，等你凯旋。"孤负断肠锦字"，用了一个典故，前秦的时候窦滔离家很久，他的妻子苏蕙用五彩的线织成了锦字，锦上的字从任何一个字开始读，从任何一个方向开始读，都能形成诗，叫"织锦回文"。"孤负断肠锦字，相思说与风烟"，善于用典，写得也不错。

最后，我们来看一看当代著名的学者、大词人刘斯翰先生和我，同题唱和的《三姝媚》。我写的是《咏碧桃》，当然是借《咏碧桃》而思念一个人。"瑶池归梦断。向上苑移根，劫尘都幻"，"天上碧桃和露种"，唐朝诗人讲"碧桃乃天上种"，所以我就想象它本来是在瑶池会上的，作为招待群仙的仙果，但是它回不去了。"瑶池归梦断"，尽管它在人间的宫殿里，因为清华的工字厅原来也是小五爷园，就是咸丰皇帝还没有做皇帝之前他的私家园地。"向上苑移根，劫尘都幻"，过去了很多年，仿佛都变成了一场幻梦泡影。"露湿晴云，竟前尘休说，紫梨同伴"，这个我是翻类书翻出来的，有碧桃、紫梨等招待仙人，所以想起来曾经跟紫梨作为伴侣。"照水临轩，惯长是、梦深愁浅"，看到碧桃花映照着水，在轩窗边上的一个剪影，它是在梦中经常与你相会的。"漫觅城南，凤侧鸾欹，隔花人面"，这就由花写到人，不要再去想当年在天坛见到碧桃时一起的光景了。"沉恨芳春腕晚"，春天到了一个很晚的时候了。"但廿四番时"，"廿四番时"，指的二十四番花信。"客游多倦。莫更消凝"，不要再销魂凝望。"想夕沉处，碧霞应染"，大家想想，碧桃花有两种，一种是红色的，一种是白色的，我这里写的是那种白色的碧桃花，它在夕阳照映的地方，它被夕阳染成了一种绯红色，这是一种想象。"一树无情，将冷馥、扶疏重展"，分手了以后，再回过头看碧桃花，曾经一起看过的碧桃花，感到它很无情，你的心思是很痛苦的，这个时候你就会想，曾与那个人一起看过。"曾与疑山罗郁，并肩同看"，"罗郁"是女仙名，因为对方是一个湖南的姑娘，"曾与疑山罗郁并肩同看"。

我们再来看刘斯翰先生的《碧桃·和晋如》。

"过云催雨断。正檐滴闲阶，似真疑幻"，他首先讲仿佛一场透雨下过以后的感觉，"枕上分明"，因为他是怀念他去世的前妻，是悼亡之作，"悄嫩枝夭袅，芳华照眼"，他想到这个花便如当初她的人面。"阁外斜阳，红坠处，荷风摇扇"，荷风吹过来的时候，荷叶仿佛扇子，他想象在碧桃花开时斜阳那一点红坠落下来那种孤单、那种寂寞。"蓦忆荒村，灯影山围，玲珑娇面"，回想他们当初初见时的感觉。"休道花时渐晚"，虽然她去世了，但是我始终怀念她。"便踯躅天涯，相怜无倦"，无论在天地中任何一个地方，我心中始终是有你的。"潜壑风回，叹寂寂啼莺，翩翩斜雁"，他说这个风仿佛从心底里不知道哪个地方吹过来的，听到了阴森的啼叫，他感受到了一种孤寂，看到了大雁翩翩地飞过，他感觉大雁能成行成对，但我自己是孤零零一个。"送得春归，终不见，秀姿重展"，我们无奈的时光过去了，终究不能够在现实中跟她在一起。"但教卿卿梦里，时来探看"，幸好还有卿卿梦里，时来探看，她会在梦里时时来探望我。这是写得非常感人的一首悼亡之作。

我们今天就讲到这里，我们本期作业就是《三姝媚》，咏某一种花。这里我讲一讲，首先我们为什么要用"三姝媚"这个题目，因为我们今天举了好多的例子讲《三姝媚》。其次，因为朱庸斋先生当年教分春馆的门人写的第一首词就是《三姝媚》。我们既然讲的整个体系是朱庸斋先生的分春馆词学，那么我们也要学到十足，我们有一个学术上的传承。另外，大家在写的时候要注意，首先第一步是翻类书，把资料先收集好，把文献先找好，然后再去写。咏物，比较简单的是描摹，是把类书里面的典故用上去，但是难的是要像我，像刘斯翰先生一样，借咏物而写人，这样作品才有更深的内涵，才能更加动人。今天我们就讲到这里。

第八讲
由近代词入手

主讲嘉宾：徐晋如

时间：2019年7月27日 19:00—21:00

  我们今天讲学词由近代词入手。上一次我们做的是从长调入手的社课，当然我们今天的社课还是继续从长调入手，但会更加明确从近代的名家入手。之所以这样，我们是有具体的理由的。

  朱庸斋先生在他的《分春馆词话》第一卷中有一个非常重要的论述，而这段论述，在沚斋先生写在《分春馆词话·分春馆词》前面的导读当中，也特地做了强调。朱庸斋先生是这样说的："我教青年人写词，是教他们学清词为主。"所以读了《分春馆词话》的，都会发现第一卷主要是讲清代、近代的词，最后第五卷才讲唐五代的词，在时间上是由后往前倒过来讲的，和一般的讲词顺序都不一样。但它的确是学词的一个特别好的方法。朱庸斋先生说"宗法清季六家"，这"六家"是"蒋"——蒋春霖（蒋鹿潭），"王"——王鹏运，"朱"——朱祖谋，"郑"——郑文焯，"况"——况周颐，"文"——文廷式。六家以外，再加上朱庸斋先生的前辈陈洵（陈海绡）。陈洵当年只是一个私塾老师，中山大学要聘请朱祖谋到中山大学担任词学教授，朱祖谋回信说你们广东就有陈洵这样的大词人，为什么要舍近求远，到上海来找我呢？于是，中山大学就聘请了陈洵，陈洵也终于在他的晚年过上了比较宽裕的一段生活。据说，陈洵在中山大学教书期间，连走廊上都站满了人，他把词中一个字讲出来就能够点醒你，让你能理解这首词到底是在讲什么。比如我从小就读吴文英的一首词,"听风听雨过清明,愁草瘗花铭",我当时一直理解成"愁草"是愁苦的心情像草一样地生长。但陈洵说不是,这个"草"是起草的"草"。我一下子才明白过来,整首词的含义我才了解。陈洵也非常擅长粤语吟诵,而且他这一脉的粤语吟诵也传给了朱庸斋先生。朱庸斋先生的粤语吟诵有两个来源,我们请吕君忾先生来讲粤语吟诵时他应该讲过,一个是来源于康有为,从康有为到朱庸斋先生的父亲,然后再到朱庸斋先生;另一个来源是陈澧,从陈澧到陈洵,再到朱庸斋。所以粤语吟诵本来有两大源头,到他这里合流了。

中山大学还有一位词人,当然也是一位杰出的诗人,叫陈寂。陈寂先生在抗日战争期间,老家没有饭吃了,当时的中山大学流亡到了坪石,陈寂先生就想到坪石去,在中山大学求一个临时工的职位。有一天,他在旁边的一个小馆子喝茶,就跟人聊起来了,对方听说他要到中山大学去求职,就问"你会干什么",他说"我会填词"。对方又说"你写的词能不能给我看一看",于是陈寂就向茶馆借了那种破纸,还有也不怎样的笔墨,就随便写了几首给他。没想到那个人是中山大学的一个管理人员,他说"你回去等消息吧"。结果没过几天,消息下来了,陈寂先生就被中山大学聘为副教授。这在今天我们是无法想象的。

朱庸斋先生讲,"祧于两宋","祧"在中国古代是作为这一房的继承者,将来要继嗣这一房的祖先的,叫作"祧"。对于唐五代词,朱庸斋先生说,唐五代词是没法学的,那些都是天籁,所以没法学的。应该把它看成诗里的汉魏六朝,汉魏六朝的诗也有人学,但是很难有人学得出来。唐五代词之所以不好学,是因为唐五代词太需要你有真挚的感情了,太需要你有浓烈的感情了。你如果缺乏真挚、浓烈的感情,是不可能写得像唐五代的。朱先生说,这是我所持的途径使然,说凡是学词的人,如果只学宋代的周邦彦、史达祖、姜夔、吴文英、张炎这些人,学之难有所得。而经过学清词以及清代末年的词,马上就能有自己的特色。这是一种非常独到的体悟。我是在会写词以后很多年,才读了《分春馆词话》,那时也没有一个老师跟我讲要从头学起,所以我的词实际上是写得不怎么样的,和我的诗没法比。因为我的诗从一开始就是学近代的两个人，一个陈宝琛，一个陈寅恪，所以就一下子能写得很好，但我的词就没有学晚清。我一开始学的其实也是两个清代的词人，但这两个清代的词人，偏偏他们又都是学唐五代的，最迟学到北宋的，所以我向他们学，是没有办法真正地成为一个大词人的。我学的两个人都是清初的，一个是纳兰性德。陈老师第一节课就讲了，纳兰性德是天才，绝不可学。另一个不是天才，但他走的路子也是模仿天才的路子，叫王士禛（王渔洋）。我学他们两个，自然而然地，我的词走的是唐五代北宋的这一条路子。这种路子是很难写得特别好的，所以大家要以我为戒。大家跟我不一样，我已经写了那么多年了，我也没有那个勇气去从头学起，但大家还是来得及的。

朱先生讲，这原因何在呢？在于清代，特别是近代的社会时代跟我们现在比较接近，社会差距不大，所以青年容易接受。特别是清末的词作，很多都是结合时事的，所以它更加容易启发学者。我们千万不要受王国维的影响，以为一代有一代之文学，这个观念是彻底错误的。以前，浦江清先生就写过一篇书评，批评王国维的弟子陆侃如、冯沅君夫妇所写的《中国诗史》。这本书现在也再版了，应该是民国的学术名著，但这本书当时刚出版，浦江清先生就写文章来批判他们了，说这本书最大的问题就是受王国维的影响太深了，它写的不是中国的诗史，而是写的中国的乐府史。浦江清先生说，任何一个民族，它的诗一定是经过三个阶段，第一个阶段是歌谣，第二个阶段是乐府，第三个阶段才是诗。浦江清先生没有讲乐府和诗的最本质的区别，只是说乐府是合乐演唱的，诗是不需要合乐演唱的。我后来在他的基础上发展了，我认为乐府是一种集体的抒情，而诗是个人的抒情，乐府写的是众人的感情，诗写的是个人的独特的感情。陆侃如和冯沅君先生的《中国诗史》写到宋代就只写词，写到元代就只写曲，那么实际上只是写了宋代的乐府和元代的乐府而已。浦江清先生说，我们但凡有一点常识都应该知道，苏轼在诗文上的成就是远远大过他在词上的成就的。他又举近代非常多的可以进入诗史的，可以与李杜相提并论的这一类大诗人、大作品，他说这样的作品一概不入，这样的人一句不提，这都是受王国维的

"一代有一代之文学"的影响。我们受了这样的一种影响之后，就会认为，唐代就只有诗，诗就在唐代，我们忽视了宋代的诗和唐代的诗是可以并称敌国的。同样，我们只讲宋代有词，却忽视了唐五代的词在某些方面是超越宋词的，而清代的词，不单是传统上所谓的是词学的中兴，更是全面地超越了宋词。

钱仲联先生为《全清词》作了一篇序，这篇序中他比较了宋词和清词，最后得出来的结论是"清词全面超越宋词"。他说第一点，词在宋代，它的题材狭隘，思想境界整体不高，宋词所表现的是词人的小我。小我、大我这个词实际上是来源于宋明理学，理学家认为我们的人格修养最终要追求的是与天地并列为三才，也就是说，你不再是一个只关心一己之得失的小我，而是一个能成就宇宙人生之大事业的大我。在宋词当中，绝大部分表现出来的都是词人的小我的生涯，它的情感范畴囿于相思、欢会、饮宴、伤春，最主要的目的是藻饰承平。尽管苏轼把词的境界扩大了，但是"迈往而亦杂消沉"。"人生如梦，一樽还酹江月"，这就是消沉的。南宋爱国词人辈出，但是更多的却是醉梦于销金窟中之流。宋词的美在于韵律艺术的精严，仅从思想素质上来说，它的成就是比不上宋诗的，当然，也比不上清词。他说清词整个思想境界是和宋词完全不一样的，比如说，张皇爱国精神的，有邓廷桢、林则徐，这些人作为抗击英国侵略者的民族英雄，他们的历史地位难道在岳飞、文天祥之下吗？他说清朝初年有一些坚持不肯归降清廷，坚持做明朝遗民的词人，比如广东的屈大均、湖南的王夫之，比如金堡（一个著名的和尚），一直到清末，代不乏人，这样的爱国高唱比起南宋只有屈指可数的十来家，五倍、十倍都不止。他说不是清词里没有宋词这样的毛病，但拿它的主流来说，清词的这些毛病是可以忽略的。而且，清词的境界开拓了很多，写了很多宋朝人绝不会写的题材，也写了很多宋朝人绝对不会涉及的意境。

第二点，钱仲联先生认为清词的特点是注重学问，宋词绝不会有学人之词的说法。他提出来一个说法，这个说法早有人提出来，就是清词可以分为词人之词、学人之词和才人之词。特别是学人之词，那是清代所独有的，清代凡是作为词坛领袖的，或者为大家所公认的大词人，基本都是学人。比如朱彝尊，本身就是一个经学家；张惠言，也是一个儒学大家；周济，也是一个学者；龚自珍，公羊学派的代表人物；陈澧，古音学、经学无所不精；谭献，本身也是一个大学人；文廷式，学问特别博杂，不单是精通国内的学问，西方的学问也有涉猎，是光绪皇帝的妃子珍妃的老师；曹元忠、张尔田、王国维，这些全部都是著名的学者。张尔田后来是燕京大学的国学总教习，王国维当然不用说了。钱先生说原因就在于明朝人空疏不学，清朝人就发现这是一个毛病，所以就刻意地对每一件事情都要实事求是，都要有考据，都要有思考，所以清代的学问本身就超越了唐宋。那么清代的词人，因为是有学问的，所以他写出来的词就更加深刻。当然我认为有学问只是表象，根本的在于有思想，因为他有学问，所以他有思想。因为中国传统的学问，求学的目的就是获得思想。钱先生说在赵宋一朝——因为赵姓他们的郡望是在甘肃天水，所以我们经常说"天水一朝"，就是指宋朝——宋朝的词坛不是这样的，周敦颐、二程、张载、陆九渊这些人不写词；朱熹写，但只有13首；叶适（叶水心）只有1首而已。这些都是宋代非常有名的学者，儒学大师，但基本不写词。大家看，清代的那些擅长写词的人，很多都是学问非常好的。龚自珍的外公段玉裁，本身是一个古文字学家，写《说文解字注》的，但段玉裁写的小令非常优美。

　　清词超越宋词的第三个地方在于，清词的流派众多。首先是浙西词派，浙西词派从朱彝尊和厉鹗开始，经过了吴锡麒、姚燮、黄燮清，一直到清末的李慈铭和王诒寿，说"法乳未尝中绝"。在清代中叶，出现了对后世词学产生极大影响的常州词派。常州词派从张惠言、张琦兄弟开宗，经过周济，再到谭献作为一个总结者，每变益上。一开始，张惠言就认为我们写词都要有寄托，我们看到的所有的好词都是有寄托的。比如温庭筠的《菩萨蛮》都是感士不遇之作。这种观念后来被王国维嘲笑，王国维说："固哉，皋文之为词也！"当然，张惠言的理论是有很大的缺陷的，但是他把词的地位提高了，从张惠言开始，中国的读书人才真正把写词当作一回事，词的地位终于可以跟《诗经》《楚辞》、汉魏古诗和唐诗相提并论了。

原因就在于张惠言指出词也是讲政治的，也是要追求寄托的。到了谭献那时候就提出来一个观点，叫"作者未必然，读者未必不然"。又有一个说法，叫作"非寄托不入，专寄托不出"。首先"作者未必然，读者未必不然"，这句话有没有道理？非常有道理，因为一篇传世的名作它并不是一个作者自己完成的，读者也参与了它的完成。就像书画，有一个说法叫作"三分画，七分裱"，装裱者也参与了作品的完成。读者的理解直接影响到了你的作品的完成，你不要以为你写出来了这个东西就是你的；你写出来了这个东西就不再是你的，读者有他自己的感受，有他自己的理解，所以这个观点是非常有道理的。还有说，"非寄托不入，专寄托不出"，这话是什么意思？如果你写词，你只是吟风弄月，你只是在表达你个人的感情，你的作品一定不可能高明。但如果你一开始就想着我这个词是要有政治寄托的，是针砭时弊的，那自然地，作品就有骨架了。但你的骨架是不能让人随便看到的，你要有肌肉。这时就要想"专寄托不出"，要是写出来的词让人一看就明白你每句话都有所指，那就不是好词，好词就在于似与不似之间。你仔细去寻绎它，能感受到它究竟在讲什么，但即使不理解，你也依然觉得它是一首好词，这样的作品才是成功的。从张惠言兄弟，再到谭献，他们常州词派的理论越来越完善。清朝中后期，词人基本上都受到了常州词派的影响。钱仲联先生说，阳羡，本没有这样一个特别的派别的叫法，但正是因为陈维崧是阳羡人，而陈维崧的影响力巨大，使得他本人不但可以和朱彝尊分庭抗礼，而且从嘉庆以前，一直到清末，还有学陈维崧的人。比如冒广生，还有嘉庆年间的蒋心余（蒋士铨），也是学的陈维崧。光绪末年朱祖谋在吴下标梦窗一宗，为彊村词派。彊村词派很明确，就是学吴文英，又囊括了近代词人的大半。他说，我们回过头来再看看宋代，宋代没有词派，豪放不是词派，婉约不是词派，宋代没有这个说法的。豪放、婉约的说法是明代一个叫张綎的人在《诗余图谱》里提出来的，他提出来豪放派的宗主是苏轼，婉约派的宗主是秦少游，但实际上在宋代并没有这样一个叫法。比如说晏几道父子、苏轼、辛弃疾把他们一起并称，但他们都不是一个派，姜夔、张炎并称也不是一个派，吴梦窗、周草窗这所谓的"二窗"（周草窗就是周密），他们只是因为风格上的一种趋同，所以把他们放在一起来说，但他们并没有形成一种流派。不像宋代的诗人非常明确，比如有江湖派，它这个就非常明确，既有所遵奉的宗祖，也有自己的口号，还有这个派别所选的诗。江西诗派也是，很明确，一祖三宗，祖就是杜甫，"三宗"是黄庭坚、陈与义、陈师道，还有人编了江西诗派宗派图。而宋代是没有词派的。

第四点，清词在理论上达到了一定的高度。只有作品成熟以后，兴盛以后，才会有完善的理论。在我们群里有同学问："老师，李清照的词有理论著作没有？"有。它其实就是一篇文章，我们后世给它加了一个题目，叫《词论》。这篇文章也不是出自李清照自己的集子，而是被胡仔的《苕溪渔隐丛话》引用。引用的目的还不是说李清照有多么了不起，而是要骂李清照，说她"蚍蜉撼大树，可笑不自量"，又说这句话简直就是为李清照说的、量身定做的。但清词不同，清词都是有理论作为支撑的，也就是说，它是有非常强的主观的东西，所以浙派提倡醇雅的说法，当然是在张炎的清空骚雅的基础之上发展出来的；常州词派提出来"意内言外"来解说什么叫"词"。我们知道"词"的本义是什么？在唐代时叫"曲子词"，后来把"曲子"两个字省掉了，叫"词"。但常州词派不这样看，常州词派用了《说文解字》里对于"词"的注释，叫"意内言外者谓之词"，就是在里面有它的思想，表达在外在的语言上，"意内而言外"，这才叫"词"。所以一下子就把词的文体价值给提高了，提高到了与经学相提并论的程度。常州词派讨论比兴之义，讨论寄托，"有寄托入，无寄托出"。钱先生还特别提到了著有《艺概》的刘熙载谈词的流变问题，理论非常严谨。还有况周颐的《蕙风词话》，就讲什么是词的境界，什么是词心。他说我在那种寂寥无人的夜晚，这屋子里只有我一个人，忽然间觉得天地皆非我有，在那样一个时候，我感觉到我有一颗心澄明通彻，这就是"词心"。他说可惜我一生能够遇到这样的时间也都非常少。另外还有王国维融合中西之学，论境界、论理想与写实、论有我之境和无我之境，这些都是发前人之所未发。相比而言，宋代理论就非常单薄了。李清照只有断编残简，张炎的《词源》只不过讨论了乐律和一些赏鉴、作法，所以它的深浅、精粗、广狭之度，固大不侔矣。正因为清代词人邃密高卓，所以词就不再是一种小道，它可以与经史相提并论，成为一门大学问。

第五，清词有庞大的数量。词人的数量，宋代也比不上清，《全宋词》作者1330多个人，清词仅以《全清词钞》初选作者计，已经达到了4000多家。《全清词钞》是叶恭绰当年编的一本书，里面应该也有不少错误，因为我当时在点校时就发现它里面有好几首抄的都是错的。他说我们在编选全清词的时候，我们所得到的作者就更多了，仅《全清词钞》就已经有4000多家了，那么编选之前就更多了，所以宋词是没有办法在数量上跟清词比的。

所以从这五方面来讲，词到了清代还是生机勃勃的，它的发展还是非常好的，它依然光芒万丈。那种持"一代有一代之文学"的观点，说宋代以后就没有词了，或者说都写得不行了，无疑是偏颇的。一般人都讲，清词是词学的中兴，但钱仲联先生说"何止中兴，简直是超越于宋词之上"。文廷式认为词的境界到了清代才完全开拓出来，朱祖谋认为清词独到的地方，即使是宋人也有所不及。钱仲联先生说文廷式、朱祖谋都是近代词坛的射雕手，所以他们这样讲一定是有他们的道理的。

我们再来看看龙榆生先生怎么看清词的。龙榆生编的《近三百年名家词选》，为什么不叫《清词选》？其实他本来的意思就是要编一本《清词选》。这就要讲到一个中国人著书立说的传统，这种传统很重要。不知道大家发现没有，无论是朱祖谋的《宋词三百首》，还是夏承焘先生新选的《宋词三百首》，我们都没有选李后主的作品。李后主后来最重要的词作都是在入宋以后、成为宋朝的俘虏以后写成的，但为什么我们没有选他的作品呢？因为他的内心是不屈服的，所以我们要尊重他，我们不能把他算作宋朝人。我们选李后主的词一定是把他放在唐五代词中，同样，清朝初年，有不少人是由明入清，但他们内心是不屈服的，他们也不承认自己是清朝人，只认为自己是遗民，这一类人我们得尊重他们。比如屈大均、王夫之这些人，不能说他们是清朝人，同样，更不要说陈子龙了。他是打败仗被清朝俘虏了，清朝要把他押解走，结果他趁清朝人不备，自己在船上投水自尽了。这样的烈士，怎么能把他算到清朝呢？所以，龙榆生先生编明末以来的词选，不能叫《清词选》，它叫《近三百年名家词选》。龙榆生先生讲，"三百年以来，屡经剧变"，清代是一个变化非常大的时代，尤其到了清末，被称为秦汉以来未有之大变局。这是严复的名言，说"文坛豪杰之士，所有幽忧愤悱缠绵芳洁之情，不能无所寄托"，于是他们就想到了元代、明代已经衰落得不像样子的词，然后重新去写它，从而导致了词学的中兴。

　　明清易代之际，这是三百年来的第一个时期。他说，因为当时有很多人由明入清，他们有很强烈的故国之思，所以即使他们在词的音律上没有那么注意，但是他们的意境是非常了得的。所谓"国家不幸诗家幸，赋到沧桑句便工"，词也一样。等到朱彝尊和陈维崧这两个人出来，朱彝尊学的是姜夔、张炎，陈维崧学的是苏辛，他们分别去延续了这四家而分道扬镳。浙西词派在最兴盛时曾经有一个说法叫"家白石而户玉田"，家家户户学词的必从这两家入手。他说康乾之间，海内词坛不是学朱彝尊的浙西词派，就是学陈维崧的阳羡词派。朱彝尊又编有一本书叫《词综》，通过这本《词综》来倡导他所追求的醇雅的风格。但是浙西词派有一个毛病，就是它的末流就近于禅了。我当年写过一本诗话，叫《缀石轩诗话》。《缀石轩诗话》里有那么一条，诗人可以做儒家，可以做道家，可以做基督徒，但是诗人绝对不可以做禅家，做了禅家就写不好诗了。因为禅是要你不要有感情，要你一切放下的、看得开的，一切放下、看得开就没有爱情了，没有爱情就写不了诗了。张卫东先生经常讲"没有爱情写不了诗，有了爱情过不了日子"。浙西词派的末流一近于禅以后，只有文字上的高卓、清新，但它没有情感。这就流于枯寂，就比较像王维那一类的诗。王维有很多的诗不能叫作诗的，它只是禅宗的偈子，它是在说禅宗的一些道理。我们小时候都学过的一些诗，比如"远看山有色，近听水无声，春去花还在，人来鸟不惊"。小时候我就想，这能叫诗吗？不就一则谜语吗？但我现在对它的理解不一样了，它也不是谜语，它实际上是一个禅宗的偈子，就是告诉你，你看到的画它是一个虚幻的景，但与现实的景本质上没有区别，万物皆空。你想想看，这都看到万物皆空了。我认识一个人，这个人十几秒能够写一首七律，但是永远无法动人，因为他跟我讲，他说这个社会上所有的问题都不用介意的，人类在宇宙长河之中毫无价值。他都这样想了，他怎么可能写得好诗？

正是因为浙西词派的末流沦于枯寂了，这时张惠言、张琦兄弟就起而振之。他们编了一部《词选》来尊崇词体，认为词应该是"变风之义，骚人之歌"。接着又有周济跟着起来，写了《词辨》，然后编了《宋四家词选》。"宋四家"是哪四家呢？我们讲过的，"问途碧山，历梦窗、稼轩，以还清真之浑化"，北宋一家，南宋三家。南宋的"三家"是吴文英、辛弃疾和王沂孙，北宋的一家是周邦彦。在周济的《宋四家词选》中是把苏轼附在辛弃疾的下面的。有很多人就嘲笑他、攻击他，说你一点常识都没有，苏轼是学辛弃疾的吗？明明是辛弃疾学苏轼的，你怎么能把苏轼放在辛弃疾的后面呢？这是完全没有读懂周济。周济的意思是说，你要主要去学辛弃疾，但是你可以参考苏轼。辛弃疾比苏轼好学，因为苏轼是天才，这个道理没有什么不好理解的。整个清代主要就是浙西词派和常州词派了，常州词派的影响更大，由江浙而远被岭南，晚近的词家比如说王鹏运、朱祖谋、况周颐和陈洵，这些人都是在沿着张惠言、周济他们的途辙而发扬光大来写有寄托的作品。不过，词学的中兴并不是从清代开始的，而是从明末就已经开始了。还是那个原因，"国家不幸诗家幸"，明末时绝望到了极点，也就产生了新的希望。当时的几个巨子，分别是陈子龙、王夫之和屈大均。他们的作品都有楚骚遗意，都有楚辞的那种风格，芳心悱恻。晚清诸老也有受他们影响的，特别是我愿意讲的一个人是民国的一位大学者黄侃。黄侃的词是第一流的，真是第一流的作品，而且特别是以小令见长。小令与长调不一样，小令要写得好，必须有词人的天分，必须得是一个真正的词人，情感、精神气质必须是词人才能写好。黄侃的小令绝对是堪称独步了。我认为整个20世纪两个小令写得最好的，一个是黄侃，还有一个是杨云史。杨云史的诗叫《江山万里楼诗钞》，词叫《江山万里楼词钞》。朱祖谋给杨云史的词集题了字，四个大字"绝代江山"，了不起。

我们首先来看一看明清易代之际这些"大佬"的作品。朱祖谋写过系列的 30 首《杂题我朝诸名家词集后》，又叫《咏国朝词人望江南》。我也写了 13 首《咏唐宋词人望江南》，其实就是受朱祖谋的影响。他高度评价陈子龙，"湘真老"——因为他的词集叫《湘真阁集》"断代殿朱明"，说要讲到明代最后一个大诗人，那是谁？必须得是陈子龙。但是没想到，还有一个人可以跟他相提并论，"不信明珠生海峤，江南哀怨总难平。愁绝庾兰成"，这是讲的屈大均。屈大均有"悲落叶，叶落正当春"，悲落叶就是《望江南》的调子，所以叫"江南哀怨总难平"。王夫之，"苍梧恨，竹泪已平沉。万古湘灵闻乐地，云山韶濩入凄音。字字楚骚心"，评价极高，每个字都是有楚骚的凄怨。

我们来看陈子龙的作品，特别惊艳。我当年为了获得陈子龙的诗词集，也是在孔夫子网上等了很久才买到的，当然现在再版了。

我们来看他的《点绛唇·春日风雨有感》：

满眼韶华，东风惯是吹红去。几番烟雾，只有花难护。
梦里相思，故国王孙路。春无主！杜鹃啼处，泪染胭脂雨。

表面上看起来这是一首伤春之作，春天将尽，刮风了、下雨了，枝头的花都凋落了，听到了杜鹃的凄切的鸣叫。但是实际上他表达的是崇祯皇帝的殉国，所以他讲"梦里相思，故国王孙路"。

"春无主"，我们的春天没有主宰了，我们的皇帝在煤山上吊自尽了。"杜鹃啼处，泪染胭脂雨"，说我们看到的春天落下的花雨，所谓的胭脂雨，是由杜鹃啼的血所染就的。杜鹃本名叫杜宇，上古蜀地华阳国的国君。因为他失道，就是不知道怎样驾驭臣下，就被大臣把他的天下给夺走了，他就变化成了杜宇鸟终日悲啼。所以这首词是有非常深刻的亡国情怀的。

再看这一首《浣溪沙·杨花》。这是一首咏杨花之作，但也是一首有寄托的作品，他借杨花来咏人。有人说这是写给柳如是的，这种说法恐怕是不对的。一切的好诗都是写给自己的，所谓的你爱一个人，其实只是你在想象着爱一个人。这是现代作家刘以鬯的名言，"爱一个人，是在想象着爱一个人"，你爱的是自己的想象，所以你的作品实际上是为自己服务的。就算这首词当时是写给柳如是的，他要表达的也并不是柳如是怎样怎样，他要表达的其实是自己的一种心情。他或许是把柳如是当成一个可以理解他在政治心声的一个知己，去倾诉他的感情。

"百尺章台撩乱飞"，章台就是指柳树。章台本来是汉代的一个台，后来是唐代长安地区一个著名的红灯区。因为唐代有一个女子柳氏，她和诗人韩翃相爱，后来经过战乱两个人失散了，韩翃就写诗给她："章台柳，章台柳，昔日青青今在否？纵使长条似旧垂，也应攀折他人手。"因此"章台"就用作柳树的借代。所以沈义父（张炎的学生）的《乐府指迷》就说，凡是说柳，不必说柳，说"章台"就是说柳了；凡是说桃，不用说桃，说"天台"就是说桃了。这是一种代指，百尺高的杨花在撩乱地飞。"重重帘幕弄春晖"，这是一个词语的省略，是在"重重帘幕"之中去逗弄着春晖，主语是杨花，杨花在重重帘幕中逗弄着春晖。下面他马上站在自己的一个立场上去评论，这时你就不知道杨花是他，还是说他是杨花了，"怜他飘泊奈他飞"。这句好就好在充满了无奈之感，顾随先生指出，中国诗词的主旋律就是无可奈何。下面是用对仗的句子，"澹日滚残花影下，软风吹送玉楼西"，继续讲它的漂泊、讲它的飞。这是一种烘托、一种映照，在烘托、映照之后他才水到渠成地讲出了这首词的主旨，"天涯心事少人知"。最后结句很有力量，前面的无可奈何，最后尽管我是不能被人理解的，但我依然孤独地坚守着我自己。

《山花子》其实也是浣溪沙，只不过它叫《摊破浣溪沙》。王翼奇先生去给老干部讲诗词，说：《减字木兰花》可以简称为《减兰》，但是《摊破浣溪沙》不能简称为《摊浣》，你们老干部最害怕的就是瘫痪啦！因为南唐中主李璟曾经写过两首著名的《摊破浣溪沙》，所以又称之为《南唐浣溪沙》，又叫《山花子》。

《春恨》："杨柳迷离晓雾中。杏花零落五更钟。寂寂景阳宫外月，照残红。　蝶化彩衣金缕尽，虫衔画粉玉楼空。惟有无情双燕子，舞东风。"同样也是讲春恨的，但你仍然感受得到他在那种国破家亡之际看着美好的韶光都这样逝去了，一切都在变，只有无情的燕子不变，依然在风前起舞。而蝴蝶也破茧成蝶了。"金缕尽"，

"金缕"就是"淡柳鹅黄绿未匀"时的柳枝,叫作"金缕",它都已经长出了深绿色的柳条了。"虫"大概是指蜜蜂,身上也沾满了花粉。花也凋落了,玉楼人也去了,只有无情的燕子在舞动。你可以把它理解为一首爱情词,他和柳如是很相爱,但柳如是绝对接受不了自己做小妾,所以两个人分手了。你可以把它理解为分手以后写的,也可以理解为他是在国家破亡之后写出来的一首有寄托的作品。这就是所谓的"作者未必然,读者未必不然"。

下面来看屈大均的四首词,朱庸斋先生认为它们是有寄托的。但是汕斋先生认为是悼亡之作,我比较认同是悼亡之作。"悲落叶,叶落落当春。岁岁叶飞还有叶,年年人去更无人,红带泪痕新。"这首词只有岭南人才能写得出来,因为只有在广东,树叶是春天落的,秋天广东不落叶子的,其实广东也没有秋天。大家想想,正当春天的时节,反而是给人一种无比凄怆的、悲凉的感觉,落叶满天。这时他有一种思索,他在想,每年还会长出新叶子来,可是我一年一年等待下去,我深爱的妻子王华姜却再也不会复活了,叫"年年人去更无人"。春天开的花,上面沾的露水,那是我心尖上的泪水。

第二首:"悲落叶,叶落绝归期。纵使归来花满树,新枝不是旧时枝,且逐水流迟。"落叶落了以后一去不复返,与花一样。当然,树木上还会再长出新叶子来,还会再长出新的花来,但是它不是去年之叶、去年之朵。王国维写过"花开不是去年朵",去年的那一朵,就任凭落叶随着流水缓缓流去吧。

"清泪好,点点似珠匀。蛱蝶情多元凤子","凤子"是一种特别小的鸟,现在已经灭绝了。"鸳鸯恩重是花神,恁得不相亲。"他这样思念着王华姜。因为他当时娶了王华姜,特别得意,给自己改了一个名字,叫屈华夫,"我是王华姜的丈夫"。他思念王华姜的眼泪每一颗都像珍珠那么匀称,他就想起,王华姜不是人间的女子,她是凤凰之子,她是花的神。这样的女子我怎么会不爱她呢?

最后,"红茉莉,穿作一花梳"。广东人当时有一个习惯,喜欢把茉莉、素馨这一类的东西用来泡,泡出来做成水洗澡、洗头,所以叫"红茉莉,穿作一花梳"。你也可以理解为在梳子上画了茉莉花的图案。"金缕抽残蝴蝶茧,钗头立尽凤凰雏。肯忆故人姝",这是他看到王华姜生前留下来的头饰，有这种穿着金线的蝴蝶簪、有这种钗头凤的簪，由这些簪子会让词人想起她的美好来。所以这几首，我认为都是悼亡之作，非常动人的爱情词。

我们再来看王夫之的作品。我认为这是历史上写得最好的一首《更漏子》，题目《本意》。什么叫"本意"？最早的词都是没有题目的，词牌名就是词的题目，比如《浣溪沙》就是写西施，《更漏子》就是咏更漏。但后世人们只是用这个词牌，它的情感可能完全不一样，于是就加了题目。那么不加题目的，用原来意义的反而比较少，这时就用"本意"表示区别。所以《本意》就是我就用了这个词牌原来的意思，就是咏更漏的，叫"本意"。"斜月横，疏星炯。不道秋宵真永"，"永"就是"长"。"声缓缓，滴泠泠，双眸未易扃"，"扃"就是关闭。"霜叶坠，幽虫絮，薄酒何曾得醉！"虽然"絮"和"坠"不在同一个韵部，但龙榆生讲了，明末清初易代之际这些人他们音律上不太讲究。王夫之他是用湖南话来押韵的，湖南话的"u"和"i"是不太分的。"天下事，少年心。分明点点深。"他咏更漏，但是不为更漏所囿，它由更漏入手，由更漏想到夜真的是太长了，面对着清兵他们的力量是越来越强大，反清复明的力量越来越被压制，他的内心是无比凄苦、绝望，所以感叹长夜漫漫何时旦。听着这一声又一声的更漏之声滴滴答答的，眼睛怎么样也合不上。"霜叶坠，幽虫絮"，是说更漏的声音仿佛霜叶在坠下来，仿佛忧愁在那里絮絮叨叨。只有这样理解，才是真正地理解这首词，你不要以为他后来又去讲了别的东西，这样就跑题了。这样一声一声的，使得我即使喝点酒，我哪里又能够醉去？我无法让自己麻木，为什么？最后境界变得无比之阔大、无比之深沉，"天下事，少年心，分明点点深"，这更漏点点滴滴都代表了我要反清复明的那颗志士之心。

《清平乐·咏雨》，这一首是有政治寄托的。"归禽响暝，隔断南枝径。不管垂杨珠泪迸，滴碎荷声千顷。　随波赚杀鱼儿，浮萍乍满清池"，"浮萍乍满清池"是为了解释"随波赚杀鱼儿"这一句的。因为下了雨以后，池塘里面忽然有太多的青萍了，鱼儿真是赚翻了，他写得非常日常化、口语化，但是因为他有真挚的情感，所以这种日常化、口语化的俗的句子一点都不觉得俗。最后点明题旨，"谁信碧云深处，夕阳仍在天涯？""涯"这个字有三个读音，yí、yá、ái，这里念"yí"，要押韵。他说现在下这么一塘雨，那些没有廉耻的人，就像那些鱼儿，因为清兵入关以后他们能够获取功名富贵而感到兴奋，但是你们哪里知道在台湾还有我们的"皇帝"，所以说"谁信碧云深处，夕阳仍在天涯"。

这是清初的李雯，尽管他在清朝做了官，他依然还是有对故国的缅怀之情。《浪淘沙·杨花》，"金缕晓风残"，"金缕"我们知道就是初生的柳枝。"素雪晴翻，为谁飞上玉雕阑？"杨花就像素雪在晴天翻滚，它又为谁飞上了碧玉的雕阑呢？"可惜章台新雨后，踏入沙间"，这里他是在写自己不由自主被迫去做了清朝人的官，堕落到了沙石里去了，被人践踏了，他的身世是无奈的。"沾惹忒无端"，我无端沾惹了这些肮脏的东西。"青鸟空衔"，徒然地被青鸟，象征着天上的神鸟给衔走。"一春幽梦绿萍闲。暗处销魂罗袖薄，与泪轻弹"，最后讲什么？讲杨花飞到了一个幽谷的佳人那里，与佳人的情泪一起弹了下来。罗袖薄用的是杜甫的《佳人》里的句子"天寒翠袖薄，日暮倚修竹"，用的是这样的语典。所以谭献在《箧中词》中评价说"哀于堕溷"。就是有人说，一个人的身世并没有天命来主张，有的人生而富贵，有的人生而下贱，不过就像花落下来，有的很幸运地落到了席子上，这叫"飘茵"；有的人是落到了厕所里，这叫"堕溷"。李雯这首词，谭献就说，是因为堕溷而感到悲哀。意思是说，我是不由自主地成了清人所网罗的对象。所以他内心里的痛苦，通过这首词来表达。

《菩萨蛮·忆未来人》："蔷薇未洗胭脂雨，东风不合催人去。心事两朦胧，玉箫春梦中。　斜阳芳草隔，满目伤心碧。不语问青山，青山响杜鹃。"实际上他也是受杜甫的诗的影响。杜甫有一首诗就是讲杜鹃的："南山有杜鹃，北山无杜鹃，东山有杜鹃，西山无杜鹃。"山山都响着杜鹃，我们就要想了，他为什么要这么说？我们知道杜鹃鸟的啼叫是非常凄切的，只是一个没有来的人，他为什么要怀念他？可能因为这个人是他在前朝的好朋友，也可能这个朋友因为某些事情没有来，他也想到了过去，由此心中产生了无穷的悔恨，以及对于过往的无穷的惋惜。他感到美好的时光过得太快了，太不让人自主了，所以叫"蔷薇未洗胭脂雨，东风不合催人去"。他忍不住缅怀过往，"心事两朦胧，玉箫春梦中"。梦里的时光是美好的时光，是过往的时光。这个朋友没有来，所以"斜阳芳草隔，满目伤心碧"。我们讲过，只要在诗词当中看到有"王孙"，看到有"芳草"，看到有"萋萋"等词，你都要知道这是在讲分别、送人等之类的。最后说"不语问青山，青山响杜鹃"，我的心事谁会理解？我问青山，青山用杜鹃的凄切的啼叫声来回答我。谭献评价说，这是亡国之音，这是非常到位的。

朱祖谋是怎么评价陈其年（陈维崧）的呢？"迦陵韵，哀乐过人多。跋扈颇参青兕气"——"青兕"就是辛弃疾。当年有一个和尚，叫义端，本来跟他一起在北方要起义，要抗击金兵的。结果义端忽然又投降了金人，他就单枪匹马去把义端给杀掉了。义端临死之前，说"你不要杀我，我会相命。你的前生不是人，是一头大青兕，你只要不杀我，我保你终生富贵"。辛弃疾没理他，就把他杀掉了。所以"青兕"用来代称辛弃疾。——"清扬恰称紫云歌"——"紫云"是冒辟疆家的一个小厮，叫徐紫云。这个徐紫云是一个男的，但是长得像女的，而且他还缠足。冒家后来把徐紫云送给了陈其年。"不管秀师诃"，这也是用了一个典故。黄庭坚早年也写词，不料有一个法云秀和尚就跟他讲，你不要写词了，这东西对你的人格修养不好，后来黄庭坚就不再写了。他的意思是陈其年根本不在乎这个。

陈其年的词有一个特点，前人总结得非常好，叫"霸悍"。我们来感受一下他的词《醉太平·江口醉后作》："钟山后湖，长干夜乌。齐台宋苑模糊。剩连天绿芜。　估船运租，江楼醉呼。西风流落丹徒。想刘家寄奴。"如此一首小令，却有极为强烈的艺术张力，它的力量从哪里来？就从这种音韵当中来。选择了一个非常好的词牌，《醉太平》这个词牌用韵非常繁密，句句用韵。他通过这种句句用韵的方式来实现它的艺术张力，特别是讲"齐台宋苑模糊"，想到了六朝，由六朝的历史感慨切入到南明的灭亡，"只剩下连天绿芜"了，南明也是如此。又讲到了个人的身世，"西风流落丹徒"。但即使"西风流落丹徒",他还想着有人能带领着南方的老百姓把清人给赶跑,能够去北伐。"想刘家寄奴","刘寄奴"就是宋文帝刘裕。

《点绛唇·夜宿临洺驿》,它的用字都是那种非常常见,但是你绝对想不到的那些字。"晴髻离离,太行山势如蝌蚪。稗花盈亩。一寸霜皮厚。 赵魏燕韩,历历堪回首。悲风吼。临洺驿口。黄叶中原走"。这《点绛唇》的曲牌现在还有,京剧里大将出场吹的牌子就常是《点绛唇》。"蝌蚪",我们哪个人不熟悉这两个字,谁敢把它用到词里去?"一寸霜皮厚",谁敢把这个"厚"用来形容霜皮?"黄叶中原走",谁敢把"走"用到词里去?他打破了你日常的语言习惯。西方把这种手法叫"陌生化",通过这种陌生化的手段,让你感受到完全不一样的艺术风格。在他的词里,你很难感受到那种缠绵的情致,更多的是感受到他这种语言经过精心锤炼,打破了日常的习惯后带来的力量。

《清平乐·夜饮友人别馆,听年少弹琴三月弦》:"檐前雨罢,一阵凄凉话。城上老乌啼哑哑,街鼓已经三打。 漫劳醉墨纱笼。且娱别院歌钟。怪底烛花怒裂,小楼吼起霜风。"在那样简省的字句中,用了那样有力量的字,"街鼓已经三打""怒裂""吼起",和我们所理解的词、我们所感受到的词的风格是完全不一样的。这种路子很少有人走,也很少有人能成功,但他成功了。他的过片是什么意思呢?是说我不需要将来发达了,我题在墙上的诗句有人用碧纱把它笼起来。我们只顾眼下,能在小苑里听着歌女唱着动听的歌,可是我的内心依然抑郁不平,我仍然想着要建功立业,即使在听歌赏曲时,也会有烛花忽然一下子裂开来。古人的"烛花",烧了以后忽然又会一跳。"小楼吼起霜风",听到外面的霜风怒吼,甚至他自己也忍不住唱出了豪迈的歌曲。

这首《南乡子·邢州道上作》,是他经过河北之地,想起燕赵悲歌之事写出来的作品。"秋色冷并刀",这里"并"是念一声。"一派酸风卷怒涛。并马三河年少客,粗豪。皂栎林中醉射雕。 残酒忆荆高"——一杯残酒想起了荆轲和高渐离——"燕赵悲歌事未消。忆昨车声寒易水",其实这句的写法是非常值得学习的,他说"忆昨车声",若把这"寒"字去掉,你想选一个什么字?你可能就会想到是"过易水",因为"过"也可以念成一声。但他说是"寒易水",这一下子就让"车声"和"易水"之间产生关联了。"易水萧萧秋风冷",它的寒气仿佛是孤寂的车声所带来的。"今朝,慷慨还过豫让桥","豫让"是春秋时一个著名的义士,他的主人智伯被赵氏给杀掉了,他就要去刺杀赵襄子。他怕被仇人认出来,就把自己身上涂了漆,吞下火炭把自己的嗓子变哑,然后毁容。在桥边上他要去刺杀赵襄子,结果还是没有成功。赵襄子就把自己的衣服脱下来,让他刺了几刀,他接着就自杀了。

这首《虞美人·无聊》,用了开头两个字作为诗的题目。很多的诗是这样的,这是受了《诗经》的影响,《诗经》的题目很多都是取开头两个字。"无聊笑捻(这个字念捏,入声字)花枝说,处处鹃啼血。好花须映好楼台,休傍秦关蜀栈战场开。 倚楼极目深愁绪,更对东风语。好风休簸战旗红,早送鲥鱼如雪过江东。"不用我解释,大家都能感受到这首词中有一种特别蓬勃的力量,这种力量来自他对于战争的不平。因为当时川、陕两地有抗清的力量,清兵就派兵去镇压,他心中有一种悲愤,所以就写了这样一首作品。他并不是说战争怎么样,我要抨击它,他是通过与花进行对话来含蓄地表达他的感情。

朱祖谋下面说的是朱彝尊了:"江湖老,载酒一年年。体素微妨耽绮语,贪多宁独是诗篇。宗派浙河先。"这里有一个关于朱彝尊诗的典故,当时赵执信说过一句话,"朱贪多、王爱好",朱彝尊写诗就追求多,王士禛写诗就追求漂亮。这恐怕都不对,他认为诗应该是自然的,你得让诗来找你,不能是你去找诗。这是我的好朋友程矫庵先生的名言,但是大家不要因为这句话就不去练笔了。

《解佩令·自题词集》,这首词实际上是他概括自己的词风。"十年磨剑,五陵结客,把平生、涕泪都飘尽",他成了一个江湖的游士,他所梦想的恢复故土也没有可能。"老去填词,一半是,空中传恨。几曾围、燕钗蝉鬓?"他说,我填词基本上都是在借写男女感情,其实都是写我的政治寄托,我哪里真在歌场中去跟这些女子交往呢?"不师秦七,不师黄九,倚新声、玉田差近",我的词没有去学秦观,也没有去学黄庭坚,我学的是张玉田","落拓江湖,且分付、歌筵红粉。料封侯、白头无分！"我姑且把我的新词交给歌女们演唱吧，我这一辈子也不可能封侯了。他实际上是通过这个来表明他的词实际是有亡国之慨的，比如这首《卖花声》就有非常明确的亡国之慨。

《雨花台》："衰柳白门湾，潮打城还"，这句实际是化用了刘禹锡的《石头城》的诗。"小长干接大长干"，"干"就是河岸。"歌板酒旗零落尽，剩有渔竿"，明代的那种繁华，那时候明朝南方地区昆曲非常流行，都在那儿醉生梦死。这些歌板酒旗都零落尽了，只剩下什么呢？只剩下渔樵闲话，"剩有鱼竿"。"秋草六朝寒"，是说从六朝以来，秋草就年年生长，就像永恒不变的历史。"花雨空坛"，雨花台不停地流下落花来，这本来是讲的"天女散花"的典故。"更无人处一凭阑"，他的亡国之情只有在无人的时候才表现出来。"燕子斜阳来又去，如此江山"，"燕子斜阳来又去"是指时间的无情不变，"如此江山"，从前是大明的江山，现在已非我有，变成清朝的江山了。所以这是一首有非常深刻的亡国情怀的作品。

这一首是他的爱情词，非常有名。《桂殿秋》，他是爱上了他的小姨子冯寿裳，冯寿裳也爱他，但是两个人格于礼教，没有办法在一起，只能彼此相思。有一天他们全家坐船，都在一个船舱里，但两个人也没法说话，写了这首词。"思往事，渡江干。青娥低映越山看"，冯寿裳的眉毛就像跃动的山那么秀美。"共眠一舸听秋雨，小簟轻衾各自寒"，两个人都在互相关心着对方，今天晚上你冷不冷？

他还写了《绮怀四十韵》，就讲自己跟冯寿裳的爱情。后来学生就跟他讲，老师，你在经学上有这么大的成就，你将来是要进孔庙配享的，你把这首诗删掉吧。结果他说，我"宁不食两庑冷猪肉"——我宁可不在死了以后立个牌位供在那儿吃别人上供的冷猪肉——也不删《绮怀四十韵》。这就是我呀！

下面是纳兰性德。朱祖谋评价他是"人间宁独小山词"，难道人间就只有小山词那样庄严华贵的作品吗？不，在我们国朝、在清朝还有纳兰性德。这个大家都非常熟悉了，"谁念西风独自凉。萧萧黄叶闭疏窗。沉思往事立残阳"，"沉思往事立残阳"实际是化用唐末五代词人李珣的作品"暗思何事立残阳"。"被酒莫惊春睡重，赌书消得泼茶香。当时只道是寻常",他这首词最好的地方就在最后一句,"当时只道是寻常"。我最早知道这首词是因为一部以郁达夫为主人公的电视剧,里面不知道是郁达夫还是他的一个朋友念这首词,当时就很感动。这是一种逆写,他实际上正常的逻辑是写当时只道是寻常的是"被酒莫惊春睡重,赌书消得泼茶香",但是在他妻子卢氏去世以后,他才知道失去的再也回不来。当年不知道珍惜的那些日常生活中的再平常不过的点点滴滴,现在回想起来再也无法重新去享受到那种美好了。

这首也是悼亡之作。"辛苦最怜天上月。一夕如环,夕夕都成玦。若似月轮终皎洁。不辞冰雪为卿热。无那尘缘容易绝","无那",这个"那"字念 nài。"那"字有三个读音,一个念 nuó,"更那堪冷落清秋节";一个念 nài,就是无奈、无可奈何的"奈"的通假;还有一个念"nuò",一般是用在"娇无那"中。"无那尘缘容易绝。燕子依然,软踏帘钩说。唱罢秋坟愁未歇。春丛认取双栖蝶。"我们知道广东在三四十年代有一个著名的平喉大家小明星,小明星有一首非常有名的曲子,就叫《秋坟》。当然纳兰性德的"秋坟"不是这个意思,不过我建议大家也不妨去听一听小明星的《秋坟》,非常动听、感人。这首的开头就是天才的句法,说"辛苦最怜天上月",这就一下子让你产生了惊异感。但光有惊异感是不够的,他在告诉你为什么辛苦最怜天上月,因为它"一夕如环,夕夕都成玦"。这个绝对是学不来的,是只有天才才想得出来的。下面又说,假使天上的月亮能够长久皎洁,我愿意将我这颗已经枯萎的、冰凉的心重新为你而热起来。这是在卢氏去世以后,词人觉得自己的生命也随着妻子一起走了,他在怀疑,他在恐惧,他是不是还有爱的能力。所以这时他需要有一个人的出现能带给他全新的刺激,让他知道自己还是一个活着的人,让他知道自己还能去爱。但一个心死了的人要想重新活过来又是何等艰难,所以说"无那尘缘容易绝",只有燕子在那里无情对话,不知道人间的痛苦。这个时候他就想,什么时候我和你能像梁山伯与祝英台一样化蝶飞去,同生共死?

这位王渔洋(王士禛),就是我所着力学习的一位。《浣溪沙·红桥》:"北郭清溪一带流。红桥风物眼中秋。绿杨城郭是扬州。

西望雷塘何处是？香魂零落使人愁。澹烟芳草旧迷楼。"这首词是一首咏扬州的名作。"绿杨城郭是扬州"，他上片平平，但下片不一样了，下片马上就写出兴亡来了。雷塘是隋炀帝的葬处，"西望雷塘何处是"，想到隋代一下就没有了。他当然说的不是隋代，说的是只延续了半年的南明朝廷，所以"香魂零落使人愁"。当年隋炀帝建造的迷楼已经消失在澹烟芳草之间了，将来有一天南明的宫阙也会如此，明朝人在扬州所建的那些房子也会如此。要这样理解你才能理解这首词。

  下面说一下厉鹗。厉鹗的词就是非常典型的浙派风格。《齐天乐·吴山望隔江霁雪》，"瘦筇如唤登临去"，"筇"是一种比较结实、有韧性、可以用来做手杖的竹子，所以就用来代指手杖。"瘦筇如唤登临去"这是诗人的语言，不是诗人的语言就是我带着手杖登山去。带着手杖登山，这根本不是诗，但是手杖喊你去登山，那就是诗了。"江平雪晴风小。湿粉楼台，酽寒城阙，不见春红吹到。微茫越峤，但半冱云根，半销沙草。为问鸥边，而今可有晋时棹？""晋时棹"用了典故，讲的是王子猷雪夜访戴逵，到山阴去，结果到了门口过门不入，他说"我乘兴而来，兴尽而返，何必见戴"？这里词人借此说还有这样的名士吗？"清愁几番自遣，故人稀笑语，相忆多少。寂寂寥寥，朝朝暮暮，吟得梅花俱恼。将花插帽，向第一峰头倚空长啸。忽展斜阳，玉龙天际绕。"这首词写得很漂亮，每一句都是非常精彩的，但是试问，它的主题在哪里？它表达了词人什么情感？这是很难把握得到的。也正因为这样的一种特点，所以后来浙派的末流就偏于枯寂了，就连那一点能够带给你语言上的快感的东西也没有了。

  而这首《百字令·月夜过七里滩》相对要好得多，《百字令》就是《念奴娇》。"七里滩"又名"七里泷"。很多人在七里滩留下了他们的名作，最近的一首名作就是在1927年我的太老师夏承焘先生27岁时写的一首《浪淘沙·过七里泷》。"秋光今夜，向桐江"，"桐江"，就是富春江，因为它经过桐庐，所以叫"桐江"。"为写当年高躅。风露皆非人世有，自坐船头吹竹。万籁生山，一星在水"，看他的字句锤炼得都特别好。"鹤梦疑重续。挐音遥去，西岩渔父初宿","西岩渔父"用的是柳宗元的《渔父词》,在琴曲里叫"极乐吟",用的这样一个典故。"心忆汐社沉埋","汐社"是由宋入元的一帮遗民所组建的一个社团。"清狂不见,使我形容独。寂寂冷萤三四点,穿破前湾茅屋。林净藏烟,峰危限月,帆影摇空绿。随风飘荡,白云还卧深谷。"这首词它的思想就非常明确了,他想念的是当年汐社的那些遗民词人。他有对现实的不满,所以他渴望归隐,他希望能够超离这个庸俗的人世,主题很明显。

下面要讲的几个我就不详细说了,这里说一位广东的词人陈澧(陈兰甫)。"若举经儒长短句,岿然高馆忆江南。绰有雅音涵",朱祖谋说,在我国朝的经生当中、儒生中,谁的词写得最好呢?那就是陈澧的《忆江南馆词》。

这一首也是写的《百字令》,也是写七里泷。我们比较一下他和厉鹗那首的区别。"夏日过七里泷,飞雨忽来,凉沁肌骨。推篷看山,新黛如沐,岚影入水,扁舟如行绿颇黎中。临流洗笔,赋成此阙。倘与樊榭老仙倚笛歌之,当令众山皆响也",樊榭就是厉鹗,他认为厉鹗是词仙。"江流千里,是山痕寸寸,染成浓碧",我们普通人看到的是江水就是江水,山就是山,但他说这江水是由山把它给染成的。一寸一寸的"碧",碧是指一种美玉。"两岸画眉声不断,催送蒲帆风急。叠石皴烟",这儿用了一个绘画的手法叫"皴","明波蘸树,小李将军笔",小李将军是李昭道,著名的画家。"飞来山雨,满船凉翠吹入",山雨飞过来,雨本身我们知道它是透明无色的,但他看到的、感受到的,仿佛是翠绿的雨,何等奇瑰的想象?"便欲舣棹芦花","舣"就是停靠,"渔翁借我,一领闲蓑笠。不为鲈香兼酒美,只爱岚光呼吸",在岚光之中的呼吸。"野水投竿,高台啸月,何代无狂客?晚来新霁,一星云外犹湿",最后一个"湿"字用得特别有力量、特别到位,星光特别闪烁,还仿佛带着水气,他把形象刻画得何等之极致。你要问他表达什么感情?那当然就是一种山水浑然一体的超卓的感情。

下面我们讲清代第一大词人蒋鹿潭。"穷途恨,斫地放歌哀。几许伤春忧国泪,声家天挺杜陵才。辛苦贼中来",在穷途末路之中斫地而歌,拿刀、拿斧头去砍地,这何等悲愤?他是词人当中的杜甫,他的词是被战乱成就的，是太平天国的战乱成就了蒋春霖。

看这首《浪淘沙》。"云气压虚栏。青失遥山"，"青失遥山"写得太漂亮了，在一片朦胧的青气当中看不见山了。"雨丝风絮一番番"，我们知道，《牡丹亭》里的名句"雨丝风片"，但他不用"雨丝风片"，用了"雨丝风絮"。所以一个善于写作诗词的人，在不得不用成语时，也要想办法给它改那么一两个字。"上已清明都过了，只是春寒。华发已无端。何况花残？"我们知道"花""华"这两个字在古代是一个字，所以它层层递进，"华发已无端，何况花残？""飞来蝴蝶又成团。明日朱楼人睡起，莫卷帘看。"它讲的是太平天国到处为害，但是朝廷节节败退。伤心人别有怀抱，不要开帘来看了，你看到的哪里是什么美好的春景呢？你看到的是春残了，看到的是那种万花飞落的凄凉、无奈的景象。

这首《踏莎行·癸丑三月赋》，"叠砌苔深，遮窗松密"，叠在台阶上的苔藓长得很深了，遮窗松树茂密。"无人小院纤尘隔"，隔断了纤尘，隔断了人世间的一些尘事。"斜阳双燕欲归来，卷帘错放杨花入。蝶怨香迟，莺嫌语涩。老红吹尽春无力。东风一夜转平芜，可怜愁满江南北。"表面上看起来这是在讲春尽的景象，但他在词里特别写的是《癸丑三月赋》，"癸丑"是什么时候？本来是希望清兵过来收复金陵的，没想到是太平军打过来了。"斜阳双燕欲归来，卷帘错放杨花入"，我希望是朝廷的军队打过来的，但没有想到却是反人类的、到处烧杀掳掠的、到处破坏文化的太平军打过来了。所以他说"蝶怨香迟，莺嫌语涩，老红吹尽春无力"，朝廷的力量越来越小。"东风一夜转平芜"，一夜之间春天就去了，就离开了，"可怜愁满江南北"，大江南北的人都要为之痛苦了。

这首《甘州》，就是《八声甘州》，因为它正好有八个韵。题目是"甲寅元日，赵敬甫见过"。这首《八声甘州》实际上是受张炎的"记玉关踏雪事清游"这首词的影响非常深。"又东风唤醒一分春，吹愁上眉山。趁晴梢剩雪，斜阳小立，人影珊珊。避地依然沧海，险梦逐潮还。"实际这个跟张炎的词"短梦依然江表"有非常明显的对应关系。"一样貂裘冷，不似长安。多少悲笳声里，认匆匆过客，草草辛盘"，"辛盘"是中国古人在立春之日，要把葱、蒜、韭菜、辣椒这一类的东西切成一盘，然后生吃。所谓"辛盘"，是用来鼓舞阳气的，因为春天容易得瘟疫，所以需要鼓舞阳气。但如果是我，我是宁得瘟疫，不吃大蒜。"引吴钩不语，酒罢玉犀寒"，"引吴钩不语"，什么意思？当然我们知道，"把吴钩看了，栏杆拍遍，无人会登临意"。"总休问、杜鹃桥上，有梅花、且向醉中看。南云暗，任征鸿去，莫倚阑干。"这首词陈廷焯评价很高："鹿潭深于乐笑翁（乐笑翁就是张炎），故措语多清警，最豁人目，此篇情味尤深永，乃真得玉田神理，又不仅在皮相也。"

写这首《虞美人》时，他"身陷贼中"，他是在太平军的统治区，然后希望官军来把太平军打败，来解救老百姓。真的是解救，因为在太平军的统治下，老百姓过得是极其痛苦的，就像奴隶一样，夫妇都不能同房，但是洪秀全自己有上千个老婆，立了无数个规矩，他的这上千个后妃敢抬头看他一眼，就要挨打。"水晶帘卷澄浓雾。夜静凉生树。病来身似瘦梧桐。觉道一枝一叶怕秋风。 银潢何日销兵气"，"银潢何日销兵气"是化用杜甫的句子："安得壮士挽天河，净洗甲兵长不用"。"银潢"就是"银河"了。"剑指寒星碎"，他要表达自己内心的悲愤，不是说我内心怎么愤怒，而是说"剑指寒星碎"。浙江的一个老干部写了一首《沁园春》，他不知道平仄，不知道格律，只知道对字数，写到骂克林顿："克林顿，你他妈的"。但是蒋鹿潭怎么表达这种内心的激愤？"剑指寒星碎"，剑气直冲斗牛之间，以至于天上的寒星都被我的剑气击碎了，我心中的这种愤怒还需要解释吗？下面直接用杜诗的原句，《秋兴八首》里有这么一句，"每依北斗望京华"。也有一个版本叫"每依南斗望京华"，南斗是四颗星，北斗是七颗星。"遥凭南斗望京华。忘却满身清露在天涯"，他不说我希望清兵来解救我们，只说我一颗忠爱之心如何缠绵悱恻，我本来是一个病来身似瘦梧桐的人了，可是我现在却"忘却满身清露在天涯"，整个人痴了。这里也是天才的句法，"病来身似瘦梧桐"很新奇，但是你要告诉读者为什么你拿瘦梧桐和自己做比较，它们的共同点在哪里？在于"觉道一枝一叶怕秋风"。本来我身体已经弱成这样了，但是我因为期盼官兵来解救老百姓，于是就"遥凭南斗望京华，忘却满身清露在天涯"。因此谭献说，"斜阳烟柳，谢其温厚"。这句话什么意思呢？辛弃疾写他的那首著名的《摸鱼儿》，最后说"休去倚危栏，斜阳正在，烟柳断肠处"，词中"斜阳"指的是宋孝宗，宋孝宗看了以后很不高兴。因为他的意思是你皇帝在那烟柳销魂荡魄的地方享乐，我们这些主战派一心想收复故土，可是你不给我兵，不给我权力。这句话是对皇帝的一个批判，这是违背《诗经》所讲的"温柔敦厚"的传统的，所以谭献说，相比之下，这首词是真正的温柔敦厚之作。

这是王鹏运，在庚子年（1900 年）八国联军打进来时，王鹏运、刘福姚、朱祖谋等人在王鹏运的宣武门外的四印斋，在那里逐首地和花间词，然后写成了两卷《庚子秋词》。《庚子秋词》都是有政治寄托的作品。后来到抗日战争期间，又有一个大学者叫欧阳祖经，中正大学的教授，他写了《晓月词》，又是逐首地去和《庚子秋词》。所谓"晓月"就是"卢沟晓月"的意思。

《点绛唇·饯春》，"抛尽榆钱，依然难买春光驻"，这也是天才的句法、天才的想象。我们平时都把榆荚叫作榆钱，只是觉得它像小钱，所以叫榆钱，但几个人能想到这个榆钱还是能买东西的？但他告诉你，即使去买春光，它也是买不来的。"饯春无语，肠断春归路。 春去能来，人去能来否。"意思是说明年春天还会来，但是出逃到西安的光绪皇帝他还能回来吗？"长亭暮，乱山无数。只有鹃声苦"，只有杜鹃凄切的啼叫声，代表了我这颗孤臣孽子之心。小令必须得有这种政治寄托，否则你是做不到有大境界的。你要想做到小令动人还容易一些，要写得有大境界，没有政治是不行的。西方文学最重要的一个背景是宗教，中国文学最重要的背景就是政治。凡是不讲政治的文学，在中国一定不可能是第一流的，一定只能是第二流的。

我们来看这首《御街行·送春》。"谁家故苑东风树。楼阁花深护。惯将芳恨语流莺，不惜花枝高处。那堪一夜"，这里"那"就念"nuó"了。"人间春梦，百啭留难住。 夕阳流水漂香去。残泪纷如絮。画阑十二可怜春，无奈借人歌舞。黄昏易散，沉沉帘影，一片西山雨。"这首词要读懂它，最重要的是理解"画阑十二可怜春，无奈借人歌舞"这句。本来是皇家的园林，现在被敌人占了，叫"无奈借人歌舞"。所以才有"黄昏易散，沉沉帘影，一片西山雨"，颐和园就在西山边上。表面上看起来是在讲春末，但实际上他是借此来表达对庚子以后的政治的感想。泲斋先生在年轻时仿作过这首词，叫《御街行·壬寅送春和樵风先生》。"西园渐觉稀花树，空费铃籝护"，这句它是一种逆写的手法，反过来写的。虽然因为悬挂了护花铃，鸟不来啄它了，但时光是无情的，花还是无奈地落去了。"落红那肯便饶人，故近画楼深处"，这是一层透过一层的写法，落花它还不肯饶人，它故意地到你这个孤独的人儿的身边去。"清明过了，两三残蕊，犹伴游蜂住"，还有两三个残蕊还没有凋零。"奈何不化香泥去，更折天涯絮"，本来"化作春泥更护花"是你的一个很好的选择，可是你为什么就那么倔强不肯化作春泥呢？你还要跟着杨花一起去飞满天涯呢？"怜伊且为醉今回，一任明朝飘舞"，花有着让人无法轻视的力量，所以我愿意为你醉一回，任凭它明朝歌舞。这是一种勇于直面生命痛苦的勇气。"黄昏三月，帘帏静掩，时入孤山雨"，这里也是逆写，"孤山雨时入"。我们看，樵风先生也就是郑文焯的词实际是写到政治了，陈老师在当时没法写政治，他怎么办？他就写思想，他就把很平常的落花的情感写得一层一层地递进，带有一些哲理性。所以我们学写词要去模仿古人，你既要去模仿他，也要想到超越他，或者至少不要为他所笼罩。泲斋先生就教了这么一个道理。

　　这首《望江南》说的是文廷式。文廷式的词我们看两首，一首是《蝶恋花》："九十韶光如梦里。寸寸关河，寸寸销魂地。落日野田黄蝶起，古槐丛获摇深翠。　　惆怅玉箫催别意。蕙些兰骚，未是伤心事。重叠泪痕缄锦字，人生只有情难死。"同样，表面上看起来伤春，实际上写的什么呢？甲午战争中国战败。本来朝廷经过了同治时期的洋务运动，被称为"同治中兴"，老大帝国忽然又有了一些新的气象。当时的中国海军号称"亚洲第一"，但是结果被小国日本给打败了，所以当初那种美好就是韶光如梦一样，现在是"寸寸关河，寸寸销魂地"。这种痛苦是"蕙些兰骚，未是伤心事"，读《楚辞》都感觉不到那样的痛苦，我们中国战败了。"重叠泪痕缄锦字，人生只有情难死"，我越爱这个国家，我越感觉痛苦，我的泪水也就流得越多。

　　这一首是他的名作《水龙吟》，也是咏杨花的。"落花飞絮茫茫，古来多少愁人意。游丝窗隙，惊飙树底，暗移人世。一梦醒来，起看明镜，二毛生矣。有葡萄美酒，芙蓉宝剑，都未称、平生志。我是长安倦客，二十年、软红尘里。无言独对，青灯一点，神游天际。海水浮空，空中楼阁，万重苍翠。待骖鸾归去，层霄回首，又西风起。"这首词你不知道它讲的是什么主题，你不知道它的政治寄托是什么，但绝对不妨碍这是一首极品的好词。好在哪里？深沉的历史感。英国诗人艾略特有一句名言："人在20岁以前都是诗人，20岁以后还能写出好诗来，那得要有历史感才行。"这就是历史感。所以他由"落花飞絮茫茫"，想到了"古来多少愁人"，想到了这个时光并不是一个春天过去而是人世。人的一辈子可能就这样就过去了，一梦醒来就不自觉地看到自己已经长出了斑鬓。"葡萄美酒，芙蓉宝剑"，醉卧沙场，行侠仗义，这些都不是他要追求的。他要追求的是什么？他追求的是一种人生的超越，他已经对长安、对官场很厌倦了。"我是长安倦客，二十年、软红尘里。"这时他又回到了他的书案前，面对着清灯，神游天际。他想到的是一个彼岸的世界，这个世界是人世所从未经历过的，说他想要"骖鸾归去"，到彼岸的世界里去。但他对人间的苦难却有无穷的眷恋，他放心不下，他有极强的忧患意识，他希望能够去拯救人民。所以叫"待骖鸾归去，层霄回首，又西风起"，西风起来了，代表着人民的种种苦难，使得他恋恋不去。这是何等超卓的一种境界？何等伟大的一种胸襟？

　　下面我们再来看看清代的一位女词人，就是小说《书剑恩仇录》中陈家洛的妈妈徐灿。《踏莎行》："芳草才芽，梨花未雨。春魂已作天涯絮。晶帘宛转为谁垂？金衣飞上樱桃树。　故国茫茫，扁舟何许。夕阳一片江流去。碧云犹叠旧山河，月痕休到深深处。"前面都只是在写景，其实整篇都是在写景，但是她最后把主题给含蓄地露出来了。"碧云犹叠旧山河"，"旧山河"是哪个山河？是汉家的山河，是明代的山河。"月痕休到深深处"，因为月痕就仿佛我们一颗痛苦的内心，到了碧云的深处，就看不到我们眷恋的山河了。所以谭献说"兴亡之感，相国愧之"，她的丈夫陈之遴面对她恐怕都在气节上有所不如的。

来看这首《唐多令·感怀》："玉笛撼清秋，红蕉露未收。晚香残、莫倚危楼。寒月多情怜远客，长伴我，滞幽州。"后来陈之遴被罢官了，被流放了，那么她就跟着陈之遴一起流放到北方。"小院入边愁"，这一句特别有力量，她是直接地用杜甫的原句"芙蓉小院入边愁"。"金戈满旧游"，自己旧游之地已经是满目金戈，到处是战乱。"问五湖、那有扁舟"，"五湖"就是太湖。范蠡在灭吴之后，知道越王勾践只能共患难，不能共富贵，于是就带着西施泛舟五湖，就是太湖。"梦里江声和泪咽，频洒向，故园流。"这首词的意思比刚才那首不一样，这首情感就要直白得多，也容易理解得多。

我们再看看朱祖谋自己的作品。这一首《鹧鸪天·九日丰宜门外过裴村别业》，"别业"就是别墅，"裴村"是刘光第。刘光第是戊戌六君子之一，被杀掉的。朱祖谋在重阳日经过了刘光第的旧宅，忍不住想起了这个好朋友，内心痛苦得不得了，就写下了这一首词。"野水斜桥又一时，愁心空诉故鸥知"，"故鸥"就是老朋友，"鸥"就是用的鸥鹭忘机典故。"凄迷南郭垂鞭过"，经过这儿时不忍心打马，所以就垂鞭而过，慢慢地缓马而行，叫"垂鞭过"。"清苦西峰侧帽窥"，"侧帽"当然是与重阳相关的孟嘉落帽的典故。"新雪涕"，眼泪留下来。"旧弦诗。惝惝门馆蝶来稀"，这个孤寂的门馆，没有什么人再来看望他家里人，也没有什么人来往了。连蝶都很少来，更何况人呢？"红萸白菊浑无恙，只是风前有所思"，看到的红萸白菊是重阳节当令的植物，它们无情地年年生长，可是我的好朋友刘光第他再也活不回来了，"风前有所思"，"思"想的是什么？是一种悲思。

这首《阮郎归》比喻极其新奇，语言也极其有张力，非常新颖。"月夜维舟楞伽峡，山水幽敻，孟东野石龙涡诗序云，四壁千仞，散泉如雨，仿佛遇之"，这大概也是喀斯特地貌。"千蕖无蒂著岩坳"，这个"坳"有两个读音，可以念一声，也可以念四声，平仄意思是一样的。它比喻从山体中冒出来的这种泉水像什么呢？像是上千朵没有根蒂的荷花。"蕖"就是荷花，在岩坳之上开放，这个比喻多么新奇。"千蕖无蒂著岩坳。飞帘喷雪消。湿云双束怒厓高，春湍不敢豪。烟橹阁",""阁"是放置，停下来。"水镫飘"，一动一静地，就产生了一种张力。"幽猿三两号"，一动一静之外又听到了猿的凄切的啼叫声，由视觉转为了听觉。"骖鸾仙路夜谁招。月华摇凤箫"，他想着说这样的地方就是仙居吧，谁来召唤月华摇凤箫？"凤箫"指的是凤凰台之箫，当年萧史教秦穆公的女儿弄玉吹箫，最后夫妻两个人都乘仙而去。

《烛影摇红》，况周颐本来是不太服气朱祖谋的，读了这首《烛影摇红》和下面的另一首之后，佩服得不得了，说他自己写不出来。"晚春过黄公度人境庐话旧"，"黄公度"就是黄遵宪，晚清诗界"革命三杰"之一。黄公度本来是英国公使，当时已经是罢官在家了。其时朱祖谋是广东学政，他去视察，经过梅州就去看望老朋友，写了这首词。"春暝钩帘，柳条西北轻云蔽。博劳千啭不成晴，烟约游丝坠。狼藉繁樱划地。傍楼阴、东风又起。千红沉损，鹎鵊声中，残阳谁系"，"鹎鵊"是春分的时候鸣叫。"容易消凝，楚兰多少伤心事。等闲寻到酒边来，滴滴沧洲泪"，这是一个逆写的手法，是"滴滴沧洲泪，等闲寻到酒边来"。这个句法多好。"袖手危阑独倚。翠蓬翻、冥冥海气"，我认为这是用的吴文英的《满江红》"云气楼台，分一派，沧浪翠蓬"。"翠蓬翻、冥冥海气"是说荷叶在那里翻卷，仿佛有海气侵入。其实梅州那个地方是在山里面，并不靠海。"鱼龙风恶，半折芳馨，愁心难寄"，他讲朝政，他们这些维新派的人、这些清流党的人，在朝廷里没有说话的地位。见到老朋友以后，先是节令就带给他一种哀伤之感，感慨说"鹎鵊声中，残阳谁系"，谁让这个残阳不落下去呢？感慨这个国家的国运也仿佛残阳一样将坠未坠了。"容易消凝"，"消凝"是销魂凝望的意思。"楚兰多少伤心事"，这个是化用的《楚辞》，屈原说自己培养了很多人才，"既滋兰之九畹兮"，所以他实际上是说我们朝中得力的人都一个个被贬斥了。他说我们这种"沧洲之泪"——"沧洲"是隐者的居所——我们这种隐者之泪，实际上是无可奈何的。没想到他等闲就到了酒边来了，就是我们喝酒时忍不住就流下眼泪了。看到眼前的荷叶在海气冥冥之中纷翻，我们只能做一个袖手旁观的人，可是我们的内心是多么想为这个国家做一些事情。"鱼龙风恶，半折芳馨，愁心难寄"，朝政是非常糟糕的，我们想要去让朝政变好，可是我们怎么才能帮助皇帝呢？

这首《摸鱼子·梅州送春，时得辇下古人三月几望书》，交代的历史背景是当时他们非常仇恨的荣禄去世了，所以他很高兴，写了这首词。"近黄昏、悄无风雨，蛮春安稳归了"，春天就那样平静地归去了。"匆匆染柳熏桃过，赢得锦笺凄调。休重恼。问百五韶光，酝造愁多少"，是说我们不要为春天的去而感到悲伤，不要为荣禄的死而感到悲伤，他当时给我们带来了多少的痛苦。"新颦旧笑。有拆绣池台，迷林莺燕，装缀半残稿。流波语，飘送红英最好。西园沈恨先扫"，荣禄已经死掉了，已经解了我们心头的一个大恨。"天涯别有凭阑意，除是杜鹃能道"，"杜鹃"指的是已经被囚禁起来的光绪皇帝，只有他还有凭阑之意，他的痛苦我们是感受不到的，即使是荣禄的死，也不能减轻他的痛苦。"归太早"，又反说一层，可是荣禄你还是死得有点早了，为什么呢？"何不待、倚帘人共东风老"，你干吗不等着慈禧同你一起死掉，你带着慈禧一起走。"消凝满抱"，怀抱之中全是销魂凝望之情。"恁秉烛呼尊"，赶紧把蜡烛举起来，拿酒来。"绿成阴矣，谁与玉山倒"，嵇康喝醉酒了，仿佛玉山倾倒。谁跟我一起今天喝个大醉？这是一首非常带有快意的诗。这样的作品在宋词当中很少见到，我们之所以要学近代，就是要学这一类的。

再看他这首《清平乐·夜发香港》："舷灯渐灭，沙动荒荒月。极目天低无去鹘，何处中原一发？"这是化用苏轼的句子"杳杳天低鹘没处，青山一发是中原"。"江湖息影初程，舵楼一笛风生。不信狂涛东驶，蛟龙偶语分明。"他说坐着轮船，他感受到的是完全不一样的境界，所以他完全不觉得自己是迎着狂涛而东驶，因为他听到了水里的蛟龙在那儿说话。这当然是他的一种新奇的想象。

我有一首《清平乐》就是受他的这首词的影响，是2003年在深圳写的："海沙澄澈，云掩荒荒月"，他是"沙动荒荒月"，我是"云掩荒荒月"。"不见鲛人清泪滴，只有鱼龙吹屑"，传说南海有鲛人，他流的眼泪就成为珍珠。我说没有见到"鲛人清泪滴"，只看到海上浮起的白沫，我想那一定是海中的鱼龙在吹屑吧。"愁怀天末星星"，我的愁怀就像天上的星星那样明澈。"人家远近灯明"，在海边，我当时住在西涌那边，现在是万科开发的别墅，那时都还是农民房，只看到他们远近的灯火明亮。"还似江关庾信，殊方重感飘零"，我就像南北朝时的庾信，流落在北方，思念家乡。当时对我来说，其实我思念的是北京，因为北京是我的家，所以感受到一种非常强烈的飘零感。这首词实际就是受他这首词的影响。

这首《南乡子》也非常有特点。"病枕不成眠。百计湛冥梦小安"，就是我拼命地想办法让我的心变得澄澈下来，稍微让自己的梦变得安稳一点。"际晓东窗鹍鸠唤""鹍鸠"和杜鹃很相似，叫声也很相似，但是它们的体形不一样。"无端。一度残春一惘然"，每到残春之时忍不住惘然。"歌底与尊前，岁岁花枝解放颠"，就是懂得在枝头绽放，叫"岁岁花枝解放颠"。"一去不回成永忆，看看，唯有承平与少年"，实际上它也是一个倒装句法，应该是"看看，唯有承平与少年，一去不回成永忆"。这是在辛亥以后写的，辛亥以后老百姓并没有感到怎么好，国家不但没有变好，反而变得更坏了。战乱频繁，军阀混战，老百姓反而是过得更苦了。有一本书我认为是当代文学当中写得比较好的，就是陈忠实的《白鹿原》。其实就是在写清末以后社会越来越差。朱祖谋在民国作为一个清朝遗老，是不愿意剪掉辫子的，所以他说"只有承平与少年，一去不回成永忆"。像这样的词是不好学的，这样的词为什么不好学？因为你必须有特别深刻的思想，同时，要有特别浓挚的政治情感，才能写得出来。当然如果你有特别深刻的思想和特别浓挚的政治情感的话，要写出这样的词就不是难事。

我们今天大致地给大家讲了一下清词的一些代表人物和一些代表的作品。我们讲得再多，不如付诸实施，所以我们今天的社课，就叫"题某某集"。当然你也可以题某某画，用朱庸斋先生《木兰花慢》原韵。《木兰花慢》，"为马宾甫题何邹崖、陈述叔（陈洵）诗词合卷，时去述叔归道山止一月耳"。就是陈洵去世一个月之后，有人把何邹崖（广东著名的一个文人）和陈述叔的诗词弄成了合集，所以他题了这首词。"江山无限事，忍持恨，问新亭。纵故国繁弦，尘笺醉墨"，注意这两句是要对仗的。"孤抱谁倾。堪惊夜台梦语"，"堪惊"这里是要押韵的。"话兴亡、人海尚悽零。

倦眼何堪乍瞑,吟魂应信难醒。仙城","仙城"这是一个短韵。"休更望神京。狐兔想纵横","纵横"的"纵"是念 zōng。"剩荒凉笳角,迷离宫羽",对仗。"早不成声。泠泠",用韵,要押暗韵。"旧时楚些,阅沧桑、词赋已无灵","词赋已无灵"化用的是"吟罢江山气不灵",龚自珍的句子。"泪尽新绡故稿,天涯禾黍青青",他最后是说也有一种黍离之悲,因为陈述叔也是一个遗民,何邹崖也是一个遗民。我们要用他的原韵,用韵的位置每一个字都不能变的。比如第三句的最后一个字一定是"亭",最后一句的最后一个字一定是"青"。

第九讲
长调中的赋笔

主讲嘉宾：徐晋如

时间：2019年8月31日 19:00—21:00

  又到了我们学词的时间，今天要讲的是"长调中的赋笔"。为什么要特别把一种写作手法单独拿出来讲呢？我有一个"90后"学生，很早就喜欢诗词，但她一直写小令，写不了长调。按照我们师门的传统，是认为长调比小令要好写，我个人的创作经验也支撑这一点。我在高中时开始学习填词，当时就是写长调，写了很多长调以后，才开始去写小令。刚写小令就觉得怎么不像那么回事，后来慢慢地才写出味道来。所以，我认为长调实际上要比小令好写。但这位学生，她的感受正好相反，她觉得长调没有那么多话好说。我很惊讶，因为我觉得诗词最大的特点是语言的精练，你要把很多要说的话精简为非常短的篇幅，这是非常难的。她反而感慨长调没有那么多话说，所以她只写小令。但是后来她听了我一学期的诗词写作课程，也开始能写一点长调了。这就引发我的思考，她为什么会有这样的想法？我想原因就是她不知道怎么去用赋笔。

  那么，何为赋呢？经典当中有"赋"的定义。《文心雕龙》是我们中国古代最伟大的文艺理论著作，它全篇都是用骈体文写成的。我们从新文化运动以来，有一个非常错误的观点，认为文言文不适合科学的传播。这个观点是非常错误的，我们看数学、物理学当中，很多名词、术语，"和""差""除""积""商"等，其实都是文言文。而更重要的是文言文当中的骈体文。它的上句和下句要对仗的，所以上句正说，下句反说，两句连起来用，能够产生新的意思，这样它的表现力就特别丰富，能够表达更深邃的内容。因此骈体文是最适合于说理的，它说理说得最透彻，这也是唐代要求所有的官方公文必须要用骈体文写的原因。《文心雕龙》里第八篇是《诠赋》，解释"赋"，它引用晋代挚虞的《文章流别论》，说"赋者，敷陈之称"。"敷"就是"铺"，"敷陈"就是"铺陈"。敷的意思，比如我们敷药，薄薄地敷上一层，和"铺"的意思是一样的。"古之作诗者，发乎情，止乎礼义。情之发，因辞以形之，礼义之旨，须事以明之，故有赋焉。"这两句话稍微解释一下，辞是一种文体，我们有一个词叫"辞赋"，还有一个词叫"楚辞"。它是一种文体，用特别美丽的字眼，去写景、状物、记事、抒情，这就是"辞"。大类来说，辞、赋都属于辞，但两者之间有略微的不同。所以他说"情之发，因辞以形之"，要通过特别优美的语言来把感情表达出来。"礼义之旨，须事以明之"，强调了赋的叙事性，所以才有了"赋"这样一种文体。接下来又说"所以假象尽辞，敷陈其志"，也就是说，它需要借用各种各样的意象、物象，借用美好的文辞来把情感、情致完全地表达出来。而在《毛诗》的注释中，唐代的孔颖达是这样解释"赋"的，我们知道《诗经》有所谓的"风、赋、比、兴、雅、颂"这六义，我们中学学的都是"风、雅、颂、赋、比、兴"，实际上正确的顺序应该是"风、赋、比、兴、雅、颂"这六义。本来"风、赋、比、兴、雅、颂"都是与音乐相关的名词，所谓的"风"是以各诸侯国的方言去吟诵《诗经》，所谓的"雅"，它是用周朝的雅言去吟诵《诗经》，"赋"是配乐演唱，"比"和"兴"，它是两种演唱的形式，一种叫"和歌"，一种叫"赓歌"。"颂"则是舞容也，就是带着乐舞，带着舞蹈的乐诗。《诗经》都是配音乐的，又带着舞蹈，叫"颂"。后世对它们的解释当然就不一样了，就把"风雅颂"单独拿出来，认为它们是《诗经》的三种写作的手段，其中"赋"的解释是"直陈其事"。

近代以来，有一位学者叫吴孟复，他是无锡国学专修学校毕业的，他提出一个观点，我高度认可。说"赋比兴"，"赋"就是叙事，"比"就是拿人来打比方。"托于事谓之为赋，托于人谓之为比，托于景物谓之为兴"，这是吴孟复先生的解释。

但是我们今天要讲的"赋"的意思，并没有采取吴孟复先生的意见，我们今天仍然按照《文心雕龙》的意见，强调它是"敷陈之称"，就是无论是对于景物的大段的描写，还是对于一段事情的过程的详细的记述，我们都称之为"赋"。也就是说，我们认为"赋"是和"比兴"、是和直接的抒情区别开来的概念。赋笔在一开始并不是词的主流，它在词的写作当中得到广泛的运用是已经是北宋中期了。

我们首先来看李清照的《词论》里的一段重要论述，这一段话是被南宋胡仔的《苕溪渔隐丛话》引用的，当时也没有名字，我们后世的学者给它加了名字叫《词论》。胡仔为什么要引用李清照的这段话呢？他的目的是要说明，这个女人太不像话了，把天下所有的大作家都不放在她眼里，她就好像唐朝韩愈所讽刺的那种人一样，"蚍蜉撼大树，可笑不自量"。但实际上，李清照的《词论》是非常深刻的，她对于词的本质认识得非常清楚。我们讲过词要写得本色当行，那么李清照的观点实际上就是在告诉你什么样的词才是本色的，才是当行的。她开头说"乐府声诗并著，最盛于唐"。唐代有一个特别的文体，不太被人注意，叫作"声诗"，有一位学者任半塘，他就写过一本书叫作《唐声诗》。"声诗"是在词产生之前一种很重要的音乐文学，在唐代的时候，已经有了"曲子词"了，但是也有"声诗"，是要配乐演唱的。所以她说"乐府声诗并著，最盛于唐"，在唐代的时候，既有以传统的清商乐作为伴奏音乐的声诗，又有新兴的以宴乐（燕乐）作为伴奏音乐的"曲子词"。下面一段讲了一个叫李八郎的故事，以说明词的音乐性，因为与我们今天讲的内容无关就跳过去。"五代干戈，四海瓜分豆剖，斯文道息。独江南李氏君臣尚文雅，故有'小楼吹彻玉笙寒''吹皱一池春水'之词。""小楼吹彻玉笙寒"是南唐中主李璟的名作，"吹皱一池春水"是他身边的文臣冯延巳的名作。"语虽甚奇，所谓'亡国之音哀以思'也"，"思"就是"悲"的意思，我们讲过无数遍了。"逮至本朝，礼乐文武大备。又涵养百余年"，李清照认为北宋经过了一百多年，才真正懂得了词和诗是不一样的，这个划时代的人物、专力为词的第一个人是柳永。"柳屯田永者,变旧声作新声,出《乐章集》,大得声称于世;虽协音律,而词语尘下。"李清照认为,柳永是真正懂得词该怎么写的人,但缺点是,他的文辞不够典雅。然而,柳永的词在当时的确是非常新的,他新就新在,在他之前,几乎所有的词作家主要都是写小令的,而从柳永开始,他的作品当中长调有很多了,长调和小令的写法又是完全不一样的。下面又批评了一些名家,什么欧阳修、王安石、曾巩、苏轼,全部不在李清照的眼中,但是她并不是否定他们的全部,只是说他们不会写词。她最后总结说"乃知词别是一家,知之者少。后晏叔原、贺方回、秦少游、黄鲁直出",她讲了北宋的几家,分别是晏几道、贺铸、秦观和黄庭坚,她说有这些人出来,人们才知道词该怎么写。她说他们也有缺点,"又晏(晏几道)苦无铺叙",我觉得这个说得特别到位。晏几道的作品当中绝大部分都是小令,你几乎找不到他有长调的,有长调也写得不好,为什么写得不好呢?就是因为他不懂得长调是需要赋笔的,长调是需要铺叙的,他缺乏这种铺叙的才能,所以他只能写小令,小令只需要"比兴"就可以了。而"贺苦少重典",贺铸的词里,她认为缺乏比较典重的那些典故。"秦即专主情致,而少故实","故实"是什么意思?也是用典,用的是什么典呢?用的是事典。典故分为两种,一种是事典、一种是语典,语典就是前人用过的那些词,你把它裁剪了再来用。所谓的事典,就是一个故事,你把这个故事给讲述一遍,当然是要用你诗人的匠心去重新讲述了。她说秦少游的作品很有情致,但是缺点是他不知道用这些事典,所以就"譬如贫家美女,虽极妍丽丰逸,而终乏富贵态"。从我的角度去理解,把古代的典故去讲述一遍也是一种赋,而在秦观的作品当中,这种赋的成分也是不多的。黄庭坚正好相反,"黄即尚故实而多疵病,譬如良玉有瑕,价自减半矣。"她认为黄庭坚是比较善于用典故的。黄庭坚有时典故用得令人不觉,我和我的老师周笃文先生共同注析了我的太老师夏承焘先生新选的《宋词三百首》,书中选了黄庭坚的一首《念奴娇·瑶草一何碧》。这首词里就有一句,我发现在我们之前,没有一个学者能解释通的。他写"我为灵芝仙草,不为朱唇丹脸,长啸亦何为",所有人都忽略过去了,但他实际上用了《世说新语》里的一个著名的典故，讲谢鲲看到他邻家的女子长得非常漂亮，于是去挑逗人家，结果被人家拿着织布的梭子，一下子把他的牙齿给砸掉了，所以，别人就讽刺他"任达不已，幼舆折齿"，"幼舆"是谢鲲的字。但他"长啸曰"，就是吹着口哨说"此故不妨吾啸歌"，虽然我牙脱掉了，但是我照样吹口哨，照样放声唱歌呀。这显示了魏晋名士的那种豁达，那种潇洒，当然我们今天也可以认为是耍流氓。黄庭坚这几句的意思就是说"我是为了追求长生不老之术，为了追求那些灵芝仙草，不是为了追求美女的，我怎么也像谢鲲一样忍不住长啸起来了呢？"这就是一个事典，但用得很隐晦。如果用了很多事典都与这首词的主旨是没有太大关系的，那么这就是"疵病"。

李清照讲的是词的发展史，在柳永之前，词主要是小令，唐五代写曲子词实际上就把它当成"声诗"写，也就是说，唐五代写的词，本质上也仍然是诗。

比如说李白的《忆秦娥》和《菩萨蛮》，为千古倚声家之祖。当然有一些学者不认同这两首是李白所作，但我个人非常相信它是李白所写的。最早是我听刘斯翰先生讲的，理由很简单，他说古人既然认为这是李白写的，一定是有他的道理，我们不要轻易地去怀疑古人。我们看这两首，虽然它是词的形式，但是它内在的精神气质确实是诗的。《忆秦娥》："箫声咽。秦娥梦断秦楼月。秦楼月。年年柳色，灞陵伤别。　乐游原上清秋节。咸阳古道音尘绝。音尘绝。西风残照，汉家陵阙。"第二首是《菩萨蛮》："平林漠漠烟如织。寒山一带伤心碧。暝色入高楼。有人楼上愁。　玉阶空伫立。宿鸟归飞急。何处是归程，长亭更短亭。"这两首词，清代的刘熙载有一个评论，认为这两首词比得上杜甫的《秋兴八首》。我认为刘熙载非常懂李白，这两首词实际上都是有政治寄托的。第一首《忆秦娥》，写的是"安史之乱"，唐明皇仓皇逃到了西蜀去，临走之前拜别祖庙。唐代一般都是用"汉"来指代"唐"的，所以他讲人已经走了，只剩下汉家陵阙，也就是唐代的陵阙，独对斜阳。第二首，是写李白作为一个忠于朝廷的士大夫，他期盼着唐玄宗能回銮，官军能收复长安，所以他寄意于远人，把唐玄宗比喻成一个远去的人，而自己在远远地眺望,希望他回来。他的写作手法主要就是比兴。比如"箫声咽,秦娥梦断秦楼月。秦楼月年年柳色,霸陵伤别",它就是一个兴起,因为有"箫声咽",因为有"秦娥"——指秦穆公的女儿弄玉,因为这个古代的事情,本来并不是他要讲的内容。他先讲第二个事情来说明第一个事情,就是先讲乙再说甲,这种写作手法,就是"兴"。那么"平林漠漠烟如织。寒山一带伤心碧","平林漠漠烟如织"是写景了,但它又是一个起兴,它的目的是要写"寒山一带伤心碧",是要写"暝色入高楼。有人楼上愁",但是先从写景开始。所以他实际上都是从"兴"这样的一个手法开始的,这是写诗常用的手段。

  白居易的《长相思》:"汴水流。泗水流。流到瓜州古渡头。吴山点点愁。 思悠悠。恨悠悠。恨到归时方始休。月明人倚楼。""汴水流,泗水流"也仍然是兴起,通过兴的手法来引起他的抒情,"吴山点点愁"是他要表达的情感。这是小令,必然是要通过这样的一种方式。我们再来看一看温庭筠的《菩萨蛮》,他一共有14首《菩萨蛮》,我们随便选一首:"杏花含露团香雪。绿杨陌上多离别。灯在月胧明。觉来闻晓莺。 玉钩褰翠幕。妆浅旧眉薄。春梦正关情。镜中蝉鬓轻。""杏花含露团香雪"同样是运用起兴的手法,"绿杨陌上多离别"才是他要表达的内容。到了北宋初期,仍然是以小令为主,那时候大家都不知道怎样写长调。为什么叫小令?"令"的本义是"酒令",因为唐代人习惯于酒筵之上把它唱出来,所以"行酒令"引申出了"小令"。

  这是王禹偁的《点绛唇·感兴》,《点绛唇》是有古曲传世的。(唱)"雨恨云愁。江南依旧称佳丽。水村渔市。一缕孤烟细。 天际征鸿,遥认行如缀。平生事。此时凝睇。谁会凭阑意。"这首词,同样是用"比兴"的手法。"雨恨云愁"是把自己的愁苦投射到了雨和云的身上,他要说的是自己的愁,但是他偏要说是"雨恨云愁",这仍然是一种起兴。"江南依旧称佳丽",本来是说"江南佳丽地",可是对于一个怀古的人来说,他就看到了历史的变迁,看到了自己心情的沉郁,所以他说"江南依旧称佳丽"。这里的"依旧"隐含着对时间的一种控诉。

钱惟演的《木兰花》，"城上风光莺语乱，城下烟波春拍岸"，起兴。"绿杨芳草几时休，泪眼愁肠先已断"这才是他要表述的情感。"情怀渐变成衰晚，鸾鉴朱颜惊暗换"，"鸾鉴"就是鸾镜，是有典故的。它是讲中东地区有一个"罽宾国"的国王得到了一头鸾鸟，但是它就不肯起舞，他的王妃就说"听说这种鸾鸟得其伴则舞"，于是就命人找了一面镜子放在鸾鸟跟前。这鸾鸟看到镜子里的自己孤零零的，于是就"奋而绝"，一下子心脏病发就死掉了。这是个非常凄惨的故事，所以后人往往就把镜子美称为"鸾镜"，来映衬人的孤独。在"鸾镜"当中看到自己壮盛的容颜变得衰老了，这两句写得非常漂亮，是透过一层的写法。我们有时候会看一些古代的词的一些点评，就叫作"透过一层说"，这就是透过一层的写法。"昔年多病厌芳尊，今日芳尊唯恐浅"，从前身体不好，觉得你请我喝酒，我喝不动，但是现在因为心情太差了，需要借酒消愁，反而嫌杯子太浅，能够容纳的酒也太少。所谓酒，即是"钓诗钩"，又是"扫愁帚"，它是一个"钓诗"的钩子，因为有酒，所以引发你的诗性；又是一把扫帚，把你的"愁苦"给扫掉。但是我要告诉大家，写诗写得好，与喝不喝酒毫无关系，你痛苦的时候喝酒，只会让你更加痛苦。

范仲淹的《苏幕遮·怀旧》，这首词也是小令，他也是先从写景来兴起。"碧云天，黄叶地。秋色连波，波上寒烟翠。山映斜阳天接水。芳草无情，更在斜阳外。"我们看到范仲淹的这首《苏幕遮》，跟前面的小令已经很不一样了，他已经有一种赋的感觉了，已经开始铺叙了。上片几乎全是写景，也就是说，上片几乎全部是在赋，下片才是抒情。"黯乡魂，追旅思"，这里的"思"就不是悲伤的意思，而是一种情绪，是名词。"夜夜除非，好梦留人睡。明月楼高休独倚"，下面两句是千古名句了，"酒入愁肠，化作相思泪"。连金庸先生写《射雕英雄传》，都让黄蓉引用了这两句。上片的赋当中也有透过一层的写法，"芳草无情，更在斜阳外"，我们在上学期多次强调，只要你看到"春草""芳草""萋萋""王孙"这些词，你一定要想到它的主题是讲离别，所以这里面有"芳草"，也是在讲离别。"芳草无情，更在斜阳外"，它的表面意思只是说那些草连绵到斜阳照不到的地方，亦即你的眼睛看不见的地方也依然有芳草，实际上是讲我对你的思念是无穷无尽的，无垠无界的。

从柳永开始，长调才正式成熟，柳永最大的贡献就是多用"赋笔"。后世也有写长调写得好的，比如说周邦彦。周邦彦写长调，贡献不在多用赋笔——当然他也多用赋笔，但这个荣誉已经被柳永获得了。那么周邦彦怎样在柳永之上推陈出新呢？这是我们以后要讲到的问题。从柳永开始，他是真的把赋笔当成一件事情去做，也就导致了他写出来的词和诗是不一样的了。一般来说，中国的文体可以分为三类——诗、文、赋，"文"当然包括各种文体，有散文，有骈体文，还有很多的韵文，比如祭文、诔文、铭、颂、箴、赞等。而"赋"是一种单独的文体。"诗"，广义而言包括词曲之类，也是一种单独的文体。但是这三者之间可能都会有交叉，比如今年三、四月份我写了一篇古文叫《丽隐楼记》，但我的好朋友秦鸿先生就说，这篇《丽隐楼记》表面上看起来是一篇古文，本质上却是一篇"赋"。各种文体之间可能会有交叉，相互影响。从柳永开始，他就吸取了"赋"的手法，用到词里去，所以他的长调就比较多赋笔，因此词和主要讲比兴、讲"赋"讲得比较少的诗的写法，就区别开来了，从他开始写出来的就是真正的词，而不是诗的别裁了。

这首《雨霖铃》大家很熟悉，我们中学就学过，但是还要讲一讲，我们就主要看它的结构和如何运用赋笔。首先从结构上来说，它的上片和下片比较独立，也比较完整，都是起承转合的结构，一个韵就是一个结构。"寒蝉凄切。对长亭晚，骤雨初歇"，这里是两个韵，这是"起"。"都门帐饮无绪，方留恋处、兰舟催发"，这是"承"。"执手相看泪眼，竟无语凝噎"，开始"转"。"念去去、千里烟波，暮霭沉沉楚天阔"这是"合"。下片"多情自古伤离别。更那堪、冷落清秋节"，这也是"起"。"今宵酒醒何处，杨柳岸、晓风残月"，这是"承"。"此去经年，应是良辰好景虚设"，这是"转"。"便纵有、千种风情，更与何人说"，这是"合"。我们看它的赋笔，我们开头就对词中的赋笔进行了定义，就是那种大批量的写景，或者说是完整的叙事，我们都称之为"赋"。上片可以说除了"寒蝉凄切"这一句是一个兴起以外，下面全部都是赋。我们甚至也可以把从"寒蝉凄切"开始都看成赋的手法，因为它完全都是在写景和叙事，只是到了下片才有议论："多情自古伤离别，更那堪、冷落清秋节"。但是接下来又转为赋笔了："今宵酒醒何处，杨柳岸、晓风残月"，再接下来又在评论："此去经年，应是良辰好景虚设。便纵有、千种风情，更与何人说"。我们把这几句剔除掉，我们看这首词的绝大部分都是在用赋笔，都是在细细地铺陈。

再来看《望海潮》，这首词其实就柳永的作品整体水平来说，写得并不好，但因为这首词引发了一场战争，所以历代的词选都选它。金主完颜亮听到一个歌手演唱这首词，就对江南非常觊觎，于是就发兵攻打南宋。结果没想到被虞允文打得大败，然后被乱兵杀死。这是一首鼓吹升平、歌功颂德的作品。一切好的中国文学，首先都是为己的，就是要表达自己的情感，更高一层是为己之后还要能为人。这个道理就像孔子讲的"己欲达，而先达人；己欲立，而先立人"，就是你若想真正地完善自己的人格，只有通过"新民"的事业，通过教化的事业，才能让自己更加成熟起来，达到人格的完善。我们当代很多的老干部，他们的诗词永远都写不好，最大的问题就在于没有自我，永远歌功颂德。而有些年轻人写得也还不错，但是永远达不到一流的境界，那是因为他只有自我。

我记得 1999 年在湖南郴州的永新县，开了第二届中华诗词青年学术研讨会，我的老师徐于斌女士做了一个非常简短但是又非常深刻的发言。她说当代的老年人创作，要发现自我，恢复自我；当代的青年创作，要超越自我。首先，要有自我，没有则要恢复它，要发现它；但是光有自我是不行的，还要超越自我。

这首《望海潮》的问题就在于它没有自我，只是一味单纯地歌颂，所以如果从中国文学的主流来说，它并不是一个好的文学作品。但是我们可以看看它的赋笔，"东南形胜，三吴都会"，"钱塘自古繁华"这六个字我把它标黑了，这六个字不是赋笔是评论。"烟柳画桥，风帘翠幕，参差十万人家。云树绕堤沙，怒涛卷霜雪，天堑无涯。市列珠玑，户盈罗绮，竞豪奢。""珠玑"的"玑"是不圆的珠子。"重湖叠巘清嘉，有三秋桂子，十里荷花。羌管弄晴，菱歌泛夜，嬉嬉钓叟莲娃。千骑拥高牙，乘醉听箫鼓，吟赏烟霞。异日图将好景，归去凤池夸"，除了"异日图将好景，归去凤池夸"之外，其余都是赋。也就是说，我们看这首词的骨架，它要表达的思想，也就那么几句。钱塘自古繁华，然后对钱塘有一个总括，"重湖叠巘清嘉"，然后钱塘上的人，"嬉嬉钓叟莲娃"，太守"千骑拥高牙"。"高牙"是高高的牙旗，旗的边上有锯齿，所以谓之"牙旗"。他"乘醉听箫鼓，吟赏烟霞"，最后词人祝愿他能进入中书省当中去，把杭州城的美景画成图，然后拿到中书省去，跟其他人去夸耀一番。它实际上要表达的骨架就是这些，其他的拿掉，对于这首词的意思是没有损害的。但是你把它拿掉以后，它就不能成为一首词了。所以可见这个赋笔的重要。我们看看这一首词除了"钱塘自古繁华""竞豪奢""异日图将好景，归去凤池夸"这几句之外，其他全部都是赋笔。

再来看《八声甘州》，因为它正好八个韵，所以谓之《八声甘州》。"对潇潇暮雨洒江天，一番洗清秋"，这是一个总写，下面全部是用赋笔的写法来写上片。"渐霜风凄紧，关河冷落，残照当楼"。"是处"就是"到处"，"是处红衰翠减，苒苒物华休。唯有长江水，无语东流。"这就仿佛一个长长的手卷。中国人画国画有一个特点，就是可以画得特别长，长到几米，十几米，甚至几十米，看的时候也比较有意思。台湾有一位作家、一位美术家，就是蒋勋先生，他讲的一切的知识都是有问题的，硬伤多得不得了，但是我一点也不讨厌他。因为他本身是一个画家，是一个艺术家，他有非常精准的艺术直觉，我们听他的东西时，不要听他的知识性的内容，他知识性的内容基本全是错的。你就听他对那些作品的感受，他的感受基本全是对的。比如他说国画中的那种立轴和长卷，就好像摄影和电影的区别，长卷就像一部电影。那么我们来看，这首《八声甘州》"渐霜风凄紧"这一段以下，画面感特别强，它是动态的，就像电影慢慢地展现在你的跟前。这就是赋的感觉，你要写赋写得像拍电影，你就成功了。要说周邦彦了不起的地方，就在于他把这种镜头按部就班、由近及远的赋笔的手法，加上了蒙太奇的手法，所以周邦彦那种长调的写法是一种蒙太奇的摄影方法，是一个更加成熟的电影方法。但对于初学者来说，我们还是从柳永的这一脉学起。过片开始抒情，"不忍登高临远，望故乡渺邈，归思难收。叹年来踪迹，何事苦淹留"。下面又继续是赋，这是一种想象的画面，也仍然是赋。"想佳人、妆楼颙望，误几回、天际识归舟"，这个画面感完全就在你眼前了。"争知我、倚阑干处，正恁凝愁。"你想，对方在特别遥远的地方，在面对浩浩的长江，看看哪个归帆是我，然后心里一定在骂我负心薄幸吧，可是我的爱人你哪里知道，我也是在如此深刻地思念着你。

  李清照讲"晏几道苦无铺叙"，什么意思呢？我们来比较一下晏几道和他父亲晏殊的作品。这两首词，我认为它们的主题是差不多的，但如果是从表达的情感上来说，肯定是晏几道的写得更好。但若单从铺叙、从赋笔的运用上来讲，晏几道明显是不如他父亲的。晏几道的《玉楼春》，"清歌学得秦娥似"，秦娥是古之擅歌者，传说她的歌声响遏行云。"金屋瑶台知姓字"，这个女子可能是叫"陈嫦娥"或者"陈素娥"这样的名字。"可怜春恨一生心，长带粉痕双袖泪。　从来懒话低眉事。今日新声谁会意。坐中应有赏音人，试问回肠曾断未。"这首词主要是在抒情，情感是很浓挚的，但是它更像精炼的诗，而不像词。诗比较紧，词最好把它打散，打散靠的就是赋，就是铺叙。

  再看晏殊的《山亭柳·赠歌者》，"家住西秦。赌博艺随身"，这是叙事。"花柳上，斗尖新。偶学念奴声调"，"念奴"是唐代唐玄宗时期的女高音歌唱家。"有时高遏行云"，"高遏行云"是我刚才讲的，把她比喻成秦娥。"蜀锦缠头无数，不负辛勤"，到这里全部都是赋，全部都是在叙事，最后来句评论"不负辛勤"。下面继续赋，"数年来往咸京道"这来往于咸阳和京城之间，"残杯冷炙谩消魂"。下面是抒情，"衷肠事、托何人。若有知音见采，不辞遍唱阳春"。最后继续赋，"一曲当筵落泪，重掩罗巾"。他这首词几乎看不到抒情，完全好像站在一个冷静的、客观的角度在叙述。但他的这种叙述当中，还是隐含了他的思想、情感的。

  周邦彦，我们刚才讲了他的词最重要的是采取镜头转接蒙太奇的手法，让长调词进入了一个全新的阶段。但即使是这种直接的赋笔他也有不少，比如这首《满庭芳·夏日溧水无想山作》，上片全部都是在赋。"风老莺雏,雨肥梅子",周邦彦的语言风格也非常好。在宋代不少的学者、词人,认为他是宋代第一,一个很重要的原因就是他能把前人的诗句,经过裁剪变成自己的东西,全无痕迹。"风老莺雏,雨肥梅子"化用的杜甫的诗。"午阴嘉树清圆。地卑山近,衣润费炉烟。人静乌鸢自乐,小桥外、新绿溅溅。凭阑久,黄芦苦竹,拟泛九江船。"这里全部都是在赋,一面在写景,镜头一面面地往前推,推到景致的极处是作者的内心。过片就开始抒情,"年年,如社燕,漂流瀚海,来寄修椽"。"修椽"就是长椽,椽是屋子的一个部件,燕子在长长的椽子上筑巢。这是起兴,也是为了押韵。"且莫思身外,长近尊前",这是开始抒情了。"憔悴江南倦客,不堪听、急管繁弦。歌筵畔,先安簟枕,容我醉时眠",因为他是一个被贬的官员,所以他心情很不好,他说不要想着身外无穷事了,"莫思身外无穷事,且尽生前有限杯",化用了杜甫的诗句。他是一个江南倦客,听到这种特别繁密的音乐,他的心脏受不了,所以不如在酒席边上,铺上席子,先好好睡一觉吧。所以下片都是抒情,上片都是在写景,那么写景当然也是赋笔了,上面全部都是赋笔。

下面这一首《渡江云》,赋笔就更多了,"晴岚低楚甸,暖回雁翼,阵势起平沙"。平沙落雁的意象,他反过来写。雁从平平的沙面上飞起来,起了阵势。"骤惊春在眼,借问何时,委曲到山家",这里他是带有一点抒情了,就是春天忽然来到眼前了,不知道你是从什么时候就来到深山里了呢?一种惊喜。"涂香晕色,盛粉饰、争作妍华",见到的这些女子,都已经开始把自己打扮得齐齐整整的了,与花儿争艳。"千万丝、陌头杨柳,渐渐可藏鸦",柳枝本来到了秋冬的时候,树叶都落了,只剩下一些光秃秃的枝干,到春天的时候长出新生的柳条,开始长出一点点嫩芽,金黄色的,谓之为金缕。后来慢慢地叶子越来越大,由黄色到浅绿色,然后又到了深绿,然后它就柳阴渐浓,乌鸦可以藏在里面,可以结窝了。这种赋笔用得非常好。下面他的情感只通过"堪嗟"这个短韵表达,接着又仍然是赋笔。镜头往前推进,"清江东注,画舸西流,指长安日下"。《渡江云》这个词牌有一个特点,它是平仄通"叶(xié)"的,"下"是一个仄韵,和平声字的韵同"叶"。"叶"不是叶子的叶,叶子的"叶"繁体字是"葉",是不一样的。"愁宴阑","阑"的意思就是"尽",酒席、酒宴要完结了。"风翻旗尾,潮溅乌纱",前面"清江东注,画舸西流"这是一个远景,"风翻旗尾,潮溅乌纱"这是一个近景,当然也都是赋。"今宵正对初弦月,傍水驿、深舣蒹葭","舣"的意思就是船舶岸,靠船向岸,把船在蒹葭深处停泊了下来,这一段是叙事,叙事也是赋。到最后,才开始又一个抒情,"沉恨处,时时自剔灯花"。

李清照自己写长调词,她也非常注意用这种赋笔来铺叙。我们来看《念奴娇》,这首《念奴娇》就是非常本色当行的《念奴娇》,跟苏轼的《念奴娇》是完全不一样的。我们知道《念奴娇》这个词牌得名是因为唐代有一位女高音歌唱家叫"念奴",她长得也非常美丽,所以她唱出来的词,绝对不应该像苏轼的《念奴娇·大江东去》一样,绝对不是那种风格的。因此,李清照的这首词,应该是比较符合《念奴娇》乐曲的本来特点的。有一个著名的故事出自俞文豹的《吹剑录》,是苏轼问他的门客:"我词何如柳七?"我的词,跟柳七(柳永)的词比,如何?那个门客没有直接评价,他说,"柳永词只配给那些十七八女郎,手持红牙,唱'杨柳岸晓风残月'"。"红牙"是拿在手里面打节拍的那种檀木色的木板,谓之"红牙"。"学士词,须关西大汉,铜琵琶,唱'大江东去'。"实际上我认为这个门客的应答中,隐含了对苏轼的批评,但是他并没有直截了当地说,你写得并不是词本来的样子,是对于词体的破坏。唐宋之时,哪里有关西大汉拿着铁板铜琶去唱词的?都是十七八岁的女郎去唱。

李清照这首词,"萧条庭院,又斜风细雨,重门须闭",暮春时节了,斜风细雨,暮春的雨绵绵不绝,但是会增加人的愁绪,这个时候应该是把门户重重紧闭,一个人面对自己的内心吧。"宠柳娇花寒食近,种种恼人天气",本来是花儿那么美好,柳枝那么摇曳,正是应该去踏青的时候。寒食节,清明寒食在古人是踏青之时,可这时确实又有种种恼人天气。"险韵诗成,扶头酒醒,别是闲滋味。""险韵诗成"两句是叙事,也是赋,它讲闲着无聊,只能自己去慰藉自己,去写那些韵部非常窄的诗。平水韵的 106 个韵当中,像一东、二冬、七虞、四支,这些都是宽韵,里面的字很多。但是像"三江",它里面的韵字就很少,这一类就称之为"险韵"。"征鸿过尽,万千心事难寄","征鸿过尽"也是她所见的眼前景,当然也可能是她的一种想象。因为从《汉书》里苏武的典故以来,人们看到大雁都会想到它有一个寄信的功能。所以这里说大雁已经全部飞走了,却没有谁能够替我带往远方的书信。"楼上几日春寒,帘垂四面,玉阑干慵倚。被冷香消新梦觉",这里都是赋,再加一个评论"不许愁人不起"。"清露晨流,新桐初引","新桐初引"的意思就是弹奏一曲古琴,"多少游春意"前面八个字也是赋笔、铺叙,到"多少游春意"开始是一个总括,是一个评论。"日高烟敛,更看今日晴未",继续回到铺叙的路上来。所以这些长调和小令是完全不一样的,小令的情感往往要比长调更加浓挚,但是长调的情感往往比小令更加耐于咀嚼。原因就在于小令写得密,长调写得疏,长调之所以写得疏就是它擅长于用赋笔。

再看这一首《永遇乐》。有一位教授比较擅长吟诵,他把他吟诵的辛弃疾的《永遇乐》发给我,但是他念成了《永遇乐(lè)》。我就跟他讲,应该念《永遇乐(yuè)》,并且用非常明显的证据把他说服了。凡是词里面,"乐"一定都是念 yuè,一定不念 lè,什么还京乐、大圣乐、清平乐、永遇乐,等等,一定都是念 yuè,表示音乐的。"落日熔金,暮云合璧,人在何处",这三句可以说是一个兴起,下面全篇都是赋。从"染柳烟浓"一直到"听人笑语",都是赋,一直赋到底。这首词是一首元宵词,我认为是历代的元宵词中写得非常好的一首。当时词人已经南渡了,逃到南方去了,她想起了当初汴京时那种繁盛的景象。现在年纪大了,又很孤独,没有心情陪着那些人去游玩,于是写下了这首词。"染柳烟浓,吹梅笛怨,春意知几许。元宵佳节,融和天气,次第岂无风雨",这是她的一个心理活动,也是直接地描写、直接地赋,这么美好的日子,这么融合的天气,难道就不会有风雨了吗?下面是一个倒装的句法,正常顺序应该是"谢他酒朋诗侣,香车宝马,来相召"。她的这些好朋友,平时一起作诗唱和的、喝酒的都说,哎呀快出去玩吧!她心情不好,就说你们自己去吧,我不想去了。这时就回忆,回忆是叙事,也仍然是赋。"中州盛日,闺门多暇(xiá),记得偏重三五",我特别记得汴京时，大家特别重视元宵节这一天。"铺翠冠儿，捻金雪柳，簇带争济楚"，大家每个人把自己打扮得漂漂亮亮的，整整齐齐的，就像《梦粱录》里所写的，说到了这样的日期时，大家在头上弄了很多的头饰，"望之若神仙中人"，那个时候真的像神仙中人。可是现在是"如今憔悴，风鬟雾鬓，怕见夜间出去"，"怕见"就是"怕"，"见"就是语助词，没有别的意思。"风鬟雾鬓"是用唐传奇"柳毅传书"的典故，柳毅经过洞庭湖边时，看见有一个女子风鬟雾鬓在那里牧羊，后来才知道她是龙女。"不如向、帘儿底下，听人笑语"，她说我不如到帘子底下去，隔着帘子，听着你们在说一些快乐的事情吧，也慰藉一下我孤寂的老怀。她的那种心情已经抑郁到极致了。

　　南宋词人里面，这种赋笔也是俯拾即是，只要是长调都免不了要用很多的赋笔。比如吴文英的《高阳台·丰乐楼分韵得如字》，"修竹凝妆，垂杨系马，凭阑浅画成图"，这是叙写景致，也可以把它当成起兴。但实际上，因为他后面有很长的一段写景，因此我们也仍然认为它是一种赋笔。"山色谁题，楼前有雁斜书"，"山色谁题"是他的一个心理活动，"楼前有雁斜书"，依然是赋。"东风紧送斜阳下，弄旧寒、晚酒醒余"，这也是赋笔。"自消凝，能几花前，顿老相如"，这是抒情。我们注意这个"相如"的"相"，其实"司马相如"字叫长卿，长卿的意思是六卿之长的意思，所以他字"相（xiāng）如"，其实应该念"xiàng"。但是在汉代时，"相"就念"xiāng"，就是"丞相 xiàng"也念"丞相 xiāng"，有这样的一个传统。以至于后来只要是表达"司马相如"，都一定是念"相 xiāng 如"，而不念"相 xiàng 如"。"伤春不在高楼上"这是他的评论。下面又是赋，"在灯前攲枕，雨外熏炉"，画面感很强的。"怕舣游船，临流可奈清臞"，这也是一段叙事。"飞红若到西湖底，搅翠澜、总是愁鱼"又是写景，由总写的景写到一个细节的景。最后才是抒情，"莫重来，吹尽香绵，泪满平芜"。

　　我们再来看张炎的《解连环·孤雁》，"楚江空晚。怅离群万里，恍然惊散。自顾影、欲下寒塘，正沙净草枯，水平天远"，全部都是镜头，就跟着一只孤零零的大雁往前推进，纯粹的赋笔。下面用一个精巧的比喻，这是比的手法了："写不成书，只寄得、相思一点"。我们有一个词叫"雁书",前面不是也有"楼前有雁斜书"吗?大雁在天空中排的阵势,称为"雁字",古人认为是大雁写成的。那么张炎的天才的比喻就是一只孤雁不可能像一群大雁,排成阵势写成"一"字或者写成"人"字,所以"只寄得、相思一点"。这真是一个天才的比喻!"料因循误了,残毡拥雪,故人心眼。 谁怜旅愁荏苒。谩长门夜悄,锦筝弹怨",这又是赋。"想伴侣、犹宿芦花,也曾念春前,去程应转","也曾念春前,去程应转"是他的一个心理活动了,可以把它理解为是对于心理活动的描述,相当于叙事,也相当于赋,"暮雨相呼,怕蓦地、玉关重见"这里讲的是我们人的心,随着大雁,为孤雁的命运而起伏。"未羞他、双燕归来,画帘半卷",这里仍然是一种画面式的赋的手法。

这是一首有政治寄托的作品,当时元朝的统帅伯颜打到江南来,摄政的太皇太后就带着 5 岁的小皇帝宋恭帝投降了伯颜,那么当时伯颜就把小皇帝、太后、宫女,还有文武大臣全部掳掠往北方去了。谢太后是太皇太后,她身体不好,所以留在南方,过了几个月才启程往北方去。南方的人是不希望她走的,觉得她是宋朝的一个希望,她只要还在宋朝的宫殿里面一天,好像国家就还没有灭亡。因此张炎就写这首《孤雁》,拿大雁来比喻谢太后,而那些大雁的伴侣,"想伴侣,犹宿芦花"指的是全太后他们。这只孤雁希望雁群,希望全太后他们"也曾念春前,去程应转",希望他们回到南方来。但是历史是不以人的意志为转移的,在南方人的伤口上又捅了一刀的是,孤雁也得到往北方去,到"玉门重见",到北方玉门关——代指到"北方"——重新相见。但是我们江南的人,仍然希望你们回来,所以"未羞他、双燕归来,画帘半卷",我们高高地卷着帘子,我们希望谢太后、全太后,你们都回来,我们江南的人永远在怀念你们。他借写"雁"来写人,写了"雁"的这种行程,写"雁"的心理活动,就是在写人的心理活动,这就比直接写人要高明很多了。这就是善于用赋的写法来写,赋笔可以说是小令和长调的根本分野所在。

清代的词人纳兰性德,人们常说他是"小山后身",他就像宋代的小山。他继承了小山的优点,也继承了小山的缺点,缺点也就是不擅长调。所以纳兰性德的词好的全部都是小令,长调就没有好的。

他的《台城路·塞外七夕》，"白狼河北秋偏早，星桥又迎河鼓。清漏频移，微云欲湿，正是金风玉露。两眉愁聚"这几句是赋，但是他赋笔用得很少。"待归踏榆花，那时才诉"，"才诉"别情，"才诉"这种相思之意。"只恐重逢，明明相视更无语"，抒情太多，写小令可以，写长调抒情太多就显得太密了。"人间别离无数"，这是评论。"向瓜果筵前，碧天凝伫"，这是抒情。"连理千花，相思一叶，毕竟随风何处"，也是抒情。"连理千花，相思一叶"，用了一个兴的手法。"羁栖良苦"，抒情。"算未抵空房，冷香啼曙"，说因为朝廷给他的任务，他在塞外没法回到京城，所以羁留不去，心里很苦。但想起他的爱妻卢氏在家中空房独守，只能到早晨香也烧尽了，听到了鸟儿在天亮时的啼叫，她又是一个不眠之夜，这些都是抒情。"今夜天孙，笑人愁似许"，"天孙"就是指织女。《箧中词》里谭献这样评价："逼真北宋慢词"，这是一个好的评价吗？我不这样看，我认为恰恰是在北宋时期的柳永之前，那些慢词还没有完全成熟的时候，词人还不太会用赋笔，所以抒情的成分过多，纳兰性德的这一首就是这样的。

  再来看这一首《沁园春》，"丁巳重阳前三日，梦亡妇淡妆素服，执手哽咽，语多不复能记，但临别有云：'衔恨愿为天上月，年年犹得向郎圆'"，这个梦里面的这两句写得是很好的。"妇素未工诗，不知何以得此也？觉后感赋"，这首词也是被龙榆生先生选进了《近三百年名家词选》里，但我也认为这首词写得一点都不好。"瞬息浮生，薄命如斯，低徊怎忘？记绣榻闲时，并吹红雨"，"红雨"指"桃花"。宋末元初的沈义父，张炎的学生，他有一本书叫《乐府指迷》，说"凡说词，不可说破"，比如说"桃"，不必说"桃"，说"红雨"就可以了，或者说"天台"就可以了；说"柳"，不必说"柳"，说"章台"就可以了，等等。王国维批判过这种观点，但是说实话，要是没有这种用典的话，你的词就不美。"记绣榻闲时，并吹红雨，雕栏曲处，同倚斜阳"，这是赋。"梦好难留，诗残莫续，赢得更（gēng）深哭一场"，这个就念"gēng"，不念"gèng"，这个是三更半夜，京剧里念三更（jīng）半夜。"遗容在，只灵飘一转，未许端详"，这是叙事，也是赋。"重寻碧落茫茫"这个是化用的《长恨歌》"上穷碧落下黄泉,两处茫茫皆不见"。"料短发朝来定有霜",短发的意思就是因为思念你,所以我头发都掉了,都秃了。"便人间天上,尘缘未断;春花秋叶,触绪还伤。欲结绸缪,翻惊摇落,减尽荀衣昨日香。真无奈!倚声声邻笛,谱出回肠。""倚声声邻笛"它既是赋,也是叙事,所以整体而言,这首词里赋笔非常少,相反直接抒情、直抒胸臆的内容太多。于是这首词就让人觉得太沉重,不好读,确切地说它就不是一首好词,情感太外露了,太直率了。赋的一个很重要的作用就是通过铺陈使情感变得更加深沉,更加蕴藉,更加耐人寻味。

我们这一期的社课,是要求作《八声甘州》,题目是"岭南秋景",但是我们有一个特别的要求,就是要"多用赋笔"。注意审题,题目是"岭南秋景",因为岭外的秋跟北方的秋是很不一样的。我们上一次讲屈大均的"悲落叶,叶落落当春"时就说过,岭南的树在秋天叶子是不落的,春天才落。岭南的秋有什么样的特点,大家要注意观察。我刚到中山大学读书时对彭玉平教授说,我可能身体太敏感了,到秋天的时候我真的就能感受到古人所谓的秋悲,秋士之悲。彭玉平教授哈哈大笑:你来岭南来对了,岭南永远是春天。但实际上,岭南还是有秋天的,它还是有它不一样的地方的,这就需要大家善于体悟,来写出我们笔下的岭南的秋景。好,我们今天就讲到这里了。

第十讲
潜气内转的长调作法

主讲嘉宾：徐晋如

时间：2019 年 9 月 21 日 19：00—21：00

  今天我们大家聚在这里，一起来听一个非常不吸引人的话题，"潜气内转的长调作法"。我们先讲长调的这种比较讲究的作法，然后再讲上一次的作业。

  当代的一位大词人，也是一位非常了得的学者刘斯翰先生，跟我讲过他的一个经验。他曾经校注过陈洵的《海绡词》，在上海古籍出版社出版了《海绡词笺注》，我是因为这本书了解到这位先生的。2003 年，当时我在深圳给徐克写剧本，那时候我是一个没有任何工作单位的自由职业者。而我的朋友赵松元先生担任潮州韩山师范学院中文系的副主任，他就邀请我到韩山师范学院去玩，参加他们的会议，并在那里做了一次讲座。那是广东古代文学理论学会的年会，也就是在那次会上我认识了张海鸥教授和刘斯翰先生，我们一起泡温泉。我对刘斯翰先生说，您的《海绡词笺注》我非常佩服，他就跟我讲，他著这本书也有一个极大的收获。这个收获就是他终于搞清楚了，从周邦彦到吴文英，然后到朱祖谋，再到陈海绡，他们这一路下来的长调的作法。他说其实在周邦彦、吴文英之前，很多写长调的人，他们是并不知道长调该怎么写的，直到周、吴，长调的写法才完全地成熟起来。

  两年以后我考到中山大学去读博士，受我的导师陈汕斋先生的委托，创办了岭南诗词研习社。在这个诗词社平时的活动中，我设立了两个活动，一个叫"读诗会"，一个叫"读词会"，每逢周末，单周读诗，双周读词。读诗用的是高步瀛的《唐宋诗举要》，读词用的是龙榆生先生的《唐宋名家词选》。同学们在一起学习写诗时，不但努力去学作，而且能在一起认真地去读那些名著，因此收益是非常大的。

我们在读《唐宋名家词选》的同时，我又读到了一本书。这本书是彭玉平教授送给我的，他若干年前买了两本，所以他就送了一本给我，是刘永济先生的《微睇室说词》。这本书专说一向号称"难懂的《梦窗词》"，我读了它以后，基本上就懂得了《梦窗词》了。因为刘永济先生本身也是一位填词的大家，所以他能理解吴文英吴梦窗他在写作时是如何做到潜气内转的。我们今天要说的是潜气内转的长调词作法，潜气内转如何定义先不管它，我们先来看一看朱庸斋先生在《分春馆词话》中对它是如何阐释的。

《分春馆词话》卷一第43则，"韩愈所谓气盛则言之短长与声之高下皆宜"，因此有一个成语叫"气盛言宜"。若干年前有一位朋友说我的文章是以气行文，我觉得他说得非常到位，因为我所有的文章几乎都是不得不写时一挥而就，都是靠气把它顶出来的，所以根本不需要修改就非常合适。比如我写过一篇谈梅兰芳的文章，全文七千多字，我用一个上午就写完了。"填词下字配声，既分平仄，句式安排，长短互别。讲求气格，实所必要。"朱庸斋先生的意思是，词有很多的规矩，它重视平仄、句法的安排，所以它的长短也和诗不一样。由此我们就特别需要讲究气格，要使它有一股真气。要有真，就必须把情感酝酿到位。但朱庸斋先生说，"然论行气，则不能忽视于用笔，否则其气从何表达"。他一向服膺的是王鹏运提出来的"重、拙、大"三字诀，认为要达此三字诀，应该有赖于用笔。他说吴文英的词中就有这种潜气内转的用笔之法，每于用笔中体会得之；如果不讲用笔而只空谈意境，那么是有体而无用，这是徒然地做无用功。陈廷焯的《白雨斋词话》，核心就是强调好的词就应该是沉郁的，但是陈除了"沉郁"之外，也说"顿挫"。我们都知道"沉郁顿挫"这个词是用来形容杜甫的诗的，钱仲联先生曾经解释过"沉郁顿挫"，对于杜甫的诗来说，"沉郁"说的是风格，"顿挫"说的是音节。杜甫的诗中会用很多的虚字，用虚字自然就会有顿挫，这是钱仲联先生的观点。朱庸斋先生就说，"沉郁"是意境，意境和风格差不多，"顿挫"是用笔，以"顿挫"之笔方能表达"沉郁"之境。我们说京剧四大名旦中程砚秋的风格就是"沉郁顿挫"的，程砚秋往往是演那种比较悲的旦角，他是以演悲剧为主的。他的程派的戏只有一出喜剧，就是《锁麟囊》，但是《锁麟囊》里也有"一霎时把七情俱已味尽，参透了酸辛处，泪满衣襟"这样很悲的调子。程砚秋是如何实现"顿挫"的，大家可以去听一听，比如他的《六月雪》，"没来由遭刑宪受此大难"。（徐晋如老师现场演唱）大家可以很明显地听出那种顿挫的感觉，他中间有许许多多的若断若续。词的用笔也一样，有很多地方不要一环扣一环，中间要有一种断续。但是不能像我们作业那样，有的社员同学作的是完全地断了，上句和下句之间八竿子打不到一起，那不叫断续。断续是若断若续，它才会有潜气内转。所以朱庸斋先生说，要用"顿挫"之笔才能来表达沉郁之境，但是"顿挫"不能就此断了，需要有气贯穿于其中，气是要回旋往复于全篇之中，不能以一字一句求之。假如说你求之于一字一句之中，那么你也见不到气了，气一定是整篇的，整篇有一种气息在自然地流息。朱庸斋先生讲一般的人认为，我们要将一个字炼得特别好，这其实还是比较下乘的，真正高明的是炼气，到"无句可摘，通体浑成"时整体看下来，好像没有一句特别好，但是它通体浑成。要做到这样，除了使其中有行气的力量之外，找不到第二种办法。

《分春馆词话》卷三第 31 则，他说到清代的项鸿祚。谭献把项鸿祚、纳兰性德和蒋春霖并称为"三足鼎立"，但是项鸿祚的词有一个缺点，其实这个缺点在纳兰的长调中也同样存在，就是小令有情致，但是长调缺乏潜气内转，未免率意。朱庸斋先生说青年人最好不要去学这样的。

《分春馆词话》卷三第 56 则，说到"清季四家"——朱、王、郑、况：朱祖谋、王鹏运、郑文焯和况周颐。在这四家里，以朱祖谋的成就最为杰出。他的词没有闲淡之言，字面完整，法度完整，笔势变化，善于将内容形象地表现出来，虽稍微有一点晦涩，却不难理解。他的词经常有寄托，比如清末时他的词就经常写庚子事件之痛，又有一些涉及宫闱内幕，比如写珍妃，不能明写，故此以曲折之手法表现，却晦而不涩，颇受梦窗影响。潜气内转，名词虽密，亦能运用自如。这是他又一次提到潜气内转，认为朱词是学梦窗学到家了，是能够潜气内转的。

《分春馆词话》卷四第31则，"梦窗词之佳处，一为潜气内转，二为字字有脉络"。"字字有脉络"，是指每个字都能够找到它背后的意思。辞藻虽然密，但是有气，所以让人不觉得它沉重、晦涩，让人还是愿意去读。即使有或断或续之处，仍然贯注盘旋，而不着死灰。他在那种非常质实的语言中有一种特别的灵气，不过他的气不是像稼轩那样发之于外。稼轩是英雄之词，所谓"词中之龙"，他是宣泄于外的，而梦窗的词是蓄之于内的。他拿书法来比喻，"此殆书家之藏锋，而非露锋欤"。朱庸斋先生是师从陈洵的，陈洵《海绡说词》就专门写周、吴两家，书中提出一个概念，"无垂不缩"。实际上他就是拿书法来比喻作词，书法上有垂露之说，竖最后一定要收一下，这就是"无垂不缩"。同样，在写词时力量也不能用尽，而应该有所保留。有些话明明可以说出来的，你不说出来，让读者自己去想，反而比说出来更好。

《分春馆词话》卷四第32则，"清真（即周邦彦）已具潜气内转之法，梦窗更广为运用，并成为独特手法。梦窗从清真出，却非完全承袭清真的面目"。当然这是因为周邦彦是一个性格比较淡的人，而吴文英是一个性格特别浓挚的人，所以吴文英词里的情感浓烈，真气就更足。吴文英的词丽密、沉着、浓厚，却没有清真的自然，所以需要用较为晦涩的手法来写。沈伯时，也是一个宋末的评论家，说梦窗深得清真之妙，其失在用事下语太晦处，人不可晓。朱庸斋认为这是对吴文英一个非常准确的评价，比之于尹焕和张炎的评价更为中肯。尹焕说，"求词于吾宋者，前有周清真，后有吴梦窗。此非焕一人之私言也，乃四海之公言也"，就是把吴文英推崇到了最高的位置。而张炎说，吴文英词"如七宝楼台，炫人眼目，碎拆开来，不成片段"。问题是七宝楼台那么美，你舍得把它碎拆开来吗？它的好处就在于它的炫人眼目，就在于它整体上的那种风格，没有必要把它碎拆开来。

我认为潜气内转本来是骈体文的风格，骈体文跟古文不一样，古文可以"然而""若夫"，骈体文用这些就不好了，太着痕迹了。它往往是通过几个对仗的转换，就把文气给转过来了，那些可有可无的话就省略掉了。这就叫作潜气内转。所以他们在讲潜气内转时，实际上是用骈体文的一种批评术语来评价词。我们可以从一些具体的例子来看一看如何做到潜气内转。

首先来看刘逸生先生对周邦彦的《过秦楼》这一首词的赏析。"水浴清蟾，叶喧凉吹"这里的"吹"表示名词，是念 chuì。"巷陌马声初断。闲依露井，笑扑流萤，惹破画罗轻扇。人静夜久凭栏，愁不归眠，立残更箭"，"更箭"就是铜壶滴漏上面的刻度。"叹年华一瞬，人今千里，梦沉书远。　空见说、鬓怯琼梳，容销金镜，渐懒趁时匀染。梅风地溽，虹雨苔滋，一架舞红都变。谁信无聊为伊，才减江淹，情伤荀倩。但明河影下，还看稀星数点。"这个地方的"看"就只能念四声，不能念一声了。这首词是写对一个已经离去的恋人的怀念，但是整首词写得腾挪转折，极尽变化之能事，整体来说，就像现代电影中蒙太奇的手法。它只是通过画面的变化，就清晰地叙述出了一段情事。全词可以分为四个画面，每个画面又有镜头的转换。

首先，"水浴清蟾，叶喧凉吹，巷陌马声初断"，"清蟾"是指月亮。月亮仿佛被水洗过，在树叶哗啦啦的声音当中，其实你能够感受到一种秋凉的。"吹"是细小的风，或者是细小的音乐的意思。在这样一个静谧的月夜，巷陌马声初断，少人行走，已经是夜深的时候了。这是一个广角镜头，为全词设定了一个清幽寂静的氛围。接下来还是在同一个画面之内，镜头缓缓地往前推移，"闲依露井，笑扑流萤，惹破画罗轻扇"，画面的中心人物出现了。他是一位男子闲倚在井栏边，而一位美丽的女郎则正拿着轻罗小扇，去扑那飞舞的萤火虫。"惹破"，可能是指扇子被花枝划破。这是第一个画面。

第二个画面，"人静夜久凭栏，愁不归眠，立残更箭"，这个时候，时空已经转换了，他没有交代时空已经转换，但是你能够感受到时空已经腾挪，只剩男主人公一人，他在凭栏不寐。"叹年华一瞬，人今千里，梦沉书远"，感慨的是美好的时光一下子就过去了，那个当时我看着她轻罗小扇扑流萤的女子已经在千里之外了，连梦里都很难梦见她，书信更是难得有一封，"梦沉书远"。这时镜头实际上是指向了男子脸部表情做一特写，"年华一瞬，人今千里，梦沉书远"，我们可以想象到他的那种惆怅和孤寂。

第三个画面，"空见说、鬓怯琼梳，容销金镜，渐懒趁时匀染"。这是男主人公想象中的画面，他想象女主人公在深闺中思念男子的情形。因为没有书信，只是想象中是这个样子。想象中，因为她的心情很不好，所以她也没有心情去打理自己的云鬓。周邦彦用词非常下功夫，叫"鬓怯琼梳"。不说自己没有心情去打理云鬓，而是说我的鬓发害怕被梳子梳掠，这样他一转换主体，意思就深了一层。"容销金镜"，当然也可能是作者先想到了这一句，再想到对仗对"鬓怯琼梳"。这一句是说在青铜镜里，那美丽的容颜也渐渐地苍老了，或许有了鱼尾纹，或许长了法令纹。"渐懒趁时匀染"，本来趁着美好的春光，或者说一个美好的时刻，她应该是好好地把自己打扮得妥妥当当的，可是她现在没有心情，还渐渐地感到慵懒。在同样的画面里，他又把镜头转向了窗外，"梅风地溽，虹雨苔滋，一架舞红都变"。他的用词非常美，不是普通的风，是黄梅时节的风，因为"黄梅时节家家雨"，风一吹过地上就铺了一层湿气，大概就像我们广东的回南天。"虹雨苔滋"，青苔长得更繁茂了，其实也就是说少有人行，并不是因为有虹雨来滋润它。"一架舞红都变"，这句说得也非常漂亮。一个花架子上的花都落尽了，但是他哪里说的是花落尽了，他说的是这女子的美丽的青春在思念当中渐渐地流走了。刘逸生先生说，这是借花木的凋零，加倍映衬出女郎的愁思，我觉得他还是用花来比喻女郎的青春也这样地走了。刘逸生先生说，这两个镜头，都是写幻境，其实从笔法上来说，应该是一种逆写、反写，因为他是借写女郎的愁思，来写男主人公的愁思。这是一种反写的手法。所以我们在写词的时候，既要懂得顺写，也要懂得逆写，要有映衬、有烘托。

画面这时又回到了男主人公身上。"谁信无聊为伊，才减江淹，情伤荀倩"，这三句，可以把它理解为电影中主人公的独白。"才减江淹"用的是"江郎才尽"之典,荀倩是"荀奉倩"的省称,他本名荀粲,因为妻子去世以后伤心过度,不久也去世了,所以经常被用作悼亡的典故。这二句引的是事典,写的是内心之烦乱伤情。这个时候又把镜头转向辽阔的天空,"但明河影下,还看稀星数点"。他有无穷的思念不用说出来,只说:你就看那辽阔的银河、稀疏的星辰,自然就想到宇宙的无情。人的有情更加映衬宇宙的无情,天的辽阔、天上星辰的辽阔更加映衬到人心的凄凉。

再对比一下柳永的词,他那时实际是不太会写长调的,他的长调往往是上片写景,下片抒情。那种写法相对于周邦彦的这种写法就有高下之别,差得很远了。

再看看朱庸斋先生怎么讲解吴文英的《霜叶飞·重九》。"断烟离绪关心事,斜阳红隐霜树。半壶秋水荐黄花,香噀西风雨。纵玉勒、轻飞迅羽。凄凉谁吊荒台古。记醉踏南屏,彩扇咽寒蝉,倦梦不知蛮素。"很多人把后几句标点成"记醉踏南屏,彩扇咽,寒蝉倦梦,不知蛮素",而清代的填词家都是把它标点成"记醉踏南屏,彩扇咽寒蝉,倦梦不知蛮素",朱庸斋先生认为清代的填词家是比较注重声律的,所以应该遵照清代人的做法。

"聊对旧节传杯,尘笺蠹管,断阕经岁慵赋。小蟾斜影转东篱,夜冷残虫语。早白发、缘愁万缕。惊飙从卷乌纱去。漫细将、茱萸看,但约明年,翠微高处。"这首词如果说朱庸斋先生不讲,我相信大家基本是看不懂的,因为我自己也需要读两三遍才能懂。我们看朱庸斋先生是怎么讲的,朱先生的确是真正懂词的大行家,首先他就整体说,此词为吴文英晚年所作。借重九景物,以抒发其老境岑寂的情怀,沉郁苍凉,与中年诸作秾丽风格稍异。吴文英往来于苏州、杭州,每于登临游宴、流连光景之际,往往生发起对其去姬的萦忆。吴文英本来在苏州有一个歌伎,这个歌伎嫁给他了。但是后来两个人生活在一起时感情出现矛盾,这个歌伎就又回到苏州去了,所以他对她有很深的怀念,很多作品是写她的。此词所谓"蛮素",也就是触景生情之语。"蛮素"是两个人名,是白居易的家里养的侍妓。以其垂暮之年,过着"顽老情怀,都无欢趣"的生活(《一寸金》词中句),所以他的语意凄怆。但通篇潜气内转,下笔甚重。清陈廷焯《白雨斋词话》评此词云："有笔力，有感慨，凄凉处只一二语，已觉秋声四起。"

下面，朱庸斋先生逐句解说。"断烟离绪关心事，斜阳红隐霜树"，暮烟断续地飘忽不定，犹如乍起还伏的离情；那经霜的林叶，掩映着快要沉没的夕阳。一片残红，互相交映。重九事物，萧瑟如斯，哪能不引起感伤之情。最后一句当然是朱庸斋先生加的，所以他一开始其实就赋予了重九的景物以非常浓挚的情感色彩。朱庸斋先生指出"断烟离绪"，"绪"是一个暗韵，也就是句中韵，首句应该是作为七字句来填。这个字要注意是用暗韵的，但不能把它断开来。

第二句，"半壶秋水荐黄花，香噀西风雨"，将半瓶清秋的泉水，洒在菊丛之中。那用泉水浇注过的黄花，当西风掠过时，喷发出了阵阵如雨的幽香，令人多么陶醉！黄菊是重九时节的花，历代诗人往往将菊花和重阳合在一起，作为季节的特色。首二句从远处写起，此处则转入近处作承，也就是说，他的镜头由远到近，从刚才的"断烟离绪"远的镜头，一直到眼前的"半壶秋水荐黄花"，用远近相映的手法来描绘重九的景物。起承之间，是有层次变化的。朱庸斋先生这样解词，其目的不是让你欣赏它，而是让你学会写作。

第三句，"纵玉勒、轻飞迅羽。凄凉谁吊荒台古"，在这一天，还有谁人纵辔驰马，迅如飞鸟地去凭吊那凄清荒废的戏马台遗迹呢？朱庸斋的这种解词的方法并不是自己的发明，而是刘逸生先生设定的体系。刘逸生先生当时编整套的书，是在香港三联书店和广东人民出版社联合出版，他也请了陈永正老师，也请了朱庸斋先生讲《梦窗词》。时人就认为没有第二个人比朱庸斋先生更适合讲《梦窗词》，可惜朱先生没写完就去世了，未完成的一部分稿子一直到前几年才发表出来。

陈老师非常感谢刘逸生先生，说刘逸生先生设定的逐句翻译、把每一句的意思解说出来，这个对于解诗、解词太重要了！他说你有没有真正地读懂这首词、这首诗，就看你解得对不对。所以我们自己在学诗词、读古人的作品时，也可以自己尝试着逐句去解一下，你会发挥你的基本功，就比你没有去这样解要强很多。

朱庸斋先生说，这两句是用倒叙的方式来写，是从当时萧瑟的重九佳节，转而追想往代的史迹，以衬出下文所写自己前尘梦影的改变。用笔重，且意境也大，这就是所谓的"重"和"大"了。

下面，"记醉踏南屏，彩扇咽寒蝉，倦梦不知蛮素"，记得往日重阳这天，带醉在南屏山下，南屏山在杭州，欣赏着那轻翻彩扇、妙舞清歌的行乐。但一切都成了过去，犹如那逝去的梦幻！代替那婉转清歌的，是那凄咽的蝉声。昔日的歌女小蛮和樊素，现在也不知流落何方了！这里是作者对以往偕其去姬在杭州度着重九佳节欢娱生活的缅怀。南屏为当日游赏的地点，轻翻彩扇为当日游赏的情景，蛮和素乃是当日相偕游赏的人，这就是所谓的"字字有脉络"，每个字都能解出背后的意思。"彩扇"句是一个倒置的句法，也就是说，伴着彩扇的挥拂，不再是悦耳的清歌，而是晚秋凄咽的寒蝉，实际上是"寒蝉咽彩扇"，他把它倒过来写。陈洵《海绡说词》云："彩扇属蛮素"，"彩扇"是蛮素，"倦梦属寒蝉"，他说眼前并没有彩扇之歌，眼前只有寒蝉，彩扇是在梦里的，是在他想象中的。

"聊对旧节传杯，尘笺蠹管，断阕经岁慵赋"，为了不辜负传统的佳节，只好怀着牢落的心情，勉强地举杯进酒，聊以自遣。那用来写词的笺纸，早已封满尘埃，那笔管也被蠹虫蛀蚀了。至于那些未完成的词曲，放了一年了也懒得去把它写完。此三句是下篇的开头，谓之换头。"旧节"点出了重九，"传杯"意思是勉强排遣，"断阕"表达的是未可咏怀，自己的心里太痛苦了，写不出东西来。这种"句句有脉络"就表现在这种地方。

"小蟾斜影转东篱，夜冷残虫语。"纤小的月影，渐渐移近东篱之下，"东篱"也是映衬重九。一片寂静，只有那唧唧的秋虫，在向人低诉夜寒霜冷的凄苦而发出零碎的叫声。这里写出了一个由断烟斜阳的薄暮直至月低虫语的深夜，这是时间的一种转换，表示重九佳节这一天，就是如此百无聊赖地度过了。"小蟾"，因为传说月亮中有蟾蜍，所以用"蟾"代替月亮，"小蟾"就是指重九时还是纤小的月亮、新月。"东篱"就是遥承上文的黄花。

"早白发、缘愁万缕。惊飙从卷乌纱去"，这是化用了李白的诗"白发三千丈，缘愁似个长"。"个"就是这个，到现在广东话还保留着"这个"意思。"早白发、缘愁万缕。惊飙从卷乌纱去",太多的忧愁,使我过早地长出白发。即使狂风吹去了纱帽,也是无妨。"风吹纱帽落",这个是重阳节经常用到的典故,说是陶渊明的外公孟嘉,有一次参加龙山会。后来有一个词牌叫龙山会,专门咏重九的,就是来自这个故事。有风来了,把孟嘉的帽子给吹下来了,孟嘉都不知道,桓温就命令孙盛写文章来嘲笑他,结果孟嘉非常从容地写文章来回答他。这讲的是魏晋时候那种风度。

后来这个典故,写重阳节人人都用,以至于刘克庄写了一首词说,"常恨世人新意少,把破帽、年年拈出"。就那么一顶破帽子,年年用在词里面,就是这么个意思。但吴文英他用得就很新,把一个陈词俗典用得很新,他使得意象与意象之间有了关联。本身这个典故就是在讲重阳节时,有那么一个魏晋风度的人非常从容不迫,但吴文英不是,吴文英写的是帽子吹走了就吹走了,无所谓了,因为我头上早已因为忧愁生满了白发。这一下子意思就深了一层。

"漫细将、茱萸看,但约明年,翠微高处。"尽管我拿着茱萸仔细地看,但愿呀!明年还会有登高于半山之间的约会。这里是作者的空想,无非是说:今年的重九是这样度过,明年又该怎样呢?也不过如此而已。但是,这里面是无垂不缩,到这里写一个"垂",他一定要再一缩把他的笔锋收回来,他的假想又给了你一个隐约的希望。"翠微"这个词会用在重阳节,是因为唐代诗人杜牧的《九日齐山登高》:"江涵秋影雁初飞。与客携壶上翠微。尘世难逢开口笑,菊花须插满头归。但将酩酊酬佳节,不用登临恨落晖。古往今来只如此,牛山何必独沾衣。"大家如果去看夏承焘先生的《新选宋词三百首》,其中特别有一首是朱熹的檃括杜牧的这首诗写成的《水调歌头》。所谓的"檃括"本义是指将直的木头弄得弯曲了,后来就指用一种文体来改写另一种文体。朱熹就用词的方法、用水调歌头这个词牌改写了这一首七律,改写得非常好。

梦窗词最大的成就在于长调,它的一个显著的特点就是意象的组织方式是独特的。很多人读不懂梦窗词就是因为梦窗词完全不像一般词人的作品那样,有非常明显的意脉,且是用类似于后世拍电影的蒙太奇的手法一个镜头、一个镜头地转换过去,中间自有一种内在的理路。只要习惯梦窗的这种独特的意象组织方法，其实并不会觉得梦窗词难读。与梦窗差不多同时代的大词人张炎批评他的词"如七宝楼台，炫人眼目，碎拆下来，不成片段"，实在是因为张炎不习惯梦窗词的组织方法而已。

我们来看他的这一首《花犯》。"小娉婷，清铅素靥，蜂黄暗偷晕。翠翘敧鬓。昨夜冷中庭，月下相认。睡浓更苦凄风紧。惊回心未稳。送晓色、一壶葱茜，才知花梦准。　湘娥化作此幽芳，凌波路、古岸云沙遗恨。临砌影，寒香乱、冻梅藏韵。熏炉畔、旋移傍枕。还又见、玉人垂绀鬓。料唤赏、清华池馆，台杯须满引。"这首词念一遍肯定是读不懂的，因为你没找到梦窗这首词的叙事脉络，没找到它背后的气，不知道它的气是怎样行走的。你知道它的气是怎样行走的，就懂得这首词了。其实这首词并不难懂，它就是一首咏水仙的作品，是别人送给了他水仙花，所以他写了一首词来答谢他。首先他没有直接交代这首词的写作背景（别人送了我一株水仙，送给我的这个人是谁），因为那是记流水账，不是真正地写文章，当然也不能这么写词。所以他拿到水仙以后第一反应，是被这水仙的形貌吸引住了，他先要刻画水仙的形貌，"小娉婷，清铅素靥，蜂黄暗偷晕"。他把它比作一个娉娉婷婷的女子，她的脸上只是抹了一层淡淡的铅粉。然而唐代的女子喜欢在额头上那种黄色的粉、鹅黄的粉，或者是在蜂黄的粉上面画着月亮、画着花什么的，唐代人喜欢化这样的一种妆容。所以他就把女子的妆容形容为水仙，因为它的花瓣是白色的，它的花蕊是黄色的。下面就把它想象为月下的仙子，"翠翘敧鬓"，看那水仙花它并不是直着开的，它有时候有点下垂，仿佛就是翠玉翘那种头饰，斜斜地插在女子的鬓发上。仿佛昨夜在中庭、在月下见到的一个仙女，可是那恐怕是我的梦境吧。"睡浓更苦凄风紧"，一下子他的时空转换了，转换到昨天的夜里，他现在得到这花心情很好，想到昨夜心情不好，"睡浓更苦凄风紧，惊回心未稳"，在梦里惊回，他心里还带有那么一点惊诧，还带有那么一点害怕。没想到，"一壶葱茜"，送过来的是一片动人的晓色、晨光，才知道昨天夜里做的梦果然应验了，梦见了仙子，果然有了凌波仙子的水仙花。下面过片，"湘娥化作此幽芳"，用事典，"湘娥"，湘君湘夫人。这是由娥皇女英的魂魄变成的幽芳。"凌波路,古岸云沙遗恨",说它仿佛凌波而来,但还带着当初因为思念大舜而留下来的痛苦。"临砌影,寒香乱、冻梅藏韵",这时再回过头来写水仙的样子,水仙临着台阶,它的影子是非常细碎的,所以能够感觉到仿佛它的香气也是若有若无的,仿佛那种冻了的梅花藏着的风韵。这里以花喻花就不太好了,以人喻花比较好。"熏炉畔、旋移傍枕。还又见、玉人垂绀鬓",我爱这个花,忍不住把我的枕头移到了熏炉边上,认真地再去看它,它就像一个垂下了绀色的鬓发的女子、一个佳人。"料唤赏、清华池馆,台杯须满引",想象如此地美的水仙花,它应该在那种水木清华的池馆里,让大家一起来欣赏,我们对着它饮酒作乐,感受着这种寒冷天气里的一点乐趣。这其实就是一首咏物之作,但是我们可以看到它是有脉络的,它的气是跳跃性的。

再看这首《瑞鹤仙》。"晴丝牵绪乱。对沧江斜日,花飞人远。垂杨暗吴苑。正旗亭烟冷,河桥风暖。兰情蕙盼。惹相思、春根酒畔。又争知、吟骨萦销,渐把旧衫重剪。　凄断。流红千浪,缺月孤楼,总难留燕。歌尘凝扇。待凭信,拌分钿。试挑灯欲写,还依不忍,笺幅偷和泪卷。寄残云、剩雨蓬莱,也应梦见。"这首词就更难了,我相信大家读了肯定觉得一头雾水,非常难懂。但是如果我们懂得给它划分镜头,就不那么难懂了。

前三句是一个镜头,镜头之下有什么?有晴丝,晴日的柳丝,这里柳丝的作用是带给你一种纷乱的情绪。镜头再往前移,在同一个画面里又看到的是"沧江斜日,花飞人远",在江边上太阳落下来,春暮时候花落下来,一片孤寂。没有人影,人都走了,尤其是自己爱的人走了,这是第一个镜头。第二个镜头是什么呢?马上回想当初相遇之时,"垂杨暗吴苑,正旗亭烟冷,河桥风暖"。"旗亭"就是酒馆,在那酒馆里没有人吃饭了,却是一个春天已经来的时节,"河桥风暖"。"兰情蕙盼。惹相思、春根酒畔",这个姑娘,有着兰花一样的性情,有着蕙草一样的眼神,她让我在春末时一下子就种下了相思。所以从"垂杨暗吴苑"到"春根酒畔"这几句是换了一个镜头,讲的是初遇之时,是一种回忆。他这时又转到了主人公现在的情况,转到了他的家里,转到了他现实的内心,我们可以把它理解为作者的内心独白,"又争知、吟骨萦销","吟骨"就是诗骨,就是我写诗的骨头、我的身体渐渐地变得形销骨立,以至于从前穿的衣服显得太肥大了,只好重新裁剪。这是一个内心独白。过片"凄断",用一个短韵,这是一个话外音。"流红千浪,缺月孤楼,总难留燕",又是在主人公现在居住的家里,这个画面中有钱塘江的千层浪,又也许是西湖的千层浪,它把花瓣给卷走了。有一个孤零零的小楼,天上挂着一轮残月,但是留不住那燕子一样的女子。再接下来一个特写镜头,"歌尘凝扇",当时歌唱用来伴舞的那把扇子现在上面已经积满尘土了。这时再继续写他的内心,"待凭信,拌分钿","拌"这里是通假字,通"拚",意思是舍弃。下面又接着写镜头,是通过描写男主人公的一些动作、情态来刻画他的内心,"试挑灯欲写",想要写一封信给她,可是"还依不忍,笺幅偷和泪卷",把这一封信和着眼泪一起再卷起来。我有无限的话想跟你说,但是我又恐怕说了也没有用,我说了你也不会回来了。我非常怀疑吴文英是双鱼座,如此多情。最后,"寄残云、剩雨蓬莱,也应梦见",他最后是又转换了一个镜头,这是一个幻镜,他想象在遥远的地方,在仙山缥缈之处,能梦见残云、剩雨,我们当初一起的欢乐能够在梦里面再遇见。

再看这一首《渡江云·西湖清明》。"羞红颦浅恨,晚风未落,片绣点重茵。旧堤分燕尾,桂棹轻鸥,宝勒倚残云。千丝怨碧,渐路入、仙坞迷津。肠漫回、隔花时见,背面楚腰身。　逡巡。题门惆怅,坠履牵萦,数幽期难准。还始觉、留情缘眼,宽带因春。明朝事与孤烟冷,做满湖、风雨愁人。山黛暝、尘波澹绿无痕。"这同样是一首缅怀之作。首先第一个镜头是讲西湖边上,因为晚风还没有开始吹起,所以只有那么一两片花落在席子一样的草地上。他说的花不是一般的花,他说仿佛女子羞涩的面庞,所以叫"羞红"。但是这个女子的眉毛是紧蹙着的,"颦浅恨",带着一点忧伤。接下来,就是"旧堤分燕尾,桂棹轻鸥,宝勒倚残云",他是把镜头转向了杨公堤或者苏公堤上,看到了燕子在大堤边纷飞。"桂棹",就是指用桂花木做的小船。极言船的美丽,其实未必如此,但是我们写词一定要选择这种美丽的字眼。追随着小船一起在波中,隐约的是那飞翔的湖鸥，大堤上的马的勒头就仿佛倚着残云，这实际上是说人倚着残云。再下面又是追忆往事，"千丝怨碧，渐路入，仙坞迷津"，他看到的垂杨不是一棵没有感情的在那里兀自摇曳的树，他看到的是仿佛带着非常多的愁怨的垂杨。它的柳丝是那种碧绿色，碧绿是一种暗色，不是亮色，所以给人一种非常凄凉的感觉，渐渐地想起了当初他在西湖边上所认识的那个人，所以叫"渐路入，仙坞迷津"。"肠漫回、隔花时见，背面楚腰身"，依然是对初见时分的一种追忆。说的是词人空自九曲回肠，当初曾经在花外见到她"背面楚腰身"，为什么要这样写？首先，他不写她的正面，写她的背面，她动人的腰姿一下子就吸引了我，这就是写作时常用的一个手法，就是不要写得很直接，要有掩映。比如说韦庄的词里就写，"翠屏金屈曲，醉入花丛宿"。"醉入花丛宿"是一件很直接的事，但是前面一定要有屏风，用屏风上面的合页做一个掩映。所以这里是"隔花时见"，隔着花才能见到，同"背面楚腰身"一样，都是为了掩映，让读者能够跟随着作者的笔法，来感受到一些不需要作者讲出来，要读者自己去想象的部分。什么是最美的，想象是最美的，你没见到人，一定把她想象得很漂亮。

　　过片，依然是往事的回忆，我们也依然可以把它理解为是一句话外音，"逡巡"，他在那里逡巡。"题门惆怅，坠履牵萦，数幽期难准"，"题门"是用的崔护"去年今日此门中"，在门上题诗的典故；"坠履"是用的春秋时楚庄王打仗中鞋掉了的典故，意思是舍不得，所以"数幽期难准"，想不到什么时候还能在一起。由过往的他对她的追忆、他对她的想念，想象当初为了要追求她所付出的那些心力，舍不得分离，这时他产生了一个评论，这是一个内心的独白："还始觉，留情缘眼，宽带因春"，因为一眼见到她，所以就留了情了，因为有了春天，所以自己心情更加不好，所以他就害了相思病，因此人就越来越瘦，腰带越来越宽。"明朝事与孤烟冷"，这个化用了前人的诗句，大概改了一两个字。在词里化用诗的句子是可以的，但是在诗里用成语是绝对不行的。"做满湖、风雨愁人"，这是一个想象，他马上由现在想到过去，再到未来。他想象明天会怎么样呢？一切都没有了，只剩下满湖的风雨，真是"秋雨秋风愁煞人"。到这里就完结了吗？不，他的镜头一转又回来了，回到了眼前："山黛暝、尘波澹绿无痕"。意思是傍晚了，像人的眉黛那样的远山也渐渐地模糊了、朦胧了，西湖的波澜也止息了，仿佛内心，没有了任何的痕迹。可是对于这样一个多情的人，说自己的心里没有留下任何痕迹，你信吗？他实际上是用眼前的景色变得很淡了，变得非常平淡了，映衬自己内心的滔天波澜。所以这也是无垂不缩。

这是我们讲的潜气内转的长调的作法。

第十一讲
词的古乐演唱（上）

主讲嘉宾：刘志宏
时间：2019 年 10 月 12 日 19：00—21：00

> **刘志宏** 戏剧影视文学博士，浙江传媒学院戏剧影视文学系副教授，昆曲研究专家。主要研究方向为昆曲音乐、昆曲剧本写作、戏曲史论等；著有《最是吴歈声动天》，参编《昆戏集存甲编》，校注《昆戏集存乙编》（第四卷）、《刘志宏传奇五种》（新编昆剧集）等。

徐晋如： 请大家就座，又到了我们南书房夜话的时间，今天我特别高兴的是请来了刘志宏教授为大家分享词的古乐演唱。以前听过我吟诵、听过我唱曲，并且说我唱得好的，今天你们会知道谁才是真正唱得好的人。刘老师他有"三好"，第一，是唱得好；第二，是吹得好，因为刘老师的笛子是专业级别的，可以给专业的昆曲剧院的演员们伴奏的；第三，是教得好。刘老师教得好，好到什么程度呢？这位贾斯廷女士是一位德国友人，但在刘老师的熏陶之下也学会了唱昆曲，所以说刘老师一定是教得特别好的。

刘志宏： 非常感谢晋如兄邀请我来，实际上他是命令我来的。刚才他说得太客气了，竟然说我是"三好"。我从小学一年级直到今天徐老师讲话之前，没有获得过任何一次"三好"的称号，属于一个不太上进的、学习不太好的学生。但我没想到今天来到深圳图书馆一下子先给我来一个考核，考核我的教学成果。刚才徐老师话说得有一点太超前了，本来这句话应该等到他最后总结时说的。如果大家都学会了，也感觉本人今天能给各位朋友带来一点关于词的演唱的简单的知识和一定的技巧，最后再让大家来说好的话，我觉得今天就完美了。而像现在这样，我感觉肯定是一个非常糟糕的开场。

各位手里都拿到了几页纸，这里面有一首是《关山月》，有一首是《浪淘沙令》，还有两首都是叫《一剪梅》。但是《一剪梅》其中一首是由古谱翻译成简谱的，还有一首，就是我们目前最火的电视综艺节目《经典咏流传》里上海音乐学院四个学西洋美声唱法的小伙子中一个姓简的小伙子写的，是现代的唱法。待会儿我们会做一个简单的比对，究竟我们在古诗词的演唱上要采取什么样的方法。

大家在深圳学习古典诗词的写作，我想平常徐老师和徐老师请过来的其他一些老师都已经给大家做了很多的讲解，关于诗词写作，我想大家已经入门了，或者说已经很有造诣了。但是从中国古代开始，我们的诗歌就不只是单纯地以文学的方式存在的，实际上它从《诗经》一开始就是和乐合体的，所以我们后世留下来的东西只是它一半的形式。我今天讲座的主题就是"以歌曲之法歌词"，为什么说"以歌曲之法歌词"？我大概说一下，这句话是《碎金词谱》里的话，第一个"曲"是昆曲，第二个"词"是泛指，可以说是诗或者是词，但我这里讲的"诗"或"词"一定是咱们古代流传下来的作品。当然也包括我们在座的各位以后可能会自己写，写好了以后自己还想来唱两句的，这是可行的。我们今天的讲座如果时间来得及，我会告诉大家，如果你想让自己的诗或词能唱出来的话，也是有一定的技巧和方法的，而且是很容易做到的。当然，这个方法会有秘籍，这是我刘氏的独门秘籍。

我们大概地把古代声、诗的简单历史和大家说一下。第一，古代声乐的特点是以诗歌的文学形式作为载体。从《诗经》开始，我们所有的文字的东西被记录下来，同时被记录下来的也应该是有它的旋律的内容，但旋律的内容由于时间的问题、当时记载音乐的载体的问题或者是工具的问题，我们现在已经没有办法听到了，也没有办法去还原它。当然，这样的状态一直延续了很长时间，所以我们后来看到的东西基本上都是盛行于一个时代的声乐的东西，它衰亡之后我们能看到的就是文本的东西。所以我们总是说"中国文学的屹立于世界文学之林的有唐诗、宋词、元曲、明清小说"，我每当听到这样的说法时总是想纠正，讲到唐诗、宋词、元曲之后应该讲明清传奇，也就是说，我们常见的那种以韵文的方式写作的舞台表演的那些剧本。通俗一点，像汤显祖写的《牡丹亭》、清代洪昇写的《长生殿》，像这样的作品，才能作为对唐诗宋词元曲的接续，因为它们都是韵文学。

　　文学有诗学的、有纯文学的，纯文学的像《春秋》《左传》《史记》这一类是散文化的东西；诗学的指韵文，是从《诗经》下来一直到明清传奇，就是我们的昆曲剧本这类的文本。它们中很多文本的部分还在，但音乐的部分不在了，从有到无经过了很长一段时间，我们不知道最初它是怎么记录的了。不过我们现在就没有关于音乐的任何一种说明了吗？那还是有的，我们有古人关于演唱的记载。我们刚才说了从《诗经》《楚辞》，《诗经》是北方的，《楚辞》是南方的，我们待会儿要讲到演唱的时候，是"曲分南北"。实际上这两个传统就是从最初的《诗经》和《楚辞》开始分野的，《诗经》主要是北方的音乐的源头，《楚辞》就是南方楚地的一些声音或者音乐的源起。在谈中国古代音乐时，无论是之前我们知道的或是不知道的，有没有音乐文献文字记载的，最终我们得出的一个结论是，中国音乐应该经历过一种程式化的形成到发展到固化的过程。我们从明清时代昆曲比较成熟的曲论上可以看得出来，它也经历了一个程式化的形成与发展的过程。中国的好多艺术都形成了固定的范式，比如我们在戏曲表演里总是说"四功五法"，在昆曲的演唱里我们待会儿要提到它有字的腔格，有在演唱时的口法，这方面都已经有了明确的说法。所以说中国的艺术主要是程式化，在很多方面都体现出来，音乐上也不例外。

　　我大概地做了一些罗列，《诗经》《楚辞》有它们古乐时候的那种乐制，在汉魏六朝时有清、平、瑟，到隋唐燕乐有宫调的说法。

到了宋代，宫调从最初的八十四调，慢慢缩减了（实际上使用时并不一定是以十二律吕之间相互结合形成多少个宫调），在使用过程当中不断减少。到了明代用十三宫调，再到后来，有很多的乐谱记录的书出来之后，比如我们下面要提到的《九宫大成南北词宫谱》，它只用了九宫，所以叫"九宫大成"。"九宫"在昆曲里经常要使用到，如仙吕、黄钟、商调、正宫、中吕、南吕、越调、小石调、双调。当然，有时候还会有一个叫"仙吕入双调"，这是两个合在一块儿的，实际上那是"合套"的一种说法。

现在人们通常用"九宫"来代称昆曲的南北曲音乐。这还是按照刚才的说法，我们最初写的诗歌实际上从字数来看，先是三言、四言、五言，然后一直到唐宋时代，到了唐代的七言，再到宋词变成长短句，再到元曲和后面的明清传奇，可以增加衬字的发展过程，实际上也是一种逐渐规范化的过程。这从古诗词演唱中可以得到一个简单的印证。比如大家手里拿到的《关山月》，如果在座的朋友有弹古琴的话，就知道《关山月》的曲子是非常出名的。我们这一首《关山月》就是用的古琴谱，"明月出天山，苍茫云海间"。古琴演唱是没有那么多限制的，只是分了平仄。借用一些古代留存的现成曲调来传唱古诗词是一种比较简便的方法，再比如我们还有用唐代的一个琵琶大曲《月儿高》来唱诗词的。白居易在苏州的时候写过《东城桂》的诗："遥知天上桂花孤，试问嫦娥更要无？月宫幸有闲田地，何不中央种两株。"我们用《月儿高》的旋律唱这首诗，就可以把白居易当时被外放到苏州，却又急于回长安的心情表达得淋漓尽致。也就是说，我们可以从音乐的角度去考察我们诗词的发展过程中的规范化的过程，在诗的演唱方面它还是比较自由的。我唱一下刚才我说的这首诗《月儿高》，如果您恰好弹过琵琶曲《月儿高》的曲子，会更有感觉。

（刘志宏老师现场演唱《月儿高》）

也算让我开个嗓子。其实这个旋律很好听，但是你能把白居易那种急于要把自己的想法上达天听，说长安城里还有地方——当然这个地方不是我们现在拿来开发房地产的——里面就长了一棵桂花树，是不是在那儿继续再规划一下，把我弄回去。"遥知天上桂花孤，试问嫦娥更要无？"这里的"嫦娥"就是指皇上，弄两人回去陪陪你。这个曲子恰好是跟诗意非常融合的。但词就不一样了，就没有那么简单了，没那么容易让你自己去随便唱了，为什么呢？它有一个词格，有词谱，而且是有固定的词牌名称。我们在填词的时候都知道词有定格，当然也有另一体、又一体，但它还是有定格的，多少字就多少字，该平则平，该仄必须仄。所以说词的演唱就有更多的限制了。比如，唐代张志和的《渔歌子》，"西塞山前白鹭飞，桃花流水鳜鱼肥。青箬笠，绿蓑衣，斜风细雨不须归"，这是一首非常畅达的渔隐词。张志和辞官以后回浙江途中路过西塞山，去看人家钓鱼了，当然也有可能是他自己钓鱼，然后他就吟了这一首词。我把这首词也唱给大家听一听，后世的《渔歌子》实际上跟这个唱法几乎差不多。《渔歌子》"西塞山前白鹭飞"，有一些字要把入声字唱出来。

（刘志宏老师现场教学演唱）

我在演唱时仿佛自己化身一个钓鱼的人，但这种心情肯定不是今天在这儿，因为我们徐老师刚才讲过了，要看讲座的教学成果的。我自个儿唱得好没用，等会儿还要大家配合唱得好，我才能过了徐老师这一关。

我们看到，到《渔歌子》这样有明确的词牌名称的文体形式阶段，古人已经对演唱的音乐设定了更多的规范。但是唐代也好，宋代也好，这些规范的东西到底最后它留存在哪里呢？就在《九宫大成南北词宫谱》这本书里。《九宫大成南北词宫谱》一共有82卷，成书于乾隆十一年（1746年），快三百年了。我们知道在康熙年间有《钦定词谱》这一类的东西，但那些曲谱、词谱往往只是标注了平仄四声。比如这首《渔歌子》怎么唱呢，它不告诉你怎么唱，没有旋律谱，只是告诉你平仄。但当时生活当中经常听到的一些诗词的演唱，包括当时家传户诵的昆曲演唱，朝廷觉得应该把这些曲谱记录下来，整理出来，最后有了这本书的整理、汇编。这个书的好处是收录了从9世纪或者说更早，为唐宋元明清数代传唱的乐谱。当然我这里是要讲清楚，宋金时代的作品，尽管是宋金时代的，但因为那么长时间过去了，传唱的过程中难免会加进当时或者后世的那些人的演唱或经过改编的东西。就像我们现在听到的《水调歌头》"明月几时有",我一问大家,邓丽君的那首《明月几时有》大家都会唱。还有"无言独上西楼""红藕香残玉簟秋",邓丽君唱过很多很多这样的东西。如果再过一百年以后,再有人收录前人唱过的古诗词,或许他会把邓丽君演唱的曲谱收录进去,因为这也是前人唱过的。在这《九宫大成南北词宫谱》里也出现了这样一些情况,不过这本书还不是最麻烦的,一百年后再出现的另外一本书那才是最麻烦的。我们待会儿再说它。

这部《九宫大成》实在是太好了,它把当时很多的比较流行的、比较经典的或者是朝廷在宫中经常要唱到的那些曲谱、文字、音乐、节奏通通记录下来,所以你看看它记载了多少曲。我刚才说了,曲分南北,当然我们填词的时候也有一些豪放派、婉约派的区分的,当然如果把那个标准拿来衡量我们曲的话,那就变成"关公战秦琼"了,但是在这儿,还是有一个南北曲之分的。我们待会儿示范给大家。刚才贾斯廷博士唱的是北曲,等会儿我会邀请徐老师来为大家唱一段另外一支北曲。他待会儿也会给大家表演的,我先预报一下。

北曲曲牌547支曲牌,但乐曲有1841首,为什么只有547个曲牌,但却有1841首曲子?那就是因为可能有一些变化。比如这个曲牌,还有另外一种,我们填词的时候有又一体、又一体、又一体,有些连续收了好几个又一体,所以它会在曲子的总数上扩大。又收了南曲曲牌1586支,比北曲整整多了1000个,乐曲2774首。从这个数据我们可以看出当时编订这本书时,应该是南曲占上风了。昆曲发源于苏州昆山的千灯和巴城这两个地方。元末时在昆山的巴城有一个叫顾阿瑛的请了一些朋友过去玩,其中最著名的人物是"元四家"之一倪瓒倪云林,画家;还请了一个元代末年最有名的一个词人杨维桢,这个人也是吹笛高手。我要活在那个年代,我估计也是这个等级的人。顾阿瑛就在自己家"玉山草堂"举办了一次雅集,也就像我们今天这样的。当然他那时不是像我一个人坐在这儿,可能大家都来聊天、吟诗、作画、唱曲。他还从昆山的另外一个镇千灯请来了一位乐工叫顾坚。在这一次聚会之后,大概有很多东西流传出来了,很多人就把它描述成"玉山草堂雅集",把他们唱的那种记录下来的曲调称为"昆山腔"。当然那个时候还没有到水磨调，被称为昆山腔。说到昆山腔，又牵涉南戏的四大声腔，中国戏曲的准确的产生、发源大概定义在南宋光宗年间，这个在徐渭的《南词叙录》里有记载。佐证这个记载的主要是在《永乐大典》里留存下来的戏文三种。宋元戏文，有《张协状元》《小孙屠》《错立身》。南戏在向四处传播的过程中形成了四大声腔，第一个是江西弋阳腔，这属于高腔系统；海盐腔，形成于浙江嘉兴海盐。海盐腔到底是怎么唱的，我们现在也不太清楚，但据说是跟秦腔很类似。因为传说秦始皇出巡途中病死，就是在浙江嘉兴那一带。所以那儿现在还留下很多的名称、地点，比如千灯那儿，有一个塔叫秦峰塔，还有一个叫秦望坡，都是跟秦朝有关的。这也是有可能的，但没有材料佐证它，只能说未必没有。除了海盐腔、弋阳腔，还有一个余姚腔，在钱塘江南岸，就是在绍兴那一带。唯有昆山腔是在苏州那一带，"昆山腔，止行于吴中"。但我们知道，明、清两代苏州或者说江南那个地方出了很多状元、进士，苏州人出去了特别恋家，所以他要从家乡带点土、带点水在身边，还要带几个小孩子走。为什么要带小孩子走呢？教他们唱家乡的曲。所以说昆山腔后来通过很多苏州人在外为官这种途径把昆曲带到了全国很多地方。当然，元末形成的昆山腔并不是我们今天所听到的昆山腔。到了嘉靖年间，在太仓那里，出了一位被昆曲界称为"曲圣"的魏良辅，对昆山腔进行了改革。实际上那时的昆山腔，我估计那个时候的昆山腔也不好听，为什么呢？

魏良辅曾经在太仓那儿跟别人"K歌"比赛，这个人有名有姓，叫王友山，是唱北曲的，魏良辅跟他比时输给了他。不能说是拿一个兔子和一个蚂蚁去比，所以他们比的一定都是唱北曲，只不过魏良辅唱的肯定更有昆山腔的感觉，王友山唱的更有北曲的感觉。结果魏良辅输得一塌糊涂，输了就回家，回家就不好意思再出门。魏良辅输了以后，在家里待了十年，足迹"不下小楼者几近十年"。当然这个十年，说他不下小楼肯定是骗人的，因为他中途嫁了女儿。当时从北方来了一个弦索高手，就是弹三弦的、弹琵琶的，叫张野塘。他觉得这小伙子不错，很有本事，他就跟他说"你跟我一块儿搞音乐，行吗？入伙，我们做个工作室，做昆山腔工作室"，那小子问了，有啥好处？"我把女儿嫁给你。"这个张野塘实际上是戴罪被发配到这儿来的，到太仓那儿去做看守，就像林冲看守草料场一样的。他戴罪之人，结果一听还有这好处，就答应了。后来翁婿俩就在家琢磨琢磨，被他搞出一个叫"新声昆山腔"，又被称为"水磨调"的昆山腔，把节奏放慢一倍。所以你们以后看到昆曲的曲谱上没有"4+4"，下面一条线，再一个"4"，这就是叫"一板三眼"，还要带赠板，那就一小节变成8拍了，但速度比原来放慢了一倍。还不够，张野塘的弦索是北方的，它有点小，不知道有一天从哪儿又弄来一条大蟒蛇，就用蛇皮把下面那鼓换大一点。这样一改以后，曲调突然本来是关东大汉的，现在变成了十七八岁的妖娆女孩，所以唱昆曲就从唱北曲转到南曲风格了。但翁婿俩天天在家里你看我我看你，又没有现代的录像机录像，又没有因特网，传播不出去。但他们那时候有一个另外的网络，就是口口相传。结果有一个人，巴城人梁辰鱼，就被看中了。梁辰鱼是巴城一带最有名的浪荡儿，在黑、白两道上都有名气，尤其是在烟花柳巷名声特别大。当然我说的不是坏事，因为这个人可能是歌唱家，歌唱的造诣特别高，要是你想在那个地方租个小房子、摆个摊儿卖艺，没有他写个什么东西给你，你是没有办法在当地扬名立万的，也不会有客人愿意光顾你。这位梁辰鱼因为在音乐上的权威，在当地非常有名望。他听说魏良辅和张野塘两人搞出了"新声的昆山腔"，他就去听了，而且觉得特别好听。于是他们三个人就订立了同盟，用新声昆山腔来演一出戏，把其他所有的南腔北调都比下去。然后他就写了一本《浣纱记》，明着讲范蠡、西施，实际上是讲勾践和吴王之间，吴越争霸的故事。这一来不要紧，因为写完了确确实实只能用新声昆山腔演唱，不能用其他的任何腔调唱，但这个故事又是当地人家喻户晓的。中国人都说听戏，不说看戏的，台上翻跟斗我们根本不管的，要听它的戏词，因为那个故事大家都知道。《浣纱记》出来之后，大家也突然发现这个新声的昆山腔很好听。结果一下子，我不知道是以什么样的方式传播的，就变成了"四方歌曲，必宗吴门"，这就变成了昆曲作为所有曲唱的正宗了。

昆山腔后来经过汤显祖，又经过苏州派这些人的铺垫，等到了清朝，昆曲已经到了"家家收拾起，户户不提防"的程度了。只要一听说这儿有昆曲演出了，门也不用关，路不拾遗，夜不闭户，就先去看戏，否则下次戏班子再来还不知道是到什么时候。昆曲就是这样影响了当时几乎所有人的生活。那时候没有电视，没有电影，没有腾讯，也没有华为，所以大家一听到戏班子来了，老老实实坐在那儿看，要不看，下次想得到这么一个高雅的享受还不知道是到什么时候。那个时候他们的戏班子要跑码头的，还有大户人家的那种家班，咱普通老百姓也看不到，所以到了乾隆年间编《九宫大成》时，诗词恐怕几乎都是昆曲的唱法了，而且是南曲的唱法居多，即便是北曲，也受到了南曲的影响。就像有一段时间，我们电视上的主持人一开口说，"我最近有去过香港"。这不是中文的话，也不是外国的话，这是广东人说白话时用的语气，主持人不由自主地就受到这种风尚的影响。我们学校播音专业的学生还有专门练习港台腔的，我说你们不用在学校练，到深圳街头走一走，你就会了。他们大概会接受我的建议，明年暑假要到这儿实习，我不知道他们找哪家电视台。所以我们现在说了《九宫大成》里收录的所有的曲子其实或多或少地都受到了昆曲的影响。我现在是把我刚才所说的"以歌曲之法歌词"的观点，一步一步加以论证。

　　《九宫大成》的贡献，除了刚才所说的这些，它还记录了很多元散曲的东西，最宝贵的地方是保留了非常丰富的金元词曲的乐谱。详细的东西我们先略过。除此之外，它还收了明清戏曲乐谱，这是它的另外一个贡献。另外还保留了清代当时宫廷的"月令承应"，宫廷燕乐的乐谱。我们可以看到，皇上吃饭或举行什么大的庆典时，所用的音乐形式。《九宫大成》最重要的影响就在这儿。它刊行之后，很多的作曲家或者剧作家都把它作为一个标准，高高在上，影响了很多人的创作。一直到现在，它都在持续地影响着我们对于诗词的研究、戏曲的研究，所以这部书是非常重要的。

　　对于我们词曲或者诗词，它到底有什么样的影响？这部书出来以后，它收了几千首曲子，有很多是昆曲。结果有些人不大喜欢昆曲的，他就想，我来找一找以前留下来的一些诗词遗响，然后就把这书里的诗词给摘录出来了。首先做的人是许宝善，做了一个《自怡轩词谱》六卷。然后是谢元淮，湖北人，在1844年时把《自怡轩词谱》做了一定的修改，又把唐宋词乐的谱再加进去，又汇编成了一本《碎金词谱》。他这本书做了一件事情，叫"辨正格律，考订宫调"。从这个方面来讲，中国古代从元代开始就说不同的宫调是有不同的音乐色彩、情感色彩的，叫"宫调声情说"。但我们知道嵇康曾经说过"声无哀乐"，音乐本身是没有什么悲伤与高兴的说法的，之所以你听到某一种特定的音乐、某一个特定的曲子觉得开心，是因为它在你心中引起了共鸣。这实际上是一个心理学上的机制，现在国外也有人是持这种看法的。但是宫调不是一个独立存在的东西，它都是依附在我们所有的曲牌或者诗词上面的，所以不同宫调里收录不同的诗词曲，我们也能看到宫调是有一定的情感色彩的，只是不可全信而已。

谢元淮编这本书时说，"今之词曲，即古之乐府"，今天的词曲，实际上就是古代的乐府，我们怎么可能只念它的文字，而不知道它的音乐呢？唱时怎么能不和它伴奏的音乐协调呢？都是不可能的。所以说一定要考究宫商辗转以求其协调，这就是他提出来的、讲明的。他对收入的词曲在某些地方做了修改，他是怎么修改的呢？大家知道，道光年间虽已经是比较晚近了，他那个时候还是受到了很多昆曲的影响，所以说《碎金词谱》的词曲唱出来，你还能感受到里面有昆曲的感觉。"至其宫调、格律、平仄、阴阳，尤当逐一讲求，以期完美"。我把这一句摘出来，实际上这就是我们将来演唱诗词曲时所要遵守的一条最高的审美要求。大家知道宫调，比如古人经常说仙吕宫是清新绵渺，要把它清新绵渺的感觉唱出来；正宫要雄壮，这些东西要把它唱出来，所以说宫调的东西我们还是应该要有所尊重的。

再说格律，当然我这里讲的格律不只是我们在写诗填词时分平和仄。平分阴阳，阴平是不上不下，一直维持着的，阳平是从下往上走的；仄声，分为上、去、入，但我们在填词创作时，只要在能达意，可以不去管它的上、去、入怎么用。但如果要想歌唱，必须分清楚上、去、入，否则在演唱时会很别扭。唱的格律要分平仄阴阳，我们刚才说过了，这是为了便于我们歌唱。这也就是我们今天来讲古诗词演唱的内容所要提醒我们各位在座的朋友们注意的。以后填词、写诗的时候要注意仄声的运用，不能千篇一律上上上，去去去，入入入，要有变化。最高的标准、最完美的叫"上去相连"。

　　谢元淮过了几年以后又做了另外一件事，这件事情在历史上大家都认为他做得很蠢。古人有时候有可能也追求著作等身，他觉得这书六卷本有点少，结果就请了好多人来增补一些新的词曲进去。比如本来录了陆游的某一首词，或者辛弃疾的某一首词，但是其他的，比如《九宫大成》里没有这些，他就再找另外两首写得同样的词牌的词加进去，这样书就变厚了。由此可见，古人就已经懂得注水了，不是我们今天的发明。结果他一注水就出问题了，从170多首的古乐，一下子增到了800多首，再合上其他的东西凑在一块儿，将近一千首。结果凑到一块儿一看，又是增，又是补，又是引，又是同，结果坏了。后世人在研究他的书时，要找那时人家是怎么唱的，至少在他编这本书时那个人是怎么唱的，一找这个曲谱就发现同样的两首曲子放在一起不一样，哪个先哪个后分不清了，所以就混淆了古今唱法。所以当时就有人嘲笑他，说是用昆腔唱宋词。但我们今天的主题是什么？是以歌曲之法歌词，就是用昆曲唱法来唱诗词。三十年河东三十年河西，一下子又变成我们今天必须这样做了。当然我们知道，我们在《碎金词谱》里保存下来的东西未必就没有那时流传下来的正声。如果我们想要找到古人是怎么唱的，就必须找到最贴近那个时代的音乐形式，最贴近那个时代的音乐的记录就是昆曲。所以到了我们今天这个时代，已经没有办法了，只能用昆曲的唱法来唱古诗词了。如果我们现在还不用昆曲的唱法来唱诗词，那么我们很有可能听到的就是现代流行的那种唱法了。接下来我们来轻松一下，我刚才唱了一段《渔歌子》，我们听一个声乐版的《渔歌子》。

　　（播放声乐版《渔歌子》）

　　这是音乐学院的声乐学生演唱的。如果你会唱民族的、美声的，这样唱也没有问题，对于古代诗词的演唱什么方式都可以，但我们要知道一点，就是哪个最接近它的原貌。或许你唱完了以后觉得这个唱法很好听，那你就不要按照昆曲的唱法。说实话，昆曲的唱法是有一定难度的。用昆腔唱宋词在古人那个时候觉得是不可思议的事情，是一个笑话，但在今天已经变成了一种没有办法的办法。当今古诗词演唱的方式，我没有去做完整的整理。我在学校里给学生上课时，我跟他们讲，第一个方式我称为学术式的演唱。我导师，苏州大学文学院的周秦教授，他一直在外面推广昆腔唱法，因为我是他的学生，跟了他那么长时间了，也很自然地受了他的影响。正好经常有人叫我说刘老师帮我吹个笛子，我就去帮人家吹，一吹就是昆曲，所以一天到晚就泡在昆曲里边。第二个方式是学院式的演唱，主要是音乐学院出来的人演唱的。我们刚才听到的《渔歌子》就是音乐学院版的，有不少歌唱家在做这样的事情。比如姜嘉锵，这是中国比较有名气的一位男高音歌唱家，另一位是方琼，上海音乐学院的教授，她在做一个国家艺术基金的项目，就是用声乐的方式，流行的或者是美声的或者是民族的演唱古诗词。在网上可以找到她的视频录像。流行式，我们当然首推邓丽君的演唱。还有一位叫于文华，于文华唱《纤夫的爱》出了名以后，很快转向了。她唱了很多《诗经》里面的作品，用她的那种演唱方式去演唱《诗经》，唱得非常好听。我总觉得还是坐在船头上唱的那个于文华，就是"妹妹坐船头"的那个于文华。还有一个就是现在比较多的能看到的东西，就是中央电视台的《经典咏流传》。《经典咏流传》这个栏目的口头宣传就是用流行音乐来唱古诗词。但应该称它为加花版。它主要的内容不全是诗词，是把诗词加在里面作为一个点缀。这是属于比较流行的一种唱法。《经典咏流传》特别火，收视率特别高。还有一种唱法就是琴歌式，弹古琴的。我们很多的琴家会唱很多的琴歌，但这些琴歌99%的都是古诗词里的东西。比较典型的像我们刚才唱过的《关山月》，还有我们经常听到的《阳关三叠》。我找一下，这儿有，"渭城朝雨浥轻尘"，（播放音乐）有没有会唱的？我们请一位朋友来哼一遍。大家给他鼓个掌。

（听众现场演唱《阳关三叠》）

　　谢谢你，我们现代在学习写诗填词的时候，实际上真的是有很多的事情可做，你可以去听一听琴家们是怎么演绎古诗词的。听了这些以后，你回来再写诗词的时候，会给你意想不到的惊喜。因为说得刻薄一些，要是一点儿不会唱，你也一定写不好。为什么呢？徐老师对我说过一句话，人世间所有的情感，不管是喜悦的还是悲伤的，还是放达的或者是愁闷的，你都可以用音乐去展示它，都可以借音乐来排遣自己。为什么说"对酒当歌"，为什么要有酒还要有歌？他要是对着电脑"当歌"，他歌不来，他写不了那样的诗词出来。所以说有时音乐或者说吟唱会对你诗词的创作有一些帮助。

说到这儿，再往前走一步。还有一位，就是北方昆曲剧院的张卫东先生，他一直都在坚持吟唱诗词。诗词写出来以后，要想对它了解更深的话，要通过四个步骤。诵，大声地说，不管它的句号、逗号什么的，不管它；读，也就是句读（dòu），把它的节奏读出来；吟，加一定的旋律，在该长的地方延长它；到最后再唱，诵、读、吟、唱四个步骤。今天我们交流过了，也算我是抛一块大砖头在这儿，总有一天我相信你们会唱出自己创作的诗词出来。

我们现在回到当今古诗词演唱的几个方式来讲，看《经典咏流传》中的《一剪梅》这首词。"一片春愁待酒浇。江上舟摇，楼上帘招"，那几位一唱，嘴巴是这样的。不能这么唱，这么唱要把蒋捷给气死了。这是什么时候写的词？词情在哪儿呢？词情全没了，光有旋律，旋律好听，真的好听。但它这个不是没有内容的东西，所以我们手里拿到的曲谱是这样的，"一片春愁待酒浇"。它是散板的。这个句唱完了给一个截板。"江上舟摇，楼上帘招。秋娘渡与泰娘桥，风又飘飘。雨又萧萧。 何日归家洗客袍"，这个地方要停一下。为什么我在下面又写了一个"何日云帆卸浦桥"呢？本来它就有两个版本。但这里的演唱上面"归家洗客袍"肯定不对，我们有时候可以从音乐上反过去推它，要么是它的音乐错了，要么是它的唱词错了。为什么呢？这就牵涉我们以后怎么唱昆曲，怎么唱诗词。比如说，这里的"卸"是去声字，"洗"是第三声上声字，在我们中国人演唱当中，上声字是唱低一点，这个地方"卸"是去声字，是对的，反而后面的"客"是入声字，所以它应该是"客"，后面一个休止，然后再不管它。这个地方"浦"是上声字，所以说唱一个啍腔下滑音，"何日云帆卸浦桥"，"帆"是阴平字，所以它不上不下，阳平字是往上走。我开始提到了这个。举个最直接的例子，我们有个四声非常明显的，"枯藤老树"，四声。还有我们这儿经常唱，"小河弯弯"。在唱曲家听来，《东方之珠》整首曲子里能听的就前面四个字，为什么呢？它是跟说话一样，我们大声说"小河弯弯"，唱的时候和说的时候是一模一样的。我刚才说《经典咏流传》，他咏了，流传不流传，那不是他能决定的事。但《碎金词谱》里的那些东西，我们即便不咏，它还在那儿。当然也有危险，如果我们是长久不去咏它，它也会丢失的。所以我们今天在这儿讲，希望大家在诗词创作之余去唱一唱古曲，用比较传统的方法来演唱。

我归纳出来的五种方式，大家可以选一种。不过第二种不太可取，为什么呢？一开口就是那种滚圆的声音，我们实际上是有顿挫的。古人演唱诗词的时候一定有很强的顿挫感，这是跟昆曲的美学的要求是一样的。邓丽君的，好听得不得了，这个值得用苏州话来恭维她一下。但这个不是传统的，这是现代人作曲的，里面的字声都没有了。再举一个简单的例子，"好山好水好地方"，《我的祖国》这首歌曲谁都会唱。我们在演唱这首歌曲的时候，第一个字出来就是倒字的，唱出来是"hāo山好水好地方"。我们中国人说"好"时，听他唱的能还原到我们正常的汉字，所以这个字是失败的。中国古人不是这么来的，古人的唱法是通过一定的腔格限制了演唱，不管怎么听都能听懂是哪个字。我们在写唱昆曲的时候，用的是《中原音韵》和《韵学骊珠》，它是官韵，所有人在填词的时候都是按照这个标准去做的。演唱或者打谱时，比如说上声字一般都是唱两种腔格，一个是嚯腔。我举个例子，我这儿有一首昆曲的几句词，"惊春谁似我，客途中都不问其他"，我们来看一下，"惊"阴平字，"春"阴平字，所以它配的曲谱是"惊"是一个音，"春"也是一个音。"谁"，在这儿是官话，所以它是"谁"，往上走的。"似"是什么字？去声，所以它要上，豁上去，叫豁腔。"我"上声字，它在这儿是低的。下面一个客人的"客"，准确的配腔应该是"do"后面休止，这个曲子唱出来之后，就算没有曲谱，拿到这样的字声基本上也可以唱得出来。（刘老师现场演唱）这个就是我们昆曲演唱当中的四声的配腔，它是有规则的。这只是昆曲配腔中的其中一部分，它还有两个平声字连在一块儿，两个去声字连在一块儿，它还有变化。就像我们汉语普通话平常说话也有一个语流音变的问题，它有变音。然而那是更细致的东西，我们现在如果想唱这个，先根据古谱来。

我们请徐老师来唱一段《长生殿弹词》。

（徐晋如老师现场演唱《长生殿弹词》）

最高明的曲家是不需要事先和笛师合的，所以徐老师"张嘴就来"。这个是北曲，我这儿挑一段南曲给大家哼一下。贾斯廷你可不可以唱【懒画眉】，哼两句？北曲我们这儿是用的七声音阶。刚才最后一句是在"si"上面停留很长，而南曲不要"fa"，不要"si"，直接来"do re mi sol la"，如果说大家还记得的话，有一首歌曲最明显的"do re mi do sol，la la do la sol，la la do sol la……"《上学歌》。那里面一个"fa"和"si"都没有，太厉害了，五声音阶。南曲就是这样，在有限的几个音阶当中创造出那么美的音乐，太了不起了。我们来给大家唱两句。

（刘志宏老师和贾斯廷现场演唱昆曲《牡丹亭·寻梦》【懒画眉】）

两句就唱了几乎跟徐老师唱的那么一半的时间，太慢了。但我们现在的速度太快了，需要一点慢节奏的东西来调和一下。要不然弦老是拉拉拉，嘣，断了。所以唱昆曲，唱古诗词是一种非常好的运动，比瑜伽还好的运动。它是理气的。我们往下看。刚才说了一点简单的，因为一会儿工夫真的是讲不透这些东西。我们古汉语四声里，在配腔的时候，阴平字通常只是给一个工尺，这个工尺就是我们《九宫大成》里记录音乐的形式，叫"工尺谱"。一个工尺就用一个调。刚才说"惊春"，各自用了一个，"谁"两个工尺，上声字，上声嗥腔，加豁。"豁"是什么呢？就是最后把音吞掉。"惊春谁似我"，咽下去了。豁和断总是在一起的。当然，比如刚才的"似"，它是以"la"为基本音的，要豁上去。你不能说"la""sol"，它就不像了。所以这一个是嗥腔、一个豁腔。还有一个断腔，用在入声上面。我们刚才说了"客人"的"客"是要唱断的，不能把它延长。有些演员在台上叫卖腔，他唱到一个入声字之后无限延长。我就看看你到底能撑多久,反正你错了。有一段时间我常去昆剧团看戏,我不是喜欢他们的戏,变成戏迷痴迷到不可自拔了,而是去挑刺儿的。我带个小本本,一晃一页纸翻过去了。我旁边的邻座说你在记什么,我说我记他们错的地方。"他们错了么?我怎么没听出来?"你当然听不出来,你也是这么唱的嘛。所以有时候演员他们比较注重的是舞台上的表演,唱的上面就不是那么讲究。但我们平时自己弄着玩的,还应该要用学术一点的观点去对待它,这样才能更快地提高。说实话"外行看热闹,内行看门道",我就是不吭声吓死你。我老师就是这样对我的,我写一个东西拿出来,他看了一眼就往旁边一放,我心想坏了,等一下没有人的时候肯定要挨骂。当然不骂是最糟糕的事情,被批评了证明还是有可取之处,要是不骂,这事压根儿他都不愿意跟我说。就这样的,以后你们要是写作业交上去让徐老师改,徐老师不改,你赶紧反省。反正我是这样对学生的。老师这样对我,我也这样对学生,这样学生才有进步。

　　下面是以昆曲之法歌诗词的实践,我们到实践这儿来。刚才的《月儿高》,"遥知天上桂花孤",这是我们古人在作曲的时候,叫"依腔填词"。"遥知天上桂花孤"。《月儿高》是固定的曲词,我可以把诗词中平起的诗放进去唱。我们唱一首"秦时明月汉时关"可不可以?可以,但是曲情不太对。"秦时明月汉时关"这个谈不上有没有倒字,没讲究,真正的讲究是要看下面的。下面要讲到《关山月》,因为《关山月》也是一首现成的曲子。请大家把曲谱拿出来,我们试一次。先用我平常唱的这种方式给大家读一遍:"明月出天山,苍茫云海间。长风几万里,吹度玉门关。汉下白登道,胡窥青海湾。由来征战地,不见有人还。戍客望边色,思归多苦颜。高楼当此夜,叹息未应闲。"我先哼一遍,我们唱的时候经常是定到哪个调就是哪个调。

　　(刘志宏老师现场演唱《关山月》)

　　我们下面还有好多,但我们要教唱的。说实话要唱李后主的词首先得先把心情给沉下去,否则你唱到中间会唱不下去的。"帘外雨潺潺。春意阑珊。罗衾不耐五更寒。梦里不知身是客,一晌贪欢。独自莫凭栏。无限江山。别时容易见时难。流水落花春去也,天上人间。"（刘志宏老师现场演唱《浪淘沙令》）谢谢大家！每次唱到这首词的时候，总是不由自主地会非常压抑，因为后主这首词写得太悲惨了。所以说唱词时能理解到词情，能理解到曲子的曲情，那我们演唱时能呈现出来的曲子的音乐面貌是不一样的。我本来是打算教这两首，一个是《关山月》，一个是这个，我们一定是教的。《渔歌子》刚才我已经唱过了，《忆江南》完全是一个非常明快的调子，"江南好，风景旧曾谙"，非常华丽的这种感觉。这个估计是白居易接到了上头朝廷的说法，"小白，回来吧，你回来种桂花树吧"。然后他就快快乐乐地"忆着江南"回去了。此一时彼一时，情感不一样，传达出来的音乐的情感、色彩也是不一样的。所以大家写诗的时候，不要老是觉得我要写一首为赋新词强说愁，那是不对的。有感而发，不要喊口号。刚才我们在路上说，谁喊口号，谁就是老干体。

《天净沙·秋思》，我哼一下："枯藤老树昏鸦，小桥流水人家。古道西风瘦马，夕阳西下，断肠人在天涯。"我希望今天鼓掌的朋友下次跟我唱得一样——我说错了，今天只要鼓掌的，下次都会跟我唱得一样。

我刚一开始就说了，如果你要把自己写的诗唱出来的话，也是有办法的。我说一些简单的，平声字用一个工尺，阳平字用两个，大体上这样的规则；上声字怎么唱、怎么配音乐，去声字怎么唱，怎么配乐。这是汤显祖的一首七律诗，取头加尾我拿了四句过来："几年清梦有长安，不到临川一钓竿。直是真情抛未得，待开三径与盘桓。"因为我写了一个《汤显祖平川梦》的昆曲剧本，最后用了他的这一首诗作为结尾。这是汤显祖辞官以后自己哼唱的一段。我就自己作了一个曲子，我大概哼一下，还没有修改。昆曲里面，古诗词里面，高不怕，低怕，要是真的让你低下去，是很可怕的。如果你想以后要做一些尝试的话，可以这么做，当然实在不行有一个办法，比如《渔歌子》，我的唱法如果不会，你们也可以换一种唱法，"西塞山前白鹭飞……"。只要你想歌唱，什么旋律都可以。不管它倒字，只要你在那一时、那一刻能把你的心情释放了就都可以。但是我们古人是有规矩的，在唱词、唱诗、唱曲方面，是有规矩的，我们不可胡来。像《经典咏流传》那样，对于传播古诗词它的这种形式是非常棒的，为它点赞。但用这样的内容来糊弄中国的观众，尤其是有诗词修养的观众，比如我们今天在座的各位，那它就错了。我要讲的东西讲完了，现在还有最后一个任务，我们来学习唱《关山月》。

（刘志宏老师现场教大家学唱《关山月》《浪淘沙令》）

第十二讲
词的古乐演唱（下）

主讲嘉宾：程 乾
时间：2019年10月26日 19:00—21:00

> **程乾** 博士，中央音乐学院音乐学系副教授。研究方向为中国音乐美学史、士与中国音乐文化。主要成果有《乐教的"终结"与感性"重启"》《谁在挥弦？——魏晋士人对音乐实践传统的体察和运用》《歌声何以为继——"中国声乐教学民族化"六十年回顾》等。

程乾：朋友们好！我是第一次到深圳，来到桂花初绽的南方，感觉非常温暖。这次的题目做了一点调整，之前徐晋如老师让我讲一些关于古代诗歌、宋词方面的演唱、歌唱方面的东西，后来改成了词的古谱演唱，之后又变成了词的古乐演唱。最后我确定一个题目，就是《歌诗与词唱》。从这个过程中可以看出"传"也包含变化，在流传过程中，很多的信息会改变。

尽管我只是把关于歌诗的传统、词唱方面的知识作一个漫谈，也是很不安的，因为我的积累很少。徐老师曾问我谁是讲词乐最合适的人选，我想到了两位先生，一位是前辈学者傅雪漪先生。他是昆曲音乐家，也是戏曲音乐理论家。他从少年时代就开始学习昆曲，一生都没有间断过。他流传在世的书籍、文章很多，我在这里推荐两本，一本是《戏曲传统声乐艺术》，一本是《中国古典诗词曲谱选释》。他曾经在北京、天津很多的高校任教，在昆曲、古典诗词演唱还有古代音乐史方面都很有建树。但是我无缘跟傅先生见面，我的昆曲老师张卫东老师多年受教于傅雪漪先生，他给我们教曲时经常会提到傅先生的传授和师徒间的交流。

另一位是洛地先生。我有幸与洛先生有一面之缘。2011 年夏天同周韬学姐去拜访过洛先生，聊了一个下午，晚饭后才回。我们向他请教宋词歌唱，请求关于词、关于歌、关于诗，各方面的文史知识。后来我发现自己还缺少很多常识，再看先生的书和文章，体会就很不同。他有一本书叫《词乐曲唱》，还有 2009 年出版的《词体构成》。另外还有一位是曲家张卫东老师，我的昆曲授业恩师。两位琴家，一位是徐晓英先生，一位是陈长林先生。2006 年我在中央音乐学院请教过徐先生，后来 2011 年我又去杭州拜访了她。很遗憾，先生 2016 年去世了。当时留了一些录像，特别珍贵，还有一些录音，包括《胡笳十八拍》的一部分。后来徐先生的女儿说没有专门保存徐先生完整的琴歌资料，我把这个录音通过朋友传给了她。2012 年夏天，我在中央美院听过陈长林先生的讲座，那时他已 80 岁左右。他讲了一下午，特别有精神，听众受到很多启发。我为什么要讲这几位先生？因为我今天讲的很多内容，十之八九就是这几位前辈老师给予我的，所以我不得不先提到这个渊源。最后的十之一二，就是我自己的一些心得和体会。

下面请大家回答我一个问题，在中国历史上有没有你熟悉或者喜欢的音乐家或者音乐作品？从古代到现当代都可以。

听众：《梁祝》。

程乾：小提琴协奏曲《梁祝》还是越剧《梁祝》？

听众：都有。

程乾：小提琴协奏曲的《梁祝》就是受越剧《梁祝》的启发，

但是手法又重新做了处理，算是返本开新。还有吗？

听众：《梅花三弄》。

程乾：是琴曲吗？

听众：是。

程乾：还有吗？

听众：《平沙落雁》。

程乾：也是琴曲。

听众：《二泉映月》

程乾：这首曲子是谁的作品？您知道吗？

听众：阿炳。

程乾：是杨荫浏先生在1950年夏天去无锡找到阿炳录制下来的。阿炳说他还会别的曲子。见他的身体不好，杨先生请他好好休息，定下来年之约，结果竟成永别。但也幸运留下了几首二胡曲。《二泉映月》原名叫《依心曲》，又叫《自来腔》。我觉得原名特别好，但不能展开说了。刚才大家说的好多是器乐作品，但我们今天说的是声乐作品，关于人声。

中国的声乐，像美声、民族、民间这些类别大家可能都很熟悉，只不过没有像这样把它列出来。但这种排列也有些问题，因为实际上这些声音之间的区别、界限往往是模糊的、灵活的，或几者兼有，变化很多。我们现在聊诗和歌，我称之为歌诗传统。为什么叫歌诗呢？因为"歌"特别重要，至少今天它对我们的话题来讲非常重要。

歌是怎样产生的？我有时会琢磨这个问题。1939年，闻一多写过一篇名叫《歌与诗》的文章，提到了原始人自由地歌唱。在几乎还没有语言、文字产生的时候，就已经有歌唱了，怎么唱呢？"啊""哦""哎""咿""哟"，是最早语言和音乐的萌芽，自由自在，无拘无束，无规则，无词歌，有点后现代。比如瞿小松《Mong Dong》里就有类似原始呼喊的声音。后来，随着语言文字的出现，观念性的东西就开始介入了，产生了很多的规则。中国声乐在两千多年来突飞猛进地发展，远远超过了器乐，不仅是作品数量，还是在观念上。比如"诗言志，歌永言，声依永，律和声"；"言之不足故嗟叹之，嗟叹之不足故咏歌之，咏歌之不足，不知手之舞之，足之蹈之"；《文心雕龙》"声律"里强调了人声的重要性；清代的《乐府传声》，强调了何为歌诗，要以人声为本。"内容重于形式"这个传统就是这样形成的。"歌"，简明扼要的解释就是人声咏唱，《说文》和《释名》都讲了歌和咏的关系。

"歌"的表现方式，比如歌谣、歌吟，歌吟类似于咏，还没有成为乐音。它按照韵文基本的节奏，类似于朗诵。比如"生年不满百，常怀千岁忧。昼短苦夜长，何不秉烛游"，苏州戚启民先生是这样教我念的，像歌谣、歌吟。歌咏比较长，歌永言的"永"怎么解释？意思是长久的、永远的，就是声音的拉长，是悠长的。"青青河畔草，绵绵思远道。远道不可思，宿昔梦见之"，声音可以灵活拉长。按音乐逻辑进行组合，节奏、节拍、旋律，构成足够的体量。音乐性更强的，是典型意义上的"歌"，比如《虞美人》，张卫东老师的传谱，但有些人还会把它叫吟诵，吟诵风格的歌。《白石道人歌曲》也是非常典型的"歌"。以上说的是声音的表现方式，只不过乐化程度有差异，洛地先生曾有过论述。变化在于打破界限，如果短一点，接近于朗诵，就是"诵"和"谣"；拉长一点，就像"永"，不能死板，随时都可能变化。

那"诗"呢？"诗"属于文的范畴，性质是韵文，包含文字学、音韵学、文体学等。在这个方面，洛老是认为它与歌无涉。这是文的，那是乐的，所以"以文化乐"是中国传统音乐发展史上特别典型的方式。在中国还有一种"乐"和"歌"之间的关系，就是以乐传词，就是以定腔传词，就是比较稳定的、固定的曲子、曲调传词。"词"可以是旧词或新词，但它非常重要，它几乎是这个曲存在的目的。显然这个"词"要大于"曲"，"文"要大于"乐"。"以文化乐"的突出表现是依字声行腔。从中唐到姜白石，都有典型的依字声行腔，先是率意做长短句，由字声谱曲。在这里面，歌和诗的关系、文和乐的关系，无论是谁化谁，文的力量都不可忽视。特别是士大夫、文人阶层，他们对于文字的依赖和重视超出我以前的想象。

伟大文字的发明，控制或者影响了太多中国人的艺术思维，包括乐谱的发展。与西方有定量的记谱法不同，中国的工尺谱，类似于文字的偏旁。古琴谱最早就是文字谱，用文字、语言来写音乐。变为简字谱之后，其实还是文字的简化写法，还是依赖文字。这已成事实，我们不用去纠结这个问题。洛老有一段话，他以自身经验告诫文界的先生们：中国从事民族、民间音乐的音乐人对自己音乐的失知，并不是在于对乐的失知，而是在于对文的失知。在这点上，对于"文"的把握、了解、熟悉是非常重要的。一直以来，文体在很多情况下影响着乐体的发展。

中国历史上歌唱的传统，包括词唱、曲唱特别是明清时候的曲唱，都在这个过程当中。最早的《诗经》《楚辞》不用说了，都是民歌，十五国的民歌、楚国的民歌，每个地域都有各自的民歌，多么丰富；后来的乐府诗，到唐代曲子词，宋代的词调音乐，元代的散曲，明清时候的曲唱也是如此。这里面的歌，且不说很多器乐形式也有"歌"的参与，更不用说各种各样的歌，大家还可以想到很多。比如"咏歌""弦歌"。孔子就爱唱歌，和他的学生们一起唱各种歌，"诗三百，皆弦歌之"。还有挽歌、徒歌以及汉代的相和歌，"丝竹更相和，执节者歌"。吴声、西曲流行于魏晋南北朝，像《子夜歌》《莫愁》都特别美。吴声是以江南为核心，西曲是以湖北为核心。还有啸歌，"啸"是魏晋名士特别喜欢的一种演唱方式，这个待会儿咱们再说。这段很长很长的历史都有"歌"贯穿下来。

孔子是一个非常热爱音乐的人，《诗经》是他们学习的教材，那是他带着学生们用古琴来弹唱的。他在音乐与感情的关系上理解水平很高。后来徐复观先生在《中国艺术精神》里说道：孔子那么积极提倡"歌诗",为什么孔门的音乐没落得那么快?孔子死后儒分为八,就没有一个能继承孔子歌诗能力的学生吗?这个问题,待会儿说到宋词的没落,大家可能发现两者有些相似之处,都是因为谙熟音乐技能的人太少了。

汉乐府繁荣时期,各地民歌非常丰富。乐府词、骚赋传统中,那种极致的修辞、那种华丽,展现得特别突出。到了魏晋时候,士人一反常态,不再用语言,可能觉得饱和,可能出于警惕。关于《梅花三弄》,有一个特别的故事,两个人偶遇,一个吹笛子,一个在那儿听,吹完之后,"主客不交一言"。什么都不说,各自离开,语言在魏晋时候被边缘化了。比如这个"啸",是没有词的,就是打口哨,撮口作声,但我不会,我也曾经怀疑过,这是不是想象或夸张?涌现出那么多关于"啸"的记载,最大的妙处是"因形创声,随事造曲"。嵇康、陶潜、阮籍、谢鲲、桓玄这些人太喜欢啸了。不知曹植是否也喜欢"啸",但是曹植不再对用本土语言创作感兴趣了。他创作了两种歌曲,一种是"梵呗",一种是"步虚"。"梵呗"是佛教的唱诵,"步虚"是道教的唱诵。总而言之,汉语言到了那个时候大家都有点绕着走。

杨绛先生的父亲杨荫杭先生,在20世纪20年代说,他曾在美国见人登台奏伎,表演"啸"。那时他才意识到《晋书》里提到的"啸"的各种描写皆非妄言。

各种各样的歌唱到唐代就更不用说了,唐代的音乐和诗极其盛大。宋代也不输其后,词调在当时是最流行的体裁。到了明代,主情思潮的阵营中,李贽的"粉丝"汤显祖、冯梦龙都喜欢歌唱。冯写过《山歌序》。张琦也喜欢歌,喜欢唱。王骥德在《曲律》里也强调这个事情。为什么要回顾历史?我以前没有这个意识,近几年,我觉得如果我不把这个传统、这段历史讲清楚的话,我不知道问题点会落在哪里,我不知道怎么去讲看似孤立的那些问题,也不知道它的意义何在。王骥德喜欢的是南北曲。他觉得前朝的歌唱都不过瘾,篇幅不够,细致程度不够,南北曲才是顶峰,达到了一个无与伦比的程度。大家也听过昆曲,那个声腔多好听,那个细节的精微、细腻到了极致,就像明代的雕刻。这在三国、唐代都不可能出现,不可能成为主流的，在明清时代它已经熟透了，到极致了，但这也预示着新的歌唱形式的到来。

现在，我觉得可以放心些讲宋代的词唱。宋代实际上是中国歌唱史里的一朵浪花，一段非常美好的岁月，它牵连着过去，也影响着未来。

宋代词调的音乐从哪儿来？谁创作的？谁在唱？怎么唱？要回答这些问题，就需要几位前辈的引领。

"词"是长短句，曾经在唐代广为流传，当时叫曲子词。在甘肃还出土了一些唐代曲子词，可惜没有谱子。到了宋代，士大夫喜欢这种长短句，写了大量的作品，涌现出了一批大词人。在座的都读过宋词，想必都曾被它深深地打动，陶醉其中。词的音乐形式，来源主要有三类。第一类是有调之曲，就是以曲传辞，曲调是固定的或是比较稳定的。第二类是新作之曲，以文化乐的新作品，人们用新创作的音乐语言来歌唱。姜白石是个典型，他十七首作品里只有二首是旧谱新词。第三类是词的吟诵，这种可能是最普遍的。大家想想，宋词的吟诵是否最普遍？有几个读书人会专门去找有调之曲，会专门去搞新作之曲？大多数情况是词的吟诵。

先说有调之曲。最初的曲调也许有歌词，也许没有，在隋唐的前期都比较普遍。它的音乐素材来源有三：第一，是古乐遗留，比如来自魏晋南北朝时候的民歌；第二，是西域各民族或周边国家，比如说龟兹、西凉的音乐，唐代十部乐里大部分都是西域各国的音乐；第三，是各地民歌。民歌同时也是宋词有调之曲的来源。唐代刘禹锡到了巫山县，那里的人就联歌唱竹枝，以曲多者为先，谁唱得多，谁是第一。这也形成了初期的词调。《白石道人歌曲》是姜白石最珍贵的、留下的有谱可依的宋代词调谱，《霓裳中序第一》和《醉吟商小品》是按旧谱填词。"霓裳"是唐代遗留下来的大曲中的一小段，姜夔从故纸堆里搜出来。其他都是新作之曲。像《扬州慢》就是一首自度曲，自己作曲、写词，序中讲的就是他的创作意图。《长亭怨慢》的序里提到了他作曲的手法，他怎么写词呢，"率意为长短句，然后协以律"。在《暗香》序里也写到这首曲子的来历，是什么样的风格，受到了谁的欢迎和肯定，叫乐工乐伎操习，很多人都觉得好听。中国人的音乐审美习惯的形成非常复杂，我不敢断言。但士大夫文人之中，有一种源自模拟、效仿、追随的力量，不可忽视。

关于吟诵调，它也是词调音乐旋律的来源。诗人白居易喜欢吟诵，也喜欢听别人吟诵。他认为吟诵声很好听。在唐代很多人都注重这个。比如孟浩然，他的诗吟诵起来就铿锵有力，有宫商金石之声，诗中的节奏、韵律也是乐感的体现。

文字的节奏性隐藏在对仗、对称中，音节的高低起伏、强弱顿挫形成了各种吟诵的调子。前些年，我受苗建华老师的影响，注意到佛教音乐和它在历史上的传播情况，发现在隋唐时期佛教活动中的唱祷、变文，这些唱祷师的讽咏功夫极高。大家可以看《高僧传》里关于佛经唱诵的篇章。这些对后来的诗词吟诵很可能也有影响。

我们对照姜白石的曲谱再看一下。读书人唱念相间的吟诵类似徒歌，形式比较简单，有一个基本的东西，刚开始上半句停留在"mi"上，最后结束在"la"上。咱们唱一唱《虞美人》，看是不是这样。后来，吟诵还被昆曲借鉴放在引子或引曲中，经过丰富的变化，就成了各种各样的引曲，包括剧中人吟诵、读书的时候，也是用这种调子。所以吟诵调的影响还是很大的。傅雪漪先生认为，吟诵调在诗词、文章里基本是公用的，没有什么音乐个性，不能说是词调音乐。关于这一点，我有不同的理解。这种形式确实非常普遍，但也正因如此，它越有可能表达人们不同的个性，吟诵就像和自己对话，是士大夫文人自身对于诗词的理解。所谓声如其人，人们的吟诵气质、音色、强弱控制是可以非常个性化的。这是我的看法。

傅先生告诫读者，宋词的音乐，比如《白石道人歌曲》是最珍贵的材料。除此之外，词调音乐留存最多的是《九宫大成南北词宫谱》和《碎金词谱》。另外还有明代的《魏氏乐谱》，清代的《东皋琴谱》《梅庵琴谱》，这两部大多是诗词配曲。这个"曲"就是明清时期的南北曲，所以我们也可以按照南北曲的方式去唱宋词，但事实上它不是宋代的音乐。《碎金词谱》也不是，它是根据《九宫》又进行的演变，是谢元淮请了几位有经验的乐工，仿照着昆曲音乐制作的宋代词调的东西。不说是假古典，至少他是想复古，就是清代人去复唐宋时期的"古"。只不过这也有高下，有何不可呢？像清代的琴歌《阳关三叠》，弹古琴的朋友肯定熟悉这个曲子，不也是拿王维的词谱上曲吗？《碎金词谱》里的《渭城曲》我听着就像唐代的味儿，是更接近唐人的声音，《阳关三叠》琴曲更像清代人的声音。有一次，徐晋如老师让我唱几首古曲，我选了琴歌《阳关三叠》，他一听就说这种缠绵悱恻、柔肠寸断的风格，不是唐代的离别；唐代的离别是"无为在歧路，儿女共沾巾"，是"长风破浪会有时，直挂云帆济沧海"，没有什么可哭的。但清代的人就会哭得没完没了。他这个"神解"抓住了最关键的东西。

这是当时我摘出的一段《大江东去》，这也是千年之后的遗声了。傅雪漪先生那本《曲谱选释》就有这首，大家有兴趣的话还可以找，这样的曲谱在《九宫大成》有很多。

宋词曲调来源的这三种情况，有时也真假难辨，只能大概知道谁是当时的，谁接近于宋，谁更远一点，或者怎么样。我们再看歌唱方式的问题，一种是以乐传辞，以文化乐，就是"唱"，它是否占主导地位，灵活性有多大？到底怎么唱，是不是音乐说了算？

南朝音韵学家沈约在《宋书》里提到两种，一种是歌在前，管弦在后，一种是管弦在前，歌在后。唐代孔颖达也讲，有时候刚开始是器乐，不是人声，有时候是先有人声，然后放进去诗或者文。不是歌在前，就是管弦在前，或者同时。姜白石说自己先"率意为长短句"，然后再谱曲。基本上就是这两种。

洛地先生认为，有时以乐传辞会较前一点，发展得比较快；有时以文化乐会往前一点，另一个又往后一点，大致是相辅相成的。就像原始人的歌唱，本是很随意的、很自由的，慢慢就被规训而就范，然后有各种标准，慢慢被雅化、精致化。这是文人士大夫很喜欢做的事情。但也有例外，比如魏晋名士就反其道而行之，他们不想做精致化的事情，要回到原始的、本来的样子。所以从文献上来看，魏晋音乐跟其他时期的音乐有很多不同之处，有很多特殊的地方。

回到词调的唱，无论是有定腔，还是无定腔，都不太稳定。这样好像有点矛盾，刚说了有定腔，怎么又不太稳定？就是因为"唱"

并不是说有谱子，大家唱的就一样了。就算现代人也不能完全一样，古代更难，难在哪儿呢？举个例子，"凡有井水处，即能歌柳词"，这是叶梦得提到的一句话。讲了一件什么事呢？有个叫叶少蕴的人，他在镇江遇到了一个从西夏来的官员，他说那边也有人在唱柳永的词。可想而知，柳永的词传播范围很广，从西北到东南。那个时候没有曲谱，目前没有文献证明有谱可依，从西北到东南的语言，那得有多少变化？没有谱子，怎么办？全国人都唱柳永的词，我说唱的都一样，你们相信吗？当代歌曲《我和我的祖国》，王菲版和其他版本就不一样。

每个人拿到柳永的词，都会自然按照文体的基本体式、格式按节而歌，旋律是依字声行腔，或吟咏或吟唱，想怎么唱就怎么唱，因人而异。但肯定有好听的，有不好听的。姜夔后来为什么要写曲谱呢？可能他觉得今人唱前人之词有些不忍卒听，他不想自己的曲子流传下去连谱都没有，乱唱一气。这是我猜的哈。总而言之，有非常普及、普遍的词调之唱，只是效果不同。到了姜白石的时候，他给自己的作品留下谱子，却不是普遍现象。要强调的就是这一点，这绝不是普遍现象，姜夔在当时就有一种特殊的自觉意识。明中后期、清末，零星有人对一些民歌记谱，而真正有意识地进行采风，记录民间曲子，是 20 世纪的新音乐运动。所以洛老认为，宋代姜夔自度曲谱的出现是个划时代的进步，因为之前都说曲子有腔、有定声，但没有可以唱的谱子留下来，姜白石留给我们谱子了。对很多人来说，这个曲谱跟甲骨文没有什么区别，当今能解读的音乐学者屈指可数。

在定谱传统尚未成熟的情况下，姜白石为他的自度曲制谱，之后他还记谱。制曲和记谱是两回事。依字行腔和词调创作没有必然的关系，并非这首词我必须这样写才能唱好，所以他完全可以率意为长短句。能够自由创作的人是很快乐的，他有这个水平。从姜白石我会想起嵇康、曹植，想到魏晋时期那么多站在第一线上创作音乐的士大夫。他们能支配音乐，可以选择一条跟传统不同的路。王羲之说"群籁虽参差，适我无非新"，他们开启了一个看待音乐、看待世界的新的眼光和方式，让我特别感佩。姜夔有两个好友，俞商卿和小红。据俞商卿讲，姜夔每次创作自度曲，他都会唱歌来和。小红是范成大赠给他的一名歌伎，很会唱歌。

《白石道人歌曲》有 17 首作品，附有"俗字的旁谱"，叫"俗字谱"。它来自唐代的燕乐。到了宋代这个燕乐字谱很难解读，夏承焘先生、杨荫浏先生，后来傅雪漪先生、洛地先生都做过译谱。比如说宋代依照旧谱填词的词调音乐，《醉吟商小品》是一首。谱一是夏承焘先生的译谱，他是根据清代陈澧《声律通考》提到的音阶处理和转换来译谱的。谱二是杨荫浏先生的译谱，与前者处理稍有不同。杨先生给夏先生写过信，里面提到，他认为当代人使用的这个新音阶不同于古代的旧音阶，还需要有一个转换，因此他就做了一个另外的处理，但是两者的风格、旋律还是比较接近的。谱三出自《九宫大成南北词宫谱》。《九宫大成》基本是以南北曲来唱宋词，大家可以试一试，唱唱是不是有南北曲的味道？这三种译谱里，前两种都是直接针对姜白石的俗字谱进行翻译得来的。我们听一段《醉吟商小品》。

（现场播放《醉吟商小品》）

以上我们做了一番谱面的比较。《九宫大成》中的词调作品里，《鞓红》《醉翁操》《西地锦》这三首没有那么浓的昆曲风格。其中，《醉翁操》从全曲结构来看是一首典型的琴歌。在这种情况下，说琴歌是不是宋代词调音乐的样子，也不一定。因为琴歌受古琴曲的影响特别重，它本来也是琴曲音乐的一部分，而且有一些吟诵的东西在。姜夔的《白石道人歌曲》里的 14 首自度曲和琴歌很不一样。琴歌可以是一个参考，或者是一个重要的参照，琴歌的传承有人说是稳固的，但我已经不相信这个稳固性了，它是一脉相承的。我只能说人们主观上很重视它。徐晓英先生、陈熙埕先生都对我讲过查阜西先生传授姜白石《古怨》时的情形。当时他们年轻，查先生唱的词听不明白，那个吟诵比较模糊还夹着方言，好像没有人能学到老师的那个样子。历史上，谁能把孔子和姜白石学得很像呢？现在我特别怀疑传统在具体实践环节上的准确性。

这就说到一个比较伤感，或者悲凉的事情，就是词乐的失传。遥想当年，各种音乐都存在，词调音乐的种类繁多、丰富，歌声处处可听，为什么后来词乐就失传了呢？傅雪漪先生认为，北宋之后，词调发生了两个趋向，一个是士大夫文人以词为文。像苏轼、辛弃疾他们是始作俑者。以词为文渐渐脱离了音乐，情况很复杂，脱离音乐这点很像孔门弟子与音乐的疏离。还有就是偏重格律的另一派人物强调要协律，为了协律不惜改变词义。这都很麻烦，这两种情况都致使音乐失去了生命力，被新的曲体替代。新的曲体就是元散曲。

张炎在《词源》里提到了词乐失传的问题，他的主要意思是太难了。我没明白他说太难了背后的原因，他没有明说。对此有明确解释的，有吴梅先生和俞平伯。吴先生在序中讲道，词的谱亡了，曲的谱没有亡，这是因为词谱有定声。有很多词谱、词律类的书，所以作者可以就声入文，文士、伶伦辈以为习见，未及辑录。因为词调里有特定的词的格律，文士艺人都认为这太熟悉，众所周知的事情，不用记谱，从此日久渐亡。这是吴梅的理由。

俞平伯认为，真正的词是民间的乐调，并不是文人士大夫的词；文人士大夫的词已不是唐朝民间乐调的样子，它已经被改造了，改造成士大夫的那种词了。沈义山说，好词很多，往往不协律腔，所以很少人唱。比如苏轼、辛弃疾的词，这类很多。秦楼楚馆唱歌的是乐人、唱赚人，音律不差，唱的水平高，但是用字粗俗，逻辑性差，咏春却说秋，审美饱和度很低，也没法传。后来花间词之后，词的"雅化""诗化""文人化"的运动慢慢在文学史上发展起来，但是在词的演唱方面却失败了。后来世间所传的都是文人的词，就是我们现在看到的看着就很美的那些词。

历史的相似性总是不断重现。在战国时期，孔门歌诗传统的衰落，我曾想不通。后来看顾颉刚《古史辨》里提到一段话，他说春秋时人们那么推崇先王之声，为什么后来儒生只说先王之诗，不传先王之乐呢？他说，孔子有好古的宗旨，又有乐律的智识。这个"乐律智识"特别厉害，每个时期都诞生过具有乐律智识的士大夫，就是士人音乐家，只是比较少。像魏晋时期，音乐天才为何成群出现？后来诗人、文学家、音乐家的综合天才为什么少了？想想挺有意思。后来儒生只能诵读先王之诗，不懂得先王之乐。虽不懂得，但口头上会不断地提先王之乐怎么怎么样。但实际上缺少音乐体验，就会出现很多问题，就是说不到点上。所以嵇康干脆坐而论道，跟秦客辩论声音之道，核心就是声无哀乐的问题。

关于词的产生、曲调的来源及当时歌唱的情况，我们就先聊这些。下面就聊一下怎么唱。唱，就像一个不能说的秘密，被包裹在声音之中的，就是唱的意味，唱的味道，那个滋味，所以王骥德在《曲律》里提到"乐之筐格在曲，而色泽在唱"。我们经常会提到润腔，润腔就是让声音要光润、温润、有光彩。我学习诗词歌唱的体会就是声音来自语言，来自语调、音色、音长、强度、节奏、力度这些，它们是声音的关键要素。想要把文辞变为歌声，要有几个环节，就是要掌握它的语调、四呼、五音、喷口、咬字、头腹尾的归韵。比如昆曲，特别强调咬字，字头字腹字尾做橄榄腔，字腹唱得饱满，字尾要收回来，要训练呼吸和共鸣。气息是很重要的，就是在一呼一吸之间，不在音量大小，唱歌这样才会有意趣和神色。

傅雪漪先生认为留下来的曲谱很少，要区分可信的是什么，不可信的是什么。也可以用昆曲的唱法配曲牌来唱，但大家千万不要认为这就是词的音乐。老先生是给我们提个醒儿。洛地先生认为歌唱是很灵活的，就是刚才我说的，它有与生俱来的自由度。特别是在没有定谱的情况下，那种吟诵更普及，也更有个性。在这方面我更倾向于洛先生的这个看法。唐人作诗的时候，和音乐大多没有关系。作者的上司或者是他的朋友欣赏这个诗，找来人配乐，咏之，歌之，感觉特别美，享受其中，这在当时很流行，很正常。律诗入曲只是很少一部分，大量是吟唱、咏诵这种。激扬豪言不妨仰天长啸，旖旎丽语则回声细诉，不可以用一种方式方法把它困住。

清代徐大椿《乐府传声》里讲何谓口法，就是每唱一字都要有出声、转声和收声，意思就是说要控制好自己的声音。关键是我们要知道这个"法"，长有长的法，短有短的法，词调有一法，曲调又有一法，千变万化，全在吐字的一瞬间。所以作者直面一个问题，说"昔人之声已去，谁能得而闻之"？那时候的声音已经不在了，谁能得而闻之？说是传承，谁说了算？你说自己是传承了唐代、宋代某某某的，人家当事人不在了，谁能证实？古法随时随地都在消失，都在消亡，新的歌声又随时响起，那个歌声没有了，别人的歌声又响起来了，之间还有一些关联。但是，三代之口法六朝不传，六朝口法唐宋不传，唐宋口法元明不传。他讲的是"不传"，那"传"的是什么？我们能得到什么？比如说，我得到的就是这几位老师讲给我的对声音的理解、体验。有人保守，有人开放，每个人性格不一样，风格也不一样，我会尽量去理解他们说的是什么。

这是《关雎》，大家手上也有这个谱子，是宋代人记载下来的一份乐谱，以律吕字谱记谱的，被朱熹收到《仪礼经传通解》里面。这是孔子当年带着学生们一起唱的那个声音吗？可能是，也很可能不是。但它很古雅，一字一音，很简约，简约到让人感受到那种崇高。潘公凯先生在一篇文章里说他在日本看歌舞伎，他说简单处理歌舞的那个手法，就是简约到了让你有一种崇高感。在这里，《关雎》是个典型作品，还有就是《暗香》。虽然它的唱腔、旋律很丰富，但也有这种远的、古雅的古直感。大家有兴趣可以唱，我们先唱第一段，好吗？看着五线谱。五线谱不难，看着它的样子可以猜得出它的声音。为什么五线谱特别好用，西方的音乐也很美，特别美。从格里高利圣咏到后来的经文歌，到后来的艺术歌曲，从线谱的高低、疏密几乎可以猜得出这个音响的流动的样子。我们试试，"关关雎鸠，在河之洲。窈窕淑女，君子好逑"，一字对一音。我的昆曲老师张卫东说，这个结构是古雅风格的体现，雅俗很难在字面上理论清楚。这是《关雎》。

这一首琴歌《胡笳十八拍》，明代的《琴适》记载过。2006年我在中央音乐学院采访了徐晓英先生，她唱了这首《胡笳》的第一拍。那时她说能完整吟唱出《滕王阁序》，当时刚开完会，我把她带到教师宿舍去休息，觉得徐老师太累了，就说"我下次去杭州，那时您再给我唱"。但是当我2011年去她家中探望她的时候，她已经不能再唱了，很勉强可以纠正我的唱，所以特别遗憾。但幸运的是，我录下了这一段，徐先生弟子很多，据说都没有徐先生唱的这个《胡笳》。后来我把资料转给了徐先生的两个女儿。我们听一段。

（现场播放录音徐晓英先生《胡笳十八拍》第一拍）

这是徐先生的录音。那时她还吸着氧，已经不能完整地唱了，她让我唱给她听。徐先生是很严格的，我唱得有一点不合适，她就会给我纠正。我们再看陈长林先生的琴歌，就有风格上的不同。我们现在看一下《子夜吴歌》，曲谱大家手里也有，"长安一片月，万户捣衣声。秋风吹不尽，总是玉关情。何日平胡虏，良人罢远征"，我们一起唱一遍。

（现场教学《子夜吴歌》）

这个曲调，我听到陈长林先生唱，就觉得他对于琴歌的处理观念很特殊。陈先生是当代琴家，80多岁了，弹琴、唱歌、吟诵都受到他姑姑的影响。他姑姑是福建当地的才女，对他影响很大。我们听一下陈先生唱的《子夜吴歌》。

陈先生说这首《子夜吴歌》可以有很多种唱法，怎么唱都可以，因为每个人唱都有自己的体会。李白的体会不是你的体会，也不是诗中人物的体会。那个女子跟丈夫的感情也有很多程度，比如特别期待丈夫回来，她怎么唱？觉得没有指望了，充满沮丧之情怎么唱？

（播放陈长林先生的视频对《子夜吴歌》的唱法解读）

每个人在每个阶段会有各种各样的表达，诗就是情的表达。人的心情随时随地会有情绪的变化，月有阴晴圆缺，为什么歌诗不能表达人情绪的波动呢？这是一种歌唱的方式。除了"长安一片月"，陈先生还吟诵了《虞美人》。我找了两个《虞美人》的版本，我认为特别好的两个版本。陈先生的《虞美人》，我们来听一听。

（播放陈长林先生的《虞美人》）

这是陈先生的姑姑，应该是民国时候的女性。福建当地文人雅士们有这样的吟诵、弹琴，这种风格和大家想象的《虞美人》一样吗？

还有一个版本的《虞美人》，是张卫东老师传授的。他这个更像咏歌，前面的版本更像咏诵。

大家觉得这个版本的《虞美人》是否接近你们的想象？

张卫东老师这首，我和晋如师兄理解为吟诵，张老师说不要写"吟诵"，要写"歌"。后来我想，吟诵也是歌，吟咏也是歌，讽诵也是歌，歌谣也是歌，歌的容量非常大，很丰富。可能稍微改动一下，吟诵就是咏唱了，或者是吟咏了，都可以灵活进行变化。这个谱子是我记的，但还是有一些细节的东西没有记下来。记谱也是考验音乐学专业的一个基本功，我很努力地尝试了一下。

我们拿着谱子，我唱一句，大家唱一句。注意咬字，我把咬字，个别上口字、入声字的地方提示一下："春""秋""何""知""楼""不""月""中""玉""是""朱""愁""春""流"。咱们来试一下。

（现场教学《虞美人》）

整体是这样，里面有变换，明暗强弱的一些小腔的控制，但也不用想要以最快的速度学会，我也是跟着张老师的录音学，一句一句，自己反复听，一个小腔、一个细节把它标出来，谱子上密密麻麻画得都是，慢慢就熟了。元代的《唱论》不是也讲吗？词山曲海，千生万熟，大曲四十，小令三千：要多唱，曲不离口，慢慢咬字就听使唤了，声音就能控制了。其实这两个版本各有感动我的地方，因为这个特别像李煜，就是当事人的那个体验，他在唱，在倾诉他的亡国之恨，他的思乡之苦，他的人生回首。但另一个版本，我也反复听了好多好多遍，有时候听那个版本更让我觉得背后发冷。陈先生那个版本好像是远远传来的，过了几年，过了几十年，过了几百年，"白头宫女在，闲坐说玄宗"，那种看似很淡、云淡风轻的，却给你另一种撞击，让你感受到那个时代、那个遥远的追忆。我不能说太多，大家自己还得再去理解，就是那种淡的、内在涌动的东西。

姜白石，刚才咱们说到了他的几首乐曲。这14首曲子中，流传特别广的有《杏花天影》《扬州慢》，这首《扬州慢》大家高中的时候应该就学了。我觉得语文课上应该讲一点宋词的音乐，写在课本教材上，老师讲不讲是另外一回事，让后来的人知道它曾经是被歌唱的，姜夔本人倾注了很多意图、自觉在里边，对于曲的自觉、词的理解。还有一首是《暗香》。这首曲子大家手里也有，真是把梅花的特质写到极致了。张炎对他评价特别高，说梅花诗写得最好的是林和靖，但是梅花词写得最好的是姜白石。开头"旧时月色"，这四个字就把人的空间和回忆一下子拉开了，给了一个很长的时间、一个很大的空间，这四个字旷绝古今，空灵不失峭拔。在这之后，所有的梅花词都皆出其下。我们看谱子，这个不像《虞美人》的节奏那么散，《虞美人》关键在节奏上不太好把控，而这个有相对的节律，音也不复杂，变化幅度也不是很快。我们再一起唱一遍《暗香》，我唱一句，大家唱一句。唱的时候还是要控制字头字腹字尾，每一个字吐字要清晰，字头要重一点，既要松开，还要保持，呼吸要平稳，不要太激动，不是刚才那个风格。要平稳，要很安静，要木讷一点，抛除所有的油水，呼吸不要特别明显，换气要偷着换。

（现场教学《暗香》）

大家学得很快。这样，宋词歌唱到这里，就有一个轮廓了。后边我们都熟悉的，像昆曲，有很多曲牌，《浣纱记》、《长生殿》的《九转货郎儿》，太多好听的，可以按照这个慢慢在每个时期去体会音乐的变化，会感觉音乐越来越丰富。

我讲的十之八九是老先生们的东西，好像是他们帮着我一起讲的。我也把自己的十之一二掺杂在里面，包括我自己的想法、评论，有些把老师的东西改变了。你们要想准确了解的话，得去看他们的书，毕竟一些观念、观点是有不同的。在苏州采风时，我请教了一位大概103岁的姚志曾先生，问老先生怎么样能唱好昆曲？他送我8个字："字遵中州，腔从水磨。"所以有了他们的诸多珍贵经验，我的想法才能在这个基础上生长。我再补充一点，关于当代的歌唱，有时候我会想，传统歌唱能给我们多少启发？如何启发我们再去探索更多的声音资源？面对这些古代留下来的声音，这些老先生传下来的、留给我的声音，我应该如何更好地跟传统相处，以什么样的方式跟它相处。再一个就是想歌唱的当下和未来，它们的命运会如何，这种自由的歌唱是离我们越来越远了，还是越来越近了？这些历史上出现的各种各样的声音，会让我觉得歌唱中，有一种精神是独立不迁的，但是它的形态又是多种多样、不断变化的。如果一种个性化的、生活化的现代语言已经显出它的无力，我们能否借助音乐去和本土、传统的接触去探索另外的声音？这是我最近考虑的问题，也让我不愿意完全沉浸在古曲的圈子里。

中央音乐学院郭文景老师是我很欣赏的当代作曲家，他写了心目中最好的声音。他说在大宁河边巫山县一个古镇上，有个老人曾经给他唱了一首民歌，虽然声音很微弱，歌声是颤抖的，但民歌这种惊人之处撞击着他的心灵。他很可能无法在以后的作品中再去运用了。他心中的那个好声音是什么样子的？恐怕还是会有各种各样的可能性。庄子也说过一个故事，孔子困于陈蔡时，拿着木棍敲击发声，不成调，也没有什么结构旋律，但是"犁犁然有当于人之心"，它特别能打动我。

我现在回过头来想，中国古代的歌唱，首先要尊重事实，它很难脱离历史情境而自立存在。但是这个歌声又往往得益于那些独特的、能够运用特殊声音的个体，他们可以把它从历史的束缚中召唤出来，甚至脱离那个遥远的情境而自立。这是传统一个善好的着落，这个着落是向未来开放的，也很可能是一条焕发着生命力光彩的道路。

刚才我把自己的体会和一些想法跟大家在这里做了分享，今天就讲到这里。谢谢！

第十三讲
小令的转笔

主讲嘉宾：徐晋如

时间：2019 年 12 月 28 日 19:00—21:00

  这是我们今年的最后一次课，也是我们整个芸社词课的倒数第二次课。我们上一次给大家布置的社课是《菩萨蛮》和《减字木兰花》，之所以布置这两个词牌，是因为我们今天讲课的主题是"小令的转笔"。也就是说，你学会了写《菩萨蛮》，学会了写《减字木兰花》以后，基本上小令的基本结构你就掌握了。同样，你掌握了小令的基本结构以后，你也可以学会长调的结构的排布。长调结构实际是分两种，一种就是从小令铺陈开来、推演开去而形成的，它最重要的是起调，然后是歇拍、过片及结拍这几个地方。你可以这样理解，《菩萨蛮》和《减字木兰花》就相当于只保存了起调、歇拍、过片和结拍这四个部分，这是普通的长调的作法。长调其实还有一种作法，我们也讲过的，就是周邦彦、吴文英这一脉的，他们泯灭掉了这一套起承转合的方式，是所谓的"空际转身、潜气内转"的一种结构。小令的转笔就是小令结构的基础，我们首先来看一看《菩萨蛮》的作法。

  龙榆生先生在《唐宋词格律》中特别地说了一句，《菩萨蛮》历来名作最多。这是一个最出名作的词牌，我个人也比较喜欢写《菩萨蛮》，其实它写起来的方法非常简单，就是两个路子。孟子所谓"天下不归于杨，便归于墨"，要么就是温庭筠的路子，要么就是韦庄的路子，《菩萨蛮》就这两个路子。你掌握了温庭筠的写法，掌握了韦庄的写法，自然也就知道《菩萨蛮》该怎么写了。

首先说温庭筠，温庭筠的写法特点是什么呢？他的词全部都是用比兴，完全是依靠画面，纯粹是一种图像式的思维，他是靠画面的切换来组织成片。而韦庄的词是以作者的感喟、议论、抒情和景致的描写交织成片。那就相当于什么呢？我们在去年芸社诗课中讲到杜甫的诗，我们就说杜甫非常善于虚实相生。凡是议论的、抒情的、表达思想的这些都是属于"实"，凡是写景的、一部分的叙事都是"虚"。之所以说是一部分的叙事，是因为有时叙事它相当于写景，又是"虚"的，但是叙事有时相当于感慨、议论和表达思想，那么它又是"实"的。

下面我们就来具体地分析温庭筠的14首《菩萨蛮》和韦庄的5首《菩萨蛮》，看看它们各自是怎样实现它们的风格的。

温庭筠的，就是以画面的方式呈现，你可以把它理解为是电影中的蒙太奇手法。它是一个画面、一个画面，画面和画面之间不需要连词，不需要表面上看起来很严谨的逻辑关系去转换，但是内在有一种非常明晰的逻辑。我们有一些学员写的作品，总是缺乏逻辑性，这是很可怕的。诗还是要讲逻辑的，词也一样。

第一首："小山重叠金明灭，鬓云欲度香腮雪。懒起画蛾眉，弄妆梳洗迟。　照花前后镜，花面交相映。新帖绣罗襦，双双金鹧鸪。"我曾经在上海参加一次学术会议，在那个学术会议上有学者提出来，说这首词在写新婚的快乐。我就想，这样的人根本就不配研究文学，因为他缺乏读诗读词最基本的感觉。你如果对文学缺乏感觉，为什么要去做文学研究呢？像这首词，有基本的文学感觉的人就应该知道，他是在讲闺怨，一个闺中的女子她是非常幽怨的，而不是新婚的喜乐。它的每一个韵就是一个画面，或者就是一个镜头。第一个镜头是太阳透过整屏，照在了这位贵妇人的脸上，然后她那雪白的脸庞旁边，是她乌黑的鬓发。她的鬓发仿佛是侵入她的雪白的脸庞上，叫"鬓云欲度香腮雪"。"度"是"关山度若飞"的"度"，大概可以理解为经过、飘过。"小山"就是枕屏，古人放在枕头边上的，因为太阳照射过来显出一种亮丽的色彩。这个镜头从色彩上来说是非常明亮的，明亮的色彩照道理来说应该金碧辉煌，是一个非常快乐的景象。然而并不，所以第二个镜头是这个女子起床了，但是她起床后心情很不快，因为她的爱郎不在她的身边。所谓"女为悦己者容"，女孩子之所以要打扮，是为了要让自己喜欢的男人欣赏。她没有人欣赏，所以就"懒起画蛾眉，弄妆梳洗迟"，她没有心情，动作很迟缓，她觉得我有一搭没一搭地做也这么回事，我化妆也这么回事，我不化妆也这么回事。过片又是第三个镜头，"照花前后镜，花面交相映"，讲的是这位女主人公，她在前面放了一面铜镜，然后她手边又拿了一个铜镜，要照着后面的发型看看自己梳妆得好不好。这是一个贵族妇女，所以尽管她心里蛮不情愿的，但她还是要把自己打扮得齐齐整整的，这是她的尊严。最后，镜头非常含蓄、蕴藉地来了一个特写，特写什么呢？"新帖绣罗襦，双双金鹧鸪。"有的学者解释说这个"帖"是帖绣，是一种绣的方法，萧继宗先生的看法不是这样，他认为帖就是熨，熨帖嘛，应该是这个意思才对。这个女主人公衣上是"双双金鹧鸪"，鹧鸪都成双，可是她却孤单一个。这是第一首词。

　　第二首："水精帘里颇黎枕，暖香惹梦鸳鸯锦。江上柳如烟，雁飞残月天。　藕丝秋色浅，人胜参差剪。双鬓隔香红，玉钗头上风。"这首更加矜持、庄严。第一个镜头，它是直接地照向了"水精帘里"，为什么要加一个"水精帘里颇黎枕"？这是为了含蓄蕴藉，从画面上来造成含蓄蕴藉的效果。"颇黎"是一种半透明的玉石，我们今天写成"玻璃"。当然今天的就不是那种半透明的玉石了，而是用二氧化硅做出来的。"暖香惹梦鸳鸯锦"，镜头渐渐地往前推进，推到了她绣着鸳鸯的锦被之上，第二个韵转换了一个镜头，这个是她的梦境。"江上柳如烟，雁飞残月天"。"柳"，我们都知道，古人是以柳来表示希望你留下来，因此，"江上柳如烟，雁飞残月天"，她梦见的是离别。第三个镜头是她从梦中醒来，"藕丝秋色浅，人胜参差剪"。"藕丝"，这句也是诗无达诂，不同的人有不同的解释，我的解释是藕色的裳子那种衣服，所谓"秋色浅"，就像秋天时那种天空般的水，特别是秋水它会变得比较淡。"人胜参差剪"，"人胜"是古人把彩色的纸或者巾帕剪成小动物、小人插在脑袋上，以胜邪祟，谓之"人胜"。"双鬓隔香红，玉钗头上风"，她看起来好像在热热闹闹地过节,但实际上她把痛苦隐藏到她的内心里去了。怎么知道她有这样的痛苦呢?因为最后说了,"双鬓隔香红"。这又是一个镜头,这个镜头就指向了女主人公的脸庞特写,而且是从侧面或者是从后面看过去的,看过去看到了她如云的鬓发,还透过她的鬓发看到一点点她抹了胭脂的脸颊。这是一个非常矜持的女子,但是她的内心其实是被触动了,因为她的玉钗忽然在动。大家都知道那个著名的禅宗的故事,"不是风动,不是幡动,仁者心动"。所以实际上这不是钗动,不是风动,乃是姑娘心动。

第三首:"蕊黄无限当山额,宿妆隐笑纱窗隔。相见牡丹时,暂来还别离。 翠钗金作股,钗上蝶双舞。心事竟谁知,月明花满枝。"同样,也是四个镜头的转换。第一个镜头,从特写开始,她的脸上、她的额头抹的是所谓的"蕊黄"。唐代的女子是喜欢把自己的额上抹成黄色,甚至于唐代的女子还喜欢把自己的眉头做成各种各样的稀奇古怪的样子。比如把眉头修成了像山一样的形状,有时把眉头全部都剃掉,中间留一点。日本贵族曾经很长一段时间都在模仿这种样子,但是我自己始终是接受不了唐代的这种审美,我还是觉得自然最美。"宿妆隐笑纱窗隔",大家注意这儿写的是"宿妆",也就是说,她已经好久没有化过新妆了。为什么?因为她没有心情。原因下面一个镜头告诉了大家,"相见牡丹时,暂来还别离",牡丹花开的时节,正是春天最好的时候、最暖和的时候,可是,爱郎一来又走了。第三个镜头又是一个特写镜头,"翠钗金作股,钗上蝶双舞",翡翠的钗,钗头是用翡翠做的,钗骨是用黄金做的,而且这不是一般的钗,这是蝴蝶形的钗。钗上的蝴蝶都能成双,但是主人公却是孤单一个。最后说"心事竟谁知,月明花满枝",这两句是大有讲究的。他是只问不答,说谁知道你的心事呢?在这个月明花满枝的夜晚,她在苦苦地追寻着答案。

第四首:"翠翘金缕双鸂鶒,水纹细起春池碧。池上海棠梨,雨晴红满枝。 绣衫遮笑靥,烟草粘飞蝶。青琐对芳菲,玉关音信稀。"这首词,同样也是闺怨之作。这里他明确地点出了女主人公的爱郎到哪里去了呢,他在玉关、在边关之地打仗。第一个镜头,"翠翘金缕双鸂鶒,水纹细起春池碧",他是借水中的双双的鸂鶒,一种水鸟来起兴，起兴的目的是写另一个内容。他并没有直接地写，他仍然是在写景，"池上海棠梨，雨晴红满枝"。他继续起兴，目的是写出"绣衫遮笑靥，烟草粘飞蝶"，看起来很快乐，这是她在人前，但是她在人后的样子又是一个镜头，"青琐对芳菲，玉关音信稀"。"青琐"本来是指门窗上的花纹。对着芳菲时节、对着百花盛开，可是"玉关音信稀"，就是"辽阳音信稀"，就是从边关的地方来的音信很少，她非常思念自己的爱郎。

第五首："杏花含露团香雪，绿杨陌上多离别。灯在月胧明，觉来闻晓莺。 玉钩褰翠幕，妆浅旧眉薄。春梦正关情，镜中蝉鬓轻。"第一个镜头是"杏花含露团香雪"，杏花含着露珠，其实是雨水，夏天有露水，秋天其实是雨水。它的花瓣簇在一起，仿佛就是散着香气的雪一样。"绿杨陌上多离别"，这句是温庭筠罕见地加了一点作者的感喟，非常罕见，我们可以把它理解为一部电影当中的话外音。话外音结束以后是第二个镜头，"灯在月胧明，觉来闻晓莺"。古人往往睡觉都比我们要早，不像我们十一二点还不睡，古人一般来说就是日落而息，日出而作，所以在月亮还在照映的情况之下，她还点着灯，就说明她失眠。好不容易睡着了，结果又被黄莺呼起，"打起黄莺儿，莫教枝上啼。啼时惊妾梦，不得到辽西"，这是唐代诗人金昌绪的名作。所以这里他实际上是化用了这首诗。第三个镜头是"玉钩褰翠幕，妆浅旧眉薄"，玉钩把翡翠的帘幕给挂了起来，挂起来后镜头就有一种层层递进的感觉。"玉钩褰翠幕"是外面一层的，然后镜头渐渐往翠幕推进，看到了什么？看到的是"妆浅旧眉薄"，她的眉头都懒得去画了，好长时间不画了，所以她的眉头就显得很淡。"春梦正关情，镜中蝉鬓轻"，刚刚起来，没有去仔细地梳妆，头发就散乱着，所以就显得轻。相反，如果是好好地去梳，而且是用刨木花的水去梳的话，因为刨木花的水本身就含有一点黏性的，梳了以后就油光锃亮的，就显得蝉鬓重了。

第六首："玉楼明月长相忆，柳丝袅娜春无力。门外草萋萋，送君闻马嘶。"我们讲过无数遍，只要诗词当中出现"萋萋""芳草""王孙"这一类词，基本上可以断定它是在讲离别。"画罗金翡翠，香烛销成泪。花落子规啼，绿窗残梦迷。"同样，我想如果南宋的严羽要是看到这样的词,他可能会加上他的一个著名的评论,叫"不着一字,尽得风流"。第一个镜头,甚至都没有人,但他把人的感情投射到这个镜头里去了。"玉楼明月长相忆","长相忆"是作者的一个话外音。"柳丝袅娜春无力",为什么觉得"春无力"呢?不是春无力,是人无力,人在春天感到犯困,感到无力,感到一种强烈的失落感。第二个镜头,他实际上是交代第一个镜头所要传递的思想,"柳丝袅娜春无力",是因为"门外草萋萋,送君闻马嘶",看到外面的萋萋芳草,想到他怎么还不回来!她印象最深刻的就是送他走时马儿的嘶叫。第三个镜头,回到室内了,"画罗金翡翠",同样,镜头之间有一个渐进的关系,我们光学到温庭筠的镜头转换是不够的,还要学到他在同一个镜头之内分层次,学他这个渐进、推进的过程。我想假如温庭筠生活在今天,他一定会是一个极其优秀的导演。"画罗金翡翠"这是屏风,照到了绣着金翡翠这种珍稀的鸟的屏风上。然后透过屏风,把画面停留在"香烛销成泪",停留在蜡烛上。"花落子规啼,绿窗残梦迷",有一个镜头由大而小的过程。"花落子规啼",可以把整个春天包含进去了,所以这是一个广角镜头。然后他再渐渐地定格,定格在了"绿窗残梦迷",你只看到花木掩映的窗户,至于窗户里面的人是什么样?他是给你想象的,并没有直接点出来。

第七首:"凤凰相对盘金缕,牡丹一夜经微雨。明镜照新妆,鬓轻双脸长。 画楼相望久,栏外垂丝柳。音信不归来,社前双燕回。"因为燕子是一种候鸟,它是在春社时来,秋社时飞走,所以有一个词叫"社燕"。周邦彦的词《满庭芳》中有一句"年年,如社燕,飘流瀚海,来寄修椽"。"凤凰相对盘金缕",是说金缕衣上面绣着的是凤凰。"牡丹一夜经微雨",是花园里的景致,这其中实际上既有了人,又有了花。第二个镜头"明镜照新妆,鬓轻双脸长",这是因为她的头发比较蓬松,所以显得她的脸更加瘦削了。唐代是以丰腴为美的,我们今天的这种锥子脸在唐代肯定是最丑的,唐代人就觉得只有丰腴才好看,要是瘦了肯定就不好看了。所以这里就是形容她因为内心郁闷、不快乐,所以她才会变瘦。"画楼相望久,栏外垂丝柳",同样,这个镜头的含义是因为看到了柳,就想到了对方，因为"柳"者喻为"留"。我们看王昌龄的诗"忽见陌头杨柳色，悔教夫婿觅封侯"，也是因为见到了柳，想到当初我其实应该把他留下来。"音信不归来"，也是一个话外音，话外音结束以后是一个镜头"社前双燕回"，燕子双双回来了，可是他却不归来。这里面有一个典故，唐代有一个女子叫郭绍兰，她在燕子的脚上绑上了一封书信，然后她的丈夫得到了这封书信，就回来了，他这是暗用了这个典故。所以我们不要以为意象与意象之间是可以堆砌、拼凑的，它一定有一种内在的关联。有很多社员写的社课意象很多，但是意象和意象之间是毫无关系的，而像"音信不归来，社前双燕回"，唐朝人就真的认为燕子是可以寄书信的。

第八首："牡丹花谢莺声歇，绿杨满院中庭月。相忆梦难成，背窗灯半明。　翠钿金压脸，寂寞香闺掩。人远泪阑干，燕飞春又残。""阑干"是纵横交错之意。这首词，他的话外音只有一句"相忆梦难成"，其他全部都是靠着镜头的转换交代了一个完整的故事，通过镜头的转换，来让情感一层一层地递进。

第九首："满宫明月梨花白，故人万里关山隔。金雁一双飞，泪痕沾绣衣。　小园芳草绿，家住越溪曲。杨柳色依依，燕归君不归。"这首在整个镜头结束以后有一个片尾曲，这个片尾曲就是"燕归君不归"，燕子都回来了，你却不回来，然后就"啊啊啊"地唱。

其余几首我就不详细地讲了，下面我们再来看看韦庄的五首《菩萨蛮》。

第一首："红楼别夜堪惆怅，香灯半卷流苏帐。残月出门时，美人和泪辞。　琵琶金翠羽，弦上黄莺语。劝我早归家，绿窗人似花。"韦庄的写法就与温庭筠的写法完全不同，他是景语和情语交织着来。"红楼别夜堪惆怅，香灯半卷流苏帐"，这是一个景语，是比较虚的。然后下面是比较实在的内容，"残月出门时，美人和泪辞"，叙事，相对于写景是比较实的。接着"琵琶金翠羽，弦上黄莺语"，他不写人，但是人在其内，说青楼中的女子她弹奏着琵琶，然后琵琶上流出来的声调仿佛就像黄莺的鸣叫那么和谐、动听。但是她唱的是什么内容呢？最后又变"实"了，"劝我早归家，绿窗人似花"，她劝我早点回去，你那美丽的妻子正在家里等着你呢。所以姑娘是非常善解人意的。

第二首，一开始就直接抒情，开门见山。"人人尽说江南好，游人只合江南老"，为什么？它给你答案，"春水碧于天，画船听雨眠"。其实这个答案什么也没说，但是你自然而然地就想象到了这种场景，你心中会不由自主地泛起一种美丽的哀愁，你泛起来的不只是对江南的沉醉，同样也有一种惆怅，这种惆怅是因为你没有办法永远生活在这样的美景当中。下面又是虚写，"垆边人似月，皓腕凝霜雪"，我的解释和一般的学者不一样，一般的学者把它解释为"垆边"指的就是酒垆边的女子，就是在酒店里遇到的女子。但是我的理解是用了典，"垆边人"指的是卓文君，以此来代指他自己的妻子。他想到自己的妻子，像月亮一样皎洁，她的手腕像霜雪一样那么白，"欺雪赛霜"。但是他没法回去，他只能心里想想而已，因为他功名未就。"未老莫还乡，还乡须断肠"，接着又是一个实写，一个非常沉重的抒情。

第三首："如今却忆江南乐，当时年少春衫薄。骑马倚斜桥，满楼红袖招。 翠屏金屈曲，醉入花丛宿。此度见花枝，白头誓不归。"这首和第二首也是一样的写法，首先是抒情，"如今却忆江南乐，当时年少春衫薄"。接着虚写一笔，是叙事，但是叙事相对于抒情来说是虚的，"骑马倚斜桥，满楼红袖招"，楼上的那些歌伎一个一个都在喊"快上来"。过片，是非常像温庭筠的写法的，他的镜头是有推进的，他的镜头推进"翠屏金屈曲"，他从门外面一直推进到了床前的屏风，到了屏风上面的那个金色的铜做的合页，他就停住了，因为后面的他不给你看，要让你去想象了。所以这是一个推进的镜头。这当然是虚写，虽然是叙事，但是我们说叙事相对于抒情是虚的。最后再来一个实的结尾，"此度见花枝，白头誓不归"。他这时还想不想自己的妻子了？他就跟歌女说，我不想了，我现在对着花枝发誓，我头发白了我也不会去。这都是说的反话，他一心想回去但是回不去，所以说反话。

萧继宗先生评得非常好，大家如果要读《花间集》，最好的一个版本就是萧继宗先生评注的《花间集》，台湾学生书局出版。但很可惜，大陆一直没有出版过。萧继宗先生本身也是一位大词人，所以他用只言片语就切中肯綮。萧继宗先生指出，"此三首后结"，就是它的结拍，最后两句，第一首说"劝我早归家，绿窗人似花"，第二首说"未老莫还乡，还乡须断肠"，第三首说"此度见花枝，白头誓不归"，它是有层次的。我们学者一般普遍认为温庭筠的14首《菩萨蛮》不是作于一时一地的，他并没有一个严谨的层次，但韦庄的5首《菩萨蛮》一定是一气呵成的，所以他是有层次的，一首比一首深。他说"年愈老而语愈坚，思愈深而情愈苦"，相思的情怀越来越深刻，而语言上也就越加悲苦。萧继宗先生的这种评价是非常到位的。

第四首，同样也是反语，但是汤显祖就没有看出来。"劝君今夜须沉醉，樽前莫话明朝事。　珍重主人心，酒深情亦深。须愁春漏短，莫诉金杯满。遇酒且呵呵，人生能几何。"首先，他说我的朋友你今天晚上好好地喝醉了吧，我们不要再考虑明天的事。这是一个实写，直接抒情。下面他宕开一笔去写，看起来好像和上面写的没有关系，但实际上还是有关联："珍重主人心，酒深情亦深。"为什么让你今天晚上喝醉不要想明天的事？其实他想要表达的是人生已经很悲苦了，你就应该在醉乡里沉寂。但是他不直接说，他反而是宕开一笔，说你之所以要喝醉，并不是因为人生悲苦，而是因为你要尊重主人，主人如此热心地待你，你好好地醉一场吧！下面又是虚写一笔，"须愁春漏短，莫诉金杯满"，意思是说你要担心的只是这个夜晚太短了，你不要嫌我给你的酒倒得多。最后他再归结到主题上来，这是实写，"遇酒且呵呵，人生能几何"。汤显祖没有看懂，所以他说"一起一结，直写旷达之思，与郭璞游仙、阮籍咏怀，将毋同调"。有一个中山大学老中文系的毕业生，为什么说中山大学老中文系？因为在1934年到1937年间，中山大学中文系的系主任是古直先生，在他当系主任期间，所有可有可无的闲课一概不开，像我们今天当成主课去学的文学史这些课程一概没有。古直先生带的学生就读经典，并且要背诵。经典有《左传》《论语》《孝经》《文选》，《文选》开的时间最长，因为是中文系；有《史记》《汉书》，不但读，而且背。这才是真正能够培养人才的中文系，这才是真正的中文系。可以说整个民国时期最好的中文系，就是古直先生做系主任时的中山大学中文系。但是很可惜，他只做了三四年就没有再做下去。

　　以前每次研究生考上来，我们去面试简直是痛苦得想自杀，我就想这样的学生千万不要到我门下来。问一个问题，请解释一下什么是《四库全书》，考生在那儿想半天。还有一个学生，请他解释一下什么是"三百千千"，又是完全不知道。我问，"《千家诗》第一句是什么"，还是完全不知道，相当于什么都没读，只是会考试。钱仲联先生说过，我要收的学生都考不进来，因为要考英语，又要考马列。这很悲哀。古直先生那时中山大学文学院的研究院招学生，只考两篇作文，一篇叫有韵之文，一篇叫无韵之文，必须都是文言，交白话文的就不要去考了，这个才是真正的选拔人才。当时有一位中文系毕业的学生叫李冰若，李冰若的《花间集评注》是可以买到的，写得也是非常好，萧继宗先生的《花间集》就引用了李冰若非常多的观点。但是因为萧继宗不知道李冰若是谁，所以当时就用了一个名字《栩庄漫记》，"栩庄"就是李冰若先生。李冰若先生反驳汤显祖的观点，说"端己（即韦庄）身经离乱，富于感伤，此词意实沉痛"，他一下看出来说的是反话，是沉痛；"谓近阮公咏怀，庶几近之"，说像阮籍的咏怀，那是说得上的，"但非旷达语也"，绝对不是旷达，而是一种矜持，他把自己内心的痛苦用反话说出来。他说"其源盖出于唐风蟋蟀之什"，他说这出自《诗经》的《唐风·蟋蟀》。

　　第五首，相当于对整个五首的总结了，这五首词都是他在洛阳应举考进士时写的。"洛阳城里春光好，洛阳才子他乡老"，洛阳不是他的家乡，长安京兆才是他的家乡。"洛阳才子"是西汉贾谊的典故，因为他年少而善于作文，人称"洛阳才子"，这里当然是代指他自己。"柳暗魏王堤"，魏王堤是洛阳边上的一道堤坝，曾经是属于魏王李泰的产业，所以说"柳暗魏王堤"。"此时心转迷。""洛阳城里春光好。洛阳才子他乡老"这是虚写，"柳暗魏王堤，此时心转迷"是实写。"桃花春水渌，水上鸳鸯浴"，又是虚写。"凝恨对残晖，忆君君不知"，我在想念你，你却不知道。这种写法显得更加深婉。

我们来看《减字木兰花》，《减字木兰花》的作法也是应该每一个韵换一个意思，第一韵"起"，第二韵"承"，第三韵"转"，第四韵"合"。但要注意的是，能够做到小大相形，有时空对照就会更好，就像写绝句，当然《菩萨蛮》也一样，所以我们看看以下三首算是八九十分的作品，后面的几首是一百分的作品，我们先看八九十分的作品，它的好处在于它非常本色，它非常浑成，结构也非常严谨。它不好的地方就在于它的神思宕不开，它依然是局限在一个比较小的意象群当中。

"天涯旧恨，独自凄凉人不问。欲见回肠，断尽金炉小篆香。"因为古人用的那种香，会把它作成篆体文字形状那样一段一段的，还可以计时，"黛蛾长敛，任是春风吹不展。困倚危楼，过尽飞鸿字字愁"，它整个就是在一个非常小的境界里面在讲一个女子对于远人的思一种思念。

王安国的这首《减字木兰花 春情》"画桥流水。雨湿落红飞不起。月破黄昏。帘里余香马上闻。　徘徊不语。今夜梦魂何处去。"这个是用的《离魂记》的故事。张倩娘与表哥王宙相恋，但是王宙家里败落了，去到了自己的舅父家想娶张倩娘，他的舅父把他给赶走了，结果半夜里忽然张倩娘追过来跟他私奔到了京城，两个人过了几年还生了孩子，说这个时候应该去见见岳父岳母了，结果到了家一看，岳父岳母说你说梦话呢，说我女儿自从你走了以后，她就像个植物人一样躺在床上了，你不知道在哪里招来的狐狸精。王宙不相信，他说倩娘正在船上，然后就一起去船上把倩娘请下来，倩娘下来以后直奔内室，一下子就往床上的人身上一扑，两个人合二为一，然后倩娘就醒过来了。这里用了这个典故，"今夜梦魂何处去。不似垂杨，犹解飞花入洞房"，说洞房就是深房，垂杨的好处是它能够像飞花一样进入深房去，但是我跟他之间却缘分很浅的这样一个意思，但是他整个的场景就局限在一个很小的区域之内。

叶梦得的这首《减字木兰花》："黄花渐老。秋色欲归还草草。花下前期。花老空歌鹊踏枝。""鹊踏枝"是什么？哪个词牌名？《蝶恋花》，《蝶恋花》的别名叫"鹊踏枝"。"狂醒易醒，不似旧时长酩酊。玉簟新凉。数尽更筹夜更长。"

我们来看看下面的神品，宋代朱敦儒的《减字木兰花》："刘郎已老。不管桃花依旧笑。要听琵琶。重院莺啼觅谢家。 曲终人醉。多似浔阳江上泪。万里东风。国破山河落照红。"前面写个人，然后写个人的一点苦况，写个人痛苦到去喝醉酒，最后归纳出主题，"万里东风，国破山河落照红"，境界一下子变大了。

王夫之的《减字木兰花·春怨》："落花飞絮，只有闲愁吹不去。雨雨风风，消受残春一梦中。 苍烟碧霭，一望迷离天似海。"看他这种气魄，一下子上天入地。"燕燕莺莺。尽说离愁话不成"，一下子又转到莺莺燕燕了。

屈大均的《减字木兰花》："春山如笑，笑向江波清处照"，用了顶真的手法，这两个韵之间，前两个韵是没有转韵的，所以同一个韵之间一定是要有非常紧密的关联的。"雨淡烟浓，一半还含仙女峰。 无穷绿树，不带斜阳天已暮。"一下子由山写到的整个天际。"渐远乡关，回首东樵云外看"，西樵山、东樵山，西樵山在佛山、在南海，东樵山在番禺，他是番禺人，所以他说"渐远乡关，回首东樵云外看"，你看他，就像李白写的绝句，是所谓的牢笼天地，这个才是真正的神品。

近代的王国维，他用《减字木兰花》这个词牌，去写他的哲学思想，也很有创造，那么我受王国维的影响，也写过一首写气象的、写哲学感的、写这种哲学境界的一首《减字木兰花》。

王国维的原词，"乱山四倚，人马崎岖行井底"，在山谷里面人马崎岖地过，仿佛就在井底。"路逐峰旋，斜日杏花明一山。"人生之中，这是王国维的基本哲学思想，人生是痛苦的，人生中的快乐是非常短暂的，人生之所以痛苦，是因为人有欲望，欲望得不到满足，所以痛苦，欲望得到了满足，有了短暂的快乐，但是很快就产生了厌倦，所以人生就像钟表，在痛苦和厌倦之间来回摇摆，这是叔本华的著名的思想，为王国维所继承，并且被用在他的词里面。这里面讲"斜日杏花明一山"，讲的是从关内经过张家口，然后把这些张家口口内的货物运到口外去。大家听过京剧《苏三起解》，苏三起解的时候就问崇公道，问问往有南京去的无有，崇公道就说我们是去往太原复审，你要问南京去的去干吗呢？她说给我那三郎带过信儿，就说苏三起了解了，崇公道就说，真是个有心的人，说我得成全成全她，然后说："掌柜的请了，这里可有上南京去的人没有？"掌柜的一嘴山西话："往南京去的前三天就走了。""那么如今呢？""就剩下热河八沟喇嘛庙贩骆驼的了。"所以那个时候京剧它也是反映当时的现实的，从明代开始，张家口是一个非常重要的跟蒙古地区进行物资交换的关口。王国维就是写的这种地方，就是写的张家口，所以他写，这些人那么辛苦带着货物在崎岖的山路之上人马慢慢地像蚂蚁在井底里面走，所为何来呢？能够得到的一点快乐不过就是"斜日杏花明一山"罢了，然后他就感慨"销沉就里"，这个太让人悲伤了，"终古兴亡离别意"，可能对于他们来说，都没有他们的生命那么痛苦，因为他们痛苦到了麻木，"依旧年年，迤逦骡冈度上关。"一年一年就是这样的日子，多么可怕，这是王国维的哲学思想。

下面是我的，《减字木兰花》："百年心事，谁会凭栏歌啸意。四海斜阳，袖手何人立大荒。"这个是化用的陈寅恪的诗，"四海无人对夕阳"。"浩旻无语。惟得片云相尔汝"，只有那一片云可以跟我互相对话。"万里秋山，终遣宾鸿度上关"，"度上关"三个字完全用的是王国维的原字。

我们今天就讲到这里。

第十四讲
当代词坛佳作欣赏

主讲嘉宾：周燕婷　徐晋如
时间：2020年1月11日 19:00—21:00

> **周燕婷**　别署小梅窗，著名词人。1983年师从岭南名宿张采庵先生研习诗词。广东中华诗词学会副会长，《当代诗词》副主编。著有《画眉深浅》（合著）、《初月集》、《小梅窗说诗》等。

徐晋如：社友们好，今天是我们南书房第七季的收官之作，也是我们延续了一年的芸社词课的最后一课。因为我们的第一课是请陈汜斋先生跟大家讲，所以我就一直在思考我们最后的收官之课请谁来讲？最后我想到的就是我们广东词坛的大词人——周燕婷女士。所以，今天非常荣幸地请到了周燕婷女士来为大家分享，欢迎！

我们都知道，周老师不单是著名的词人，并且也是对我们广东的诗词事业做出了非常大贡献的一位老师。她早在20世纪80年代时就成立了后浪诗社，写出了代表那个时代的年轻人最有新锐之力的许多作品。实际上也是从他们那一代人开始，我们的诗词更多地恢复了醇雅的面目，而不再是以前老干体一统天下的场面。而且现在她也担任广东中华诗词学会的副会长，持续地为当代诗词贡献自己的青春。

所以今天能够请到周老师，其意义所在，第一，是因为我们的芸社词课既有陈老师这样的虎头，也要有周老师这样的豹尾；其次，因为陈老师是师从朱庸斋先生，周老师则是师从张采庵先生，所以两位老师正好代表了我们广东词坛的两位大家。实际上我们开讲芸社词课是一个向古典学习的过程，同时我们芸社也是一个传承岭南词学传统的学习团体。今天请到周老师，其实颇费一番周折。此前两度邀请周老师给大家讲词，但她都因为学会的事务太繁忙了而推辞，她说这次实在是推无可推，才终于来到这里。让我们再一次对周老师表示感谢！下面有请周老师。

周燕婷：还是说几句开场白。很感谢晋如先生提供了这么一个平台！他刚才只是把我光辉的一面说出来了，其实我也有很多短板。

第一，我是20世纪60年代初出生的，我读小学的时候从来没学过拼音。所以我一开口大家就能听出来，我的普通话粤语口音很重。拼音我是自学的，可能待会儿讲课时会有一些字眼发音有点问题，希望大家能准确理解。

第二，我是跟张采庵先生学词，但我本人读大学是在20世纪80年代，当时重理轻文，"学好数理化，走遍天下都不怕"。在这种思想的影响下，我虽然喜欢文学，但还是很现实地去学了理科。后来考上了理科，工作上也一直是理科的。学习诗词因为是自己爱好，才一直没有停下来，但毕竟不是学文科出身，这也是我的短板之一。所以待会儿讲时如果有什么讲得不对的，也请大家批评指正。

晋如刚才说希望我做一个豹尾，我希望不要搞成蛇尾就好了。

今天的题目也是晋如先生给我的，我觉得我们在座的人真是很幸运，晋如先生真是为大家把词学好费了很多心思。他最后一次找我，希望我能找时间给大家讲词的时候，我正在广西的容县，我当时就不好意思再推辞了。但因为我实在是太仓促，所以只能把我看到的当代词坛上的一些我认为是很好的、有特色的作品，与大家分享、交流。

关于什么样的词是好词、好词有什么衡量标准这个问题，前人已经论述了很多。比如有《蕙风词话》里说的"重、拙、大"，还有白雨斋讲的"沉郁顿挫",还有王国维《人间词话》里说的"要眇宜修",等等,都是说一首好词应该达到的标准。但是他们的说法都是比较抽象的,我觉得刘熙载《艺概》里说的好像具体一点。他说"词之为物,色香味宜无所不具",把词看作一道菜,应该色香味俱全。"以色论之,有借色,有真色。借色每为俗情所艳,不知必先将借色洗尽,而后真色见也",这也可以作为评价一首词是不是好词的另一个标准。

当代词坛上也有不少好的作品,既然我们也学了创作,不只是欣赏,那么我就从创作的角度把它们做一个归类,我们一边欣赏一边分析,学习其中的创作手法,可能有利于大家对好词的标准形成一个比较直观、深刻的认识。

我把第一大类叫言情类,因为人是感情的动物,我们写诗词也是要抒发自己的感情。其实每一首词都有感情,不过有大有小,小的情怀就是亲情、爱情、友情,大的情怀就是家国情怀。我就举一些例子。

大家先看一看这首。(周燕婷老师用粤语朗诵《锯解令》:"可怜消受昨宵风,又立尽、今宵冷雨。知君不肯便轻来,更不管、有人最苦。　短书又附。料得明宵又负。明宵纵负我仍来,共路树、悄然尔汝。")

我们看这首词肯定是写爱情,语言很浅白,简直就是只要识字的人都知道它在说什么。我们先看第一拍,"可怜消受昨宵风,又立尽、今宵冷雨",其实不是昨天才有风,今天才有雨,这是词的特殊的写法。昨天也有风也有雨,今天其实也有风也有雨,为了不重复,往往都写成"昨宵有风,今宵有雨",写词经常是运用这种方式来写。

下面第二拍,"知君不肯便轻来",知道你不来了。"更不管、有人最苦",这句词人内心有一种小小的怨,但是他怨得很有分量,就是所谓"怨而不怒"。我们从中可以看到他那种执着的感情,如果按《蕙风词话》的说法,可以说是"重、拙"的。

《蕙风词话》里有一段话,说元人沈伯时作《乐府指迷》,对于清真词很推许,但是他认为有这么一些句子是不可学的,就是"天便教人，霎时厮见何妨""梦魂凝想鸳侣"等句。而况周颐认为他不是真知词的人。他又列举了清真一些类似的句子，"多少暗愁密意，唯有天知""最苦梦魂，今宵不到伊行""拚今生、对花对酒，为伊泪落"……这些句子都是直白的，把自己非常真诚的肺腑之言发出来。他认为这是很朴素的语言、很朴实的感情，所以况周颐在《蕙风词话》里说："此等语愈朴愈厚，愈厚愈雅，至真之情，由性灵肺腑中流出，不妨说尽而愈无尽。"

可能大家没有想到，这首词的作者是陈永正先生。你们现在看到的陈永正先生是一个学者的形象，人又比较严肃，可他年轻时其实也为自己的爱情很执着过。他好几年前送给我们一本书，我翻到这里时觉得这首词真是很震撼心灵。熊东遨先生也曾评价这首词，他说这首词是一往情深、义无反顾，痴得可爱，也痴得可敬。这首词真是没有一丝借色，全部是真色在里面。这样的词，我觉得就有"越朴越厚"的那种味道。

我们再来看一个年轻人的，这个年轻人可能是个"80后"。韦树定，北京的一位编辑，广西人。词牌是《浣溪沙》，我还是用广州话来念一念。

"岁岁深情唱懊侬。少年绮语记朦胧。而今身世老雕虫。 笔到秃头还恋墨，花知薄命苦矜红。误人真个色成空。"第一句，"懊侬"就是相思曲的意思，"唱懊侬"就是岁岁唱相思曲。"少年绮语记朦胧"，点明这是少年的一些爱情故事。然后回到现在，"而今身世老雕虫"。"雕虫"就是一些小技术活儿，现在用来说文学创作的技能，他现在是一名编辑，也能写诗词。再看下片的对句，也是很令人震撼的，也有陈先生的那种"一念既生，义无反顾"的感情和意念在里面。不过我们也从他这一句中，看到他与陈先生的词有所不同。陈先生的感情是很执着的，他则是有一点爽迈的感觉，而爽迈之中我们看到他的韧性，就是笔到秃头了他还苦苦地恋着墨水不放弃。最后一句"误人真个色成空"，这一句"色"和"空"都是佛家的语言，"色"就是我们的物质世界，"空"就是说一切事物、一切的悲欢离合都是因缘所致，是变动而不永恒的。他的语言是借佛家的语言，但并不是他真心的，所以我觉得他这句结语真是沉痛入骨。与陈先生的不同，陈先生的词是真色，完全不用借色，就是我今宵来，明宵又来，昨宵又怎样，一派真色。而他这首爱情词还借了一些色，但是这个颜色经过剥离之后，我们也能看到他依然有真色在那里。

这里我也选了你们徐老师的一首《菩萨蛮》。徐老师之前送了一本集子给我，我翻了之后，看到其中有很多好词。这首给我的印象也是很深刻的，所以晋如先生他说要我讲词，当时准备的素材还不够，我就马上想到这一首了。这一首词，如果按刘熙载所说的理论看，他也借了很多色。我们就剥开他的这些借色，来看他的真色在哪里，味道在哪里。《菩萨蛮》用韵是先仄韵再平韵，然后再仄韵再平韵，一韵一转，我们看看徐老师是怎么驾驭小令的。

首先第一句，"柳眉已竟愁先展"。我们知道"芙蓉如面柳如眉"，一般我们一看就知道是写女性，基本上就可以确定是爱情诗了。但在历史上也有许多爱情类的诗词是借这个来寄托一些别的感情，这点我们就不去深究了，究竟真相如何只有作者自己知道。假如大家想知道是别有寄托还是真有此事，待会儿可以去问徐老师，我这里就不深究了，我就单从这首词的表面上去解读。

第一句，一看我们就知道是写女子。一般我们用裙子、眉毛、眼睛，都可以局部代替整体，指代女孩子。第二句"幽兰干露消啼眼"，他其实是暗用了《蝶恋花》的"槛菊愁烟兰泣露"。她就像幽兰一样，但露水都没有了，哭干了。这两句就说明了女子不但容貌美，也应该是很高雅的一个人，从这个"兰"字就可以看出来。前面是先把这个女子的形象说出来，但为什么愁呢？为什么又哭到眼泪流干了呢？接着，节奏一转，后面补充说明了。"别夜雨潇潇，红楼私语遥"，这首词如果没读到全部，其实我们就算读这两句，我们也觉得他离别的时候也是很美的，起码是凄美。我们写词就要给人家一种美感，那才叫作艺术，若是让人读了之后毛骨都悚然的，甚至再读多几遍，有可能晚上都发噩梦，那就与我们诗词的艺术相背离了。这是上片，说他们已经分开了，但这个女子是这么的高洁。就是因为有第一、第二句，才有下片的内容，假如那个女孩只是很一般的、不出众脱俗的人，我想晋如先生也不会写这首词来纪念她。

下片"驿亭天一角,醒道当时错",我们知道,原来他是做梦追着那个女子去了。他和周邦彦的不同,周邦彦是做梦梦不到,但他是做梦梦到了,这就是反其意而用之。他觉得当时是自己错了,把分开的所有的过错全部算到自己身上,而不是怨对方,这就是温柔敦厚的写法。最后"宁愿不曾醒,湘云梦里馨","宁愿不曾醒",这句也是跟陈先生一样都是诗语,在现实里是不可能的。他为什么不愿意醒呢?他又补回一笔"湘云梦里馨"。这个"云"和"梦"也很有关系,形容女子的美好,古人说"当时明月在,曾照彩云归"。"湘云",还有前面的"兰"和"柳眉"都是形容女子的美好,然后"梦里馨"的这个"馨"也有高洁的意义,它限制、引导着你的思维,给你一个展开想象的方向。"梦里馨"这个"馨"字,我们知道是芬芳高洁的一种象征。这首词也是爱情词,是写分别之后对旧情人的一种思念,也是写得既有诗意,也很敦厚。

以上几首是写没能结婚的、还没结婚的爱情词,那结了婚之后的感情抒写又怎样呢?俗话说"少年夫妻老来伴",在座的各位朋友看起来也有不少已经结婚了的,因此我也找了我的老师张采庵的一首词与大家分享,这样我的这个言情类的爱情词就涵盖了爱情发生的前期、中期、后期,各种不同的情形。大家看看人家是怎么写的,到我们自己写时也可以作为一个参考。

这是一首《西江月》,是我的师母当时做一个割治盲肠的手术。这种手术我们现在是很容易做了,但在她那个年代还不是一个小手术,还是一个比较危险的事情。所以现在张采庵老师在她出院之后就写了这么一首词,《西江月·喜迎阿傅割治盲肠痊愈出院》。

"小局醚醐醉后,满盘刀剪光寒",我们就看这两句,现在不是有些人说要用现代语入词吗?许多人认为现在的诗词创作脱离了时代的气息,大家看这首词是不是具有时代的气息。这两句写麻醉之后做手术的情景,他也写得很有词味、很符合词的语境。下一拍"隔楼相送白衣冠",送走医生,"岂独卿卿肠断",这里大家都知道是一语双关:你去做手术割盲肠,我虽然没有割,但是我也肠断了,"肠断"就是悲伤到肠子都断了,忧心如焚。上片其实是没有按一般正常的顺序写的,有时候词不一定非要按什么常规顺序来写。本来应该是"隔楼相送白衣冠",然后才有"小局醯醐醉后",是送了她进去手术室,然后才打麻醉,然后才用剪刀去做手术。那么为什么他把"隔楼相送白衣冠,岂独卿卿肠断"安排到后面去,这是一个怎样的艺术技巧呢?其实从词的画面上来说,他一送师母进手术室,他肠就断了,有这个连贯性。还有一层含义,就是我其实是先比你肠断,一送你去做手术我的肠就已经断了,然后他想象手术室里师母麻醉了,这才开始手术。因为老师人是不能进去的,所以第一、二句完全是他的想象。上片我们看到的是比较沉重的画面,下片就显得欢快了。"真抵千金价值,传来两字平安","平安"和"千金"两个词,让这两句显得很通俗,但是用在这里我们一点都不觉得它很俗,因为他有前面的情节铺垫。最后两句"车儿载得好春还,分付芦帘恩怨",我读时觉得"车儿"这一句还比较好懂,"好春"就是我的师母,他很高兴,所以用一个比喻来形容。"芦帘"一词,应是用了"纸阁芦帘"的典故,指清贫者的居所,窗户是用纸糊的,帘子是用芦苇做的那种房子。但这个"恩怨"作何解释呢?我当时有些想不通。后来我问了一下老师,又看到一些相关的记载,才知道张老师在中年时遭遇过很大的变故。他毕业于广东大学中文系,在当时是很难得的,说起来他家是紫坭四大户人家中的一户。而我的师母姓韩,是紫坭另一个大户的千金小姐。张老师家里有一点田产,但张老师爱读书,他有一首比较著名的《告墓书》,其中后面两句就说,"薄产经营归庶弟,容儿去做读书人",意思是财产我不要了,让我去做个读书人吧!后来他就一直教书,在香港教过书,在自己的家乡还做过小学的校长。到了1943年左右,当时的国民党政府任命他做紫坭乡的保长,但他不去做,任命了也不去上班,就挂名挂了五个月。就是这么一点历史,在当时比较特殊的那个年代,就被一群土改的人抓起来批斗,并且判了死刑。

20世纪40年代那时候,我老师一共有七个儿子,应该前面六个都出生了。后来幸得乡亲力保他,又因为他是老师,他的学生也去争取,花了很大的力气,才把他从死神手里救出来。试想那段时间,我师母一个人带着六个小孩,该是何等艰难?灾祸还没有结束,后来"反右"时,张老师家里是地主,紫坭四大户之一,因为这个成分问题就把他错划为地主的"右派",再有曾经当过乡里的保长的经历,就把他送到英德监狱去坐牢了。坐了几年牢,到1957年才被放出来。在这一段时间里,七个儿子都出生了,1957年时可能最小的儿子才不到十岁。在那个年头,师母一个人带着孩子,老师又在监狱里,哪怕师母再贤惠,有时候应该也不免说一些埋怨的话。哪怕就是师母毫无怨言,可能老师对她也感到内疚,所以他才说到"恩怨"二字。

现在回来了,你又可以再怨我了,恩爱也好,怨我也好,总归又团聚了。这首词、这段故事就说明,他在家庭生活中经常缺席,家里就只有师母一个人去经营操持着。这就是结婚之后的那种爱情,其实已经差不多由爱情转为亲情了。

我们再看张采庵老师的另外一首词,《小重山·枕上》,这首就更能表现结婚之后中年夫妻那种生活状态,也可以说是"贫贱夫妻百事哀"的这么一种状况。我猜想这首词的写作背景是,因为张老师跟我师母可能闹了小口角,或者是我师母说了一些埋怨的话了,然后他才写了这么一首词。"风叩玻窗声未休。梦残无可着,更飞流",窗在风的拍打下噼里啪啦地响,其实这个"风"就是刚才发生的一个小小的矛盾,过后他睡不着。"梦残无可着",他自己也想把这个家搞好,但是现实是不可能的,所以他的梦也就只能是"残"了。然后他就感觉到"棱棱霜气近衾稠。思量处,寒在五更头"。他这完全是用比喻,寒气到了他睡觉的那床被子里,他感觉是更加稠密了,就是更寒了。他再思量一下,从字面上理解,觉得现在还不是最寒,可能待会儿还会更冷。

下片"金扇小时羞。如今双鬓白,是恩仇",大家了解了张老师的生活背景,应该也能明白"是恩仇"是什么意思,他大概很内疚。"金扇小时羞",为什么用"金扇"?可以说是为了跟"白"有一个颜色的对比,但其实这个"金扇"也说明我的师母小时候不要说是大家闺秀,起码也是千金小姐。谁能想到这样一个千金小姐,后来嫁给我老师,经受了那么多风风雨雨,所以他说真不知道是"恩"还是"仇"。最后一句"又须南市赶朝筹。天难曙,珍重木棉裘",那时候师母要赶早去摆摊,去干活了,所以他说虽然刚才说了很多恩恩怨怨的事，但他还是很关心师母的，怕她感冒了。"天难曙"是一语双关，一面照应题目"枕上"，一面是说我们这种艰难的生活还没有看到曙光，但你明天又要去干活了，那还是珍重，穿多一点衣服吧，不要着凉了。其实哪怕不解释，这首词大家也是看得懂的，他的语言很浅白，但情很真切，而且深厚。这是成了夫妻以后，双方是由爱情转为一种互相关心、爱护的亲情了。

  我们再看一首肯定是纯粹写亲情的这么一首词，是朱庸斋先生的小弟子，入门比较晚的苏些零女士作的。她也是我们广东中华诗词学会的副会长。《醉翁操·听琴曲"茉莉花"忆父亲曾教唱》，上片"春阑。贪眠。泠然。若山泉。涓涓。谁人倚窗轻操弦？可曾惊起鸣蝉？三月间，忽记蝶翩跹。茉莉花蕾簪小鬟。"我们先欣赏一下这一段，其实她的语言也是比较浅白的。

  再来看下片，"几回咏唱，追忆流年。几回梦寐，犹把珠璎续串。琴韵叮咚时弹，但向深宵盘桓。星河争往还？思亲望遥天，怅惘剩无端。最难忘却是慈颜。"从总体而言，上片其实是两段回忆，第一段是开头到"鸣蝉"为止的这一部分。首先我们一看开头，就仿佛有"春眠不觉晓"的那种画面出来了。"春阑、贪眠"，我们要注意一下"春阑"就是差不多到夏天了，这个时候是最容易让人感到困倦的。"泠然"，就是有凉风吹上脸。她不但耳朵听到了声音，而且也产生了一种感觉，好像有一股凉风。然后又似乎听到涓涓的泉水在不停地流动，是那美妙的音乐响起来了。主人公一下子从床上爬起来了，起来之后她并没有生气，对人家把她吵醒了这回事毫不介意。她首先想到的是"谁人倚窗轻操弦，可曾惊起鸣蝉"，因为是春末了，应该有一些蝉鸣了，所以她说你这样一弹琴，会不会把树上的蝉惊飞呢？这就很像童年的心态，儿童才有这种很童真的想法。另外，这样的想法也显现出主人公善良的天性。

  而同时，从"谁人倚窗轻操弦"这一句，我们不但看到作者的善良的天性，也能感受到弹琴者的关爱之情。由于她的题目有明示是"忆父亲"，所以我们很自然地就可以猜测这个弹琴者应该是她父亲。这两句既写出了这个女孩的纯真、善良，也写出了父亲的慈爱，这个"轻"字就把父亲的那种深沉父爱表露无遗了。女儿这么贪睡，到现在还没醒来，他要把她喊醒。所以这位父亲就选了她爱听、爱唱的茉莉花曲，轻轻地弹奏起来，女儿一听就会苏醒过来了，而且她起来之后心情会很愉悦。"轻"在这里的另一层意思，就是既把她唤醒，又不至于把她吓坏了，所以她用字下得很准确。这是上片。上片第一段是主人公睡着被唤醒，然后起来听琴的这么一个回忆。

下片，"几回咏唱，追忆流年"是对前面的一个补笔。因为就词的篇幅所限，作者只能是选他印象最深刻的来展现。我们都说要取材，写作之前可能有很多素材，那么为了妥当地表达你自己想要说的内容和感情，就必须有所选择，而不是把什么都塞进词里去。所以她第一个镜头就截取了听到琴声后起床的这么一个画面。第二个回忆就是"三月间，忽记蝶翩跹。茉莉花蕾簪小鬟"，茉莉花也是在春末的时候花蕊就已经开了。因为她也要遥应到题目中的"茉莉花"，所以在这里也选择了这个镜头。我们就可以想象有这么一个画面，他们父女俩在花丛中、草地上，蝴蝶就绕着茉莉花的花蕊飞舞，而女孩的父亲，就摘下一朵茉莉花插在她的小辫子上。然后她追着蝴蝶跑，蝴蝶也追着她头上的花跑，而父亲就在一旁慈爱地看着她。这是一幅多么温馨的画面！父亲越是慈爱，画面越是温情，下片失去了父亲感到的那种悲哀就越是浓厚。所以她下片的第一拍就是补笔，上片已经写了回忆，下片就承接着回忆。

"梦寐""珠璎"这些词都是呼应"操弦"和"茉莉花""琴韵叮咚"这几处的。这样造成的艺术效果，就是在情感上形成一种回环往复的味道，更表现出她的真挚的感情。

下面，虽然我们都知道昨日之日不可追了，主人公也知道失去的父亲是不可能再回来了，但她还在深夜里面遥望星空，希望父亲像童话世界里的情形那样，能再次出现在她面前，让她重温前面的梦。这也写出她的一种痴，不但是亲情，还有痴情。当然，因为父亲是不可能再出现在她面前了，所以她无限地惆怅。最后一句，"最难忘却是慈颜"，前面写到的她的父亲与她相处的点点滴滴，虽然她已经很难忘了，但是她觉得父亲的容颜才是她尤其忘不了的。这一句既表达了作者的孝道，也是一切做父母的所能得到的最好回报，因此这首词就非常感人。

另外我们看这个词牌，《醉翁操》，原来是一个琴曲，"醉翁"指的就是欧阳修。当时是只有琴曲，后来沈遵请苏东坡填词上去，以后就有词了。这个词牌是平声韵，而且几乎是句句要押韵。整首词有很多两字句、三字句，要写好很不容易，所以我说苏些零真不愧是当代的作手，不但能够写，而且能写出自己的感情，既为我们展现了她对父亲的挚爱，也让我们发现其实我们可以这样写。她一句口号都没有，都是我们所说的借色写出来的，但是我们可以看到她的真色所在。

前面讲了爱情、亲情，小情怀里还有一种情，就是友情。因为时间太仓促了来不及准备，我就只好把自己的词拿出来了。之所以我把自己写的拿来做一个分享，是因为我想给大家做一个小小的参考。我们经常遇到一些情况，比如有素未谋面的朋友希望能得到一首诗词作为馈赠，或是见到一个新朋友，或是交往了好几年的老朋友，一下见面，可能也要写一首词作为情感的表达。我是一下子找不到别人的，所以就找了自己的两首词来讲一讲友情这方面的作品。

2003年的小寒夜，一个叫"智妙"的在家居士来找我。来我这里那会儿她还没有完全吃素，也还没有出家。她也爱好诗词。

当时大约是1月，农历应该是上一年腊月，她来到我们家里，而且她首先发话了，说希望我写一首词送给她。这不好拒绝，因为人家是从雁荡山过来的，这么大老远跑到我们家来，就为了这么一个小小的要求。当然在她看来，可能我们写一首词很容易，她不知道其实是很不容易的。而且之前都没见过面，构思起来就更难。她在电话里说她很喜欢我写的《鹧鸪天》，就让我写一首《鹧鸪天》吧。假如她没说这话，我本来就打算写一首绝句就这么应付过去了。因为没见过面，真是无话可说无情可诉，我就只能从天气说起，我看很多古体诗词都有这么一种写法。

赠人之作，我觉得一定要注意对方的身份和自己的身份。因为她是信佛的、在家修行的这么一个居士，连名字都改成"智妙"这样富有佛教色彩的人，所以我第一句就用佛家的语言说，"信道随缘即是缘"。我们这个"缘"，说是"诗缘"也好，其他的缘也好，总之都是一种缘分。

然后第二句就说天气了,"初逢恰值腊梅天",刚好小寒,腊梅时节。这就两句了。因为她是新朋友,所以我们也要照顾一下我们双方的身份,不能搞得好像很热乎一样,分寸很重要。那么我就用了"新雨","新雨"就是新知、新朋友,这是从杜甫那里来的,"常时车马之客,旧,雨来,今,雨不来"。因为我是学物理的,我也知道雨是云降温、液化成雨,所以"云"和"雨"是有关系的,所以我就写"云多芳意成新雨"。"云多芳意",可以指对方,因为你有那么美好的意愿过来看我,所以我们现在成了新朋友。就借这样的比喻说出自己的心里话。然后我们不是坐在一起喝红酒吗?所以"酒趁闲情试小寒",刚好今天是小寒,既扣了今天是小寒,写当时的气候,也表达了我们之间还说不上浓烈的一种感情。上片就设置了这么一个情景作为铺垫。

下片继续写下去,还要照顾到对方学佛这方面。我自己对于佛法也有小小的认识,所以我干脆就写我们和佛法的内容,看能不能引起共鸣。我就写"花有序",我们知道花肯定有序,春花、夏花、秋花、冬花;"梦无边",但是我们的梦是无边的,每个人都有每一个人的梦。你学佛,也有可能是求成佛,学道,有可能想成仙,等等,每个人都有自己的梦,所以我就写"梦无边"。然后写"人潮法海两相关",也是呼应"信道随缘即是缘"那一句。

最后两句就是我有一点自信的意思,"红尘莫问真耶幻,自有心灯照百年"。你有心灯照百年,我也有,我也有种矜贵的心态。你是学佛,我也是学佛,虽然我当时还不是什么居士。现在我是了,我拜了海幢寺的新成和尚为师,他今年一百岁了。因为彼此生疏,说不了其他的,所以只好顾左右而言他,寻找第三方介入,也就是找我们的共同语言入手。因为初次见面,之前聊天只是电话里面聊了一两次,而且2003年那会儿还没有微信,我这首词还是发短信发出去的。

另外这一首是2017年写的。我们一直都是君子之交淡如水,平常也没怎么联络。逢年过节的时候,虽然我年龄比她小,但我也不曾问候她,她也不会来问候我。但她每次到广州,就会打电话找我:"燕婷,我现在在广州了,你在哪里?"然后我们就会见一面。而我如果去雁荡山,也会给她打电话,和她见上一面。我们之间就这么平淡,但有时候她照了一些好的照片也发给我,我照了一些好的照片也发给她。2017年她在安徽,下了一场大雪,她发了她在雪中的一张照片给我。因为这时候微信已经很普及了,她用微信发过来给我,我看了就有所感触,写了这首词。那时我们熟了,自然我就能很好地表达出我的感情来,不用再找佛法和缘分这类的共同点来凑成整篇了。

《卖花声·春暮寄怀智妙》,《卖花声》其实就是《浪淘沙》,但我特意用了这个词牌别称。"小巷卖花声,楼上闲听",说的是我自己的情形。其实现在也不应该写卖花的声音了,不存在了,但我可以说我是听音乐里的。因为现在手机有很多类似的这种流行曲,或是古琴曲,我这样表达不算脱离时代现实。下面就说,"花朝过了过清明",写的是时间很快。"不是愁肠容易结,别样心情",不是我那么容易发愁,只是听到卖花声,感觉到时光的流逝,就想起你了,我的心情真是有一点牵挂。下片"梦意雨溟溟",因为春末的时候真的是下着雨,梦的意思就好像这个雨下个不断,这个"梦"应该是与她有关的。然后"香淡烟轻",就讲一讲环境,这是做梦的一个最好的环境,而且不会发噩梦,也不会发一些庸俗的梦。然后因为她也曾约过我去找她,所以我就又说,"年时旧约未成行"。"桥畔柳丝桥下水,相忆娉婷",看到桥边的垂柳和桥下的流水,都勾起了我的许多回忆。这真的是闺密之间的写法了,跟男女的爱情完全不一样,只是淡淡的、若有若无的君子之交。

前面我们讲的都是关于小情怀的作品,现在关于大情怀的也选讲一首。这一首看起来比较曲折一些,与前面的浅白味道有所不同。"嘒星稀小。霜飙送、寒鸿初去云杪。乱烟衰柳自凄迷,遍四郊人悄。听飒飒、孤桐坠草。西园堆积愁难扫。任玉匣尘封,那更忍、冰丝作茧,此际怀抱。 心事莫付瑶琴,漫持尊酒,鬓影杯光相照。好将风月劝骚魂,换浅吟低笑。恐白发、新搔更少。杜陵空自传诗稿。奈永夕、高城隔,醉梦沉酣,夜华蓬岛。"我们看到这首词的基调是很沉重的。我们先来看她怎么借色造景,首先她是用"星稀云杪"来造成一个空阔的远景,读来给我们的印象是很空阔的。然后她再用"衰柳""孤桐"来营造一种异常冷清的氛围,我们再看到"乱烟",还有前面的"霜飙",那么她的整个画面就造成一个无限凄迷的底色。四边是静悄悄的,没有人,说明她很孤独,无人陪伴。耳边又听到飒飒的风声,还有落叶的声音,让她的沉重感更大了,孤独感也更大了。然后她突然之间冒出一句"西园堆积愁难扫",我们知道堆积的应该是落叶,她比较曲折地表达出她的忧愁如同地上的落叶一样多;落叶是很容易扫去的,但她的愁却很难扫去。我们知道"愁"是很抽象的东西,从这点而言确实可以说很难扫,但是真正难扫的,作者接下来就一层一层地说出来了。"任玉匣尘封",从室外回到室内,回到房间了。她下面就笔意更近一层了,"那更忍、冰丝作茧","冰丝作茧"表面上是解释玉匣为什么尘封,就是作茧,捆在一起。表面上是解释这一点,但实质上是暗示她这个愁绪是作者自己自作自受,就是自找的,就有这么一个暗示在里面。那么她现在的怀抱就是这样的,这是上片。但是她的愁是什么,到现在我们还不知道。这个愁为什么那么难扫,到现在她还没有说出来。

"心事莫付瑶琴",这个过片就反古出新,这一句化自岳飞的那首《小重山》,"欲将心事付瑶琴。知音少,弦断有谁听"。她说"心事莫付瑶琴",那么这一点,她就比岳飞要清醒,既然知音少,弦断都没有人听,我何必去弹琴呢?干脆就不弹了,不弹她就喝酒,"漫持尊酒",大家喝个痛快。"鬓影杯光相照",大家喝酒,你一杯,我一杯,作乐。"好将风月劝骚魂",劝你也不要愁了,我们把它换成"浅吟低笑",我们就高兴吧。其实这一句话她是以洒脱之语,道出她的悲怆之情,就使悲怆显得更加深沉。这也是一种写作的方法,就是我们以乐景来写悲哀,那么悲哀更甚。可是,愁绪换得成"浅吟低笑"吗?换不成,所以后面她又用了杜甫的《春望》的一句诗意,"恐白发、新搔更少"。那么她到底愁什么呢?为什么这么难解脱呢?接下来这一句就说出了她这首词的主旨,"杜陵空自传诗稿"。"杜陵"就是杜甫,"空自传诗稿"这个"空"字说出了一个信息,就是白白地流传下来。我们再联想到前面的"骚魂",就知道她说什么了。我们知道,现在是诗词很兴旺的时期,但这个

"兴旺"的现象中也有不少泡沫成分，而且有一些地方的泡沫还占据了主流。而作者何愁也是一个年轻的四十来岁的女子，是个湖南人，她感到现状与自己心目中的"骚魂"背离得比较远，她感到很忧心，所以写了这么一首词。

后面最后一拍"奈永夕、高城隔，醉梦沉酣，夜华蓬岛"，写出了她自己的孤独，我们用七个字来表达就是"众人皆醉我独醒"。"高城隔"，隔住了她自己一个人，整个晚上就在那里听着，这个泡沫好像出现了很多幻影，五颜六色的一片繁华，但都不实在，所以她感到很忧心。从结构上来说，她最后这一句也是点睛，呼应前面的内容，她自己一个人站在夕阳里的那种情景。这是一种大情怀，其实她也不是独醒，我看晋如先生他也是一个清醒的人，我也曾经写过一首《蝶恋花》，也是说这个事。但是我的题目是《无题》，连"骚魂"和"杜陵"都没有出现，所以当时人家也猜不透我在写什么。我想旁人读得懂就读，读不懂有自己的想法也可以。

这首《绮罗香·瓶花》，是魏新河的。我和他很熟，因为都是后浪诗社的成员，所以彼此也有三十多年的交情了。周振甫先生在《诗词例话》里说，"咏物要不即不离"，太"即"了就黏着，太"离"就离题了，我觉得新河这一首就写得很好。我们先看第一拍第一个韵，"带影移香，搴帘借月，逸品凌波新种"，一开头我们就可以知道他已经把它从室外移到室内了，而且"凌波"我们也可以猜到这花应该是兰花、荷花、水仙之类的这种"凌波仙子"之类的花了。他这首诗是 20 世纪 90 年代投稿给我是主编之一的《后浪新生》，那时我们还是油印的刊物，找人手刻。你们可能想象不到，那时还没有电脑，我们是手刻，找一些写字写得好的，刻蜡版然后找人去油印。我们每期印三四百本，真的能全部送出去，很多人都喜欢的。

我们先看他的题目《瓶花》，他既没有写梅花，也没有说是菊花，也没有说是水仙或别的什么，就是瓶花。所以开头我看他"逸品"两个字，我就觉得新河他怎么用这两个字呢？太泛了吧，太抽象了吧，好像一般人只会说这个女子很美、风景很美之类的。那些没学过诗词的人，看见美丽的风景，只会说"很美啊，真的很美啊"，具体美在哪里呢，说不出来了。这个"逸品"，我就觉得它有这个味道。所以后来我回心一想，我就觉得佩服，为什么呢？因为他只能是这样概括。正如我们刚才所说的，他这个题目只说是"瓶花"，并没有说是什么花，那他只能泛指。"逸品"就是不管是什么花，反正是很高雅的一瓶好花，漂亮、高雅。后面，他就再加一个"倾城"来补足"逸品"，但是这个"倾城"是怎么个倾城法呢？他还没有具体说。我们不要着急，看看高人的手段是怎么慢慢地、一层一层地递进的。

然后他就补回前面，"不管倾城，谁把剪来清供"，也就是回到"瓶花"来点题了。剪了来清供的肯定是瓶花，不会是种在外面的花，所以前面把它从室外移到室内，然后再补充一句，"真是瓶花"，这样就点题了。接着，"凭问这、胆样瓶儿，能留住、几多春梦"，如果前面是铺垫，那么这一句就是词人要说的话，也是他对人生的感悟。我们看"胆样瓶儿"，这个是小的，"春"是大的，他以春之大、瓶之小，还有春的无极和花的微缈来做一个强烈的对比。这么小小的一个瓶，面对着大大的春梦你能够留住几多呢？他这里所包括的内容大家可以自己去发挥想象，当然，因人不同，理解的深度也不同。

"最怜他、孤另燕支，离魂长与旧枝共"，"孤另"的"另"就是"零"，应该是为了照顾平仄的格律。燕支就是胭脂，暗示可能是一种红花，有颜色的花，孤孤零零的，因为把它剪了过来了，所以说"离魂长与旧枝共"。这一句也含有不少的意思在里面，我们要把它连到后面的下片那一拍去理解。前人都说过片很重要，其实上片的歇拍也是很重要，既要收束前面，又要为下面留出空白，留点余地到下面收结。其实他这就是一气转过去，我们可以把两拍，上片的歇拍和过片一起来理解。前面的"离魂长与旧枝共"的"离魂"和"旧枝"就是它想念旧根了，下面他是从心态来刻画画面。"应忆伴侣"，就是它也离开了这个伴侣，剪过来的。"消得相思几度，年年珍重"，前面是对它外貌的一个描写，后面是对它心态的一个描写，写出了瓶花对旧枝的眷恋的心情，对根的思念。"更阑应忆伴侣"写出它爱的眷恋。一个是外貌描写，一个是心态的描写，我们也从中看到作者结构上的严密，这里把前面再做补充，然后后面再转笔。"年年珍重"，因为它毕竟是瓶花，所以他前面写"能留住、几多春梦"，然后下片就是"消得相思几度，年年珍重。""瘦损徐妃"，"徐妃"，我们知道有一个典故，徐妃是一个很美貌的女子，但她最后的结果很悲惨。他前面用的词都是泛指的，"逸品""倾城"，都是没有具体的。但下片他就具体写了一个人物"徐妃"，我们就有一个具体的形象了，半面妆，还有成语"半老徐娘"，就是说她的。徐妃是有美貌的，但是她最后的结果很不幸，他也用这个典故来暗示了瓶花的结果和徐妃一样，就是随着它的凋谢，主人对它的恩宠不再，也就把它扔掉了，很少有人会把枯萎的花继续留在家里的。所以他后面说"纵占得，金屋情深，争比拟、故园芳垅"，就算有金屋来把你储存起来，那个瓶子是金的，房子是金的，但是怎比得上故园的泥土，在故土里你还能够长久存在。他前面先写对根的思念，对伴侣的思念，然后后面就"争比拟"，这样写出来就不会显得突兀。

这一句也是新河借物抒情，意在告诫类似瓶花的人和事：假如你离开了根，离开了本质，那么你也会像瓶花一样，生命也很短暂，就算你一时得宠，也终究不会长久的。20世纪90年代诗词界也有一些浮躁的现象，或者说其实一直都有，只是主流和非主流的区别而已。新河是借此说出自己的一种心情。我们说写东西语言要现代化，要有时代气息，我们看新河的这首词，大家能够说他没有时代气息、没有现代意义吗？其实是有的，只不过人家写得不明显，是借物托出自己的感想、想法而已。

最后讲傅静庵，他也是我们广东省的一位大诗家。张采庵老师是1904年出生，朱庸斋先生是1921年出生，傅静庵则是1914年出生，所以他们都是20世纪的诗人。傅静庵先生和朱庸斋先生的交情是非常非常好的，虽然傅静庵比朱庸斋先生年长7岁，但对他的那种感情既像兄长，也是朋友。傅静庵先生大约是20世纪40年代时移居香港，而朱庸斋先生一直留在广州，在西关的荔湾湖附近居住。这一首词，是傅静庵先生1977年在香港写给朱庸斋先生的。我们也知道，1977年刚刚打倒"四人帮"，当时各种的气氛还是很紧张的，这时候傅静庵先生就写了这么一首词给朱庸斋先生。他选这个词牌《芰荷香》，我觉得他是别有苦心的，因为他们之间的唱和、送别都是与荷花有关的，荷花也代表高洁、清雅，所以他选这个词牌也有他的用意。

我们看第一句，"海天荒"，很宽阔宏远的画面背景。"正熏风午枕，吹梦西塘"，就说"熏风"时候，应该就是夏天了。"熏风自南来"，荷花也是生长在夏天，繁茂的季节。"吹梦西塘"，西塘就点向朱庸斋先生，因为朱庸斋先生就是住在西关那边，这一句其实是点明傅先生想他了。"早荷孤袅，浅流犹带幽香。"朱庸斋先生是早年就有诗名的，十六七岁时已经有诗名了，20岁时就去大学教书了，同时也被汪精卫请去，大约是做笔杆子那种工作，而且教他第二个女儿学写诗词。所以他这里就说"早荷孤袅"，这个"孤"就是鹤立于鸡群，很突出。"浅流犹带幽香"，这里又扣上了荷花，又说了朱庸斋。接着"亭亭绿盖"，这一拍其实也是用到了姜夔的那首《念奴娇·荷花》里，假如我们读过他那首《念奴娇·荷花》"闹红一舸"那首词，就知道这里的"亭亭绿盖"就是化用了姜夔《念奴娇·荷花》那首诗里的"青盖亭亭"。

接着，咏物不即不离，"亭亭绿盖"这句就写回了荷花。然后他笔锋一转，很自然，对着这么美好的景色，我们当然要喝酒，喝酒也要有知音，所以他就说"村垆不见，暗自思量"。"村垆"就是乡村的酒店。这一句并不是说没有酒店，而是空有酒店，但是他的那个好兄弟不在。所以他说"暗自思量"，他在思量什么，可能是在想着对方，或者是想着其他的一些问题。

接着，又写道"往事花前漫相诉"，应该说他们俩对荷花都很有感情，可能也一起赏过荷、写过荷花诗，以前的事不能在花前相诉。"剩老仙词笔，水佩同芳"，"老仙词笔"，我的理解首先是因为姜夔这首很有名的咏荷，所以很多人说姜夔是白石老仙，所以他说剩下姜夔《念奴娇》这首词。其次词笔也可以说是朱庸斋的，就是相关语了，只有词笔和水佩（指荷花）依旧芬芳，只剩下这样了。接下来马上又说回荷花，"碎云筛雨，腻他一镜红妆"。荷花是红色的比较多，因为云雨的滋润，就让它更美了，更有另一番美态。"鸳情惯系"，"鸳情"本来指男女亲爱的那种感情，但因为他们是几十年的朋友，朱庸斋20岁时他们已经交情很好了，所以他这里用"鸳情"是说得通的。也可以说，我们经常看到鸳鸯是在荷花里面，也可以这样解释。因为经常是想着花下的鸳鸯这种感情，所以他就停下舟靠岸，频繁地绕着荷花，"便舣舟、频绕珠房"。

最后"红衣渐减，翠叶难当"，就是很关情的一句。因为到秋天荷花就凋谢了，所以他写"遮莫顾影秋来"。"顾影"，荷花是长在水里的，水面就好像镜子。"秋来"，就是秋天来了，也可以说他是关注到庸斋先生的近况。因为庸斋先生在汪精卫政府那里干过五个月的书记员，这一段历史在那个时候真的是吃了不少苦。又才打倒了"四人帮"，所以他写了这么一首词。"遮莫"有七种解释，这里应该是"不管"的意思。"红衣"这个时候减了，翠叶也就消尽了，就是这么一种感情在里面。我们可以看到，他有时候写花，有时候写对方，有时候也写自己，所以这也可以归纳到我刚才说的言情类去的，但我还是把它归纳到咏物这一类里了。

这是他写给朱庸斋先生的，我找了一些相关的资料，这要感谢苏些零女士了。她写过一篇题为《两阕〈芰荷香〉，无尽清雅意》的文章，我是从她那得到这些资料的。两位老先生在1940年时已经有非常密切的交往，后来又结伴同游南岳，互相之间还常常酬唱往还。所以他们两个人的感情是很深厚的，我们知道这些背景就可以知道傅先生词中写的不是虚情假意，也就理解为什么他能写得这么深沉。

傅静庵表达的是对朱先生的欣赏、思念、关怀之情，是作为一个兄长的关怀。朱庸斋先生接到信，他整个夜晚就坐在那儿思量，最后就填成了下面这首词。但他不是步韵，是用了同韵。我们了解了他俩的背景后，看看朱庸斋先生是怎么回复这位朋友加兄长的。

"护花光。引绿云十里，轻幂横塘"，横塘就是水塘，"护"字我觉得它真的是千锤百炼，写出了感激之情。"护花光"，就是长辈的爱护，他在此处没有说你很爱护我，而是借"绿云十里"——你在香港，我在西关，但是你还这么关怀我、爱护我，所以他就写"护花光"，既写了景，又写了情。"酒边人远，旧衾空褪残妆"，就算是有酒，但人已经远隔了。他们以前在南岳同游，还有在一起联床夜话那些事都成了回忆，现在两个人已经是天各一方了。但是因为傅静庵先生写给他的词的内容很关心他现在的情况怎么样，所以他就写了"旧衾空褪残妆"这句，作为一个回答，但同时也不离开荷花这个意象。傅静庵先生写的是初夏，所以荷花在他笔下依然很美丽，只是结尾担心它秋来时会"红衣渐减，翠叶难当"。朱先生写的又不一样，他不是写初夏。

"裁红断碧，几耐他、天末风凉"，"天末"我们也知道这是用了语典，杜甫《天末怀李白》说"凉风起天末，君子意如何"。他也说"天末风凉"，而且前面加上的是"几耐他"，意指不是一个夏末秋初，而是很多次了，字词的锤炼很见水平。因为荷花是红的，荷叶是碧绿的，所以说"裁红断碧"。同时他也是表达、回馈他的关心之情，希望对方不被时节影响，一切安好。这样写就很高明，既不离开荷花，又寄托了自己的感情在里面。

"沉醉肯换回肠"，这个"醉"字，是因为傅先生的词里提到了"酒"，所以这里就回应上去了。由此可见前辈写词的针线之绵密，真是值得我们用心学习，仔细体会。当然"沉醉"的"醉"有可能不是真醉，而是一种情醉的"醉"，但也可以理解为真实的酒边沉醉。"肯换回肠"，张孝祥有这么一句："情知闷来赊酒，奈回肠、不醉只添愁。"这其中的内容也有一个广阔的空间供我们去想象。"清歌彩袖，故国殊乡"，他又回想到他们的过往，曾经几次同游的难忘经历，最后这一笔又宕开了。

下面又很快接回去了，"老了承平赋笔，误水楼归梦，消领斜阳"。这个"赋笔"，我觉得他可能回应了傅先生的"老仙词笔"。当然他这里也是暗用了姜白石的"何逊而今渐老，都忘却春风词笔"，作为一个回应。因为水楼归梦，既用水扣荷花，也说到自己的归梦。只有"消领斜阳"，也让我们想起了辛弃疾的这首词"斜阳正在，烟柳断肠处"，就是他给我们的意境，我们可以从这些诗句里再现。

"柳汀莲浦，往来曾着鸳鸯"，这一句既是写荷花，也是说他们两个人之间的交往，所以又即了又离了，处处点出这个，也处处把自己的感情寄托出去。"欢丛漫趁","欢丛"就是荷圃、水边的柳、水中的莲花,这么美的珍丛,你慢慢去看。"怕钿筝、金雁移行","筝"的柱脚斜列如雁行,所以又叫"雁柱"。筝上的弦柱,如果移行了调子也会变了,这就暗喻和原来的情况有变化了。也就是说,他很欢喜,但是他又怕,告诉他现在情形好一点了,但是我又担心,把自己的担心也说出来了。然后再扣一下"前事忍自思量",包含了很多很多的往事,他都自己去思量。

最后一句就是回答傅静庵先生的,"帘深碍月",我现在还是在重重帘幕里,被挡着得不到月光的照耀。意指他现在虽然是"欢丛漫趁",时局是有好转了,但他担心个人在当时的浊流底下,还是可能遭受一些不幸。然而结尾说"浅渚流香",他表明自己好像荷花,那种高洁、芬芳的特质还是没有丢失。傅静庵先生写给他的词,表达的是关怀、思念,而朱庸斋先生回的这首词,不光写出了感激、思念之情,最后一句又表达出了"一片冰心在玉壶"的这种心志。他的这首咏物词就是这样即即离离,但即使"离"了,我们也觉得他写的依然没离开荷花。像这样高超的创作方法,很多地方都是值得我们学习的。

后面半小时讲得有些急了,有一些话卡壳了,不好意思。这次课就讲到这里,谢谢各位!

徐晋如:今天周会长讲得非常精彩,她语调也不快,看起来讲得也不是很用力,但实际上有她几十年的创作经验在其内。这个题目,大家乍一听,可能以为只是给大家一种鸟瞰式地展开一个画卷,让大家对于当代词坛的创作成就有所了解,但是周会长讲得是字字不离我们芸社学词的主旨,都是在通过这些大家、名家的创作实践,来把金针度与人。这是让我们今天收益非常多的一次讲座。

非常感谢周会长!